The devil who breaks my neck

내 목을 꺾는 악마여

틸리빌리 장편소설

II

동아

내 목을 꾀는 악마여 Ⅱ

초판 1쇄 인쇄일 | 2021년 12월 30일
초판 1쇄 발행일 | 2022년 01월 10일

지은이 | 틸리빌리
펴낸이 | 박성면
펴낸곳 | (주)동아

출판등록 | 제406-3960100251002007000071호
주소 | 경기도 파주시 문발로 115, 세종대학교출판부 206호
전화 | (031)8071-5201
팩스 | (031)8071-5204
E-mail | bear6370@hanmail.net

정가 | 11,000원

ISBN 979-11-6302-554-2 (04810)
    979-11-6302-552-8 (set)

The devil who breaks my neck

내 목을 꺾는
악마여 Ⅱ

틸리빌리 장편소설

목 차

8장. 에르젠 (2)

"에르젠!"

"엄마!"

헤레이스는 작은 몸의 에르젠이 구멍을 통과하여 나타나자마
자 그를 꽉 끌어안았다. 에르젠 또한 반갑기는 마찬가지인지라
아이는 어미를 보자마자 힘차게 몸을 튕겨 그리웠던 품을 파고들
었다. 감동적인 상봉에 에르젠을 뒤따라온 미겔이 조용히 모자를
지켜봤다.

그녀는 미겔의 존재는 눈치조차 채지 못한 채 에르젠을 살피기
에 바빴다. 몇 주 못 봤을 뿐이었지만 그녀가 보기에 아이는 많
이 달라져 있었다.

"에르젠, 어디 아프니? 누가 널 괴롭혀?"

적당히 살이 오른 뺨에, 아이가 걸치고 있는 옷은 전과 비교할 수 없이 좋았다. 하지만 아들의 얼굴 가득히 진 그늘에 헤레이스는 마음이 아팠다.

에르젠은 고개를 도리도리 저으며 괜찮다는 듯 배시시 웃어 보이더니 제 얼굴을 잡은 헤레이스의 손바닥에 얌전히 뺨을 비볐다.

"보고 싶었어, 엄마. 나 엄마가 엄청 보, 보고…… 흐아앙."

아이는 아이였다. 어미가 걱정할까 의젓하게 굴던 것도 잠시였다. 한참 어리광을 부리던 에르젠은 말을 하다 감정이 북받쳐 올랐는지 울음을 터뜨렸다. 그 모습에 헤레이스 또한 꾹 참고 있었던 눈물을 보였다.

"이런, 에르젠. 뚝 그쳐야지."

지금껏 가만있던 미겔이 재빠르게 다가와 헤레이스에게서 에르젠을 떼어 내고 아우의 입을 막았다. 헤레이스를 바라보는 얼굴에는 난처함이 가득했다.

"아시겠지만 몰래 온 거라서요. 밖으로 소리가 새어 나가면 곤란해요."

"……미안해. 그보다 아직 인사도 못 했구나. 잘 지냈니, 미겔?"

그제야 미겔을 인지한 헤레이스가 겸연쩍은 얼굴로 인사를 했다. 헤레이스의 시선이 자신에게 닿자 미겔이 과장되게 허리를 굽혔다.

"물론이죠, 부인."

"정말 고마워. 에르젠을 데리고 오기가 쉽지 않았을 텐데."

"아니에요. 그보다……."

"엄마!"

미겔이 환하게 웃으며 헤레이스에게 말을 하자 에르젠이 제 입을 막고 있는 미겔의 손을 뿌리치고 헤레이스에게 매달렸다. 미겔에게 어색한 미소를 보이던 헤레이스가 정신을 차리고 무릎을 굽혀 에르젠과 시선을 마주했다.

"그래, 우리 에르젠."

아이를 어르는 손짓이 다정했다. 헤레이스는 한 손으로는 에르젠의 얼굴을 쓸며 눈물 자국을 지워 주고, 다른 한 손으로는 아이의 등을 살살 토닥거렸다.

"울지 마. 응? 에르젠이 울면 엄마도 슬퍼."

"응."

여전히 훌쩍이고 있던 에르젠이 고개를 주억거리더니 헤레이스의 뺨에 입술을 가져다 댔다. 쪽 하는 소리와 함께 말랑한 아이의 입술이 길게 닿았다가 떨어졌다. 해 달라 할 때는 부끄럽다고 해 주지도 않더니……. 헤레이스가 아들의 이마에 짧게 입맞춤하며 웃었다.

"이제 어디 가지 마. 에르젠이랑 같이 있어."

성에 돌아오기 전까지만 해도 호기심에 가득 차 뛰노는 것을 즐기던 아들이었다. 하지만 지금의 에르젠은 아기처럼 헤레이스에게 달라붙어 떨어질 생각을 안 했다.

헤레이스는 제 옷자락을 꼭 쥔 손이 지나친 힘에 하얗게 질린 것을 보고 순간이지만 숨을 멈췄다. 그리고 에르젠이 아프지 않을 한도 내에서 온 힘을 다해 팔에 힘을 줬다.

'에르젠, 내 아가.'

눈물을 꾹 참은 헤레이스가 에르젠을 한참 안고 있을 때였다. 누군가 그녀의 어깨를 톡 쳤다. 눈을 감고 있던 헤레이스가 눈을 떠 상대를 바라봤다.

커다란 금안이 코앞에 있었다. 헤레이스는 기척도 없이 가까이 다가온 아이 때문에 놀라 몸을 움찔거리다 묘한 두려움에 사로잡혔다. 아이의 호박색 눈은 순수하게 빛났지만 너무도 맑은 그 눈빛은 오히려 기괴한 느낌을 줬다.

'내가 도와줄까?'

성에 돌아온 날 들었던 목소리가 또 한 번 생각났다. 헤레이스는 뱀을 본 듯 소름 끼치는 감각에 미겔의 눈을 피했다. 그런 헤레이스를 본 미겔이 작게 미소 짓더니 미묘하게 낮아진 목소리로 말했다.

"……이만 돌아가 봐야겠어요. 스승님께서 일어나실 시간이거든요."

다가온 이별에 순간 느꼈던 두려움이 흩어졌다. 아쉬움을 숨기지 못한 헤레이스가 신음을 뱉으며 에르젠을 더욱 세게 안았다. 하지만 그녀는 곧 에르젠을 안고 있던 팔에 힘을 풀었다.

에르젠을 만났다는 사실에 기뻐 잊고 있었지만 헤레이스 또한 감시당하는 처지였다.

이즈카엘의 방문이 끊어진 뒤 하녀들은 식사 시간 외에도 하루에도 몇 번씩 티타임이니 간식이니 하는 이유로 그녀의 방에 들어오고는 했다. 헤레이스는 헬렌을 제외하고는 자신에게 어떠한 대꾸도 않는 하녀들의 눈빛 속에 숨겨진 진정한 목적을 알고 있었다.

'혹여나 들키면 이렇게 만나는 것도 끝이야.'

헤레이스가 미련을 가까스로 떨친 채 에르젠을 떼어 냈다. 아이의 팔을 부드럽게 쥔 그녀가 작별 인사를 위해 아들의 이름을 불렀다.

"에르젠."

"싫어!"

어미의 표정에 이별을 직감한 에르젠이 날카롭게 외쳤다. 다시금 차오르는 눈물에 눈가가 발갛게 짓무르기 시작했다.

"난 엄마랑 있을래. 에르젠도 여기서 살래. 돌아가기 싫어!"

"……."

"착하게 있을게. 엄마 말도 잘 듣고 울지도 않을 거야. 얌전히 있으면 되잖아. 그러니까 엄마…… 흑. 에, 에르젠 보내지 마, 응?"

발을 동동 구르며 투정을 부리는 아이의 표정에는 어미와 또다시 떨어진다는 두려움과 절박함이 뭉쳐 있었다. 헤레이스가 자신에게 다가와 안기려는 에르젠을 붙든 채 다정하지만 단호한 목소리로 말했다.

"착한 우리 에르젠, 오늘은 이만 돌아가고 다음에 엄마랑 또 보자. 응?"

"싫어. 난 엄마랑 있을 거야. 엄마, 에르젠 버리지 마. 엄마. 엄마……."

전이라면 헤레이스의 단언에 마지못해 고개를 끄덕였을 아이가 오늘따라 고집을 피웠다. 제게 안기기도 못한 채 눈물을 뚝뚝 흘리는 에르젠이 마음 아파 헤레이스의 눈시울이 붉어졌다.

헤레이스 모자를 뚫어져라 보던 미겔이 팔짱을 풀고 에르젠의 뒤로 가 동생의 허리를 잡았다. 강한 힘도 아니었건만 에르젠은 너무도 쉽게 끌려갔다. 헤레이스는 그 찰나에 에르젠을 빼앗기는 기분이라 저도 모르게 손을 힘을 줄 뻔했다.

"에르젠, 형이랑 뭐라고 약속했지?"

"고, 고집부리면 엄마 못 본다고……."

미겔에게 잡힌 에르젠이 우물쭈물하다 고개를 푹 숙였다. 미겔은 그런 에르젠의 머리를 쓰다듬더니 손을 잡고 헤레이스에게 바짝 붙었다.

"자, 그럼 인사드리고 가자. 다음에 또 올게요, 부인."

"엄마, 다음에 또 봐."

아이의 얼굴에 떠오른 실망감은 그대로였으나 에르젠은 미겔의 말에 순순히 따랐다. 헤레이스가 일부러 환하게 웃으며 손 인사를 했다.

"그래, 에르젠. 어서 가."

에르젠이 통로 구멍 앞에서 마지막으로 주춤거렸다. 헤레이스가 에르젠의 이마에 작별 입맞춤을 하며 아이를 달랬다.

"엄마는 여기 있을 테니까 형 말대로 다음에 또 오면 되는 거야. 알았지? 그리고 미겔……."

"네, 부인."

"……형인 네가 에르젠을 잘 돌봐 주렴. 부탁한단다."

미겔을 에르젠의 형이라 지칭하는 것은 헤레이스로서도 보통 힘든 일이 아니었다. 하지만 그녀가 아들을 부탁할 수 있는 이는 많지 않았다. 헤레이스는 이기적인 제 마음에 부끄러워하면서도 부탁한다는 듯이 미겔에게 손을 내밀었다.

"그게 바라는 일이에요?"

미겔이 헤레이스가 내민 손을 빤히 보다 힘주어 꽉 잡았다. 에르젠보다 조금 더 큰 아이의 손에서 어른보다 더한 힘이 나왔다.

손을 서서히 조여 오는 아픔에 헤레이스가 저도 모르게 인상을 찌푸렸다. 그러자 미겔이 입꼬리를 길게 올려 미소를 짓더니 손을 한 번에 탁 놓고 몸을 숙였다.

"가자, 에르젠."

미겔의 재촉에 에르젠이 구멍을 먼저 빠져나가고 미겔도 뒤를 이었다. 헤레이스는 아까와 같이 기이한 기분에 사로잡혔다가, 떠나간 에르젠을 떠올리고는 벽에 손을 가져다 댔다. 벽 너머 아이들이 관목을 헤치고 탁탁 뛰어가는 소리가 들렸다.

'이 너머에 있겠지.'

헤레이스는 아이들이 사라진 후에도 한참을 그 자리에 서 있었다. 해가 지고 저녁 식사를 가지고 온 하녀가 그녀를 찾을 때까지.

방 안은 너무나 컴컴해서 사물들의 형체만 겨우 분간할 수 있을 정도였다. 조금 더 밝았으면 아름다웠을 화려한 가구들과 온갖 사치품들이 어둠에 잠겨 기괴하게 보였다.

미겔은 나이답지 않게 어둠을 두려워하지 않았다. 그는 사방을 살피다 침대 밑에 앉아 있는 여인을 발견하고는 천천히 다가갔다.

무릎에 얼굴을 파묻고 있던 여인이 가까운 곳에서 인기척이 나자 고개를 들었다. 긴 금발이 양옆으로 갈라지며 수척해진 얼굴이 드러났다. 샬럿이 자신을 내려다보는 미겔을 보고 물었다.

"……어디 갔다 왔니?"

"…….."

"내가 이 꼴이 되었는데 넌…… 내 아들인 넌 어디 갔다 왔어."

힘없는 목소리에는 절망이 가득했다. 전처럼 노기조차 드러내지 못하는 모습에 미겔이 픽 웃더니 여인의 앞에 쭈그리고 앉아 시선을 마주했다. 아이의 빨간 입술이 얄밉게 올라갔다.

"에르젠과 공작 부인을 만나고 왔어요."

샬럿의 멍한 눈에 서서히 초점이 돌아왔다. 그녀가 공작 부인이라는 말을 여러 번 중얼거리다 무언가 깨달은 듯 손가락에서 반지 하나를 뺐다.

"미, 미겔, 넌 그 여자랑 그 여자 아들을 볼 수 있는 거야?"

"……."

"오, 세상에 내 아가. 내 아들. 그러면 내 부탁 하나만 들어주렴, 응?"

그녀는 갈퀴 같은 왼손으로 아이의 여린 팔을 쥐어뜯듯 붙잡았다. 그러더니 오른쪽 손바닥 위에 있는 반지를 내밀었다. 반지에 박혀 있는 검은 보석이 어두운 방 창백한 손바닥 위에서 반짝였다.

"이걸 가져가서 그 여자하고 그 애새끼한테 먹여! 그것들이 피를 토하고 지금 나처럼 괴로워하다 몸이 갈기갈기 찢어지는 고통 속에서 죽게 해 줘."

미겔이 반지를 들어 올려 이리저리 흔들었다. 그러자 검은 보석 안의 액체가 찰랑이는 것이 느껴졌다.

신기하다는 듯 반지를 두어 번 더 흔들어 본 미겔은 곧 흥미를 잃었다는 듯 시큰둥한 표정을 지었다. 아이의 손에 들려 있던 반지가 다시 샬럿의 손바닥으로 떨어졌다. 미겔이 고개를 저으며 말했다.

"싫어요."

"뭐?"

"싫다고요."

아들의 담백한 거절에 샬럿의 눈앞이 캄캄해졌다. 그럼 누가 그것들을 죽여 줘? 네가 아니면 누가? 나는 별채에 있는 그 여자는커녕, 같은 건물 안에 있는 그 여자 아들을 보지도 못하는데!

샬럿은 자신이 에르젠을 바라보기만 해도 어디선가 나타나는 기사들을 기억했다. 그들의 눈빛은 차가웠고 경계심이 가득했다. 그녀는 그 눈들을 견디기 힘들었다. 꼭 자신이 전처럼 천한 여자가 돼 경멸받는 기분이었다.

"너! 지금 상황이 파악이 안 돼? 나와 네 자리가 위험해! 그것들이 우리 자리를 차지할 거란 말이야!"

샬럿이 미겔을 거칠게 흔들었다. 아이의 작은 몸이 어미의 손짓에 따라 맥없이 흔들리다 뒤로 무너졌다. 덕분에 엉덩방아를 찧고 주저앉은 아이가 샬럿을 올려다봤다. 제가 저지른 일이건만 당황한 샬럿이 무릎걸음으로 미겔에게 다가가 목소리를 낮췄다.

"이, 이대로 빼앗길 수는 없잖니. 여기까지 어떻게 왔는데……."

"……."

"그런 얼굴 하지 마. 내가 쫓겨나면 넌 어찌 되겠어? 귀족들은 사생아에게 자비롭지 않아. 그래서 내가 이러는 거야. 널 위해서! 아들인 너를 공작으로 만들어 주려고!"

"……."

"그러니 미겔, 이 어미 말을 들으렴. 이것들을 가지고 가서……."

미겔이 제게 내밀어진 샬럿의 손을 살짝 밀치며 몸을 일으켰다. 샬럿을 내려다보는 아이의 눈은 이미 흥미를 잃은 장난감을 보듯 서늘했다.

"조금 전에도 말했지만 싫어요. 어머니 부탁은 들어줄 수 없어요."

그가 자신의 부탁을 절대 들어주지 않을 것을 깨달은 샬럿의 녹안에 억울함이 넘실거렸다. 낙담한 그녀가 아들의 얼굴을 올려다보며 내게 왜 이러냐는 듯 말없이 물었다. 미겔이 어미의 물음에 순순히 답해 줬다.

　　"공작 부인이 제게 친히 부탁했거든요. 에르젠을 잘 돌봐 주라고. 그리고 전 어머니보다 공작 부인이 더 마음에 들어요. 그래서 그분 부탁을 우선시하고 싶어요."

　　답을 들은 샬럿의 눈이 커질 대로 커졌다. 믿을 수 없는 사실을 마주한 그녀가 몸을 부들부들 떨었다.

　　"제가 왜 어머니가 아닌 그녀 편을 드냐고요?"

　　샬럿의 표정을 본 미겔이 예쁘게 미소를 지었다. 아이가 억울한 어미의 눈동자를 보다가 천진난만하게 말을 이었다.

　　"공작 부인은 모든 면에서 어머니보다 훨씬 낮잖아요. 외모도, 성품도……. 그녀는 보고 있는 것만으로도 고귀한 여성이에요. 누구와 다르게. 어머니는 이런 옷을 입어도, 저런 물건을 써도 그녀처럼 될 수 없어요."

　　다정한 말씨와 다르게 나오는 단어 하나하나가 샬럿의 가장 밑바닥을 찔렀다. 샬럿이 고개를 저으며 제 머리를 쥐어뜯었다.

　　"……아니야."

　　"……."

　　"아니라고! 아니야!"

　　"……전 착한 아이라 이만 잠자리에 들어야겠어요. 그러니 어머니도 이만 주무세요."

미겔은 발작하는 어미를 보다 가볍게 몸을 돌렸다. 그런 아이의 등 뒤에서는 계속해서 비명에 가까운 고함이 터져 나왔다.

"도, 도련님……."

문을 열고 나온 미겔의 앞에는 샬럿의 하녀 릴리가 나타났다. 그녀가 방문을 두려운 눈으로 바라보다 미겔의 앞에 무릎을 털썩 꿇었다.

"마, 마님께서 그러니까……."

샬럿이 쫓겨난다는 소문은 이미 기정사실이 되어 성 곳곳에 퍼져 있었다. 그동안 샬럿에게 시달렸던 성안 사용인들은 그녀의 추방을 내심 기뻐하며 기다리고 있었다.

그리고 그런 사용인들이 벼르고 있는 상대는 하나 더 있었으니. 바로 릴리였다. 그녀는 샬럿의 앞잡이 노릇을 하며 성내 많은 이들에게 미움을 샀다.

"마님께서 나가시면 도련님이 절 좀 도와주세요. 이대로 쫓겨날 수 없어요."

집사조차 릴리를 탐탁지 않아 했다. 이대로 샬럿이 쫓겨난다면 그녀 또한 머지않은 시일에 이곳에서 강제로 나가야 할 것이다. 주방이나 빨래방으로 가는 선택지가 있을 수도 있겠지만, 가능하다 해도 원치 않았다. 애초 샬럿의 편에서 다른 이들을 괴롭힌 이유가 무엇인데. 릴리에게는 돈이 절실했다.

"저한테는 도련님만 한 남동생과 아픈 어머니가 계세요."

어미가 쫓겨나는 판국에 사생아인 아이에게 무슨 힘이 있을까 싶지만 성내 사용인들은 미겔을 함부로 대하지 못했다. 아이에게는 아비처럼 감히 거스르기 힘든 분위기가 있었다.

미겔이 릴리를 보다 눈을 반으로 접어 보였다. 아이가 손을 뻗어 릴리의 이마에 손가락을 가볍게 댔다.

"좋아, 릴리. 쫓겨나지 않게 해 줄게. 대신 약속 하나 할래?"

"뭐, 뭐든지요."

"이대로는 재미없으니 네가……."

릴리의 눈빛이 서서히 흐려졌다. 미겔이 그녀를 지나치며 스치듯 말했다.

"……어머니를 성심성의껏 도와줘. 뭐든 그녀가 시키는 대로 해 주는 거야. 알았지?"

＊ ＊ ＊

헤레이스는 밖에 나와 서성거리다 초조한 눈으로 관목을 바라봤다. 에르젠을 보기는커녕, 에르젠의 소식도 듣지 못한 지 며칠이 지났다.

간혹이지만 식사를 가져다주며 에르젠의 소식을 전해 주던 헬렌이 요 며칠 아예 모습을 보이지 않았으며, 에르젠 없이도 종종 오던 미겔 또한 찾아오지 않았다. 혹 에르젠에게 무슨 일이 생긴 건 아닐까 싶어 헤레이스는 그 자리를 뜨지 못한 채 계속해서 바라봤다.

"거기서 뭐 하지?"

그렇게 얼마를 서성였을까. 수풀에 숨어 있던 맹수가 튀어나오듯 뒤에서 갑작스레 사내의 목소리가 들렸다. 헤레이스가 나쁜 짓을 하다 들킨 아이처럼 몸을 움찔거리다 가슴께에 손을 모아 꼭 쥐었다.

"……오랜만이에요."

헤레이스가 손을 편 후 천천히 몸을 돌렸다. 목소리의 주인은 듣기만 해도 누군지 알 수 있었다. 떨리는 손을 간신히 숨긴 헤레이스가 고개를 숙여 이즈카엘의 시선을 피했다. 그러자 사내의 구두가 가까워진다 싶더니 커다란 그림자가 그녀를 완전히 가렸다.

이즈카엘이 손을 뻗어 헤레이스의 얼굴을 잡아 천천히 올렸다. 긴장감 가득한 푸른 눈이 번뜩이는 금안과 똑바로 마주쳤다.

"……여기에 자주 있다고 들었어."

"그나마 제대로 하늘을 볼 수 있는 곳이니까요."

에르젠에 대한 걱정이 뾰족한 말로 나왔다. 헤레이스의 비난 가득한 어투에 이즈카엘의 미간이 구겨졌다. 그가 손아귀에 힘을 한층 강하게 줘 아내의 얼굴을 자신의 쪽으로 당겼다.

"그렇게 말해도 변하는 건 없어. 당신이 선택했잖아. 아이를 가지는 대신 여기 있겠다고."

"선택? 그런 걸 선택이라고 하나요?"

"난 당신한테 기회를 줬어. 그리고 지금이라도 나갈 테면 나가."

헤레이스가 황당함을 숨기지 못한 채 이즈카엘을 노려봤다. 하지만 이즈카엘은 담담한 얼굴로 헤레이스를 마주 보다 손을 천천히 뗐다. 싸늘한 침묵이 두 사람 사이의 거리를 메웠다. 잠시 주저하던 이즈카엘은 이내 눈을 내리깔고 말했다.

"……언제든 마음이 바뀌면 말해. 그보다 일주일 뒤면 당신 아들 생일이야. 알고는 있겠지?"

헤레이스의 눈동자에 놀라움이 번졌다. 저는 잊을 리 없지만 눈앞의 사내는 에르젠에게 일말의 애정도 없지 않은가. 그런데 먼저 에르젠의 생일을 입에 올리다니. 헤레이스가 의심스러운 눈초리로 이즈카엘을 살피다 천천히 고개를 끄덕였다.

"알고…… 있어요."

"그날 조촐하게 연회를 열까 해. 나와 기사단, 그리고 성내 사용인들만 불러서."

"……."

"선물도 준비해야 할 거 같은데…… 아이가 가장 원하는 건 당신이더군. 당신은 규칙을 지켜야 하니 연회에 초대받지는 못할 거야. 하지만 연회가 끝나고 아이가 이리 와 반나절쯤 당신과 시간을 보낼 수는 있겠지."

헤레이스의 눈이 이번에는 한계까지 커졌다. 놀란 그녀는 시간이 멈춘 듯 몸을 굳히다 이즈카엘에게 눈빛으로 답을 요구했다. 왜 갑자기 이러냐고.

이즈카엘이 헤레이스의 시선을 피해 고개를 옆으로 틀었다. 그가 바짝 마른 입술을 축이다 한참 만에 답했다.

"당신 아들이…… 나더러 내가 제 아비냐 묻더군."

"……."

"그렇다 했어."

거칠게 숨을 내쉬던 헤레이스가 헉하고 숨을 참았다. 이즈카엘은 헤레이스의 얼굴을 볼까 하다가 용기가 나지 않아 관두고 예정에 없던 날 선 변명을 쏟아 냈다.

"……쓸데없는 착각은 마. 당신의 말을 믿어 그러는 게 아니니까. 세르펜스의 핏줄로 키운다 했잖아. 그러니 당연한 일이야."

하나 내뱉고 나니 후회가 밀려왔다. 그가 주먹을 세게 쥔 채 눈동자만 굴려 아내를 살폈다. 아니나 다를까, 어느새 푸른 눈에는 눈물과 함께 미움, 원망, 슬픔 등 부정적인 감정이 가득 차 있었다.

왜 그런 눈이야?

예상했음에도 울컥하는 감정을 주체 못 한 이즈카엘이 헤레이스 쪽으로 얼굴을 돌리고 그녀의 어깨를 움켜쥐었다.

"아니라 말하고 싶은 모양인데, 헤레이스 당신이 부정을 저지른 사실은 명확해."

어깨가 많이 아플 텐데도 헤레이스는 신음 한번 흘리지 않았다. 다만 그녀는 이즈카엘을 공허한 시선으로 뚫어져라 바라보며 꾹 다문 입술을 파르르 떨 뿐이었다.

"그런 얼굴 마."

이즈카엘이 긴 한숨을 내쉬더니 헤레이스의 어깨를 놓고 그녀에게 바짝 붙었다. 사내의 손바닥이 그녀의 서늘한 뺨에 닿는다 싶더니, 흘러내린 머리카락을 귀 뒤로 넘겨 줬다.

"……난 날 기만한 당신을 쉽게 용서할 수가 없어. 하지만 이대로는 안 되겠지. 언제까지 이러고 살 수는 없잖아. 당신도, 나도…… 그리고 에르젠도 말이야."

지난 시간 이즈카엘은 많은 생각을 했다. 하지만 어떤 감정을 떠올리든 헤레이스와 관계를 이대로 둘 수 없음만은 자명했다.

게다가 에르젠 그 아이는……, 아내가 저지른 부정의 산물이라고만 생각했던 아이는 아내를 빼닮아 그런 건지 아니면 저에게 아비냐 물어봐서 그런 건지, 죽일 듯 밉기보다 애틋한 구석이 있었다. 설명할 수는 없었지만 아이에게 묘한 감정과 죄책감을 느낀 그는 자신이 모든 일을 잊고 아내를 용서할 수밖에 없다는 것을 깨달았다.

"난 모든 일을 덮을 생각이야. 당신의 부정도, 도망도 모조리 다. 이른 시일 내 예전처럼 지낼 수 있도록 노력하지. 에르젠도 내 아들처럼 대하겠어. 하지만 대신……."

"……."

"……당신도 노력해. 내가 노력하는 것의 반이라도……."

날 사랑해 줘.

하지 못한 말이 목구멍까지 차올랐다가 흩어졌다.

하지만 그래도 이즈카엘은 괜찮았다. 아내에게 자비를 베풀고 나니 답답함이 반쯤 가셨다. 이대로면 되었다. 어차피 처음부터 제가 끼워 맞춘 관계가 아닌가. 마음의 크기에 있어 그는 자신이 항상 약자였노라고, 그리하여 져 주는 것이 맞다고 속으로 생각하고 또 생각했다.

한결 느슨해진 눈매의 이즈카엘과 다르게 헤레이스의 눈은 그새 더 빨갛게 변해 있었다. 당장에라도 떨어질 듯 위태로운 눈물에 이즈카엘의 콧잔등에 주름이 깊게 졌다. 헤레이스가 이즈카엘의 가슴께에 있는 옷깃을 꽉 쥐었다. 그리고 음절마다 힘을 줘 천천히 말했다.

"이제 더는 긴말 않겠어요. 어차피…… 소용없는 걸 말해서 뭐 하겠어요. 하지만 하나만은 꼭 말해야겠어요. 아니면 내가 견디지 못하고 미쳐 버릴 테니까."

"……."

"난 이즈카엘 당신이 지금껏 내게 한 말, 행동 하나하나 잊지 않았으면 좋겠어요. 아니, 영영 기억했으면 해요, 그리고 언젠가는 당신이 꼭……."

"……."

"……지금을 부끄러워하고 후회하길 바라요."

말을 마친 헤레이스가 손에 힘을 풀었다. 그녀의 양 뺨은 그새 눈물로 흥건해져 있었다. 잔뜩 젖은 아내의 얼굴에 이즈카엘이 인상을 구기다, 자신에게서 한 발 뒤로 물러나려는 헤레이스를 붙들었다.

반항할 거라 생각했던 아내는 순순히 그의 손길에 따랐다. 이즈카엘이 헤레이스를 품 안에 끌어안고 하얀 이마를 제 가슴에 기대게 했다. 억눌린 흐느낌과 함께 상의가 축축해짐이 느껴졌다. 그가 아내의 긴 머리채 사이로 손을 집어넣으며 입을 열었다.

"……제길. 울지 마."

"……."

"제발…… 울지 마, 헤레이스."

울음소리는 점차 희미해졌다. 하지만 여인의 들썩이는 몸과 사내의 떨리는 손은 오래도록 제자리였다.

* * *

"괴물이 잭의 엄마를 단번에 삼키려 했어요. 그러자 용감한 잭이 괴물의 앞으로 나와…… 에르젠, 졸려?"

"응, 미겔 형. 나 이제 잘래. 졸려."

"그래. 그만 자. 이불 덮어 줄게."

에르젠이 눈을 비비며 침대에 누웠다. 미겔이 이불을 덮어 주고는 머리맡에 앉아 에르젠을 내려다보다가 물었다.

"내일 생일이네. 좋아?"

"응. 한 살 더 먹는 거잖아. 나도 빨리 커서 용감한 잭처럼 괴물을 무찌를 거야."

말을 그렇게 했지만 에르젠은 무서운 듯 이불을 코 아래까지 끌어당겼다. 그리고 괴물에 대해 잊으려는 듯 미겔에게 되물었다.

"그런데 형은 생일이 언제야?"

"나? 음…… 에르젠 너보다는 빨라."

"난 형이 케이크 촛불 부는 거 못 봤는데. 나 만나기 전에 한 거야?"

에르젠에게 생일은 케이크를 먹으며 촛불을 부는 날이었다. 에르젠의 질문에 미겔은 곤란한 듯 눈썹을 찌푸리다 비밀을 말해 주는 것처럼 조용히 속삭였다.

"난 올해 생일 때 촛불을 불 수 없어. 너랑 달리 난 사생아거
든. 적자가 돌아왔으니 사생아는 조용히 있는 게 관례야."

"사생아?"

"에르젠, 넌 아직 몰라도 되는 단어야."

형이나 나나 비슷하면서! 왜 나만 아기 취급이야. 미젤의 말
에 에르젠이 순간 울컥해서 중얼거렸다. 하지만 그런 이유로 생
일 때 촛불도 불지 못한다니. 에르젠은 미젤이 불쌍하다고 생각
했다.

"사생아……. 그게 뭔지는 모르겠지만 생일 때 촛불을 불 수
없는 건 불쌍해. 그래도 케이크는 먹을 수 있지?"

"아니. 난 케이크도 먹을 수 없어. 날 위해 준비된 건 없거든."

"케이크도 못 먹어? 난 항상 엄마가 동그란 케이크에 빨간 열
매를 올려 줬는데……. 생일 때는 그걸 먹어야 악마가 물러난다
고 그랬어."

"음…… 그건 거짓말이야, 에르젠."

"아니야! 엄마가 그랬어. 빨간 열매를 먹으면 악마가 도망간다
고."

에르젠이 말하는 빨간 열매는 로즈베리로, 애초 나무 한 그루
당 호두알만 한 열매가 열댓 개밖에 열리지 않았으며, 한 해에
수확 가능한 시기가 늦봄 한 달뿐인 귀한 열매였다.

하지만 그럼에도 아나이스 제국에서는 생일날 설탕이나 꿀에
절여 보관한 로즈베리 열매를 먹었다. 생일에 로즈베리 열매를

먹으면 악마를 쫓아낼 수 있고 건강을 가져다준다는 속설이 예전부터 있었기 때문이다.

미겔은 진심으로 절 가엾게 보는 에르젠의 푸른 눈을 보다 고개를 깊이 숙였다. 갑자기 가까워진 거리에 에르젠이 눈을 동그랗게 떴다. 그러나 천진난만한 얼굴에는 여전히 호감만 존재할 뿐, 경계나 두려움 등은 없었다. 미겔이 어딘가 싸늘한 미소를 지으며 물었다.

"……에르젠, 내가 불쌍해? 정말?"

"응. 생일 때 케이크 못 먹는 건 불쌍해. 그래도 걱정 마, 미겔 형. 내가 내일 케이크 나눠 줄게. 난 형이 좋으니까 빨간 열매도 반 나눠 줄 거야."

에르젠의 답에 미겔의 얼굴에 고인 미소가 짙어졌다. 아이가 동생의 눈을 뚫어져라 보며 천천히 말했다.

"케이크나 로즈베리 열매는 주지 않아도 괜찮아. 대신 에르젠, 다른 걸 하나만 양보해 줄래?"

에르젠이 고개를 끄덕이려던 차 스산한 바람이 불어왔다. 에르젠은 그 냉기에 창가로 시선을 돌렸다. 예상과 달리 창가 커튼은 조금도 움직이지 않았다. 대신 달이 만든 빛에 날카로운 이빨을 가진 기이한 그림자가 맺혔다가 순식간에 사라졌다.

에르젠은 눈을 깜빡인 사이 사라진 그림자에 몸을 잔뜩 움츠렸다. 잘못 봤다 생각하면서도 조금 전 미겔이 읽어 준 동화책 속 괴물이 떠올랐다. 오들오들 떠는 에르젠을 보며 미겔이 눈매를 좁혔다.

"네가 가진 것 중 딱 하나만 양보해 주면 되는데……."

겁에 질린 에르젠이 미겔의 재촉하는 목소리에 고개를 끄떡이려다 말고 저었다. 만약에라도 줄 수 없는 것이라면?

"들어 보고……. 내가 못 주는 거일 수도 있잖아."

미겔의 얼굴에 조금 놀란 기색이 스쳤다. 그러나 미겔은 곧 재빠르게 표정을 갈무리하고 침대에서 일어났다. 그리고 가기 전 마지막으로 에르젠에게 물었다.

"그래? 그럼 다음에 말할게. 그보다 에르젠, 너 로즈베리……, 아니 빨간 열매 좋아하니?"

* * *

성은 오랜만에 새벽부터 눈코 뜰 새 없이 분주했다. 사용인들은 작은 연회장을 청소하고 꾸미느라 정신이 없었고, 주방에서는 아이들이 좋아할 법한 알록달록한 디저트와 여러 음식을 만드느라 요리사들의 손이 보이지 않았다.

하지만 바쁜 와중에도 사용인들의 입은 그들의 손발만큼이나 빠르게 움직였다. 주방 잡일을 맡은 벨라와 잔느도 그중 하나로, 그들은 식기를 열심히 닦으면서도 수다 떨기를 멈추지 않았다. 주방장의 아내이자 주방 하녀들을 관리하는 메리 부인이 드문드문 그녀들을 노려봤지만 호기심 많은 어린 하녀들의 입을 막기란 쉽지 않았다.

"이게 한 번에 뒤바뀔 일이야? 아무렴 나라 이름도 하루아침에 바뀐다고는 하지만 막상 이렇게 되니 참……."

메리 부인이 스쳐 지나가기가 무섭게 포크를 닦고 있던 벨라가 잔느에게 속삭거렸다.

그녀는 지금껏 미겔이 이즈카엘의 후계자가 될 거라고 믿어 의심치 않았다. 아비의 외관을 쏙 빼닮은 미겔은 태어날 적부터 에르젠보다 대우받았고, 어미의 출신이 미천하다고는 하나 누구나 느낄 수 있을 만큼 영리했다.

그러나 최근 미겔의 어미인 샬럿이 곧 쫓겨난다는 소문이 성내 파다하게 퍼졌으며, 그를 증명하듯 샬럿 모자는 성의 3층에서 1층으로 방을 옮겼다. 그리고 같은 날 에르젠은 성내 구석방에서 공작 부인의 방으로 거처를 옮겼다.

바뀐 방의 위치와 에르젠만을 위한 생일 연회. 주인의 마음이 어디로 기울었는가는 뻔했다. 잔느가 접시를 내려놓으며 고소하다는 듯 코웃음을 쳤다.

"흥! 그동안 오래 견딘 거지. 출신도 천한 게 매번 나보고 바닥이나 닦는 버러지라 할 때 내가 얼마나 분했는데!"

"맞아. 이제라도 쫓겨나서 다행이지. 설마 정말 공작 부인이라도 되면 어쩌나 했는데. 미겔 도련님이 태어날 때쯤에는 주인님께서 엄청나게 끼고 도셨잖아."

"그것도 한때지. 사내 마음 바뀌는 거 한순간이야. 애지중지 품고 있던 정부를 내치는 게 여기만의 일도 아니고. 분위기를 보아하니 미겔 도련님도 쫓겨날 거 같은데……. 그 왜, 에르젠 도련님께서 공작 부인의 방에 머무신다잖아."

"에이, 설마…… 그래도 꽤나 닮은 아드님이신데 그렇게까지 하겠어?"

급작스러운 주인의 변덕에도 대부분의 사용인들은 벨라와 잔느처럼 샬럿을 동정하기는커녕 그녀의 몰락을 반기며 조롱했다. 그들은 샬럿이 자신들을 천하다 모욕하며 괴롭힘을 일삼았던 것을 잊지 않았다.

"하기야 작고하신 선황제 폐하께서도 끼고 돌던 정부 목은 단번에 쳤지만 그 아들은 곁에 두셨지. 맞아! 그 아들이 반역죄 때문에……."

"조용해! 그 일에는 공작 부인의 집안도……. 주인님께서 에르젠 도련님 대우하는 거 안 보여? 공작 부인께 조금이라도 해되는 말을 했다가는 전처럼 야단이 날걸?"

잔느가 피바람을 일으켰던 페가토 후작의 반역을 입에 올리자, 벨라가 기겁하며 친우의 입을 막았다. 주인인 이즈카엘의 심중이 명확한 바, 헤레이스를 폄하하는 말은 하지 않는 게 좋았다. 잔느 또한 친우의 반응에 제 실수를 깨닫고 목소리를 죽였다.

"참! 그렇지. 이 입이 방정이야."

"조심해. 너랑 이야기하다가 나까지 쫓겨나겠어."

"알았어. 알았다고. 그보다 이대로 가면 벤 패거리들이 밤에 잠을 못 자겠네. 안 그래?"

벨라에게 미안한 표정을 지어 보인 잔느가 말을 돌렸다. 벨라는 친우를 잠시 흘기다 다시 식기를 닦으며 어쩔 수 없다는 듯 입을 열었다.

"그것들은 매번 공작 부인이 죄인의 딸이니 쫓겨나야 한다며 속닥거리고 다녔으니……. 벤은 아직도 정신 못 차리고 공작 부인이 별채에서 대우도 못 받는다고 큰소리치는 모양이지만, 그러다 큰일 나지."

"에이미 일로 아직도 심사가 뒤틀려 있는 거지, 뭐. 왜, 벤이 에이미한테 죽고 못 살았잖아."

"욕실에 몰래 숨어 들어가 공작님 꾀려던 발칙한 계집애가 무에 그리 좋다고……. 그렇게 좋으면 에이미가 팔이 부러져 쫓겨날 때 따라가든가."

"그 일로 부인을 미워하는 것도 우스워. 에이미를 쫓아낸 건 공작님이신데 왜 부인을 탓하냔 말이야. 공작님 앞에서는 고개도 못 들면서…… 쯧!"

"됐어. 그러는 것도 이제 끝일 텐데. 그 더러운 여자가 쫓겨나기만 해 봐. 벤도 그렇지만, 릴리 걘 성에 발이라도 붙일 수 있겠어?"

"이참에 아예 다 같이 나가 버리라지. 릴리, 걔는 쫓겨날 때 곱게 갈 수 있는지 두고 봐. 그 머리를 죄 뜯어 놓을 거야."

샬럿이 쫓겨난 뒤를 상상하던 두 사람의 입담이 서서히 거칠어졌다. 그녀들은 샬럿도 그렇지만, 샬럿의 옆에서 저들을 괴롭혔던 또래 릴리를 떠올리며 이를 갈았다.

"머리만 뜯을 줄 알아? 난 그 얼굴을 이 손으로…….'

"잔느! 벨라! 그만 떠들고 빨리빨리 못 움직여? 둘 다 혼이 크게 나야 정신을 차리지!"

하지만 그녀들의 수다는 그 이상 이어지지 못했다. 그새 주방을 한 바퀴 돈 메리 부인이 두 사람 뒤에서 고함을 버럭 지른 탓이었다.

잔느와 벨라가 고개를 푹 수그린 채 다시 손을 재게 놀렸다. 메리 부인이 못 미덥다는 듯 그들의 뒤편에서 팔짱을 낀 채 버티고 서 있었으므로 더는 요령껏 떠들 수도 없었다.

"거기 조심해! 쏟기라도 했다가는 큰일이야!"

"리본이 왼쪽으로 기울어졌잖니. 다시 달아. 빨리!"

그렇게 에르젠의 생일 준비는 차근차근 진행됐다. 어느새 잘 꾸며진 홀에는 귀한 로즈베리를 잔뜩 올린 케이크가 놓였으며, 그 주변은 먹음직스러운 여러 음식으로 차례차례 채워졌다.

사용인들은 마지막으로 식기를 놓고 들뜬 얼굴을 했다. 오늘 연회는 귀하신 분들 대신 성내 기사들과 그들이 초대객으로 자리할 예정이었다.

"준비는 끝났나?"

마침내 모든 준비가 마무리되고 연회장 문이 열리며 이즈카엘이 홀 안으로 들어섰다. 그리고 그의 오른편에는 오늘 연회의 주인공인 에르젠이 자리해 있었다.

"예, 준비가 끝났습니다, 주인님."

노집사의 얼굴에는 오랜만에 웃음이 한가득했다. 그는 아기자기하게 장식된 홀을 자랑스럽게 내보이며 에르젠을 향해 기대감이 충만한 얼굴을 했다. 아이가 좋아해 주길 바라는 순수한 마음이었다.

평소답지 않은 노집사의 즐거운 목소리에도 이즈카엘은 홀 내부를 무덤덤한 눈으로 훑어봤다. 아이의 취향에 맞춰 꾸미라 명해서 그런지 그의 눈에 홀은 지나치게 알록달록했다.

　하지만 주인공인 에르젠은 홀이 제법 마음에 든 모양새였다. 아이는 입을 벌린 채 홀 여기저기를 구경하느라 정신이 없었다.

　'……좋아하면 그만이지.'

　에르젠의 표정에 기분이 퍽 좋아진 이즈카엘이 몸을 숙여 홀 구경에 한창인 에르젠을 안아 들었다. 그리고 중앙에 마련된 케이크 바로 앞자리로 향했다.

　"괜찮군."

　로즈베리가 가득 올라간 삼단 케이크 또한 훌륭했다. 로즈베리는 한 알 한 알 싱그러운 표면을 자랑했으며, 두껍게 깔린 크림은 당장에라도 손가락을 가져다 대고픈 욕망을 불러일으켰다.

　작은 칭찬에 주방장이 감격에 겨운 얼굴을 했다. 이즈카엘은 주방장의 표정을 뒤로한 채 어릴 적 정원에 숨어 창 너머로 훔쳐본 샤를의 생일 연회를 떠올렸다. 당시 그의 눈길을 사로잡았던 케이크 못지않게 지금의 케이크도 반짝반짝 빛이 났다. 그때 입 안을 맴돌던 쓴맛이 기억나자 이즈카엘이 에르젠을 고쳐 안고는 아이의 표정을 살폈다.

　기대감만이 자리할 거라 생각했던 것과 달리 에르젠의 얼굴은 하얗다 못해 새파랗게 질려 있었다. 게다가 몸을 어찌나 벌벌 떠는지, 그 떨림이 아이를 안고 있는 이즈카엘의 손은 물론이고 팔과 몸까지 전해졌다.

누가 보더라도 생일을 맞이한 아이가 취할 행동은 아니었다. 이즈카엘은 뭐가 문제인가 미간을 좁히며 고민하다 에르젠이 아래쪽을 힐끔거리며 살피는 것을 눈치챘다. 아이가 높은 높이에 겁을 먹었다 생각한 이즈카엘이 케이크 바로 앞에 주인공을 위해 마련된 의자에 에르젠을 앉혔다.

하나 에르젠의 표정은 여전히 어두웠고, 그는 잔뜩 겁에 질려 있었다. 어깨를 뒤로 확 젖힌 아이는 케이크를 보지 않겠다는 듯 눈을 꼭 감고 있었다. 이즈카엘은 물론이요, 주변 사람들도 그제야 아이가 케이크를 꺼린다는 사실을 눈치채고 입매를 굳혔다.

"왜 그러지? 케이크가 마음에 들지 않는 건가?"

이즈카엘이 에르젠에게 묻자 주방장의 얼굴이 곧 울 것처럼 변했다. 그도 그럴 것이 밤낮 잠을 줄여 가며 구상하고 온 힘을 다해 구워 낸 케이크였다.

"먹, 먹으면 안 된다 했어요."

에르젠이 슬며시 눈을 뜨고는 기어가는 목소리로 답했다.

아이의 답은 쉽사리 이해하기 어려웠다. 먹으면 안 된다고 했다니. 이건 분명 에르젠에게 누군가가 케이크를 먹지 말라 협박했다는 것이 아닌가. 사방으로 떨리는 에르젠의 푸른 눈에 이즈카엘의 표정이 딱딱하게 굳어졌다.

"무슨 말이지?"

이즈카엘의 목소리가 급격히 낮아졌다. 그의 기세에 아이가 딸꾹질을 시작했다. 보다 못한 노집사가 이즈카엘 대신 차분한 목소리로 에르젠에게 되물었다.

"도련님, 이 케이크는 도련님의 생일을 위해 특별히 준비한 겁니다. 그런데 드시면 안 된다니요. 누가 감히 그런 말을 했습니까?"

"이걸 먹으면…… 이, 이걸 먹으면 영영 엄마를 못 볼 거라 했어요."

"예?"

"난 엄마를 보고 싶은데…… 흑. 엄마도 에르젠이 보고 싶을 텐데. 흐아아아앙!"

에르젠이 결국 크게 울음을 터뜨렸다. 서러운 아이의 울음에는 조금의 거짓도 없었다. 헤레이스까지 언급되자 이즈카엘이 의자를 옆으로 돌려 에르젠과 눈을 마주했다.

"누가 그런 말을 했나?"

"엄마, 흐아아아앙!"

"울지 말고. 누가 네게 그런 말을 했지, 에르젠."

형형히 빛나는 금안에 분노가 한가득하였다. 그러나 이즈카엘은 제 감정을 억누른 채 느릿한 손짓으로 에르젠의 눈물을 닦고 아이의 답을 기다렸다. 에르젠이 한참 만에 울음을 멈추고 히뜩거리며 답을 했다.

"형…… 미, 미겔 형이……."

"……."

"미겔 형이…… 흐윽…… 그랬어요. 흑."

생각지도 못한 이름이 나오자 그 자리에 있던 모두의 표정이 변했다. 대다수는 당황스러워했지만, 이즈카엘의 얼굴에서는 살기가 흐르기 시작했다.

적막만 흐르는 공간 속, 이즈카엘이 불현듯 어떤 시선을 느끼고 고개를 살짝 돌렸다. 그 옛날 샤를의 생일 연회를 훔쳐봤던 그때의 그와 똑같이 생긴 아이가 창가에서 히죽이며 웃고 있었다. 새빨간 입술 사이로 긴 혀가 나왔다가 재빠르게 사라졌다.

이 가는 소리가 살벌하게 들린다 싶더니 이즈카엘이 굽혔던 허리를 폈다. 그가 우는 에르젠을 거칠게 안아 들고는 노집사를 향해 짓씹듯 명했다.

"……샅샅이 조사해."

"무, 무슨……."

"이 케이크에 무슨 문제가 없는지 이 자리에서 조사해. 당장!"

그의 입에서 노성이 터져 나오자 에르젠이 몸을 딱딱하게 굳혔다. 이즈카엘이 에르젠의 유모를 불러 아이를 넘겨주고는 연회장 구석에 있으라 명했다. 에르젠의 상태를 보면 방으로 올려 보내야 했지만 지금 당장은 에르젠이 자신의 눈앞에서 사라지는 것조차 불안했다.

주인의 살벌한 명에 몇몇 사용인들의 발이 바빠졌다. 에드가를 비롯해 자리에 있던 기사들도 심상치 않음을 느끼고 주변을 경계했다.

곧 불려 온 의원이 케이크를 이리저리 살피다 은으로 만들어진 기다란 쇠막대기를 케이크 여기저기에 꽂아 봤다. 난도질당한 케이크는 금세 망가졌다. 하지만 혹여나 했던 것과 달리 쇠막대기는 변색되지 않았다.

사람들의 안도와 허탈감 속에 고개를 갸웃거리던 의원이 작은 상자를 꺼내 그 속에 로즈베리와 케이크 일부를 잘라 넣었다.

찍…… 찍찍.

분주한 발소리와 찍찍거리는 울음만으로 상자 속에 어떤 생물이 있는지는 모두가 짐작했다. 이즈카엘이 나무 상자를 뚫어져라 바라봤다.

찍! 찍! 찍찍! 찍!

한참 별문제 없어 보이던 나무 상자가 갑자기 요동치기 시작했다. 안에 있는 쥐가 어찌나 거칠게 난동을 부리는지 상자가 들썩일 정도였다. 심상치 않은 소리에 사람들의 낯이 새파랗게 변했다. 그리고 곧…….

찍…….

짐승의 마지막 단말마와 함께 나무 상자가 조용해졌다.

"열어."

이즈카엘이 짧게 명하자 의원이 덜덜 떨리는 손으로 뚜껑을 열었다. 안을 들여다본 사람들이 헉하고 숨을 들이쉬며 뒤로 물러났다. 상자 안에는 쥐가 새카만 피를 토해 낸 채 끔찍한 몰골로 죽어 있었다.

아직 살짝 경련하는 뒷발 하나와 긴 꼬리가 아니었다면 방금까지 쥐가 살아 있었음을 그 누구도 믿지 않았으리라. 의원이 떨리는 목소리를 주체하지 못한 채 간신히 입을 열었다.

"도, 독입니다."

* * *

"이거 놔! 놓으라고!"

건장한 체격의 하인들이 버둥거리는 샬럿을 밖으로 끌어냈다. 햇살 가득한 화창한 날씨와 어울리지 않는 광경에 사람들의 이목이 집중됐다.

"내가 누구인지 알아? 내가 미겔의 어미야! 너희가 이러고도 무사할 거 같아!"

샬럿은 긴 계단을 신도 없이 맨발로 끌려 내려가며 고래고래 소리를 질렀다. 하나 하인들은 그녀의 말에도 경직된 얼굴을 유지한 채 걸음을 빨리했다. 계단을 다 내려오자 화려한 마차 한 대와 기사 여럿이 보였다. 그리고 그 앞에 은빛 머리카락을 가진 사내가 우뚝 서 있었다.

하인들은 곧장 주인의 앞으로 갔다. 고함치며 몸을 뒤틀던 샬럿이 이즈카엘을 보고는 몸을 굳혔다가, 곧 가여운 표정을 지었다. 이즈카엘이 하인들을 향해 손짓하자 하인들이 샬럿을 아무렇게나 놓았다.

"이, 이즈카엘! 공작님!"

샬럿은 풀려나기 무섭게 울먹이며 이즈카엘의 발치에 매달렸다. 덕분에 치맛자락이 바닥에 쓸리고 구겨졌지만 샬럿은 신경도 쓰지 않은 채 이즈카엘을 올려다보며 미친 듯이 고개를 저었다.

"내, 내가 그런 게 아니에요."

"……."

"믿어 줘요, 이즈카엘. 내가 그런 게⋯⋯."

샬럿은 아니라 했지만 심증과 물증 모두 그녀를 가리켰다.

조사 결과, 케이크를 장식하기 위해 로즈베리를 재워 둔 유리 병에 누군가 독을 넣었다는 사실이 밝혀졌다. 그리고 유리병 근처에 샬럿의 하녀 릴리가 서성댄 것을 목격한 자가 나왔다.

이즈카엘은 곧장 샬럿의 방을 뒤지라 명했다. 주인의 명에 사용인들은 곧 화장대에 숨겨져 있던 작은 병과 샬럿의 반지 하나를 가져왔다. 그리고 그 속에는 에르젠을 해칠 뻔한 독과 같은 것이 있었다.

"할 말 있나?"

이즈카엘이 샬럿의 앞에 손바닥을 펼쳐 보였다. 익숙한 병과 반지의 등장에 샬럿의 얼굴이 하얗게 질렸다. 그러나 그녀는 곧 피가 나도록 입술을 깨물며 억울한 표정을 지었다.

"아니에요!"

"⋯⋯."

"생각을 해 봐요, 이즈카엘. 만약 그 아이가 죽기라도 했다면 지금처럼 내가 범인으로 몰릴 텐데 내가 미쳤다고 그런 수를 쓰겠어요? 난 아니에요!"

"⋯⋯."

"누, 누군가 날 모함하는 게 분명해! 그래, 그 여자야. 그 여자가 돌, 돌아와서 내 자리를 차지하려고 제 자식을⋯⋯."

"그 입 닫아."

헤레이스가 언급되자 이즈카엘이 살벌하게 읊조렸다. 그가 자신에게 매달려 있는 샬럿을 아무렇게나 떼어 냈다.

"악!"

"내가 분명히 말했을 텐데. 네 망상을 더는 눈감아 주지 않겠다고."

이즈카엘은 바닥에 주저앉은 샬럿을 내려다보다가 손에 쥐고 있던 병을 바닥에 내던졌다. 돌로 만들어진 타일에 부딪힌 병이 순식간에 깨지더니 그 안의 검은 액체가 쏟아져 나왔다.

치이이익.

검은 액체는 쏟아지자마자 투명한 색으로 변해 타일을 적셨다. 그리고 곧 연기가 피어올랐으며, 단단한 돌 타일이 움푹 팼다. 이즈카엘이 반지마저 바닥에 내던져 깨트린 후 서늘한 낯빛으로 말했다.

"이걸 구한 건 몇 년 전이라지. 그리고 너……."

"아……."

"……그 꼴로 별채로 향했다고?"

샬럿은 평소 즐기던 화려한 드레스 대신 하녀들의 복장을 따르고 있었다.

이즈카엘이 그녀의 차림새를 훑어보자 샬럿이 달달 떨며 손톱을 입으로 가져갔다. 옷차림에 관해서는 변명할 거리가 생각나지 않았다. 이즈카엘의 예상대로 샬럿은 헤레이스를 몰래 만나기 위해 하녀의 옷을 꿰입었다.

'어, 어디서부터 문제였지?'

케이크를 이용해 아이를 독살하고, 그 사실을 그 여자에게 알려 주며 괴로워하는 꼴을 구경하다 같은 독을 내민다. 아이를 끔찍이 아끼던 여자였으니 순순히 독을 마셨으리라. 고분고분하게 마시지 않아도 좋았다. 어떻게든 그 여자의 입 안에 이걸 털어넣을 작정이었으니까.

'분명히 완벽했는데 왜……'

그녀가 쫓겨날 것이 확정되자 거리를 두던 하녀 릴리가 갑자기 무슨 일이든 돕겠다고 말해서일까? 실행할 때까지만 해도 분명 완벽하다고 생각했던 계획이었다. 하지만 지금 보면 모든 게 허술했다.

'이게 아닌데…… 일이 이렇게 되면 안 되는데.'

아니, 사실은 들킨다 하더라도 그 여자와 아이를 죽인 다음이면 이 사내도 어쩔 수 없이 눈감아 줄 거란 자신이 있었다. 후계자가 미겔밖에 남지 않으니까. 미겔과 그 어미인 자신을 어찌 못한다는 자신감.

'그래. 내게는 미겔이 있어, 똑똑하고 잘난. 그 여자의 아들과 비교가 안 될 정도로 잘난 아들이 있단 말이야. 그 아이가 날 공작 부인으로 만들어 줄 거야. 내가 당연히 누려야 할 모든 것을 줄 거야. 그러니 조금만 견디면……'

미겔을 떠올린 샬럿이 미래에 자신의 손에 들어올 것을 상상했다. 아들을 생각하자 언제나처럼 모든 것이 해결될 것만 같았다.

그녀는 히죽거리다 무릎걸음으로 이즈카엘에게 다가갔다. 이 고비만 넘기면 가지게 될 것들이 얼마나 많은데. 이대로 범인으로 몰릴 수는 없었다.

"이즈카……."

하지만 이즈카엘의 눈을 보는 순간 그녀는 아무 말도 할 수 없었다. 사내는 그녀를 경멸 가득한 눈으로 벌레 보듯 보고 있었다. 샬럿이 가장 싫어하는 눈이었다. 무관심하면서도 세상 더러운 것을 보는 눈.

"더 물을 필요 없겠지."

샬럿이 딱딱하게 굳어 버리자 이즈카엘이 등을 돌렸다. 하지만 그 순간 우려하는 듯한 중년 여인의 목소리가 들렸다.

"도, 도련님!"

"아버지!"

이즈카엘의 얼굴이 와락 구겨짐과 동시에 아이가 달려와 그에게 매달렸다. 이즈카엘이 자신과 같은 색의 눈동자와 머리카락을 가진 아이를 거칠게 밀쳤다. 그러자 미젤의 유모가 흙바닥에 주저앉으며 숨을 들이켜는 소리가 들렸다.

미젤이 벌떡 일어나 옷을 털고 이즈카엘에게 다시 다가갔다. 아이가 가여운 얼굴로 눈물을 뚝뚝 떨구며, 그러나 희열 가득한 목소리로 이즈카엘에게만 들리게 속삭였다.

"죽여."

"……."

"감히 네 그녀를 해치려 들었잖아. 그러니 당장 죽여. 그게 옳은 선택이야."

미젤을 내려다보는 이즈카엘의 눈에 샬럿을 볼 때와는 비교할 수 없는 살기와 경멸이 흘렀다. 그가 허리춤에 매달린 검 손잡이를 만지작거리다 한참 만에 손을 떼고 말했다.

"아니. 죽이지 않아. 네 놈에게 더는 놀아날 수 없지."

"……언젠가 후회할지도 몰라, 아버지."

그렇게 속삭인 미겔이 몸을 돌려 샬럿에게 뛰어갔다. 샬럿이 제 품에 안긴 미겔을 꼭 안은 채 이즈카엘에게 소리쳤다.

"그래! 내가 이 아이의 어미야, 이즈카엘. 내가 당, 당신 후계자의 어미라고!"

"……약속을 지키지. 넌 황금을 가지고 이 성에서 나가게 될 거다. 뭣들 하나. 태워."

이즈카엘의 명에 하인들이 샬럿과 미겔을 떼어 놨다. 모자는 헤어지지 않겠다는 듯 버둥거리며 서로를 붙잡았다가 이내 떨어졌다.

"이거 놔! 미겔! 미겔! 이 어미에게 와! 미겔!"

"어머니!"

샬럿이 구겨지듯 화려한 마차 안으로 사라지자 몇몇이 가여운 얼굴로 어미와 떨어진 미겔을 바라봤다. 하나 이즈카엘은 미겔의 입가에 자리한 비소를 똑똑히 봤다. 몸을 돌린 그가 손짓으로 노집사를 불렀다.

"……내가 말한 곳에 가둬 놔."

이즈카엘의 명에 노집사가 얼굴을 굳히더니 미겔에게 다가갔다. 그리고 그새 미겔에게 붙은 유모를 떼어 낸 후 아이를 끌어당겼다. 미겔에게 붙어 있던 중년의 여인이 이즈카엘의 앞에 몸을 던졌다.

"아이고, 주인님. 안 됩니다. 미겔 도련님은 아직 어리십니다."

"……."

"제, 제가 같이 가겠습니다. 저라도 같이 있어야……."

누가 보더라도 충심이 가득한 모습이었다. 그러나 이즈카엘은 여인의 눈 속이 어딘가 멍한 것을 확인하고는 냉정히 말했다.

"성 밖으로 내보내. 그리고 다시는 이곳에 발 들이지 못하도록 해."

노집사가 하인들에게 눈짓하자 하인들이 미겔의 유모를 질질 끌었다. 여인은 미겔의 이름을 부르며 끌려 나갔다.

이즈카엘이 노집사에게 잡혀 있는 미겔을 힐끗 보고는 기사들 가장 앞에 있는 에드가를 불러 무언가를 말했다.

"……그렇게 처리하도록."

"예."

이즈카엘의 앞에 고개 숙인 에드가가 말에 올랐다. 곧 에드가를 필두로 한 기사 무리와 샬럿을 태운 마차가 흙먼지를 일으킨 채 성문 밖으로 나섰다. 미겔이 점점 작아지는 그들을 보다 작게 인사했다.

"잘 가, 어머니."

* * *

에드가 일행이 도착한 곳은 북부와 야만인들 영토의 경계였다. 에드가는 황량하기 그지없는 땅을 둘러보다 말을 멈추고 내렸다.

날은 이미 어둑해져 조금 더 시간이 지나면 완전히 캄캄해질 터였다.

"꺼내."

물건을 대하는 듯 매정한 말이었다. 기사 하나가 화려한 마차 안에 있던 샬럿을 끄집어 내렸다. 샬럿이 악, 하는 소리와 함께 바닥으로 던져지다시피 했다.

"여, 여기는……?"

샬럿의 물음에 에드가 마차와 마구를 연결하고 있던 물추리막대와 봇줄을 끊어 내 말들을 마차와 분리했다. 그리고 기사들을 시켜 마차 안에서 상자 하나를 꺼내 오게 했다.

쿵.

기사 여럿이 힘들게 옮긴 상자는 무게에 걸맞게 무거운 소리를 내며 바닥에 안착했다. 에드가 발로 상자를 열었다.

철컥하는 소리와 함께 뚜껑이 열린 상자 안에는 황금이 가득했다. 보는 것만으로도 눈부신 황금에 샬럿의 눈이 순간 커졌다.

"공작님께서 네게 약속한 황금이다. 네 몸의 몇 배는 되는 무게지. 모두 네 것이야."

그 말에 샬럿이 독기 어린 눈을 하면서도 상자를 끌어안았다. 이미 쫓겨난 이상 이것이라도 챙겨야지. 이걸로 먹고 살다 미젤이 공작이 되면 그때 성으로 돌아가는 거야.

상자 안 가득 담긴 황금을 매만진 그녀가 충혈된 눈으로 히죽거리기 시작했다. 에드가 미간을 좁혀 그 모습을 보다 몸을 돌렸다.

"돌아간다."

에드가가 마차에서 분리된 말을 다른 기사들에게 넘겼다. 기사들이 말을 각자의 말 뒤에 묶고 에드가를 따라 방향을 틀었다. 황금을 보며 웃고 있던 샬럿이 그제야 이상함을 느끼고 고함을 쳤다.

"이게 무슨! 거기서! 당장 거기 서지 못해!"

에드가가 제자리에 우뚝 섰다. 샬럿이 황금을 담은 상자 뚜껑을 닫고 그에게 주춤거리며 다가갔다. 그녀의 눈에는 그새 희열 대신 불안감이 자리했다.

"이, 이대로 가면 나더러 이걸 어떻게 들고 가라고…… 이걸 옮겨 줘야지. 당장 내가 살 곳으로 안내해, 이 천것아."

"……내가 받은 명은 너와 이 황금, 그리고 이 마차를 여기 두는 것뿐이야. 각하께서 말씀하셨다. 말을 모조리 회수해 돌아오라고."

샬럿이 눈이 경악으로 커졌다. 이런 황무지에 여인인 저와 황금, 그리고 말도 없는 마차만 두고 떠난다고? 제정신인가. 하지만 저를 바라보는 기사의 눈은 너무도 덤덤했다. 샬럿은 부들부들 떨리는 손가락으로 에드가를 가리켰다.

"날…… 날 죽일 셈이지? 그렇지 않고서는……."

"……."

"똑바로 말해! 날 죽일 셈이지? 네 주인이 날 죽이라 말했지? 그렇지 않고서는 어떻게!"

"그러게 욕심을 적당히 부리지 그랬나."

"뭐?"

"주제넘게 구는 것도 모자라 에르젠 도련님과 부인을 독살하려
들었으니 이 정도는 마땅하지."

그 말을 끝으로 에드가는 말에 올랐다. 그리고 일말의 망설임
도 없이 말 옆구리를 찼다. 에드가를 태운 말이 길게 울며 달리
기 시작했고, 이어 다른 기사들도 빠르게 사라졌다.

"거기서! 거기 서란 말이야아! 아아아악!"

흙먼지 뒤로 샬럿이 악을 썼다. 하지만 위험한 땅, 그녀의 비
명에 답해 줄 이는 없었다.

* * *

헤레이스는 에르젠을 볼 생각에 한껏 들떠 있었다. 온실 분수
앞에 앉아 아들에게 줄 셔츠를 펼쳐 보는 그녀의 눈에는 애정만
이 가득했다.

셔츠에는 파랑새가 예쁘게 자리해 있었다. 헤레이스가 직접
수놓은 파랑새를 쓰다듬자 바로 옆 새장에 갇힌 파랑새가 지저
귀었다.

"답답하니? 나올래?"

헤레이스가 새장 문을 열고 파랑새 쪽으로 손가락을 가져다 댔
다. 작은 새가 헤레이스의 손가락에 앉아 머리를 이리저리 움직
이다 다시 새장 안쪽으로 자리를 옮겼다.

"날아가도 좋을 텐데……."

사람 손을 많이 타서 그런지 새는 새장을 열어 놔도 밖으로 날아가지 않았다. 헤레이스가 가여운 눈으로 새를 바라보다 새장 문을 닫고 의자에 올려 둔 셔츠를 집어 들었다. 조금 있으면 연회가 끝날 테고, 그러면 에르젠에게 이걸 입혀 볼 수 있으리라.

"아직 끝나지 않았나……."

하지만 그녀의 기다림은 해가 저물고 하늘이 어둑해질 때까지 계속됐다. 헤레이스는 싸늘해진 날씨에 방 안으로 자리를 옮겨 초조히 문을 바라봤다. 그리고 마침내 똑똑 하고 문 두드리는 소리가 났다.

"에르젠!"

헤레이스가 아들이 서 있을 것을 기대하며 활짝 웃었다. 그러나 문이 열리고 들어온 것은 식사를 가져다주는 하녀 중 하나였다. 실망이 역력한 얼굴이 그대로 드러나자 하녀가 고개를 푹 숙였다.

"저기…… 아직 연회가 끝나지 않았니?"

"……."

하녀는 헤레이스의 질문에 답하지 않았다. 언뜻 보면 평소와 같은 모습이었지만 헤레이스는 손을 덜덜 떨며 불안한 눈으로 바닥만 보는 하녀에게서 이상한 낌새를 느꼈다. 헤레이스가 목소리를 깔고 싸늘하게 말했다.

"……밖에 무슨 일이 있구나. 그것도 내 아들과 관련된."

"앗!"

혹여나 싶어 떠본 말이었건만 혜레이스의 말에 하녀가 지레 놀라 접시를 놓쳤다. 그릇이 깨지지는 않았으나 날카로운 소리와 함께 탁자 위에 엎어졌다. 테이블보를 타고 바닥으로 붉은 소스가 뚝뚝 떨어졌다.

혜레이스가 지체 없이 문가로 갔다. 그리고 일말의 망설임도 없이 문을 벌컥 열었다.

* * *

"부인, 돌아가셔야 합니다. 이렇게 나오시면 안 됩니다."

"……."

"부인, 제발……."

하녀와 복도를 지키고 있던 기사가 혜레이스에게 붙어 곤란한 목소리로 애원했다. 하지만 혜레이스는 그들의 목소리를 못 들은 척 걸음을 옮겼다.

'아니, 난 당신을 가두지 않아. 원한다면 자유롭게 나다녀도 좋아. 하지만 당신이 규칙을 어긴다면 내가 무슨 일을 벌일지 장담하지는 못하겠군.'

협박에 가까운 이즈카엘의 말이 두려웠다. 하지만 지금 당장 에르젠에게 무슨 일이 생겼는지도 모르는데 가만히 있을 수는 없었다. 혜레이스가 더욱더 빠르게 정원을 가로질렀다.

그러나 본채가 저 멀리 보이기 시작했을 때 웬 사내 하나가 그녀의 앞을 가로막았다. 정확히는 급히 모퉁이를 돌던 혜레이스와 사내가 부딪칠 뻔했다.

"에이씨, 뭐야?"

"……."

"딸꾹. 어? 공작 부인 아니신가."

사내는 술에 잔뜩 취해 있었다. 얼굴은 물론이요, 너저분하게 풀어 헤쳐진 셔츠 사이로 보이는 목과 가슴에도 벌겋게 열이 올라 있었다. 헤레이스의 뒤를 따르던 기사와 하녀가 그녀를 뒤로 보내고 막아섰다.

"벤! 미쳤어? 당장 비켜!"

하녀가 사내를 알아본 듯 작은 목소리로 일갈했다. 하나 사내는 히죽거리며 웃더니, 들고 있던 술병을 내던지고 큰 소리로 낄낄거리며 헤레이스를 훑어보기 시작했다.

"귀하신 몸께서 무슨 바람이 불어 나오셨을까? 날갯죽지 잘린 새처럼 얌전히 들어앉아 있거나 하지."

헤레이스를 향한 사내의 적대는 명백했다. 하녀의 일갈에도 사내가 무례한 언사를 내뱉자 기사가 얼굴을 와락 구기더니 남자를 향해 손을 뻗었다.

"가만히 앉아 있어도 모든 걸 해결해 주는 사람이 있는 주제…… 으아악!"

쿵 하는 소리와 함께 사내가 바닥에 강제로 엎어져 제압당했다. 기사가 사내의 팔을 꺾더니 헤레이스를 향해 말했다.

"듣지 마십시오."

"흐으…… 폴, 그 여자한테 고개 숙여 봤자 소용없어. 네 여자도 저 여자 때문에 성에서 쫓겨났잖아? 안나? 그래. 저 여자 시녀 말이야."

벤이라는 사내는 고통에 허우적대면서도 입을 놀렸다. 갑작스레 벌어진 상황에 몸을 굳히고 있던 헤레이스가 사내의 입에서 나오는 아는 이름에 눈을 크게 떴다.

'안나, 너 좋다고 하는 아이 이름이 뭐지? 폴이라 했던가? 어때? 잘해 줘?'

'그런 애를 어떻게 저한테 붙이세요! 폴은 저보다 세 살이나 어리다고요! 완전 어린애예요.'

헤레이스의 시선이 기사의 얼굴에 닿았다. 몇 년 전 앳된 모습이 완전히 사라진 것은 물론이요, 순수해 보였던 표정조차 이제는 없었다. 건장한 기사로 자란 소년의 얼굴에는 지독한 씁쓸함과 우울만이 자리했다.

"좋다고 따라다니는 너 이용해 저 여자랑 도망가더니 붙잡혀 와서 매를 맞고 쫓겨났지. 주인이나 그 아랫것이나 사내를 홀려 이용하는 재주만 있다니까."

"……더 입을 놀렸다간 목을 베겠다."

"그만. 그냥 둬요."

헤레이스를 모욕하는 말이 이어지자 폴이 검을 뽑아 들었다. 헤레이스가 그를 만류하고는 걸음을 옮겼다. 저런 주정뱅이와 입씨름할 시간 따위 없었다. 하지만 그녀가 몇 발 떼기가 무섭게 뒤에서 벤이 다 들리도록 큰 소리로 주절댔다.

"이걸로 당신이 망친 인생이 몇인지……. 오늘만 해도 릴리가 죽고 미겔 도련님을 낳은 여자가 쫓겨났지. 가여운 미겔 도련님. 하루아침에 어미를 잃고 말이야. 당신을 닮은 재수 없는 애새끼 하나가 없어지는 게 무에 대수라고……."

에르젠의 이름을 듣자마자 헤레이스의 발이 딱 얼어붙었다. 그녀가 되돌아와 여전히 엎어져 있는 벤의 멱살을 잡았다.

"똑바로 말해. 에르젠이 없어져? 무슨 말이야."

멱살이 잡힌 벤은 당연하고, 하녀와 폴도 갑자기 변한 헤레이스의 모습에 놀란 얼굴을 했다. 하지만 벤은 곧 그녀를 비웃으며 히죽거렸다.

"표정하고는……. 어미는 어미라 이 말인가? 그래. 아무도 말해 주지 않았을 테니 내 친히 알려 주지. 당신 아들 말이야 오늘……."

"벤! 그 입 닫아!"

폴이 고함을 지르며 벤의 말을 끊으려 했다. 하지만 증오 어린 눈으로 헤레이스를 바라보던 벤은 독한 술 냄새와 함께 끝끝내 말을 뱉었다.

"……독 먹고 뒈질 뻔했어. 진짜 죽어 버렸으면 좋았을 텐데. 아깝게 됐지."

* * *

"날 여기 둬서 뭐 하게. 사생아 아들 학대한다는 소문 만들게?"

이즈카엘과 미겔은 어두컴컴한, 창문 하나 없는 방에 있었다.

방 안에는 침대 하나 그리고 얼핏 잡동사니로 보이는 여러 물건이 그 주변 바닥에 널브러져 있었다.

미겔이 몸을 굽혀 제법 묵직한 촛대 하나를 집어 들고 비웃음 가득한 목소리로 말했다.

"아버지, 나한테 이런 건 소용없다니까. 인간들이 모시는 여신의 힘따위……."

미겔이 백합 모양이 양각돼 있는 촛대의 허리 부근을 세게 쥐었다. 퍽 소리와 함께 금이 간다 싶더니 아랫부분이 날카로운 소리를 내며 바닥으로 떨어졌다.

미겔은 나머지 부분도 던져 버리고 웃는 얼굴로 이즈카엘을 쳐다봤다. 하지만 아이의 미소에는 묘한 불쾌감이 서려 있었다.

"그보다 네 아내가 너랑 규칙을 어기고 나온 거 같은데? 안 가 봐도 되겠어? 그녀가 또 아이만 데리고 도망가면 어떻게 하려고?"

헤레이스를 언급하며 빈정거리는 목소리에도 이즈카엘은 눈썹만 꿈틀댈 뿐이었다. 아내가 규칙을 어기고 나올지도 모른다고 어느 정도 짐작은 했다. 하지만 아내가 규칙을 어긴 것보다 지금 당장은 눈앞의 이것을 어떻게든 처리하는 것이 우선이었다.

'미겔 형이…… 흐윽…… 그랬어요. 흑.'

이것과의 접촉을 그리 막았건만 에르젠은 그새 이것을 형이라 친밀히 부르고 있었다. 그렇다면 이미 헤레이스에게도 다가갔으리라. 이즈카엘은 더는 이것이 제 울타리 안으로 침범하는 걸 두고 볼 수 없었다.

이즈카엘의 표정이 심상치 않자 미겔이 그에게 한 발 다가왔다.

"왜? 그때처럼 목을 베고 아우뉴 호수에 던져 버리게? 아니면 불에 태우려나? 그것도 아니면 왜 그 재수 없는 검이랑 비슷한 걸 주웠어? 날 또 조각내려고? 소용없어. 조금 찌릿찌릿하기는 했지만 그때처럼 부러뜨리면 그만이야."

헤레이스의 도망 이후 이즈카엘은 몇 번이나 미겔을 죽이려 들었다. 하나 인간을 죽이는 방법은 이것에게 통하지 않았다. 그나마 성물과 같은 물건이 이것에게 통한다는 사실도 성검으로 불리는 물건으로 이것을 우연찮게 베며 알았다.

하지만 모든 성물이 통하지는 않았다. 이즈카엘은 여러 번의 경험을 통해 성물 중에서도 서늘하게 느껴지며 제 피에 반응하는 특정한 것만이 이것에게 유효하다는 사실을 깨달았다.

성력을 느낄 수 있는 사제들은 특유의 서늘함이 성질에 불과할 뿐, 여신의 축복을 받은 똑같은 성물이라고 입을 모아 말했다. 그러나 이즈카엘은 성물과 자신이 찾는 물건이 다름을 확신했다. 눈앞의 괴물에게 통하는 물건은 분명 따로 있었다.

"아들이 징글징글한 건 이해하지만…… 내가 이 껍데기를 얻고 곁에 머무는 걸 돕겠다 한 건 아버지 너야. 난 원하는 만큼 아버지 당신한테 붙어 있을 테니 힘 빼지 마."

방 안에 기이한 그림자가 길게 늘어졌다. 창문도 없는 방에 바람이 불더니 벽에 비친 그것이 입을 쩍 벌리고 이빨을 드러내 보였다. 침을 질질 흘리는 형상마저 선명해 마귀나 악마 따위를 믿지 않는 이도 단숨에 신전으로 달려갈 법했다. 그러나 이즈카엘은 여전히 무감한 눈으로 그것을 내려다볼 뿐이었다.

오히려 시간이 갈수록 초조해 보이는 것은 미겔이었다. 이 공간에서 무언가가 그를 시시각각 조여 오고 있었다. 미겔이 바닥에 나뒹구는 성물을 눈동자만 굴려 하나하나 살피기 시작했다.

"……내 어미에게 붙어 있던 게 너인가? 언제부터였지?"

그 꼴을 보고 있던 이즈카엘이 한참 만에 묻자 아이가 일부러 올리고 있던 입꼬리를 끌어 내렸다. 번쩍이는 금안에 장난기와 여유 대신 어둑한 감정이 내려앉았다.

"……."

그리고 그것이 처음으로 침묵했다.

"답할 생각이 없군. 좋아. 나도 더는 물을 생각 없어. 어차피 네놈을 여기로 끌고 온 건……."

이즈카엘이 제 목 쪽으로 손을 가져갔다. 얇은 가죽끈이 옷 사이에서 드러난다 싶더니 그 끝에 작은 물체 하나가 반짝였다. 하얗고 얇은 은, 또는 어떠한 광석으로 만들어졌다 추측되는 자그마한 눈송이였다.

'……이즈카엘, 이걸 꼭 걸고 있으렴.'

그것을 꾹 쥐자 손바닥 피부 아래로 뼛속까지 시린 냉기가 느껴졌다. 어미가 죽은 이후 구석에 넣어 둔 채 방치한 것이 그리 찾던 물건이라니. 실소가 났다.

눈송이를 본 미겔의 눈이 커진다 싶더니 이내 주춤거리며 뒤로 물러섰다. 하지만 이즈카엘이 한발 빨랐다. 그가 목걸이를 풀고는 아이를 향해 망설임 없이 던졌다.

"으아아악! 아아아악!"

쇳조각이 자석에 붙는 것처럼 목걸이가 미겔의 몸에 들러붙었다. 눈송이가 몸에 닿자마자 작은 몸이 뒤로 쿵 넘어가 발작을 하기 시작했다.

"커…… 커억! 케엑! 크아아아악!"

"……이렇게라도 조지기 위해서니까."

이즈카엘이 삿된 말을 내뱉었다. 그것은 고정된 채 팔다리를 뒤틀어 댔다.

눈송이가 붙은 가슴 부근에는 치이익 하는 소리와 함께 연기가 피어올랐으며, 부드러워 보이는 피부에는 검고 징그러운 비늘이 군데군데 돋아났다. 황금색 눈동자가 하나에서 두 개로 늘어난 것을 본 이즈카엘이 발에 힘을 꾹 줬다.

"내 어미가 널 보통 미워한 게 아닌 모양이야. 이런 것도 만들어 두고. 하기야 종종 말했지. 끔찍이 징그러운 것이 제게 붙어 있다고."

"아아악! 너! 네놈! 아으…… 아아악!"

이즈카엘의 말에 그것의 눈동자가 커지더니 비명 또한 높아졌다. 그것이 이를 갈고 손톱을 세워 바닥을 벅벅 긁었다. 손톱은 그새 검고 긴, 조류 것으로 변해 있었지만 생긴 것과 달리 힘을 쓰지 못한 채 부러지고 뭉개졌다. 손톱이 부러진 손끝에서 검은 피가 튀었다.

하나 그것의 고통은 거기까지였다. 손끝이 으깨지고 괴로움에 몸부림칠지언정 그것은 천천히 회복하고 있었다. 검은 피가 거머리처럼 느릿한 속도로 꾸물거리면서도 그것을 향하는 모습에 이 즈카엘은 인상을 팍 구겼다.

"기왕이면 완전히 죽어 없어졌으면 했는데 그렇게까지는 못 하는 건가."

"아으의! 메데아! 메데아아아! 아악!"

입술을 문 이즈카엘이 몸을 돌렸다. 그것은 이제 눈을 까뒤집으면서 여인으로 추측되는 누군가의 이름을 외고 있었다. 온갖 것이 뒤섞인 감정이 비명 속에서도 생생히 전해졌다.

"아아아아악! 이즈카엘! 이즈카엘! 으아악!"

문 앞에 선 이즈카엘이 문고리에 손을 올리자 그것이 몸을 뒤집어 기어 오려 했다. 그러나 다시금 찾아오는 고통에 한 발도 떼지 못했다.

"……내가 네놈 목을 칠 방법을 찾을 때까지 그렇게 버러지처럼 꿈틀거리고 있었으면 좋겠군."

이즈카엘은 끔찍한 비명에도 차분히 문을 열고 나왔다. 두꺼운 문이 쿵 하고 닫히자 안의 비명은 본래 없었던 것처럼 사그라들었다.

"주인님……."

밖에 있던 노집사가 굳은 얼굴로 이즈카엘을 바라봤다. 잠깐 열려 있던 문틈 사이로 비명을 똑똑히 들은 노인의 얼굴은 긴장과 두려움으로 가득 차 있었다.

"잠가 놔. 그리고 저 안의 것에 대해서는 자네만 알고 있었으면 해."

노집사는 흠칫 몸을 떨었지만 곧 차분한 모습을 되찾았다. 그가 잠시 머뭇거리다 이즈카엘에게 물었다.

"저것이 돌아가신 선대 공작님을 죽음에 이르게 한 원인입니까?"

물음의 형태였지만 그 속에는 확신이 있었다. 그러나 이즈카엘은 조금의 머뭇거림도 없이 답했다.

"아니. 아버지는 스스로를 죽이신 거지. 누구의 탓도 할 수 없어."

* * *

오랜만에 온 방은 전과 달라진 게 거의 없었다. 아이에게 필요한 몇 가지 물건이 추가된 것 외에는 침대도, 화장대도 그대로였고 그녀가 사용하던 단향목 빗마저 가지런히 놓여 있었다.

하지만 변화 없는 방의 모습보다 그녀를 더 놀라게 한 것은 머무는 이가 에르젠이라는 사실이었다. 그녀는 이즈카엘이 에르젠에게 이곳을 내줬을 거라고는 상상조차 해 본 적 없었다.

몇 년 만에 앉았음에도 침대는 익숙했고 또 편안했다. 헤레이스는 침대에 앉아 잠이 든 에르젠을 연신 토닥였다. 그녀의 아들은 갓 태어났을 때와 마찬가지로 침대 왼편에 자리를 잡고 눈을 감고 있었다.

"엄마……."

"응, 에르젠. 엄마 여기 있어."

아이는 꿈에서도 그녀를 찾는 모양이었다. 헤레이스는 에르젠이 잠결에 그녀를 찾을 때마다 여기 있다며 일일이 답했다.

그렇게 시간이 얼마나 지났을까. 어느새 완전한 밤이 내렸고, 에르젠은 칭얼거림을 멈추고 숨소리만 냈다. 그러자 헤레이스는 고개를 돌려 창밖 하늘을 바라봤다.

새까만 밤하늘에는 별들이 희미하게 빛나고 있었다. 반대로 달은 너무도 크고 밝아 눈마저 아린 기분이었다. 헤레이스는 휘황 찬란한 달 앞에 구름이 스쳐 지나가는 모습을 멍하니 쳐다보다 문 열리는 소리에 고개를 돌렸다.

밝은 달빛에 사내의 그림자가 길게 생겼다. 헤레이스는 문가에서 침대까지 닿는 그림자를 보다 에르젠에게 이불을 여며 주고는 일어섰다. 그리고 굳은 얼굴로 이즈카엘을 마주 보며 말했다.

"나가요."

그녀의 말을 축객령으로 알아들은 이즈카엘이 미간을 살짝 좁히며 입술을 달싹였다. 하나 헤레이스는 그가 말을 하기 전에 빠르게 걸어 그를 지나쳤다.

달칵.

그녀가 방 밖으로 나오자 곧이어 문이 닫히는 소리가 났다. 헤레이스는 뒤돌아보지 않은 채 복도를 걸었다. 그녀의 발걸음에 맞춰 사내가 뒤따르는 것이 느껴졌다.

방에서 제법 떨어졌다 생각되자 헤레이스가 걸음을 멈췄다. 복도에 있던 사용인들이 그녀와 이즈카엘을 보고 숨죽이며 달아났다. 사용인들이 완전히 모습을 감추고 복도에 적막만이 감돌자, 헤레이스가 몸을 확 돌렸다.

이즈카엘은 그녀에게 딱 한 발 떨어져 있었다. 숨소리마저 들릴 가까운 거리에 헤레이스가 주먹을 꽉 쥐었다. 그리고 입술을 꾹 내리 물다 고개를 들어 사내를 노려봤다.

짝!

제법 날카로운 소리와 함께 이즈카엘의 뺨이 붉어졌다. 헤레이스가 아린 손목을 붙잡고 거칠게 숨을 내쉬며 또박또박 말했다.

"에르젠이 울었어요. 많이."

벤에게 에르젠이 독살당할 뻔했다는 걸 들은 후 헤레이스는 아들을 찾아 정신없이 성내를 돌아다녔다. 뒤에서 하녀와 폴이 무어라 말하는 소리가 들렸지만 들리지 않았다. 그녀는 그저 땀에 젖어 헐떡일 때까지 에르젠의 이름을 외치며 뛰었다.

그렇게 만난 에르젠은 새파랗게 질린 얼굴로 헤레이스만을 연신 부르고 있었다. 기어가는 목소리가 아이의 두려움을 짐작케 했다. 에르젠은 헤레이스를 보자마자 엉엉 소리를 내며 내리 한 시간을 울었다.

"내 아들은 죽, 죽을 뻔 했는데 난……, 흐윽."

아이 앞에서 간신히 누르고 있던 감정이 터져 나왔다. 헤레이스는 에르젠을 잃을 뻔했다는 두려움과 자책감에 숨조차 쉬기 힘들었지만 아이 앞이라 꾹 참고 있었다. 그녀가 잘 쉬어지지 않는 숨에 제 가슴을 쥐어뜯다 이즈카엘의 상의 앞자락을 꽉 틀어쥐었다.

"나, 난 에르젠 옆에 있을 거예요."

"……."

"내 아들 옆에 있을 거라고."

이즈카엘은 제 옷을 잡은 채 헐떡이는 헤레이스를 물끄러미 보기만 했다. 그는 말을 하지도, 그녀에게 손을 대지도 않았다. 그 저 힘겹게 감정을 쏟아 내고 있는 그녀를 무슨 생각을 하고 있는 지 알 수 없는 눈으로 뚫어져라 쳐다보았다.

무감한 얼굴에 구경하듯 동떨어진 시선. 자칫 기분이 나쁠 수 도 있는 상황이었지만 헤레이스는 이즈카엘의 눈만 마주할 뿐, 아무 말도 할 수 없었다.

이즈카엘 또한 별반 다르지 않았다. 그녀에게 뺨을 얻어맞아 그런 걸까. 아무것도 담고 있지 않은 그의 눈동자는 울고 있는 그녀보다 서글퍼 보였다.

당황한 헤레이스는 잡고 있던 이즈카엘의 옷을 스르륵 놓았다. 그러나 그 순간 이즈카엘의 표정이 무너지더니 그가 손을 재빠르 게 움직였다.

"아……."

"헤레이스."

이즈카엘이 자신에게서 멀어진 헤레이스의 손을 다시 제 가슴 팍에 놓은 채 꼭 잡았다. 그리고 힘 빠진 목소리로 말했다.

"……난 내게 당신이 유일하듯 당신에게도 내가 유일하길 바 랐어."

* * *

벤이 죽었다. 누구도 모르게.

구석진 창고에 쓰러져 있던 그를 발견한 건 물건을 가지러 간

정원사였다. 나이 많은 정원사는 벤의 머리 주변에 굳어 있는 피와 미동 없는 몸에 호들갑을 떠는 대신, 벤의 코에 손을 한 번 대 보고는 노집사에게 그의 죽음을 알렸다.

죽은 벤의 옆에는 지나치게 많은 술병과 피 묻은 상자가 있었다. 노집사는 그가 구석에 숨어 술을 마시다 발을 헛디디어 상자에 머리를 박고 죽은 것이라 결론을 내렸다. 반나절이 채 지나기도 전 벤의 사인은 사고사로 종결됐다.

'벤이라고, 성에서 일하던 하인 하나가 죽었습니다.'

헤레이스 또한 헬렌을 통해 벤이 죽었다는 사실을 알게 됐다. 하나 조금 불편해할지언정 그녀는 그의 죽음을 안타까워하지는 않았다. 몇 년 전 사용인의 작은 사고에도 가슴 아파하며 눈물 짓던 것과는 사뭇 다른 태도였다.

'……그렇구나. 알려 줘서 고마워.'

헤레이스는 벤의 죽음에 조그마한 동정조차 가지지 않는 자신이 혐오스러웠다. 하지만 벤이라는 사내는 그녀는 물론이고 에르젠에게까지 강한 적대감을 가지고 있지 않았던가.

그녀는 혹시나 벤의 적대감이 이번 독살 미수 건처럼 에르젠을 향해 표출되면 어쩌나 걱정하고 있었다. 실제로 그는 에르젠이 죽지 않아 안타깝다며 그녀의 면전에 대고 말했다. 에르젠이 독살당할 뻔했다는 걸 알게 된 헤레이스로서는 아들의 죽음을 입에 담는 그를 도무지 동정해 줄 수 없었다.

'내가 에르젠을 보호해야 해.'

미수에 그치긴 했으나 어린 아들이 죽음의 문턱에 닿을 뻔했다는 사실을 생각하는 것만으로도 심장이 멎는 것 같았다. 헤레이스는 올라오는 토악질을 간신히 누른 채 감히 제 아들을 해치려 했던 여인을 떠올렸다.

'······쫓겨났다고.'

헤레이스의 푸른 눈이 서늘한 빛을 띠었다. 헤레이스의 입장에서 샬럿의 추방은 당연한 일이었다. 만일 샬럿이 여전히 성에 있었다면 헤레이스는 에르젠을 빼돌려 또 한 번 도망갈 방도를 찾았으리라.

'그래도 의외였어. 제 자식의······ 어미잖아. 사랑하는 여인이고. 당연히 쫓겨나야 마땅했지만 그이가 정말로 그 여자를 쫓아낼 줄은······, 아?'

생각을 하다 말고 헤레이스는 깜짝 놀랐다. 그이라니. 그녀가 입술을 살짝 깨물었다.

'그이는 무슨······. 그 사람은 에르젠을 아껴 그리한 게 아니야. 그냥 원칙대로······ 아니지. 본래라면 죽어 마땅한 죄야. 아껴서 그 정도로 끝낸 거겠지. 혹 몰라. 쫓아냈다 하고 어디 뒀을지도.'

도망친 3년 동안 헤레이스는 별꼴을 다 봤다. 그리고 개중에는 부인의 강한 집안을 두려워해 정부를 조금 떨어진 지역에 두는 사내들도 있었다. 그녀에게도 그런 더러운 제의가 몇 번 들어왔으니 의외로 빈번하게 일어나는 일일지도 몰랐다.

'······난 내게 당신이 유일하듯 당신에게도 내가 유일하길 바랐어.'

하지만 부정적인 생각을 비집고 며칠 전 이즈카엘이 그녀에게 한 말이 계속 떠올랐다. 우습고 멍청한 생각이었지만 헤레이스는 그가 꼭 그녀에게 사랑을 갈구하는 것 같다고 느꼈다.

말도 안 되는 생각이라며 고개를 젓자 이번에는 며칠 동안 그녀의 마음 한쪽을 불편하게 하는 아이가 생각났다.

'그런데 미겔 그 아이는 정말 어디 있지? 아예 보이지 않는데…… 그 여인과 함께 나간 걸까? 헬렌도 모르는 눈치고…….'

미겔의 향한 헤레이스의 마음은 여전히 미묘했다. 헤레이스는 아이가 고마우면서도 미웠다. 도통 정리되지 않는 감정. 헤레이스는 제 좁은 마음을 원망하며 이리저리 치고 들어오는 생각에 이마를 짚었다.

"엄마."

"……."

"엄마!"

그렇게 얼마를 있었을까. 헤레이스가 앉아 있는 카우치 아래 바닥에서 목탄으로 그림을 그리고 있던 에르젠이 그녀를 불렀다. 헤레이스는 에르젠이 드레스 자락을 잡고 흔든 후에야 정신을 차리고 답했다.

"으, 응? 에르젠, 왜?"

"무슨 생각 해?"

"아무것도 아니야. 그보다 벌써 다 그린 거야?"

에르젠이 씩씩하게 고개를 끄덕였다. 헤레이스는 한결 밝아진 아들의 얼굴을 보며 미소를 짓다가 에르젠의 뺨에 묻은 숯검정을 보고 손수건을 꺼내 들었다.

"얼굴이 새까만 강아지가 됐네. 이리 와, 에르젠. 엄마가 닦아 줄게."

"나중에! 일단 에르젠 그림부터 봐! 응?"

"그래. 그래. 알았어. 어디 우리 에르젠 그림 솜씨 좀 볼까?"

에르젠은 고개를 도리도리 젓더니 바닥에 흩어져 있던 그림 중 하나를 가져왔다. 아들의 그림을 본 헤레이스가 그을음이 묻는 것도 개의치 않은 채 에르젠을 안아 주며 칭찬했다.

"어머, 에르젠. 그림을 정말 잘 그리네."

"나 그림 그리는 거 좋아. 재미있어!"

아들을 사랑해 나온 빈말은 아니었다. 에르젠은 자수에 뛰어난 헤레이스에게 섬세함을 물려받은 모양인지 배우지도 않은 그림을 제법 잘 그렸다. 익숙지 않은 목탄에 선이 삐뚤삐뚤한 부분이 있었으나 아이가 그린 것은 모두 사람의 형태가 또렷했다.

"그래? 그럼 선생님을 붙여 줘야겠는걸."

"정말? 그럼 예절 스승님이랑 바꿀래. 예절 선생님 싫어!"

"예절 공부도 하고 그림 공부도 하면 되지. 일단 이건 엄마 고……."

종이의 가장 가운데는 헤레이스가 그려져 있었다. 허리 끝까지 오는 길고 구불구불한 머리에 헤레이스가 자신을 단번에 알아봤다.

"맞아! 이거 엄마야. 예쁘지? 똑같이 그렸지?"

"엄마 예쁘게 그려 줘서 고마워. 우리 에르젠, 쪽."

"엄마, 쪽."

헤레이스가 입술에 장난스레 손가락을 가져다 대자 에르젠이 배시시 웃으며 가볍게 입을 맞췄다. 아이의 순수한 온기가 그대로 느껴져 헤레이스의 얼굴이 더욱더 환하게 빛났다. 그녀가 아들의 머리를 쓰다듬으며 그림 속 자신의 옆에 있는 인물을 가리켰다.

"이건 에르젠이지?"

"응! 그건 나야."

"우리 에르젠이 이렇게 잘생겼던가?"

"엄마!"

모자는 서툰 그림 한 장으로 퍽 재미있게 놀았다. 창밖 햇살도 오랜만에 행복을 만끽하고 있는 모자를 축복하듯 따뜻하게 방을 데웠다.

헤레이스는 몇 번이고 잘했다 칭찬하며 그림 속 아들과 저를 보다 종이 구석에 있는 작은 사람의 형체에 고개를 갸웃했다. 특징이 잘 두드러지게 그려진 헤레이스와 에르젠과는 달리 구석에 그려진 이들은 누군지 알아보기 힘들었다.

"여기 있는 사람들은 누구야?"

헤레이스의 질문에 에르젠이 왜 몰라보냐는 듯 질책 어린 눈을 하다 손가락으로 한 명 한 명 가리키며 설명했다.

"여기 안나랑 미겔 형이랑…… 아빠, 아니 아저씨!"

"……그렇구나."

아저씨. 이즈카엘이 아이에게 어떻게 다가오는지가 빤히 보였다. 헤레이스는 아빠라 불러야지 하고 타이르려다 가장 작게 그려진 형체를 보고 그만뒀다. 그는 에르젠에게 아비라 불릴 자격이 없는 사내였다.

"그런데 왜 구석에 그렸어? 여기 자리도 많은데. 에르젠이랑 엄마 옆에 그려 주지."

"⋯⋯싫어."

"응?"

헤레이스가 구석에 위치한 이들을 가리키며 묻자 에르젠이 어두운 얼굴로 고개를 저었다. 제법 단호한 아이의 모습에 헤레이스가 눈을 동그랗게 떴다.

"에르젠은 엄마가 제일 좋아. 엄마만 있으면 돼. 그러니까 엄마도 에르젠하고만 놀았으면 좋겠어."

에르젠이 그림 속 헤레이스와 자신의 주변으로 동그라미를 그렸다. 아이의 폐쇄적인 모습에 충격받은 헤레이스가 에르젠을 고쳐 안았다.

"에르젠, 그럼 안 돼. 엄마도 에르젠이 제일 좋지만 세상은 엄마랑 에르젠 둘이서는 살 수 없는걸. 안나랑 형이랑 스승님들 그리고⋯⋯ 이 아저씨랑도 살아야지."

"하지만⋯⋯."

에르젠의 축 처진 어깨에 서러움이 가득했다. 무언가 할 말이 있는 듯 우물쭈물하며 헤레이스의 손가락을 만지작거리던 아이가 한참 만에 고개를 들었다. 푸른 눈망울에는 그새 눈물이 차올랐다.

"……에르젠은 안나도 좋아하고 미겔 형도 좋아해. 엄마가 좋아하라 하면 아저씨도 좋아할 수 있어. 하지만 엄마가 제일 좋아. 다른 사람들 다 합쳐도 엄마만큼 좋지 않아. 그러니까 에르젠은 엄마만 있으면 된다 한 거야. 그런데 엄마는 아니야?"

"……."

"엄마는 에르젠만 있으면 안 돼? 다른 사람도 있어야 해? 그래서 계속 에르젠하고 같이 안 있는 거야? 이번에도 에르젠만 두고 갈 거야? 에르젠이 여러 번 울어야 와 줄 거야?"

끝없이 쏟아 내는 물음에는 걱정과 불안이 한가득하였다. 헤레이스는 둔기로 머리를 얻어맞은 듯 아무 생각도 할 수 없었다. 헤레이스가 딱딱하게 군은 채 아무 말 않자 그런 어미의 얼굴에 지레 겁을 먹은 아이가 매달리기 시작했다.

"어, 엄마. 에르젠이 잘못했어. 다른 사람들하고도 있을 거야. 고집 안 부려. 그러니까 엄마……."

"……."

"가지 마. 에르젠만 두고 가지 마. 응?"

헤레이스가 덜덜 떨리는 손으로 에르젠을 꼭 안고 아들의 뺨에 얼굴을 비볐다. 에르젠의 얼굴에 묻어 있던 숯검정이 헤레이스에게로 옮겨 갔다. 하지만 헤레이스는 자신의 드레스가 더러워지는 것도, 얼굴이 더러워지는 것도 상관 않고 에르젠을 꼭 안고 있었다.

"아니야, 에르젠. 엄마가 틀렸어. 엄마도……."

어미의 목소리에 울음이 섞여 들자 아이가 고사리 같은 손으로 제 눈가를 닦고 어미의 등을 토닥였다. 그 어른스러운, 너무 빨리 찾아와 버린 배려에 헤레이스가 가까스로 밝은 목소리를 지어내 말을 이었다.

"……다른 사람 없어도 돼. 우리 예쁜 에르젠만 있으면 돼."

* * *

헬렌이 들고 있는 쟁반이 좌우로 사정없이 떨렸다. 그 덕에 쟁반 위 유리잔과 쿠키를 담은 접시가 달그락 소리를 냈다. 그러나 불안정하게 흔들리는 쟁반에도 헬렌은 아무런 조치를 할 수 없었다.

아주 작게 열린 문, 헬렌의 앞에 선 이 성의 주인은 뒷모습만 보임에도 사람을 두려움에 질식하게 했다.

'대체 이게 무슨…….'

헬렌은 미동 없는 이즈카엘의 등을 힐끗 보다 온몸을 점령하는 소름에 입술을 꽉 물고 간신히 버텼다. 팔을 넘어 몸까지 발발 떨렸지만 숨소리조차 내기 무서웠다. 주인의 몸에서 나오는 기세가 한 움큼이라도 자신을 향한다면…… 도무지 견딜 자신이 없었다.

다행히 이즈카엘은 얼마 지나지 않아 문가에서 떨어진다 싶더니 몸을 돌렸다. 헬렌은 주인의 얼굴을 볼 자신이 없어 깊숙이 고개를 숙였다가 발걸음 소리가 없어지고 나서야 고개를 들었다.

침을 꿀꺽 삼킨 헬렌이 한참 동안 문을 바라보며 걱정스러운 얼굴을 했다. 그러다가 불안감을 떨쳐 버리려는 듯 고개를 저었다. 그리고 간식을 기다리고 있을 모자를 위해 문을 두드렸다.

똑똑.

문이 열리고 서로 꼭 붙어 있던 두 사람이 그녀를 쳐다봤다. 보기만 해도 따뜻해지는 모습에 헬렌이 쟁반을 상냥하게 들어 올렸다.

"간식을 가져왔습니다. 드시고 하세요."

* * *

"아……."

눈송이에 작은 금이 갔다. 동시에 끝없는 고통에 발악하던 작은 몸이 무언가를 느낀 듯 퍼드덕거리다가 우뚝 멈췄다.

꺾어졌던 관절이 제자리를 찾고 부러졌던 손톱이 다시 자랐다. 온 바닥을 적셨던 피가 스멀스멀 기어 검은 비늘 사이로 스르륵 빨려 들어가더니 마지막 핏방울마저 본래의 자리로 돌아가자 방은 적막에 휩싸였다.

그것이 긴 숨을 내쉬며 네 개의 눈동자를 사방으로 굴렸다.

퍽.

아무것도 모른 채 지나가던 검은 벌레가 그것의 손톱에 차여 몸통을 관통당했다. 배가 잔뜩 나온 남성의 손가락만 한 벌레는 괴로움에 여섯 개의 다리를 버둥거렸다. 하나 포식자로부터 도망치게 해 주던 날개도, 단단한 등갑도 지금은 다 소용없었다.

그것의 길고 검은 손톱 끝에서 검은 것이 흘러나왔다. 살아 움직이는 것처럼 꾸물거리는 검은 액체는 단번에 벌레를 집어삼키더니 두 눈을 파먹고 그 사이로 스르륵 빨려 들어갔다. 곧 벌레가 모든 저항을 멈추고 다리 하나만 툭툭 움직이자 연기처럼 뿌연 목소리가 방 안을 메웠다.

「아, 이즈카엘……, 으윽. 메데아의 아이. 아버지. 나의 형제야.」

여전히 괴로운 듯 고통에 허덕대는 목소리였지만 그 너머에는 감출 수 없는 기쁨이 있었다. 그것이 새빨간 혀를 길게 내밀며 입꼬리를 귀까지 올리다가 벌레를 관통한 손톱을 천천히 뗐다.

파먹힌 눈을 시작으로 벌레의 찌부러진 몸통과 꺾인 날개, 부서진 등갑이 다시 재생됐다. 벌레가 전과 다르게 금색으로 변한 눈을 번쩍이며 여섯 개의 다리를 발발거렸다. 그리고 기분 나쁜 소리를 내며 바닥을 빠르게 기기 시작했다.

검고 징그러운 생명체는 벽 모서리를 몇 번 훑으며 지나가다 벽 틈 사이를 파고들었다. 여섯 개의 다리가 모두 사라지자 그것이 소름 끼치는 목소리로 낄낄거리며 말했다.

「넌 항상 어쩜 그리 멍청하고 어리석은지…….」

* * *

"이게 무슨 짓이에요!"

늦은 오후 해가 막 기울기 시작할 무렵, 성내에서 들려서는 안 될 고함이 터져 나왔다. 목소리의 주인을 아는 사용인들은 깜짝 놀라 달려오다가 눈앞에 펼쳐진 광경에 재빨리 고개를 숙였다.

"이즈카엘!"

"……."

"이즈카엘! 갑자기 왜…… 악!"

가는 여체가 순식간에 공중으로 떴다. 이즈카엘은 가지 않겠다고 버티며 질질 끌려오는 헤레이스를 짐짝처럼 어깨에 둘러메고 발을 움직였다. 사내가 순식간에 계단을 내려오고 문을 빠져나온 뒤 본채 뒤쪽으로 향했다.

"내려 줘요! 이즈카엘!"

헤레이스가 날카롭게 소리치며 주먹으로 이즈카엘의 등을 쳤다. 하지만 있는 힘껏 내리쳤음에도 이즈카엘은 눈썹 하나 움직이지 않은 채 앞만 봤다. 당황한 헤레이스가 다리를 버둥거려 봤지만 드레스 채로 결박당한 다리는 꿈쩍도 하지 않았다.

이즈카엘이 순식간에 본채 뒤에 있는 정원을 지나갔다. 헤레이스는 그가 본채와 가까운 별채를 지나치는 것을 보고 얼굴을 굳혔다. 지금 가고 있는 길로 쭉 나아가면 나오는 곳이라고는…….

"싫어! 내려 줘요! 당장 내려 달라고요!"

어느새 익숙해진, 하나 머물고 싶지 않은 건물이 모습을 드러냈다. 헤레이스는 며칠 전까지 제가 머물렀던 구석 별채를 알아보고 하얗게 질린 채 고함쳤다.

이즈카엘은 그녀의 절박한 외침을 무시한 채 건물로 들어서더니 얼마 지나지 않아 별채 안 가장 깊은 방에 당도했다. 방 너머 유리온실이 보이자 헤레이스가 악을 쓰며 다시 주먹을 내리쳤다. 그럼에도 이즈카엘은 그녀를 들어 올릴 때와 마찬가지로 그녀를 쉬이 제압하고 침대에 내려놨다.

"약속을 지켜."

헤레이스의 몸이 푹신한 침대로 떨어지기가 무섭게 이즈카엘이 서늘한 얼굴로 말했다. 동굴 속에서 울리듯 낮고 음울한 목소리였다.

"그, 그게 무슨…… 알아듣게 말해요!"

그 기세에 눌린 헤레이스가 저도 모르게 말을 더듬다 눈을 위로 치켜떴다. 푸른 눈에 비친 분노가 선명했지만 이즈카엘은 변함없는 얼굴로 침대에 쓰러져 있는 헤레이스를 내려다보았다. 그리고 말을 반복했다.

"말한 대로야. 약속을 지켜. 헤레이스 당신은 여기서 3년을 있어야 하잖아."

이즈카엘이 말하는 바를 그제야 알아들은 헤레이스가 혼란스러운 얼굴을 했다. 무슨 황당한 소리를 하냐는 듯 그녀가 눈가를 찌푸리며 소리를 높였다.

"말했잖아요! 난 에르젠과 함께……."

"아니. 헤레이스 당신은 여기 혼자 있어야 해. 그게 규칙이었잖나."

당연하다는 것처럼 말하는 이즈카엘의 금안은 벽이 쳐진 듯 단단히 닫혀 있었다. 헤레이스는 도무지 종잡을 수 없는 이즈카엘의 표정에 울컥하여 몸을 벌떡 일으켜 세웠다. 높게 들린 턱과 발갛게 달아오른 뺨이 그녀의 울분을 보여 주고 있었다.

"갑자기 왜 이러는 거예요. 왜! 며칠 동안 우리를 그냥 뒀잖아요. 그런데 왜……."

"우리?"

여태 고저 없이 말하던 이즈카엘의 눈에서 불꽃이 번쩍 튀었다. 허리를 숙인 그가 헤레이스를 비스듬히 노려봤다. 맞닿을 듯 가까워진 거리에 헤레이스가 몸을 뒤로 빼자 커다란 사내의 손이 그녀의 뺨을 누르고 얼굴을 꽉 쥐었다.

"……당신은 당신 아들하고 둘만 세상을 살고 있어. 그렇지?"

한쪽만 올라간 입꼬리에, 낯빛은 얼음장 같았다. 헤레이스가 등골을 타고 올라오는 소름에 몸을 움츠렸다. 그 모습에 사내가 차게 웃더니 한순간에 웃음을 뚝 그치며 비정한 목소리로 말했다.

"내가 당신하고 당신 아들을 며칠 동안 붙여 놓은 건 생일 때 한 약속 때문이야. 아이의 생일 선물로 어미인 당신과의 만남을 허락했지."

"……."

"본래라면 당신네 모자의 만남은 반나절이 전부였겠지만 아이가 겪은 일도 있고 해서 그동안 자비를 베풀었어. 하지만 헤레이스, 그걸 권리라 생각하면 안 되지. 응?"

사내에게 잡힌 채 그가 하는 말을 가만 듣고 있던 헤레이스의 얼굴이 일그러졌다.

그래. 그는 이따위 사내였다. 잠시 잊고 있었지만 이런 사내였다. 그녀에게 태어난 지 백일 된 아들을 데리고 도망치는 선택을 하게끔 만든 잔인하고 비열한 인간이었다.

"그런 얼굴 마. 당신이 내 자비를 착각했을 뿐이잖아. 본래 당신의 자리로 돌아왔을 뿐인데 그따위 얼굴은 안 되지. 얼굴 펴. 내게 종속된 정부답게 어여쁘게 웃어 보란 말이야, 헤레이스."

"미친놈! 내게 손 떼!"

헤레이스가 이즈카엘에게서 빠져나오려 고개를 젓고 손톱을 세웠다. 사내의 손에 붉은 줄이 그어졌다. 그러나 그녀가 거칠게 굴면 굴수록 이즈카엘의 얼굴에는 진한 미소가 드리워졌다.

"……당신은 이리 앙칼지게 굴어도 어여뻐. 한시도 눈을 뗄 수가 없어. 하지만 주제를 모르고 떼쓰는 버릇은 고쳐야겠지."

"버릇은 당신이나 고쳐요! 제멋대로에 제정신이 아닌 사람처럼 구는 거, 그거나 고치란 말이에요! 그리고 규칙? 내가 그따위 것을 왜 지켜요. 비켜요! 난 에르젠한테 갈 거예요!"

그녀의 머릿속에 엉엉 울며 저밖에 없다 말하던 에르젠이 떠올랐다. 헤레이스가 고함을 치며 끝까지 버둥거리다 가까스로 사내에게서 벗어났다.

"아윽……."

바닥에 두 발을 내딛자마자 몸이 뒤로 기울었다. 헤레이스가 상황을 제대로 인지하기도 전에 등이 다시 침대에 닿았다.

"규칙이 싫다면 마음대로 해. 하지만 헤레이스, 당신이 또 한 번 이 방 밖으로 나온다면……."

수려한 콧날 아래 사내의 입술이 헤레이스의 입술에 잠깐 닿았다가 멀어졌다. 그가 징그러운 벌레 보듯 자신을 바라보는 아내를 내려다보더니 말을 이었다.

"······당신 아들은 교육을 위해 다른 곳으로 가야 할 거야. 몸이 약하다 했으니 따뜻한 바라셰로 가는 게 좋겠군. 한 15년 햇볕을 쬐며 지내다 보면 당신 얼굴은 잊을지도 모르겠어."

남부에 위치한 도시 바라셰는 남부에서도 가장 끝에 있는 휴양 도시였다. 귀족들이 머무르는 고급 휴양지인 데다, 외국과의 교역 또한 활발한 도시라 문화가 잘 발달해 있었으며 날씨 또한 1년 내내 따뜻했다. 그러나 그곳은 세르펜스 성에서 여섯 달간 마차를 타고 달려가야 할 정도로 먼 곳이었다.

"물론 그렇게 되더라도 걱정은 마. 당신 아들은 세르펜스의 일원이자 내 자식이니 편히 지낼 수 있게 모든 조치를 다 하지."

아들을 그리 먼 곳으로 보낸다는 말에 헤레이스의 얼굴이 창백하게 변하더니 푸른 눈에 눈물이 차올랐다. 그녀가 입술을 달달 떨며 이즈카엘을 노려보다 한참 만에 입을 열었다.

"······저열한 인간."

"······."

"당신은 내가 본 사람 중 가장 저열한 인간이야! 세상에서 제일 더럽고 나쁜 놈이야! 퉷!"

헤레이스는 살아생전 누군가에게 침 뱉을 일이 있을 거라 상상도 해 본 적 없었다. 하지만 지금은 여러 번이고 거리낌 없이 할수 있을 것 같았다.

아내의 타액이 자신의 뺨을 타고 흐르자 이즈카엘이 피식 웃었다. 그가 손을 뻗어 침대 커튼을 묶은 리본을 끌렀다. 그리고 그것으로 제 뺨을 닦고 바닥으로 팽개쳤다.

"당신 말이 맞아, 헤레이스. 난 저열하고 더러운 놈이야. 태생부터가 글러 먹었는데 어쩌겠어? 고귀한 태생의 당신이 감내해야지. 물론 싫다 해도 지금은 입장이 반대라 어쩔 도리도 없겠지만."

더는 들어 주기도 싫은 말에 헤레이스가 그를 밀쳐 내려 했으나 이즈카엘이 한발 빨랐다. 그는 헤레이스를 꼭 붙든 채 그녀의 입술을 삼켰다.

방 너머 유리온실 안 새장에서는 파랑새가 거칠게 날갯짓하며 목 놓아 울었다. 새의 거친 몸부림에 새장이 이리저리 흔들렸다. 하나 얼마 지나지 않아 지친 새는 다시 횃대에 내려앉아 까만 눈으로 새장 너머 먼 곳을 바라봤다.

* * *

숨마저 내쉬기 어려웠다. 샬럿은 허덕이며 겨우 몇 걸음을 내딛었으나, 결국 참지 못하고 앞으로 꼬꾸라졌다.

"허윽……."

털썩. 제법 큰 소리와 함께 마른 땅에 먼지가 일었다. 하지만 쓰러진 이는 고통을 비명으로 내지를 수조차 없었다.

"으……."

목 전체가 바짝 말랐다. 입 안은 이미 감각이 없었으며, 목구멍은 모래와 사포로 문지르는 듯 따갑다 못해 아렸다.

한때는 결 좋게 관리됐을 샬럿의 금발이 지나가는 바람에 아무렇게나 날렸다. 먼지가 뒤섞인 메마른 금발은 예전의 색을 잃은 지 오래였다.

'이대로 죽는 거야?'

흐리멍덩한 녹안에 절망이 드리웠다. 샬럿은 온몸에 힘을 빼고 자신을 버리고 간 이들을 떠올렸다.

마차와 황금만을 두고 사라진 기사들. 그들은 이 황량한 들판이 얼마나 위험한지 알고 있었으리라. 그러나 그럼에도 그들은 그녀를 홀로 내버려 뒀다.

'⋯⋯애초에 날 죽이려 한 거야.'

죽일 작정으로 자신을 버렸다 생각하자 분노가 차올랐고, 약간의 힘이 났다. 그냥 목을 쳐 죽이는 것도 아니요, 이따위로⋯⋯. 눈을 흡뜬 샬럿이 이틀 전을 떠올리며 이를 갈았다.

'망할 새끼들! 미겔이 나중에 공작이 되면 두고 봐! 너희 목을 잘라 새들에게 쪼아 먹히게 둘 거야!'

에드가와 그 아래 기사들이 사라지고서 처음 홀로 남겨졌을 때, 샬럿은 황금 궤짝을 감싸 안은 채 이러지도 저러지도 못했다. 무거운 황금은 길고 큰 덩어리로 이루어져 있어 한 덩어리조차 제대로 들기 힘들었다.

하지만 그렇다고 황금을 버리고 갈 수도 없는 노릇 아닌가. 샬럿은 날이 어두워지고 목이 말라 초조해짐에도 그 자리에서 벗어나지 않은 채 저를 이 상황에 몰아넣었다고 생각하는 이들을 계속해서 저주했다.

그리고 그런 행동은 그러잖아도 찾아오고 있었던 샬럿의 불행을 앞당겼다.

'그 여자도, 그 여자 애새끼도 진즉 죽여 없애 버렸어야 했는데! 내 걸 차지한 주제에! 한번 나갔으면 영영 돌아오지 말았어야지.'

샬럿이 버려진 황야는 아나이스 제국 북부와 야만인들의 땅 경계로, 제국이 야만인들을 토벌할 때면 잔혹한 전장으로 변하는 곳이었다. 하지만 토벌이 없을 때의 황야는 제국에서 추방당한 범법자들과 야만인, 혹은 용병들이 어슬렁거리는 무법지가 되곤 했다.

'난 후계자를 낳은 여자인데! 날 그따위 눈들로 봐? 날 이딴 곳에 버려둬? 미겔이 공작만 되어 봐. 내가 당장…… 당, 당신들 누구야!'

샬럿의 욕지거리와 고함은 황야에 있는 이들의 주의를 가져왔다. 그들은 멀리서 화려한 마차를 보며 경계만 하다 한참 시간이 지난 후 서서히 다가오기 시작했다. 그리고 마차와 샬럿을 지키는 이가 없다고 판단한 순간 도적 떼로 돌변했다.

마차를 노리던 도적 떼가 황금을 발견하고 눈을 휘둥그레 뜨는 것은 당연한 순서였다. 그들은 우연히 얻게 된 황금에 샬럿을 겁박하려던 것도 잊고 달려들었다.

'안 돼! 그건 내 거야! 내 거라고! 이 지저분한 머저리들아, 손 떼! 손 떼란 말이야아아!'

처음 샬럿은 제 황금을 빼앗긴다는 생각에 겁도 없이 그들을 막아섰다. 그러나 사내들은 샬럿은 쉽사리 제압했으며, 황금에 대한 흥분을 어느 정도 가라앉힌 후에는 희번덕거리며 그녀를 훑어봤다.

'다, 다가오지 마! 오지 마! 이 천것들이!'

먼지투성이긴 했으나 샬럿은 아름다웠고, 그들은 여인을 납치해 팔아넘기는 일도 서슴지 않고 벌이는, 황야에서도 가장 질 낮은 이들이었다. 샬럿은 그들에게 잡혀 손발이 묶인 후에야 공포를 되찾고 황금에 대한 욕망을 어느 정도 떨칠 수 있었다.

'난…… 공, 공작 부인이야. 이딴 곳에서 이, 이렇게 죽을 수는……'

샬럿이 그들에게서 도망칠 수 있던 것은 순전히 운이었다. 샬럿을 착취하기 직전, 도적 떼들은 황금을 나눠 갖는 일로 서로 싸우기 시작했다. 여기저기서 칼이 부딪치고 주먹이 오가며 피가 낭자할 때 샬럿은 가까스로 줄을 풀고 그 자리를 벗어났다.

그러나 그것을 과연 운이 좋았다고 말할 수 있을까. 도적 떼에게 벗어난 샬럿에게는 아무것도 남지 않았다. 커다란 상자 안 가득한 황금도, 화려한 마차도, 심지어 그녀는 신발마저도 없었다.

그래도 무엇보다 목숨이 중요했기에 샬럿은 뛰고 또 걸었다. 당장에라도 사내들이 저를 잡으러 올까 덜컥 겁이 났다. 하지만 무언가를 먹지도, 마시지도 못한 채 시작한 도망은 그녀의 체력을 급격하게 갉아먹었다.

샬럿은 황야에 버려진 지 이틀 만에 쓰러졌다. 그리고 이제 죽어 가고 있었다.

"사, 살려······."

엉킨 머리카락 아래 갈퀴 같은 손이 느릿하게 나와 바로 앞에 있는 풀을 쥐어뜯었다. 황량하고 건조한 땅에서 자란 풀은 바짝 말라 쉽사리 뽑혔건만 샬럿의 손은 그조차 할 수 없었다.

눈앞이 가물거리며 마지막이라는 듯 눈물 한 방울이 뺨을 적셨다. 샬럿은 제 가여운 인생을 떠올리며 바짝 마른 입술을 물었다.

'난 안 가! 가기 싫어요, 아버지!'

태어나서부터 착취만 당한 삶이었다. 어미는 저를 버렸고 아비는 겨우 여덟이던 저를 팔았다. 세상 누구도 그녀를 보듬어 주기는커녕 그녀에게서 무언가 가져가려고만 들었다.

'그 반지 셸리 거 아니야?'

'이제 내 거야.'

'야! 셸리 머리가 깨졌다던데 설마 너······.'

그리하여 샬럿은 제가 한 모든 행동과 생각이 정당하다고 보았다. 남들도 빼앗으니 그녀도 빼앗아야 했다. 손에 들어온 것은 쥐고 놓으면 안 됐고, 남의 손에 들린 것은 빼앗아 쟁취한 뒤 제 것처럼 누려야 했다. 그게 그녀가 아는 정의요, 세상을 사는 방법이었다.

'난 잘못한 게 없어. 그 여자가! 그 여자 아들이 내 것을 빼앗아 간 거야. 내가 가져야 마땅한 것들인데 그자가 빼앗아 준 거야.'

샬럿은 거칠게 숨을 쉬며 헤레이스와 에르젠, 그리고 이즈카엘을 향해 속으로 온갖 저주를 퍼부었다. 자신은 모든 걸 잃고 이 꼴로 죽어 가고 있는데, 그 여자와 그 여자의 아들은 저와 제 아들의 자리를 차지한 채 웃고 있을 걸 생각하니 미칠 것 같았다.

'억울해. 억울해 미칠 것 같아. 억울해. 억울해. 억울해. 난 이 꼴이 됐는데 그것들은 지금쯤……'

억울함이 극에 치달았다. 샬럿은 움직이지 않는 몸 대신 눈을 크게 떴다. 핏발 선 눈이 한계까지 커졌다. 이대로 숨이 다한다면 지금 표정 그대로 굳어 황야에 남겨지리라.

하지만 죽음 대신 다른 손님이 샬럿을 찾아왔다. 기이한 황금색 눈을 가진 벌레는 샬럿의 바로 앞에 내려앉아 그녀와 눈을 마주했다.

「……어머니, 가여운 어머니.」

익숙한 목소리에 샬럿의 눈동자가 떨린다 싶더니, 무언가 들은 듯 그녀의 입술이 길게 올라갔다. 샬럿이 메마른 입을 열어 그것에게 답했다.

"조, 좋아. 이 망할 괴물아."

그녀의 쇠 긁는 목소리를 벌레는 알아듣기라도 한 듯 날개를 몇 차례 퍼덕였다. 그리고 벌레가 황야를 뒤로한 채 날아갔을 때……

샬럿도 사라지고 없었다.

* * *

에르젠은 어두컴컴한 하늘에 잔뜩 낀 구름을 보다가 시무룩한 얼굴로 침대에 올라갔다. 그러자 옆에 있던 유모가 호들갑을 떨며 아이에게 이불을 덮어 줬다.

"곧 여름이 온다지만 아직 밤은 쌀쌀하지요. 이불 잘 덮고 주무셔야 한답니다."

아이는 대강 고개만 끄덕이고 고개를 돌려 버렸다. 아직 어렸으나 바로 옆 유모라는 중년 여인은 물론이고, 성내 어른들의 태도가 어느 순간 바뀐 것이 자신을 아껴서가 아닌 것쯤은 어렴풋이 알았다.

"이, 이만 주무세요. 무슨 일이 있으면 꼭 부르시고요."

에르젠이 저를 별로 달가워하지 않음을 눈치챈 유모가 약간 실망한 얼굴로 주춤거리다 물러났다. 문이 닫히는 소리가 나자 에르젠은 이불을 꼭 말아 안았다.

"엄마……."

헤레이스는 끝내 오지 않았다. 오후부터 늦은 밤까지 어미를 기다렸던 에르젠은 실망감에 훌쩍이기 시작했다.

당분간 또 못 보는 걸까? 엄마는 또 그 구멍 너머 이상한 집에 있는 걸까? 아니면 내가 많이 울어서 가 버린 걸까? 별별 생각이 아이의 작은 머릿속을 휘젓고 다녔다.

'많이 울면 와 주지 않을까? 엄마는 항상 내가 울면 언젠가는 와 줬잖아.'

에르젠은 지금이라도 울음을 터뜨릴까 하다가 고개를 작게 저었다.

'안 돼. 그럼 엄마가 우는걸.'

아이는 알고 있었다. 제가 울면 어미도 운다는 것을. 어미가 보고 싶었으나 슬퍼하는 어미를 바라지는 않았다. 에르젠이 몸을 동그랗게 말며 찔끔 새어 나오는 눈물을 재빨리 닦았다.

억지로 잠들기 위해 몸을 바로 하자 멀리서 우르릉하는 무섭고 둔탁한 소리가 났다. 맹수의 울림과도 비슷한 소리에 에르젠이 목을 움츠리자 순간 빛이 번쩍였다.

"어, 엄마……."

몇 번의 경험 덕에 아이는 천둥의 존재를 알고 있었다. 곧 있으면 멀리서 들리는 저 소리는 가까워질 것이고 번개는 더 자주 번쩍거릴 터였다.

하지만 안다고 해서 두렵지 않은 것은 아니었다. 에르젠은 몇 번 더 헤레이스를 부르다가 어미가 오지 않을 것을 깨닫고 이불을 머리끝까지 뒤집어썼다. 눈앞을 가리기가 무섭게 천둥소리가 한발 가까이서 들렸다. 에르젠은 귀를 막고 눈을 꼭 감았다.

한참 어둠에 적응해 갈 때였다. 창문이 덜컹거리는가 싶더니 바람이 발끝에 살랑였다. 그리고 동시에 귓가로 익숙한 목소리가 스르르 기어들었다.

"에르젠."

"형? 미겔 형이야?"

낯익은 목소리에 에르젠이 반색하며 이불을 내렸다. 반짝 떠진 아이의 눈동자에는 반가움이 가득했다.

"안녕?"

예상대로 침대 바로 옆에 미겔이 앉아 있었다. 하지만 에르젠의 표정은 미겔을 보자마자 창백히 질렸다.

푸른 눈이 두려움에 잘게 떨렸다. 에르젠이 자신을 보고 온몸이 굳어 버렸는데도 미겔은 태연했다.

번쩍. 황금색 눈이 번개에 더욱 기이한 색을 발했다. 그것이 긴 손톱으로 제 턱을 받치며 날카로운 이빨을 쩍 드러내 보였다. 붉고 긴 혀가 날름거리며 에르젠의 시야를 어지럽히더니 상냥한 목소리가 흘러나왔다.

"전에 하다 만 부탁 하러 왔어, 에르젠."

"아…… 아…….."

그것이 눈을 초승달처럼 휘며 세로로 찢어진 네 개의 동공을 일그러뜨렸다. 에르젠이 몸을 덜덜 떨며 손가락으로 그것을 가리키자 그것이 비늘 돋은 징그러운 손으로 에르젠의 팔목을 확 낚아챘다.

"그때 말한 대로 한 가지만 양보해 줄래? 응?"

감미로웠으나 재촉하는 낌새도 있었다. 에르젠의 팔목을 죄어 오는 힘이 점점 강해지고, 아이의 손이 하얗게 질렸다. 에르젠은 공포에 질려 아무 말도 못 한 채 덜덜 떨다 비명을 지르듯 고함쳤다.

"싫어!"

탁 하는 소리와 함께 그것이 의외로 쉽게 떨어져 나갔다. 에르젠은 침대에서 허겁지겁 내려와 다람쥐처럼 잽싸게 문으로 향했다. 아이가 달려가는 소리가 바닥을 울리고 곧이어 문 열리는 소리가 났다.

"……원망 마렴. 어차피 지금 그 목숨 내가 한 번 살려 준 거잖아."

그것은 에르젠을 쫓지 않았다. 그저 도망가는 아이의 뒷모습을 빤히 보며 히죽거릴 뿐.

콰쾅.

열린 창문으로 비가 들이치기 시작하더니 천둥이 가까운 거리에서 큰 소리로 쳤다. 하얀 번개가 창밖에 내리 꽂히고 어둠을 잠깐 앗아 가더니 그것이 모습을 감췄다.

툭.

적막만 남은 방, 책꽂이가 비바람에 흔들리며 책을 떨궜다. 펼쳐진 책 속에서 괴물이 꿈틀거리고 글자가 저들끼리 춤추더니 괴물을 무찌르던 소년이 날카로운 이빨에 으적으적 씹혀 사라졌다.

공허한 공간. 새로이 글자가 새겨졌다.

〈괴물이 잭을 한입에 꿀꺽 삼켜 버렸어요.〉

* * *

거친 비바람이 창문을 세차게 쳤다. 간간이 들려오는 천둥소리가 귀를 때리고 번개가 눈을 아리게 했다.

이즈카엘은 시가를 문 채 눈앞의 시계를 노려보며 홀로 집무실에 앉아 있었다. 시계가 째깍째깍 규칙적인 소리를 내며 돌아갔다. 자정을 지나 오른쪽으로 꺾이기 시작한 분침에 이즈카엘이 연기를 뿜고 시가를 재떨이에 비벼 껐다.

"……헤레이스."

아내는 몇 시간 동안 그에게 쉬지 못한 채 시달렸으니 지금쯤 수마에 빠져 있을 터였다. 일부러 그리했음에도 너무나 지쳐 정신을 잃었던 아내가 떠오르자 저절로 미간이 구겨졌다.

이즈카엘이 피가 날 정도로 입술을 물다 고개를 숙였다. 천둥 때문에 파르르 떨리는 책상이 그의 심정을 대변했다.

'이대로는 안 된다고 생각한 지 얼마나 지났다고.'

제 미친 짓을 자책하던 이즈카엘은 책상을 물끄러미 바라보다가, 문득 누군가가 저를 보는 듯한 시선에 고개를 들었다. 그리고 마주친 인영에 저도 모르게 책상에서 벌떡 일어났다.

"너……."

의자 끌리는 소리와 함께 호박색 눈동자가 잘게 떨렸다. 이즈카엘은 그답지 않게 몸을 딱딱하게 굳히다 어느 때보다 서늘한 표정으로 제 앞에 선 이를 노려봤다.

이즈카엘의 앞에 나타난 이는 샤를이었다. 아비를 닮은 붉은 머리에, 율리스 황녀의 밝은 푸른 눈. 스쳐보면 여인으로 착각할 만큼 수려한 얼굴의 이복동생이 바로 코앞에 있었다.

"……제정신이 아니니 별걸 다 보는군."

샤를이 아무 말 없자 이즈카엘이 자조하듯 내뱉었다. 이성이 말하고 있었다. 눈앞에 서 있는 남동생은 환상일 뿐이라고. 그림 자조차 없이 불투명한 형체가 그를 증명했다.

"……그렇게 봐도 소용없어. 전에도 말했지만 난 네게 미안한 마음이 없다."

허상임을 알았음에도 이즈카엘은 입을 열었다. 아내만큼이나 찾았던 이복동생, 찾게 된다면 그에게 꼭 할 말이 있었다.

"헤레이스는 이제 내 아내지 네 약혼자가 아니야. 그러니 어디에…… 윽."

콰쾅.

순간 번개가 치며 머리가 쪼개질 듯 아파 왔다. 이즈카엘은 이마를 부여잡은 채 비틀거렸다. 샤를은 이복형의 고통에도 여전히 같은 얼굴이었다.

"……어디에 있는지는 모르겠지만 다시는 헤레이스 앞에 나타나지 마. 또 나타난다면…… 으윽!"

이즈카엘이 책상 모서리를 잡은 채 숨을 헐떡이며 겨우 말을 이었다. 하나 번쩍거리는 시야를 더는 참을 수 없었다. 그가 무릎을 구부리며 주저앉자 형을 내려다보던 샤를이 팔을 들어 손가락으로 어느 방향을 가리켰다.

"흐윽. 무슨…….

이즈카엘은 머리를 부여잡으면서도 동생이 손가락으로 가리킨 방향을 봤다. 정물화 하나만이 덩그러니 있는 벽에는 아무것도 없었다.

얼핏 벽 너머가 생각났다. 저 벽 너머에 있는 방은 전에 헤레이스가 쓰던 방이었으며, 현재는 에르젠이 머무는 곳이었다.

콰쾅!

때마침 내리치는 번개와 함께 기이한 불안감이 이즈카엘을 삼켰다. 이즈카엘은 끔찍한 두통도 잊은 채 자리를 박차고 일어났다.

문이 거칠게 열리는 소리가 났고, 샤를은 마지막으로 이복형의 등을 보다 어둠 속에 녹아들 듯 사라졌다.

* * *

"에르젠!"

밖에는 이제 앞이 보이지 않을 만치 많은 비가 내리고 있었다. 창백한 얼굴로 죽은 듯이 누워 있던 헤레이스는 천둥소리에 맞춰 아들의 이름을 부르며 악몽에서 깼다.

"에르젠. 에르젠……."

누군가 갈아입힌 듯 얇은 침의 하나만을 입은 그녀의 가슴께가 위아래로 빠르게 허덕였다. 아들의 이름을 외며 제 손 여기저기를 살피던 헤레이스는 손이 깨끗한 것을 확인하고 한숨을 쉬었다.

'……끔찍한 악몽이야.'

헤레이스는 전에 꿨던 꿈과 비슷한 악몽 속에 있었다. 사방이 온통 피 웅덩이인 그곳에 잠긴 그녀를 이번에는 아들인 에르젠이 슬픈 눈으로 그녀를 내려다보고 있었다. 아들을 안아 주려 했지만 에르젠은 그녀의 이마에 입을 맞추더니 환한 빛무리로 사라졌다.

조금 진정하자 몸이 으슬으슬 추워졌다. 헤레이스는 식은땀에 젖어 이마와 목가에 붙은 머리카락을 떼어 내며 유리온실 쪽을 쳐다보았다. 세상은 쏟아지는 빗소리에 잠겨 오히려 고요했다.

콰르릉.

길게 끄는 천둥이 울리고 벼락이 유리온실 위로 쳤다. 헤레이스는 번쩍이는 빛 사이 누군가를 보고 눈을 크게 떴다.

"에르젠!"

잠깐 사라졌다 나타난 아들은 엉엉 울고 있었다. 다시금 심장이 미친 듯이 뛰기 시작했고, 헤레이스는 침대에서 내려왔다.

'엄마! 엄마!'

귓가에 에르젠의 울음소리가 계속해서 맺었다. 더는 참지 못한 헤레이스가 방문을 열어젖혔다.

습기 찬 공기와 함께 컴컴한 어둠이 그녀의 앞에 펼쳐졌다.

* * *

"괴물…… 흐윽. 형이 아니라 괴물이었어."

에르젠은 계단에 앉아 훌쩍이고 있었다. 본래라면 조용한 밤인지라 아이의 울음소리가 성내에 다 울렸겠지만 지금은 아니었다. 연신 내리치는 번개와 천둥소리, 그리고 비바람은 세상 모든 소리를 저들 속에 감춰 버렸다.

"엄마……."

에르젠은 헤레이스를 부르며 번개가 칠 때마다 두려움에 몸을 움찔거렸다. 앉아 있는 계단이 천둥이 우르릉거릴 때마다 흔들리는 느낌이었다.

'……무서워.'

처음 형의 모습을 한 괴물을 봤을 때는 엄마를 찾아 밖으로 나가려 했다. 하지만 비바람과 천둥 번개는 에르젠을 옴짝달싹하지 못하게 만들었다.

가만히 앉아만 있자 주변 온도가 점차 낮아졌다. 에르젠은 몸을 말며 젖은 얼굴을 작은 손바닥으로 연신 닦았다. 그러다가 우연히 난간 사이로 바로 아래에 있는 계단을 봤다. 그곳에는 검은 머리의 여인이 서 있었다.

"엄마?"

놀란 에르젠이 고개를 들어 유심히 살피자 검은 머리의 여인이 고개를 살짝 들어 위를 보려다 말았다. 하지만 찰나의 순간, 에르젠은 자신의 것과 똑같은 푸른 눈동자를 봤다.

"엄마!"

귀를 울리는 천둥소리에도 아이는 망설임 없이 계단을 뛰어 내려갔다. 에르젠이 따라오자 긴 머리를 늘어뜨린 여인은 뒤를 돌아볼 듯하더니 아래로, 또 아래로 향했다.

"엄마! 같이 가!"

에르젠은 어미를 따라잡기 위해 빠르게 뛰었다. 그러나 어찌 된 영문인지 어미를 붙잡기는 쉽지 않았다.

탁탁탁, 뛰는 소리와 함께 에르젠이 계단을 몇 번이고 꺾어 내려갔다. 아이는 1층과 2층 사이 층계참에 이르러서야 어미와 가까워졌다.

층계참 아래로 1층 홀이 펼쳐졌다. 본래라면 아무리 늦은 시간이라고 한들 사용인이 몇 명은 있어야 했지만 홀에는 적막만이 흘렀다.

"하아…… 엄, 엄마."

에르젠이 헐떡이며 겨우 따라잡은 어미의 드레스 자락을 쥐었다. 손에 잡히는 감촉과 살랑이는 검은 머리카락에 천둥 번개에 대한 두려움은 사라진 지 오래였다.

'어?'

하지만 안도감도 잠시, 에르젠은 어미에게서 기이함을 느꼈다.

어미의 머리카락은 본디 부드럽게 곡선을 그렸지만 이리 구불거리지는 않았다. 게다가 눈앞 어미에게서는 익숙한 포근함 대신 아주 차가운, 온몸을 쭈뼛거리게 하는 냉기만 흘렀다.

우르릉.

바닥을 긁는 듯한 천둥소리가 낮게 지나가고 여인의 머리카락은 끝부터 색이 빠졌다. 밤하늘 같았던 검은 머리가 점차 연해져 차가운 황금색으로 변하자, 에르젠이 여인의 옷자락을 툭 놓고 뒷걸음쳤다. 그리고 순간…….

콰콰쾅!

어느 때보다 크게 천둥이 친다 싶더니, 번쩍이는 불꽃 아래에서 금발의 여인이 히죽거리며 에르젠에게 인사했다.

"잘 가렴."

작은 파랑새가 추락했다.

* * *

짧은 시간 천둥과 번개가 멀어지고 창문을 거칠게 때리던 바람도 사라졌다. 남은 것이라고는 세상을 잠기게 할 듯 끝없이 내리는 비뿐이었다.

이즈카엘은 층계참에 서서 1층 홀에 펼쳐진 광경을 보다가 미친 듯이 계단을 뛰어 내려갔다. 그가 스쳐 지나가자 계단 끝에 아슬아슬하게 서 있던 샬럿이 깔깔 웃음을 터뜨리며 말했다.

"당신 같은 사람도 그런 얼굴을 해?"

귀가 찢길 듯 듣기 싫은 목소리였지만 이즈카엘에게는 들리지 않았다. 그는 그저 계단 아래 쓰러져 있는 아이를 들어 올릴 뿐이었다.

품 안의 작은 몸은 아직 따뜻했다. 꼭 감긴 눈과 파리한 안색을 제외하면 자고 있다고 봐도 무방할 정도였다. 하나 아이의 심장은 멎어 버렸으며 숨소리는 사라져 버렸다.

이즈카엘이 미동도 없는 아이를 흔들다가 큰 소리로 의원을 찾았다.

"누구 없나! 당장 의원을 불러! 의원을 데려와!"

빗소리에도 이즈카엘의 고함은 감춰지지 않았다. 여기저기서 사용인들과 기사들이 튀어나왔다. 관객이 많아지자 샬럿의 웃음소리는 점차 높아졌다. 그러나 기사들이 검을 빼 드는 순간 그녀는 울컥 검은 피를 토하며 앞으로 꼬꾸라졌다.

"아악!"

하녀 몇이 비명을 질렀다. 샬럿이 토해 낸 검은 피가 웅덩이를 만들고 계단 아래로 흐르기 시작했다. 샬럿은 죽어 가면서도 끝까지 웃어 젖혔다. 그녀가 마지막으로 부들거리며 팔을 들어 올렸다. 그리고 금발 사이로 섬뜩한 웃음을 보이며 문을 가리켰다.

이즈카엘을 비롯한 사람들의 시선이 정문으로 향했다. 어느새 활짝 열린 문에는 어쩔 줄 몰라 하는 기사 둘과, 비에 푹 젖은 여인이 있었다. 여인의 검은 머리카락 끝에서 물이 뚝뚝 떨어지고 있었다.

"에르젠!"

물에 젖어 다 비치는 침의 차림에 맨발로 홀에 들어선 헤레이스가 이즈카엘의 품에 안긴 아들을 보다 찢어질 듯한 높은 목소리로 아들을 부르며 바닥을 박찼다. 창백한 낯이 에르젠 못지않게 파리했다.

물방울이 사방으로 튀고 아내의 파란 눈동자가 박혀 들었다. 그리고 이즈카엘의 귀에 그것이 속삭였다.

「……메데아의 아이야, 내가 가져간 것을 돌려주마.」

9장. 죄악과 기억

(과거 외전)

　가장 높은 곳에 있었던 자들은 대역죄를 짓고도 지하로 가지 않았다. 샤를은 높이 뻗어 있는 탑의 꼭대기를 보다 씁쓸한 얼굴을 했다.

　"이리 오십시오."

　탑의 간수 역할을 하는 기사는 그가 죄인이 되었음에도 여전히 깍듯했다. 샤를은 고개를 꾸벅 숙이고 기사의 안내에 따라 탑 안으로 들어섰다.

　1년 만에 들어온 탑 안은 여전했다. 구불구불한 나선형 계단은 끝없이 이어져 있었으며, 탑 내부의 잿빛 벽은 여기저기 금이 가 을씨년스러워 보였다.

"예전과 같습니다. 한 시간. 폐하께서 허락하신 시간입니다."

탑의 끝에 위치한 방문 앞에서 기사가 말했다. 샤를이 알겠다며 고개를 살짝 끄덕이자 기사가 품에서 열쇠 꾸러미를 꺼내 문에 걸린 다섯 개의 무거운 자물쇠를 풀었다. 철컥이는 소리가 날 때마다 샤를이 고통스러운 얼굴로 그를 바라봤다.

철컹.

무거운 쇠문은 기사가 있는 힘껏 밀어야 열릴 정도였다. 샤를이 방 안으로 들어서자 다시 다섯 개의 자물쇠가 잠겼다. 차가운 문의 감촉을 뒤로한 채 샤를은 방 안을 살폈다.

내부에는 침대와 테이블 외에 가구가 없었다. 장식도 하나 없이 삭막한 방에 그나마 생기를 주는 것은 아주 작은 손바닥만 한 창이었다. 하지만 그조차 닫혀 있어 방 안의 공기는 바깥의 선선한 날씨에도 탁했다.

샤를이 막막한 눈으로 방을 한 번 둘러보다 침대 옆으로 가 무릎을 꿇었다.

"어머니 저 왔어요."

침대에는 여인 하나가 모로 누워 있었다. 백발을 풀어 헤친 채 모로 누운 여인은 삐쩍 골아 뼈마디가 도드라졌다.

한때는 밖의 하늘만큼 맑았을 눈동자가 상한 생선 눈처럼 뿌연 빛을 발한 채 좌우로 굴렀다. 여인이 가까스로 몸을 일으켰다. 얼마나 움직이지 않았는지 그 평범한 동작에도 관절에서 우두둑 소리가 났다.

샤를은 어미를 도울까 하다 그만뒀다. 어미는 그 귀한 출신에 걸맞게 자신을 동정하는 것을 끔찍이 싫어했다.

"프란시스가 널 용케 보내 주는구나."

"폐하께서는……."

"그만. 그 개자식 이야기는 듣고 싶지 않구나."

지고한 제국의 황제를 개자식이라 거침없이 말하는 목소리는 얇고 가늘었다. 샤를은 1년 만에 더 약해진 어미를 슬픈 눈으로 보다 입술을 물었다. 오늘 꼭 전해야 할 말이 있는데. 이런 모습을 보니 감히 꺼내기가 어려웠다.

"거기 끈을 다오."

율리스 황녀. 아니, 이제는 죄인이 된 율리스가 탁자를 가리켰다. 샤를이 탁자 위 하얀 끈을 가져다주자 그녀가 부스스한 머리를 손으로 빗고 깔끔하게 모아 묶었다.

"알다시피 여기는 대접할 게 없단다. 이해하렴."

"괜찮아요. 그보다 몸은 어떠세요?"

"보는 대로란다. 빠르게 늙고 빠르게 죽어 가고 있지. 이 탑의 망령들처럼 말이야."

율리스가 제 손에 자글자글한 주름을 보며 말했다. 좁은 방에 갇혀 아무것도 하지 못한 채 시간을 보내는 일은 끔찍한 고문이었다. 덕분에 햇빛을 보지도, 노동을 하지도 않았지만 그녀는 하루가 멀다 하고 노회해져 가고 있었다.

"……4년도 지나지 않았는데 이 꼴이니 5년이 가기 전에는 나도 미칠지 모르겠구나. 아니면 그 전에 죽든가."

말은 그렇게 했으나 지난 100년 동안 이 탑에서 3년 넘게 제

정신으로 버틴 이는 율리스가 유일했다. 보통 황족들은 이곳에 갇힌 뒤 1년이 채 되지 않아 자해하거나 미쳐 버렸으니.

이 공간이 그러했다. 그 어떤 오만한 황제도, 우아했던 황후도, 권좌를 차지할 뻔했던 황자도 오래 견디지 못했다.

그러나 율리스에게도 한계는 있었다. 샤를은 어미의 눈동자가 점차 흐려지며 쉴 새 없이 떨리는 것을 눈치챘다. 게다가 그에게 보이지 않으려 주먹을 쥐고 있었으나, 머리를 묶을 때 훔쳐본 어미의 손가락 끝은 피딱지가 가득했다.

"그런 말씀 마세요. 건강히 오래……."

샤를이 말을 하다 말고 입을 다물었다. 이곳에서 오래 건강히 살라는 말은 어찌 보면 저주였다. 율리스도 아들의 말이 우스운지 차갑게 코웃음을 쳤다.

1년 만에 만난 모자는 침묵했다. 한 시간밖에 되지 않는 짧은 시간이 너무나 아까웠지만 현실을 마주할 때면 아무 말도 할 수 없었다. 누가 그들을 한때 세르펜스 공작가의 안주인과 후계자로 볼까. 죄인으로 떨어져 목숨만 부지하는 삶은 이 방처럼 비참했다.

"어머니."

샤를이 한참 망설이다 어미의 손을 잡았다. 율리스는 아들의 눈에 동정이 어린 것을 보고 인상을 찌푸렸지만 아들의 손을 뿌리치지는 않았다. 샤를이 그런 어미를 향해 쓸쓸한 미소를 보이다 율리스의 손을 꼭 잡고 준비했던 말을 꺼냈다.

"말씀 안 드리려고 했는데…… 아버지가 돌아가셨어요. 어머니께서 여기로 오시고 얼마 지나지 않아서요."

아들의 말에 율리스의 볼이 살짝 씰룩였다. 그러나 그녀는 곧 오만하게 턱을 치켜든 채 입을 열었다.

"잘됐구나. 그 꼴로 괴로워하다 죽었을 테지? 마지막으로 봤을 때는 숨조차 제대로 쉬고 있지 못했으니까."

율리스가 남편을 본 건 반역죄로 끌려가기 직전이었다. 그녀는 시체처럼 누워 악취를 풍기며 숨만 허덕이던 남편, 세르펜스 공작의 꼴을 한참 구경했다.

샤를은 어미의 반응에 입술을 질끈 물었다. 이제는 확신할 수 있었다. 아비의 죽음에는 어미가 있었다. 그가 물기 어린 목소리로 율리스에게 물었다.

"……늦었지만 물어요. 아버지께 독을 탄 이가 진정…… 어머니세요?"

"그래. 내가 한 짓이 맞단다."

율리스는 일말의 부정도 않았다. 그녀가 아들의 손에서 제 손을 뺀 채 눈물을 흘리는 아들을 내려다봤다.

"아버지가 어머니께 상처 준 거 알아요. 견디기 힘든 상처였죠. 하지만 어머니……."

샤를은 어미가 아비의 정부와 이복형의 존재 때문에 얼마나 괴로워했는지 잘 알았다. 나기를 황족으로, 그것도 황제가 가장 아끼는 동복동생으로 살아온 고귀한 어미였다. 그런데 남편이라는 작자가 정부와 사생아를 들였으니, 대단한 자존심에 얼마나 상처를 입었을까. 게다가 샤를이 알기로 어미는 처녀 적 아비를 열렬히 짝사랑했다.

"……아버지는 제 아버지세요. 그런데 어째서…… 어째서 그 러셨어요. 아버지께서는 고통 속에서 가셨다 들었어요."

샤를은 아비를 죽인 이가 어미라는 사실을 누구에게도 이야기할 생각은 없었다. 부모 중 그에게 정을 준 이는 어미 하나였다. 아비는 그를 후계자로 보기는 했으나 그 외에는 일절 관심을 두지 않았다.

하지만 아비도 그에게 피와 살을 준 것은 분명한 사실이다. 때문에 비밀을 묻되 어미에게 물어야 했다. 왜 그리 잔인하게 남편을 죽여야 했는지.

"그가 네 아비라 거기까지만 한 거야. 아니었다면 진즉 독을 먹이고 찢어 버렸을 거란다. 내 아들인 네 아비라 내가 자비를 베푼 거야."

"어머니!"

율리스는 아들의 붉은 머리를 보며 죽은 남편을 그렸다. 숨조차 제대로 쉬지 못한 채 그리 갔다니. 진즉 알려 주지. 그랬다면 이 기쁨을 훨씬 일찍 누렸을 텐데.

어미의 눈에 비친 감정에 샤를이 딱딱하게 굳었다. 하나 율리스는 그런 아들에게 다른 것을 물었다.

"네 아비 이야기는 그만두렴. 그보다 그 더러운 사생아 자식은 어찌 지내니? 네 아비도 죽었겠다, 떵떵거리며 그 성에서 살고 있니?"

비꼬는 목소리에는 분이 가득했다. 남편의 사생아가 공작 위는 물론이고, 그 성을 차지했다 생각하니 속에서 열불이 났다. 치솟는 광기를 간신히 누른 채 율리스가 아들에게 답하라 눈짓으로 종용했다.

"……네. 형이 공작이니까요. 성에 있어요."

"공작은 무슨. 그건 영영 더러운 사생아야. 자리를 차지했다고 고귀해지는 건 아니지. 더러운 것!"

율리스의 눈에 핏발이 서며 살벌한 빛을 띠었다. 그녀는 죽는 순간까지 이즈카엘을 공작으로 인정하지 않을 터였다. 그녀에게 이즈카엘은 더러운 사생아 이상도, 이하도 아니었다.

"그보다 헤레이스 그 아이는? 그 아이는 어찌 지내? 올해도 너랑 함께 있니? 프란시스가 걜 부르거나 하지는 않았지?"

이까지 갈며 이즈카엘에 대해 말하던 율리스가 돌연 얼굴을 바꿨다. 방에 들어서고 처음으로 어미의 얼굴에 진정한 미소가 비치자 샤를은 어미의 시선을 피했다. 그가 입술을 여러 번 달싹이다 한참 만에 잠긴 목소리로 말했다.

"……어머니, 지금까지 말씀 못 드린 게 한 가지 더 있어요."

내년에 다시 올 수 있다면 올해도 이 사실을 숨겼을 것이다. 그러나 샤를은 1년 후 이곳에 올 수 없었다.

반역죄로 잡힌 어미와 그의 자식이 만나고 있다는 것이 알려지며, 황궁은 한바탕 소란이 일었다.

황제는 입을 다물어 본인의 뜻임을 은연중 내비쳤지만 신료들은 완고했다. 반역죄인들의 만남을 눈감아 주었다가는 새로운 반역이 일어날지도 모른다는 말까지 나오자 황제는 외종질에게 어미를 찾아오는 건 당분간 그만하라 말했다.

"말 못 한 거라니……. 설마 헤레이스에게 무슨 일이라도 있니?"

"헤레이스는 저와 함께 지내지 않았어요. 후작가가 몰락한 뒤에 그녀는……."

"뭐? 프란시스가 헤레이스를 용서하지 않았어? 샤를! 제대로 말하렴. 너와 함께가 아니라면 헤레이스 그 아이는 지금 어디 있어? 설마 그 예쁜 아이를 노예로……."

샤를의 말이 채 이어지기도 전 율리스가 고함을 질렀다. 창백한 얼굴로 샤를의 어깨를 잡은 그녀가 아들을 흔들었다. 샤를이 흥분하는 어미를 맞붙잡은 채 고개를 저었다.

"아니에요. 노예라니요. 헤레이스는 잘 지내고 있어요. 다만 헤레이스는…… 그녀는 형님과 결혼해 공작 부인으로서 세르펜스 성에 머무르고 있어요."

가끔은 자식인 자신보다 헤레이스를 더 아끼던 제 어미였다. 샤를은 어미가 저와 헤레이스의 결합을 얼마나 원했는지 어릴 적부터 알았다.

'샤를, 넌 헤레이스와 결혼해서 행복하게 살아야 해.'

어미는 시도 때도 없이 그에게 헤레이스와 결혼을 강요했다. 하도 많이 들어 질릴 수도 있는 말이었지만 샤를 또한 헤레이스가 항시 좋았기에 매번 고개를 끄덕이고는 했다.

"너, 너…… 너 지금 뭐라고…… 그게 무슨……."

"……."

"그게 무슨 말이야! 그 더러운 사생아 자식이랑 헤레이스가 왜 결혼을 해! 왜! 헤레이스는 네 짝이잖니. 내 아들인 네 짝! 샤를, 네 짝이잖아!"

"……."

"오, 샤를…… 내 아들아, 그런 정신 나간 농담은 마렴. 농담이지? 응? 그렇다고 말해. 그렇다고 말하라고!"

"……사실이에요. 헤레이스는 형과 결혼하고 공작 부인이 됐어요. 하지만 어머니, 그건 어쩔 수 없는 일이었어요. 후작가가 그리되고 헤레이스도 지하로 끌려갔어요. 형은 그녀를 구하려고……."

"아니야!"

율리스가 세차게 고개를 젓자 깔끔하게 묶여 있던 머리카락이 사방으로 흩어졌다. 그녀가 마른 손가락을 들어 아들에게 삿대질했다. 흡사 광인 같았다.

"프란시스 그 머저리는 애초에 헤레이스를 죽일 수 없어. 그 개자식은 헤레이스에게 손끝 하나 대지 않기로 나랑 약속했다고! 그런데 뭐? 그 앨! 그 귀중하고 예쁜 아이를 그 더러운 사생아 자식에게 보내?"

당장 황제를 모욕한 죄로 잡혀가도 할 말이 없었다. 샤를은 고함을 지르며 발작하는 어미를 간신히 붙잡아 침대에 눌렀다. 율리스가 거칠게 숨을 쉬며 팔다리를 허우적대다 아들의 멱살을 붙잡았다.

"샤를, 당장 헤레이스를 데리고 도망쳐라. 제국을 떠나! 이곳은 오지 않아도 좋으니 그 애를 데리고 외국으로 가! 그리고 영영 아나이스에 발을 딛지 마. 멀리 떠나서 너희 둘이 행복하게 살아. 응?"

처음 이곳으로 끌려왔을 때도 본 적 없는 어미의 모습이었다. 샤를은 눈물이 나오는 걸 꾹 참으며 말했다.

"어머니, 그럴 수는 없어요. 헤레이스는 이미······."

울음기 가득한 목소리는 슬픔에 잠겨 있었다.

그도 원했다. 어미처럼 표현하지는 않았지만 누구보다 그녀의 곁에 서길, 그리하여 영영 그녀를 보살피고 자신은 그녀의 보살핌을 받으며 사랑을 주고받다 같은 날 같은 시간 눈을 감길 누구보다 바랐다. 샤를의 눈에서 뜨거운 눈물이 한 방울 툭 떨어졌다.

"······형과 결혼했잖아요. 형이 그녀를 행복하게 해 줄 거예요."

"아아악! 아니야! 아니야! 아악!"

샤를의 말이 끝나기 무섭게 율리스가 소리를 내지르며 다시 몸부림을 쳤다. 그리고 때마침 자물쇠 열리는 소리가 나더니 기사가 들어왔다.

"시간이 다 되었습니다. 나오시죠."

기사는 광인처럼 날뛰는 율리스를 보고도 침착한 얼굴을 유지했다. 그가 뒤로 살짝 눈짓하자 언제 왔는지 모를 여인 둘이 서 있었다. 그녀들은 샤를을 밀어내고 율리스 황녀의 팔다리를 잡아 눌렀다. 샤를이 기사의 재촉에 잠깐만 기다려 달라는 눈짓을 하고는 여인들에게 제압당한 어미의 곁에 가까이 붙었다.

"어머니, 당분간 못 볼 거예요. 하지만 어머니, 꼭 다시 올게요. 그러니까 제발……."

"허억…… 다프네! 다프네! 아악!"

아들의 작별 인사에도 율리스는 천장을 보며 눈을 까뒤집은 채 부르짖기에 바빴다. 기사가 다시 한번 재촉하자 샤를이 슬픈 눈으로 어미를 보다 그 이마에 입맞춤했다.

"……몸 건강히 지내세요."

* * *

'몇 년 외국으로 나가 있거라. 일이 정리되고 율리스에 대한 말이 사그라들면 다시 부르마.'

'예, 폐하.'

'가여운 것.'

'…….'

'난 네 어미를 용서할 수 없다. 다른 이도 아니고 에드워드 그 사생아를 따라…… 쯧! 하지만 샤를 넌 가엾구나. 가여워.'

'…….'

'이즈카엘…… 공작의 요구만 아니었다면 너에 대한 짐을 좀 덜었을 텐데. 하나 어쩌겠느냐. 일이 이렇게 된 것을.'

'…….'

'준비되는 대로 빨리 떠나. 여행도 하고 돌아다니다 보면 너도 잊을 수 있을 테지.'

황제를 알현한 샤를은 아나이스를 떠나기 전 마지막으로 세르펜스 성을 찾았다. 헤레이스. 이제는 형의 아내가 된 전 약혼녀를 한 번만 더 보기 위해.

'차라리 잘됐어. 형과 함께 있었다면 미워하는 마음이 생겼을지 몰라.'

마침 이즈카엘은 토벌로 성을 비운 참이었다. 샤를은 평소보다 적은 기사와 병사를 쳐다보다가, 익숙하게 성내로 들어갔다가 나오길 반복했다. 그가 며칠 망설이다 결국 헤레이스를 불러냈다.

"헤레이스."

"미안해. 샤를. 정말 미안해. 네게는 정말⋯⋯."

사죄하는 헤레이스를 보자마자 샤를은 제 선택을 후회했다. 유리온실에서 본 헤레이스는 여전했다. 다정한 푸른 눈도, 항상 그의 시선을 앗아 갔던 붉은 입술도 여전히 아름다웠다. 그래서 샤를은 그녀가 밉고 또 자신이 싫어졌다.

'내 생각보다 조금만 덜 예쁘지. 그랬으면 내가 실망이라도 했을 텐데. 넌 왜 여전히⋯⋯.'

수도는 아직 한창 따뜻했건만 북부는 그의 마음처럼 추웠다. 샤를은 헤레이스를 빤히 보다 아려 오는 눈가에 일부러 고개를 돌렸다. 밖에는 눈이 소복소복 쌓이고 있었다. 그가 온실 유리 벽에 비친 헤레이스를 보며 간신히 입을 열었다.

"일이 이렇게 됐지만 너를 이해해. 나라도 그랬을 거야, 헤레이스."

헤레이스의 눈이 순간 커졌다가 물기를 머금는 것이 보였다.

샤를은 헤레이스가 울먹이자 고개를 돌려 그녀에게 가까이 다가 갔다. 그가 조금 전보다 더 밝은 목소리로 위로하듯 말했다.

"형님은 좋은 사람이야. 형님은 나와 달리 널 지켜 줄 힘이 있어. 그러니 헤레이스, 내게 죄책감 가질 필요 없어."

"샤를……."

울지 마라 부러 목소리를 꾸몄건만 헤레이스는 뭐가 그리 서러운지 그의 이름을 부르며 눈물을 펑펑 쏟기 시작했다. 샤를이 헤레이스의 파르르 떨리는 속눈썹과 꾹 다문 입술을 보다가 천천히 팔을 올렸다. 그리고 작은 몸을 제 품에 안아 다독이기 시작했다.

"울지 마, 헤레이스. 네가 울면 내가 뭐가 돼. 여자나 울리는 한심한 놈이 되잖아."

"난…… 나는, 샤를, 난……."

샤를의 손이 쉴 새 없이 움직였다. 헤레이스의 검은 머리카락을 쓰다듬고 등을 토닥이는 손길이 다정했다.

"쉬이. 울지 마, 헤레이스. 웃는 얼굴로 봐 줘, 응?"

귓가에 울리는 목소리에 헤레이스가 간신히 입꼬리를 올렸다. 샤를이 헤레이스의 입술을 장난스레 툭 치고 엄지손가락을 올려 젖은 눈가를 닦아 줬다.

"역시 넌 웃는 게 더 어울려. 울면 눈이 처져서 인상이 별로야."

샤를의 눈에 헤레이스는 어떤 얼굴을 해도 아름다울 터였다. 하지만 샤를은 헤레이스가 우는 걸 바라지 않았다. 그는 어릴 적부터 헤레이스가 눈물을 흘리는 모습을 너무 많이 봤다. 그리고 그녀가 울 때면 항상 마음이 저려 견디기 힘들었다.

"자, 이리 봐. 마저 닦아 줄게."

"괜찮아, 샤를……."

샤를이 어릴 적 습관대로 헤레이스의 얼굴을 부드러이 잡자 헤레이스가 고개를 저으며 뒤로 물러났다. 피하는 느낌이 아닌 미안해서, 도저히 얼굴을 볼 수 없다는 느낌이 강했다.

샤를은 잠깐 주춤하다 곧바로 손을 거뒀다. 이 이상 했다가는 헤레이스에게 부담으로 다가갈 수 있다는 판단에서였다. 그러나 그가 손을 떼자마자 뒷걸음치던 헤레이스가 균형을 잃고 넘어갔다.

"아?"

"헤레이스!"

몸을 팅기듯 뛰쳐나간 샤를이 헤레이스의 허리를 붙잡고 훅 당겼다. 작게 한숨을 쉬는 그의 얼굴에는 안도감이 가득했다.

"헤레이스, 전부터 생각한 건데 네 발목은 너무 약해. 이래서 춤은 어떻게 췄는지 원……."

"내 발목은 멀쩡해, 바닥이 고르지 않았을 뿐이지. 잊었어? 한때는 내가 샤를 너보다 달리기도 훨씬 잘했다고."

두 사람의 머릿속에 어릴 적 함께였던 장면이 떠올랐다. 푸릇한 잔디 위에서 그들은 잔소리에도 아랑곳없이 맨발로 달리기 시합을 하고는 했다.

"그건 내가 일부러 져 준 거야. 난 신사고 넌 숙녀였으니까."

"거짓말!"

생각만으로도 기분 좋은 추억에 헤레이스가 울었던 것도 잊은 채 소리 내 웃었다. 그 순간 샤를의 얼굴이 살짝 굳어졌다. 그가 헤레이스의 얼굴에 담긴 미소를 물끄러미 보다 그녀를 훅 끌어당겼다. 놀란 헤레이스가 샤를을 올려다봤다.

"……미안. 헤레이스 너한테 너무 미안한데…… 말 안 하고는 못 배기겠어. 이게 마지막일 테니까."

사내의 목소리에 울음기가 섞여 들었다. 헤레이스가 눈을 깜빡이다 샤를의 눈에 맺힌 눈물을 보고 눈을 크게 떴다.

"샤를…….."

어느 정도 자라고 난 뒤 샤를은 그녀의 앞에서 좀처럼 울지 않았다. 그나마 기억에 있는 거라고는 그녀가 그의 청혼을 받아 줬을 때, 그때뿐이었다.

"헤레이스, 내가 널 많이 사랑해. 항상 좋아하고 있었어."

청혼 때와 비슷한 고백이 이어졌다. 그러나 비슷한 말이라도 그때와는 감정이 완전히 달랐다. 기대와 행복에 젖어 울던 샤를은 체념과 슬픔이 가득한 얼굴이었다.

"샤를, 나는…….."

헤레이스가 입매를 일자로 굳힌 채 샤를에게서 한 걸음 물러났다. 그녀는 그의 마음을 받아 줄 수 없었다. 그녀에게는 이미 다른 이가 있었다.

"……미안해. 너한테 정말 미안한데 난 네 마음을 받을 수 없어. 나는…… 이즈카엘, 내 남편을 사랑해."

헤레이스는 손을 달달 떨면서도 짐짓 단호하게 말했다. 그녀의 얼굴에도 괴로움이 가득했다. 하나 그녀는 울고 있는 샤를을 보며 침을 꿀꺽 삼키더니 잔인한 말을 담담히 이어 갔다.

"이제 와 하는 말이지만 샤를 너도 알고 있을 거야. 나 사실 오래 전부터……."

"그만."

참지 못한 샤를이 손을 들어 올렸다. 천천히 고개를 든 그가 젖은 낮으로 헤레이스의 눈동자를 보다 그녀에게 다가섰다. 그리고 찌푸려진 헤레이스의 미간을 손가락으로 꾹 눌러 펴 주며 말했다.

"무슨 말인지 알아. 그러니 그만해, 헤레이스."

"미, 미안해. 샤를, 미안해……."

입술을 물고 있던 헤레이스가 참지 못하고 와아앙 울음을 터뜨렸다. 일부러 차갑게 내뱉으려 했지만 샤를의 얼굴을 보니 미안하다는 말만 입에서 맴돌았다. 그녀가 다시 울자 샤를이 다시 그녀를 토닥였다. 그러나 아까와는 확연히 거리가 있는 행동이었다.

"……사실 나 곧 아나이스를 떠나. 오늘 온 건 작별 인사를 하기 위해서야."

헤레이스의 울음이 어느 정도 잦아들자 샤를이 담담한 얼굴로 오늘 방문의 목적을 알렸다. 헤레이스는 그가 작별하러 왔음을 온실에 들어섰을 때부터 짐작했음에도 불구하고 떨리는 목소리로 물었다.

"어디로 가는데?"

"나도 아직 몰라. 일단 아나이스를 떠나기 전에 남부로 가서 여행 좀 하다가 배를 타려고. 맨 먼저 보이는 배를 탈 거야. 그럼 어디든 날 데려가 주겠지."

"그래도 목적지는 정해야지. 혹시나 무슨 일이라도 생기면⋯⋯."

계획성 없는 말에 헤레이스가 걱정스러운 얼굴을 했다. 그러자 샤를이 허리를 굽혀 그녀와 높이를 맞추고 홀가분한 목소리로 말했다.

"그런 얼굴 마. 여행은 내 꿈 중 하나였잖아. 난 북부나 수도 말고는 어디 가 본 적도 없고⋯⋯. 어디를 가든 돌아올 때 기념품을 잔뜩 사다 줄게. 어때? 기대되지?"

"응⋯⋯."

헤레이스가 마지못해 답했다. 샤를은 그런 그녀의 머리를 장난스레 흩트리다 작은 손이 배 위에 어색하게 올라가 있는 것을 보고 흠칫했다. 그가 설마 하는 표정으로 헤레이스의 얼굴과 배를 번갈아 봤다.

"헤레이스, 너 혹시⋯⋯."

"⋯⋯."

샤를의 시선을 느낀 헤레이스가 복부에 얹은 손에 힘을 준 채 고개를 작게 끄덕였다. 그녀의 긍정에 샤를이 주춤거리며 뒤로 물러났다. 그의 발걸음은 어딘가 불안했다.

"그래. 내게 조카가⋯⋯ 조카가 생기는구나. 조금 놀라운걸."

"⋯⋯."

"아…… 그보다 축하가 먼저지. 축하해, 헤레이스! 예쁜 네게서 태어날 아이이니 남자아이든 여자아이든 엄청 예쁠 거야. 기대된다, 내…… 조카의 얼굴."

샤를의 목소리는 온실에 들어선 이래로 가장 밝았다. 그러나 그의 눈동자는 초점 없이 잘게 흔들리고 있었다. 그가 떨리는 자신의 손을 뒤로 감춘 채 헤레이스에게 급히 작별을 고했다.

"그럼 난 이만 가 볼게."

"샤, 샤를!"

헤레이스가 샤를을 붙잡으려 했으나 도망치듯 빠른 걸음의 그를 따라잡을 수는 없었다. 샤를이 뒤돌아보지 않은 채 문 앞까지 가더니 나가려다 말고 멈췄다.

"헤레이스."

샤를은 여전히 그녀에게 등을 보이며 헤레이스의 이름을 불렀다. 헤레이스가 샤를 쪽으로 천천히 다가갔다.

바깥의 시린 바람이 살짝 열린 문 사이로 들어오고 있었다. 헤레이스가 몇 발 남기지 않았을 때 샤를이 문을 완전히 열고 나가며 들릴 듯 말 듯 속삭였다.

"……형님과 행복하게 살아야 해."

* * *

히이이잉.

눈이 덮인 절벽, 샤를이 타고 온 말은 주인을 버린 채 도망갔다. 아찔한 절벽에 선 샤를은 제 앞으로 은발을 가진 사내의 그림자에 잔뜩 긴장한 얼굴을 했다.

"형님……."

이즈카엘은 샤를에게서 몇 발자국 떨어져 있었으나 그가 쥐고 있는 검은 샤를의 가슴에서 고작 한 발자국 떨어져 있었다. 날카로운 검날에 목울대를 움직인 샤를이 침착한 목소리로 말했다.

"……헤레이스와 저 사이에는 아무 일도 없었습니다. 제가 그저 멋대로 그녀를 찾아가 마지막 인사를 했을 뿐입니다."

샤를은 성을 나선 뒤 얼마 지나지 않아 누군가가 자신을 뒤쫓고 있음을 알아챘다. 귀족의 신분도 잃은 채 완전히 몰락한 그를 누가 노릴까 싶었지만, 조심해서 나쁠 건 없었으므로 그는 필사적으로 도망쳤다. 하나 그를 쫓는 자는 말을 매우 익숙하게 몰았고, 샤를은 곧 따라잡혔다.

처음 샤를은 자신을 뒤밟은 이가 이즈카엘인 것에 놀랐으나, 그 감상은 오래가지 못했다.

이즈카엘은 다짜고짜 검을 뽑고 샤를에게 들이밀며 헤레이스와의 관계에 대해 물었다. 샤를은 눈치가 그리 빠른 편은 아니었으나, 그는 곧 이복형이 저와 헤레이스의 만남에 대해 알게 됐음을 눈치채고 오해를 풀기 위해 계속해서 변명하는 중이었다.

"아까도 말했지만 형님 허락도 없이 성에 침입해 그녀를 불러낸 것은 백번 사죄해야 마땅한 죄입니다. 하지만 오해하시는 상황은 없었습니다."

"……."

"정말입니다, 형님. 우리는 그냥……."

우리라는 단어에 이즈카엘의 금안이 사납게 번뜩였다. 그가 이를 갈며 샤를에게 일갈했다.

"알고 있으니 입 닫아."

"그, 그게 무슨……."

샤를은 갑자기 험악해진 이즈카엘의 기세에 지레 겁을 먹고 뒤로 조금 물러섰다. 절벽 끝에 뭉쳐 있던 눈에 금이 가며 소리가 났다. 하지만 두 사람 중 누구도 그 낌새를 알아채지 못했다.

"내 아내와 네가 아무 일도 벌이지 않았다는 것쯤은 알고…… 으윽! 젠장!"

이즈카엘이 검을 쥔 손을 부들부들 떤다 싶더니, 고개를 숙이고 다른 손으로 이마를 부여잡았다. 놀란 샤를이 앞으로 가려다 여전히 흉흉한 기세를 내뿜는 검에 멈춰 서서 걱정스러운 얼굴만 했다.

이즈카엘은 잠깐 신음을 흘리더니 고개를 천천히 들었다. 이복 형이 나아졌다고 생각한 샤를은 다시 변명을 시작하려다 기이한 광기로 번들거리는 호박색 눈에 얼어붙었다.

"아니. 다시 생각해 보니 잘 모르겠어, 샤를."

"형, 형님……."

"헤레이스와 네가…… 간통하지 않았다 믿을 수 없어. 너희 둘은 결혼까지 준비한 사이잖나. 그리고 거기서 껴안고 있었지."

직접 목격한 장면에 망상이 쓰였다. 이즈카엘의 머릿속엔 직접 듣지 못한 두 사람의 대화가 멋대로 그려졌다. 그가 샤를에게 반걸음 다가갔다.

"⋯⋯사실은 네가 그녀에게 키스라도 하길 바랐다. 그럼 이리 고민할 필요 없으니까. 감히 내 아내에게 삿된 마음을 품었으니 편히 이걸 휘두를 수 있었겠지. 하지만 넌⋯⋯ 그러지 않았어. 다행이라 해야 하나? 응?"

"형님! 정신 차리세요. 지금 형님은⋯⋯ 윽!"

샤를은 이복형의 상태가 어딘가 이상함을 깨닫고 목소리를 높였으나 이즈카엘은 그를 무시한 채 검을 움직였다. 검이 이제 가슴 위로 올라와 샤를의 목가에 닿았다. 이즈카엘이 충혈된 눈으로 먼 곳을 응시하다 샤를의 목으로 서늘한 시선을 옮겼다.

"샤를, 난 내 귀에 울리는 이 목소리를 참을 수가 없어. 계속해서 들려. 그녀의 배 속에 아이가⋯⋯, 그녀가 사랑하는 사람이 너라고 그리 말한다. 진정 그래? 내가 그녀에게 속고 있던 건가?"

"형님! 그 무슨⋯⋯ 정신 차리세요! 이즈카엘 형님!"

"네가 살아 있는 한 난 언제나 이 불안감에 시달려야겠지. 언제고 그녀가 날 떠나 네게 갈 수 있다는 가능성에 밤새 떨어야 할 거야."

이즈카엘의 고저 없는 목소리는 얼핏 들으면 무감해 보였지만 그 속에는 응축된 살기가 있었다. 샤를은 조금씩 다가오는 검을 피해 또 한 발 물러났다. 등 뒤로 바람이 휭 불며 몸이 위태로워졌다.

"형님, 일단 이 검 좀 치우시면 다 설명⋯⋯."

"……난 그걸 견딜 자신이 없어."

"형님! 어?"

쿵! 쿵! 쿵!

무언가 떨어지는 소리가 여러 번 나더니 곧 쩌적, 하고 바닥이 갈라졌다. 기우는 바닥에 두 사람의 몸이 휘청였다. 샤를이 눈을 크게 뜬 채 이즈카엘 쪽으로 손을 뻗었다. 이즈카엘이 아주 잠시 주춤거리다 샤를을 향해 마주 손을 뻗었다.

하나 그 잠시, 찰나가 문제였다. 두 사람의 손은 닿지 못했다. 순식간에 샤를이 아래로 추락하고 균형을 잃은 이즈카엘은 검을 놓쳤다. 그리고 수 초도 지나지 않아 쾅 하는 소리가 지척에 울렸다.

공허했던 이즈카엘의 눈에 그제야 초점이 돌아왔다. 경악한 얼굴로 몸을 잠시 굳혔던 그가 아래를 보더니 떨어진 눈과 그 사이에 파묻힌 이복동생을 발견하고 절벽을 죽 내려갔다. 가파른 벽을 맨몸으로 헤쳐 나아가느라 손을 비롯한 오른팔 전체에 상처가 났지만 그를 신경 쓸 틈 따위 없었다.

"샤를! 샤를!"

"허억! 형, 형님……."

샤를이 추락한 절벽은 그리 높지 않았다. 아래에 눈이 쌓여 있었으니 그대로 떨어졌다면 큰 부상 없이 살 수도 있었을 터였다.

그러나 샤를의 복부 한가운데는 이즈카엘이 놓친 검이 깊게 박혀 있었다. 이즈카엘은 검을 뽑으려다 쏟아지듯 흐르는 피에 손을 멈췄다.

"샤를! 정신 차려! 샤를!"

"형님······ 이즈카엘 형····· 윽!"

한 번 숨을 쉴 때마다 입에서 핏물이 튀어나왔다. 이미 가망이 없음을 이즈카엘도, 샤를도 알았다. 샤를이 자신을 일으켜 세우려는 이복형의 손을 꽉 잡고 고개를 저었다. 그리고 숨을 헐떡이며 마지막 말을 힘겹게 뱉어 내기 시작했다.

"형······ 흐으. 형, 형님······."

"샤를, 이쪽을 보거라. 나를 봐! 보라고!"

"헤, 헤레이스를······ 허윽! 의, 의심 마세요."

"샤를!"

"그, 그녀는······ 흐으······ 전, 전부터 형님을······ 형, 형님을 사, 사랑했어요. 아주 오, 오래 전····· 전부터요."

샤를의 말이 이어질수록 이즈카엘의 얼굴이 형편없이 구겨졌다. 뜨거운 눈물이 시야를 가리고 샤를의 얼굴 위로 툭 떨어졌다.

"그러니까······ 흐으······ 제, 제발 그녀를······ 허윽!"

차가운 공기와 만난 숨 구름이 점차 빨리, 그러나 작게 생겼다. 샤를은 평생 갈망하던 푸른 눈을 시작으로 헤레이스를 그렸다. 그리고 입가에 부드러이 띤 미소까지 만들었을 때 그는 마지막 숨을 뱉었다.

"행, 행복하게····· 부탁······."

드려요. 유언은 몇 글자를 남기고 끝맺음에 실패했다. 감지도 못한 채 반쯤 뜬 눈에 아쉬움과 슬픔, 그리고 이유 모를 기쁨이 비쳤다. 생기를 잃은 눈동자가 탁해졌다. 남은 이의 입에서 기이한 신음과 함께 망자의 이름이 새어 나왔다.

"샤를……."

죄인이 피 묻은 손을 덜덜 떨며 들어 올렸다. 그새 식어 버린 이복동생의 얼굴에 툭 손바닥을 댄 이즈카엘이 감지 못한 눈을 간신히 감겨 줬다. 그리고 곧이어 넓은 황야에 깊은 죄책감이 가득한 목소리만이 울렸다.

"으아아아아아!"

팔에서 흐른 피가 눈밭에 뚝뚝 떨어졌다. 동시에 동생을 죽였다는 절망이 이즈카엘의 속을 파고들었다.

'형님!'

언제든 그를 반갑게 맞아 주던 샤를의 목소리가 귀에 박혔다. 이즈카엘은 피가 잔뜩 묻은 제 손을 보다 얼굴을 일그러뜨렸다.

'어머니께는 죄송한 말이지만 전 형님이 좋아요. 누가 뭐라 해도 형님과 제가 형제인 건 사실이니까요.'

이복동생은 살아생전 그에게 싫은 소리 한번 한 적 없었다. 사생아인 그가 아비의 관심을 가져갔을 때도, 헤레이스와 좋지 못한 소문이 났을 때도, 심지어 그가 결국 헤레이스와 결혼하고 공작 위를 차지했을 때도.

'피…….'

그런데, 이 손에 동생의 피를 묻혔다. 그것도 질투라는 저열한 감정을 빌미로……. 자신은 아무 죄 없는 핏줄을 죽음에 이르게 했다.

전장에서 수백의 목을 베면서도 느끼지 못했던 죄책감이 그를 집어삼켰다. 이즈카엘이 피로 범벅이 된 손에 제 얼굴을 묻었다. 바로 아래에 있는 동생의 시신을 볼 자신이 없었다. 하나 손가락 사이로 샤를의 모습은 확연히 박혔다.

"아……."

이즈카엘은 무릎걸음으로 샤를에게서 물러났다. 그리고 이 자리에서 도망치기 위해 벌떡 일어났다.

"아아……."

아무것도 기억하고 싶지 않았다. 제가 만들어 놓은 결과를 보고 싶지 않았다. 저를 짓누르는 이 죄악을 털어 버리고 싶었다. 하지만 그는 그 자리를 벗어나지 못했다. 그가 절망에 빠져 있는 사이, 무기를 든 한 무리의 사내들이 이즈카엘의 주위를 감쌌다.

그 사내들은 이즈카엘이 이끄는 군대에게 패하고 도망치던 야만인 패잔병 무리였다. 다리를 다쳤는지 쩔뚝이는 앳된 얼굴의 사내가 이즈카엘을 노려보며 고함쳤다.

"이 살인마!"

"……."

"네 목을 베 형제들의 넋을 기릴 테다. 이 살인마!"

가만있던 이즈카엘이 살인마라는 단어에 눈에 띄게 반응했다. 핏발 선 눈이 그 단어를 뱉은 사내에게 향했다.

그 시선을 받은 사내가 주춤거렸다. 그러자 무리 속 다른 야만인 사내 하나가 무리를 선동했다.

"겁먹지 마! 이 주변 어디에도 다른 놈들은 없었어!"

그 말에 무리 여기저기에서 살기 어린 고함이 터져 나오고 누군가 이즈카엘의 향해 화살을 쐈다. 날카롭게 바람을 가른 화살이 푹 하고 이즈카엘의 어깨에 박혔다.

"형제들의 원수를 갚아라!"

"제국의 개! 죽어!"

누가 보더라도 도망가야 할 상황이었다. 다쳤다고는 하나 수십이 되는, 그것도 검과 활 등으로 무장한 이를 혼자 상대하기는 어려웠다.

"차라리 여기서……."

하지만 이즈카엘은 도망치지 않았다. 그가 무어라 중얼거리더니 샤를의 배에 박혀 있던 검에 손을 가져갔다. 피 묻은 검날이 번뜩이며 그의 눈 속에 숨어 있던 것이 기쁜 듯 입꼬리를 올렸다.

10장. 얼음 조각

천둥과 번개를 요란하게 몰고 온 폭풍이 물러나자 언제 그랬냐는 듯 날씨가 맑아졌다. 헤레이스는 따갑게 쏟아지는 아침 볕에도 아랑곳하지 않은 채 아들의 옆을 지켰다.

"에르젠, 춥지 않니? 손이 차가운데……."

에르젠의 손을 꼭 붙잡고 있는 그녀의 얼굴은 미소가 한가득하였으나 어딘가 불안정했다. 금이 간 유리잔을 보듯 아슬아슬한 위태로움이 모자 주변을 떠돌아다녔다.

"……많이 피곤했나 봐. 늦잠을 잘 모양이네."

남은 손으로 에르젠의 얼굴을 쓸던 헤레이스가 아들의 코 가까이에서 손을 멈췄다. 파리한 손이 어색하게 방향을 틀더니 뺨만을 건드렸다. 햇빛을 받아서일까. 미동 없는 에르젠의 뺨은 제법 따뜻했다. 하지만 그것은 생기라고는 찾아볼 수 없는 온기에 불과했다.

"그래도 걱정하지 마, 에르젠. 일어날 때까지 엄마가 옆에 있을게. 우리 아들이 일어나면 뽀뽀해 달라 해야지."

헤레이스가 아들의 마른 입술을 손가락으로 살살 문지르며 작게 웃었다. 부끄러움 많은 아들은 먼저 하는 입맞춤에는 인색한 편이었지만 그녀의 부탁에는 항상 너그러웠다.

헤레이스는 아들의 말랑한 입술 촉감을 그리며 눈을 천천히 감았다. 부드러운 바람이 머리카락을 간지럽히고 따스한 볕이 딱 기분 좋게 몸을 데웠다. 안락하고 행복한 기분에 헤레이스가 미소를 지었다.

"부인……."

그러나 헤레이스의 평화는 오래가지 못했다. 헬렌이 안절부절 못한 채 방에 들어서더니 곧 이즈카엘과 노집사, 그리고 하녀 몇이 들이닥쳤다.

방 안을 꽉 채운 사람들의 인기척에 헤레이스가 눈을 뜨고 자리에서 일어나 침대 앞에 섰다. 몸으로 아들을 숨기는 그녀의 얼굴에는 경계심이 가득했다.

이즈카엘은 그런 헤레이스를 보다 손을 떨었다. 그는 피가 날 정도로 입술을 물더니 노집사에게 눈짓을 했다. 노집사가 안타까운 얼굴로 헤레이스를 바라보다 고개를 떨구고는 하녀들에게 명했다.

"도련님을 모셔라."

하녀들이 다가오자 헤레이스가 바짝 얼어붙은 채 팔을 넓게 벌렸다. 흡사 어미 짐승이 새끼를 지키겠다고 털을 세운 모습이었다.

푸른 눈에 비친 독기에 하녀들이 움찔거렸다. 그녀들은 차마 에르젠에게 다가서지 못하고 서로 눈치만 보다 한참 만에 걸음을 뗐다. 그러나 하녀들이 다가오자 헤레이스가 비명을 질렀다.

"물러나!"

"부인……."

"물러나라 했어! 다가오지 마!"

헤레이스는 알았다. 그들이 그녀에게서 에르젠을 빼앗아 가려는 것을. 헤레이스의 강한 적대에 하녀들이 노집사를 돌아봤다. 노집사가 단호한 얼굴로 고개를 끄덕였다.

하녀들이 내키지 않은 얼굴로 다시 움직이려 하자 가만 보고 있던 이즈카엘이 발걸음을 옮겼다. 그는 자신을 죽일 듯이 노려보는 헤레이스를 일그러진 낯으로 보다 팔을 뻗어 낚아채듯 그녀의 허리를 붙잡았다.

"놔! 놓아!"

헤레이스는 끌려가지 않으려 손톱을 세웠다. 그러나 사내는 언제나 그랬듯 그녀를 쉬이 제압했다. 작은 여체를 제 품에 욱여넣은 그가 하녀들에게 눈빛으로 명령했다.

"……준비한 곳으로 데려가."

"에르젠!"

하녀들이 이불째로 에르젠을 안아 들었다. 힘없이 들린 아이의 손이 달랑거렸다. 헤레이스는 다른 이에 품에 안겨 있는 에르젠을 보며 미친 듯이 소리를 질렀다.

"에르젠을 어디로 데려가는 거야! 에르젠! 에르젠!"

날카로운 비명이 끔찍했지만 누구도 인상을 찌푸리지 않았다. 헤레이스만 울부짖는 방, 헬렌을 제외한 하녀들은 숙연한 얼굴로 이곳에서 벗어났다. 이즈카엘과 눈빛을 교환한 노집사도 떨리는 발걸음으로 그들을 따랐다.

"놔! 놓으란 말이야! 놔아! 에르젠!"

"······밖에서 대기하도록."

이즈카엘이 홀로 남은 헬렌에게 명했다. 헬렌이 고개를 꾸벅 숙이더니 참지 못하고 눈물을 훔치며 방을 나섰다.

"에르젠! 내 아들! 내 아들을 돌려줘! 돌려 달란 말이야!"

헤레이스는 닫힌 문 쪽을 향해 계속해서 비명을 지르고 악을 썼다. 작은 몸에서 어찌 이런 힘이 나는지. 이즈카엘은 들썩이는 아내의 몸에 참담한 얼굴을 했다.

"아······."

한참 난동을 부려도 에르젠이 돌아오지 않자 어느 순간 헤레이스가 온몸에 힘을 탁 풀었다. 이즈카엘이 아내를 옥죄고 있는 팔을 조금 느슨히 했다.

"이, 이즈카엘!"

거친 숨을 내쉬며 헐떡이던 헤레이스가 멍한 눈으로 문을 보다 갑자기 고개를 들었다. 그녀는 자신을 안고 있는 이즈카엘을 향해 몸을 틀어 그의 옷자락을 쥐었다.

"내, 내가 잘못했어요. 내가 다 잘, 잘못했어요."

옷을 잡고 있던 손이 떨어진다 싶더니 헤레이스의 몸이 아래로 추락했다. 이즈카엘의 앞에 무릎을 꿇은 그녀가 손을 모아 빌기 시작했다.

"정, 정부답게 굴라면 굴게요. 잘할 거야. 나 정말 잘할 수 있어요."

"……."

"당신 말대로 예쁘게 웃을게요. 사근사근하게 말하고 당신 말에 뭐든 순종할게요. 아양을 떨라면 떨고 침대에 오르라면 오를게요."

애끓는 목소리가 어찌나 처절한지. 헤레이스는 이즈카엘이 신이라도 되는 것처럼 자신을 한껏 낮춘 채 매달렸다. 고개를 조아리다가도 주인을 기다리는 개처럼 그를 올려다보는 눈빛이 가련했다.

그런 헤레이스의 모습에 이즈카엘의 손에 힘이 들어갔다. 참담했다. 아니, 참담하다는 단어로 설명조차 할 수 없었다. 자신이 망쳐 놓은 결과가 매분 매초 그를 찔렀다. 이즈카엘은 당장 제목을 찌르고 싶은 충동을 가까스로 누른 채 몸을 숙여 헤레이스와 시선을 마주했다.

"……헤레이스."

"아! 거기서 나오지 말라면 나오지 않을게요. 한 발짝도 움직이지 않을 거야. 당, 당신이 원하는 대로 얌전히 있을 테니까……."

"헤레이스."

"……아니, 아니야. 거기 있으면 3년을 기다려야 하잖아."

"헤레이스, 제발……."

"그건 안 돼. 에르젠은 나 없이 하루도 못 견디는 아이란 말이야. 아직 어려서 내가 없으면 울다가 잠들 거야. 얼마나 여린데 그건 안 돼."

"헤레이스!"

시야가 수평을 이루었으나 시선은 부딪치지 않았다. 초점 없이 떨리는 헤레이스의 눈은 바로 앞에 있는 이즈카엘을 담지 않았다. 그녀의 눈에 선명히 박힌 것은 오로지 하나. 아들 에르젠이었다.

이즈카엘이 그녀의 어깨를 쥐고 흔들었다. 하지만 헤레이스는 끝내 아들만 바라보며 그에게 애원했다.

"아, 아이를 가지라 했죠. 당신 아이를 낳으면 에르젠을 돌려준다고 그랬잖아요. 내 아들을 보게 해 준다고 분명히 그랬어."

"제발…… 헤레이스……."

"가질게요. 지금 당장 아이를 가질게요. 약속해요, 그러니까 에르젠을 데려와 줘요. 이즈카엘, 내, 내가 아이를 가질 테니까…… 내 아들을 돌려줘. 내 품에 에르젠을 안겨 줘. 응? 제발……."

그런 이유로 아이를 가질 수 없다며 단호히 말하던 여자였다. 아들을 보고 싶어 울면서도 끝내 그럴 수 없다고 고개를 젓던 이였다. 그런데 지금은…….

이즈카엘은 아이를 가지겠다며 저를 붙드는 손을 봤다. 달달,

위태롭게 떨리고 있는 모든 것이 아내를 대변했다.

그는 어떻게든 절망을 피하려 발버둥 치는 아내를 더는 두고 볼 수 없었다. 이대로면 아내는 손쓸 수 없을 만큼 망가질 터였다. 이승을 떠난 아이를 붙들고 매달리다 절망하고 또 절망하겠지. 그리고 종국에는 아이를 따라가겠다고 할지도 몰랐다.

'⋯⋯그것만은 절대 안 돼.'

아내가 그리된다 생각하니 피가 식었다. 심장이 당장에라도 멈출 듯 아프게 쥐어짜지는 기분이었다. 이즈카엘이 헤레이스를 단단히 붙들었다.

"헤레이스, 여기에 두면 아이의 모습이⋯⋯ 당신이 기억하는 모습이 아닐 거야. 그러니까⋯⋯."

목구멍 밖으로 겨우 말이 나왔다. 차마 아이가 죽었다고 아내에게 말할 수 없었던 그가 울컥하여 메는 목을 간신히 누른 채에둘러 말을 전하려 했다. 하나 그의 말이 채 끝나기도 전 헤레이스가 손을 들어 올렸다.

짝!

눈물로 엉망인 얼굴에 증오가 가득 찼다. 헤레이스의 눈에는 그새 초점이 돌아와 있었다. 그녀가 이즈카엘을 똑바로 노려보다 살기 어린 목소리로 중얼거렸다.

"⋯⋯그따위 말로 내게서 에르젠을 앗아 가려고?"

"⋯⋯."

"에르젠을 돌려줘요. 당신이 끼고 도는 그 사생아와 달리 내 아들은 내가 전부인 아이란 말이야."

"……."

"내가 없으면 우는 아이야! 나만 찾는…… 나만 있으면 된다 했던 아이야!"

점점 커진 목소리는 비명으로 끝났다. 헤레이스의 가슴이 거칠게 오르락내리락했다. 그녀가 비굴하게 애원하던 자세를 버리고 양손으로 이즈카엘의 멱살을 틀어쥐었다. 옷깃을 붙든 손가락이 하얗다 못해 사라질 듯 창백한 빛을 띠었다.

"나도 마찬가지야! 나도 내 아들만 있으면 돼! 그러니까 에르젠을 다시 데려와! 당장!"

"……."

"에르젠을! 내 아들을 돌려줘! 돌려 달란 말이…… 흐읍!"

비명이 다시 반복되려던 차, 헤레이스의 얼굴이 새파랗게 변했다. 숨을 제대로 쉬지 못하는 모습에 이즈카엘이 헤레이스를 품에 안았다.

"헤레이스?"

"하으…… 에, 에르…… 윽."

"헤레이스! 정신 차려! 헤레이스!"

문이 거칠게 열리고 헬렌이 들어왔다. 이즈카엘은 당장에라도 숨이 넘어갈 듯 허덕이는 헤레이스를 들고 고함을 질렀다.

"의원! 의원을 불러와! 당장!"

사람들의 발걸음 소리가 여기저기서 났다. 헤레이스는 저를 흔드는 손길에도 아랑곳하지 않은 채 천장만 봤다. 방 어딘가에서 에르젠의 웃음소리가 났다. 아이를 찾는 눈이 정처 없이 흔들렸다.

'에르젠, 내 아들. 어디 있니?'

어디에도 없는 아들에 헤레이스의 눈에는 절망이 차올랐다. 까무룩 정신을 놓기 직전, 헤레이스의 눈에서 눈물이 툭 떨어졌다.

* * *

성 지하 한편에는 특별한 공간이 있었다. 1년 내내 서늘하고 눈과 얼음이 녹지 않는 곳.

제법 넓은 그곳에는 직사각형 모양의 커다란 얼음덩어리가 여러 개 있었다. 세르펜스 공작가의 직계 일원이 사망했을 때, 장례식 때까지 시체를 부패 없이 깨끗이 보관하는 곳. 사용인들은 이차가운 방을 속된 말로 시체 보관소라 불렀다.

"각하."

"……."

"오래 계셨습니다."

"……."

"더 계셨다간 몸이 상할지 모릅니다."

이즈카엘은 방 안 열 개의 얼음덩어리 중 세 번째 앞에 서 있었다. 서늘한 한기가 눈에 보일 정도로 차가운 얼음 위에는 에르젠이 있었다.

"나가 봐."

이즈카엘이 에드가를 보지 않은 채 말했다. 그의 눈은 에르젠에게 고정돼 움직이지 않았다. 에드가가 무어라 하려다 이즈카엘의 표정에 입을 다물고 몸을 돌려 나갔다.

쿵.

문이 닫히자마자 이즈카엘의 얼굴이 무너졌다. 다른 이들과 헤레이스의 앞에서는 보이지 않았지만 도저히 견딜 수가 없었다. 그가 얼음을 쥔 채 몸을 파들파들 떨었다.

'아저씨가 내 아빠예요?'

제 자식이라 한 번도 생각해 본 적 없는 아이였다. 하지만 이리, 이곳에 있을 거라고는 감히 상상도 하지 않았다. 아이가 있어야 할 곳은 이런 얼음덩어리 위가 아니었다. 푸릇한 잔디, 푹신한 침대. 부드러운 카펫……. 아이와 어울리는 단어는 그러한 것들이었다.

무릎을 꺾은 이즈카엘이 이상한 소리를 냈다. 낮고 울리는, 단장을 쥐어짜는 듯한 소리가 목구멍 밖으로 나왔다.

"이제 와 무슨 소용이야."

이즈카엘이 누구에게도 보이지 않을, 혼자만의 애도를 할 때였다. 문이 열리지도 않았건만 어디서 경쾌한 아이 목소리가 들렸다.

꿇어앉은 사내의 옆으로 작은 구두가 삐죽 튀어나온다 싶더니 반으로 쪼개진 눈송이가 바닥을 굴렀다. 목소리의 주인을 알아본 이즈카엘이 망설임 없이 손을 뻗었다.

쾅!

에르젠이 누워 있는 바로 옆 얼음 위로 작은 몸이 처박혔다. 둔탁한 소리가 제법 생경했지만 얼음 위에 누운 아이는 히죽 웃

을 뿐이었다. 그것이 살기 가득한 이즈카엘의 얼굴을 비웃으며
말했다.

"너 때문에 온갖 개고생에 뼈마디가 부서지고 피가 터지는 고
통을 느꼈는데 또 이 꼴이야?"

"……죽어."

이즈카엘이 검을 뽑았다. 긴 검신이 드러나더니 순식간에 칼날
이 아래로 내리 찍혔다. 검이 그것의 입을 관통하고 두꺼운 얼음
까지 여러 갈래로 쪼갰다. 쩌적 소리가 나더니 순식간에 얼음덩
어리가 잘게 조각났다.

"싫은데. 네 그런 얼굴 구경하는 재미가 얼마나 쏠쏠한데."

쪼개진 얼음덩어리 사이에, 검에 찔려 있던 얼굴이 검은 액체
로 녹아내렸다. 굳건히 박혀 있을 것 같던 검은 균형을 잃은 채
옆으로 쓰러졌고, 그것이 순식간에 얼굴을 되찾았다.

"나한테서 돌려받은 기억은 별로인가 봐? 언제는 가져간 게 뭐
냐 그리 다그치더니…… 너와 비교하기 미안할 정도로 선한 동
생을 두 번 죽인 기분이라 그래?"

다시 검을 집어 들고 그것의 위에 선 이즈카엘이 순간 멈칫했
다. 검날에 비친 그의 얼굴이 죄책감에 일그러졌다. 그것이 눈을
가느다랗게 뜨고 그런 이즈카엘을 구경했다.

"불쌍한 샤를…… 이즈카엘 너 때문에 그리 죽고 유해조차 수
습하지 못했지."

샤를의 시신은 그날 죽은 야만인들 무리와 뒤섞여 유실됐다.
죽다 살아난 이즈카엘은 헤레이스를 부르며 제정신이 아닌 상태

로 말을 몰았다. 이복동생의 죽음에 대한 기억조차 잃었으니 지금쯤 샤를의 시체는 사라졌으리라.

검을 든 이즈카엘의 손은 스스로에 대한 경멸로 떨렸다. 그러나 그는 곧 이를 악문 채 다시 한번 검을 내리찍었다.

그것이 픽 웃더니 몸을 굴려 칼날을 피했다. 검이 목적을 잃고 돌바닥에 부딪쳤다. 날카로운 소리와 함께 이즈카엘의 손에 충격이 닿았다.

"그러고 보니 여기 너 때문에 죽은 이가 하나 더 있네."

몸을 굴린 그것이 에르젠의 머리맡으로 가 섰다. 그리고 눈을 감은 아이의 검은 머리카락을 쓰다듬으며 슬픈 목소리를 지어 냈다.

"에르젠, 가여운 내 동생. 제대로 크기도 전에 져 버렸어. 귀엽고 사랑스러운 아이였는데. 이즈카엘, 네 그녀에게는 세상 전부에 가까운 아이였지."

에르젠의 위로는 차마 검을 휘두르지 못한 이즈카엘이 그것을 노려봤다. 그것은 이즈카엘의 살기 어린 시선에도 여전히 에르젠을 쓰다듬었다. 부드러운 손길과 다르게 아이를 내려다보는 그것의 눈은 무감했다.

"그래도 생각보다 멀쩡하네. 난 또 네가 동생을 죽였을 때처럼 난동이라도 부릴 줄 알았는데."

"손 치워."

"네 아이가 아니기 때문인가? 그래서 미치기 직전인 네 아내와 다르게 괜찮은 거야? 네 동생의 아이니까?"

그것은 이즈카엘의 가장 밑바닥에 깔린 죄책감을 낱낱이 건드렸다. 말 한 마디 한 마디가 이즈카엘을 후벼 팠다. 귀에 박히는 죄악에 이즈카엘의 눈동자가 사정없이 떨렸다.

괴로움에 구겨지는 이즈카엘의 얼굴과 달리, 그것의 얼굴엔 기쁨이 잔뜩 피었다. 그것이 걸음을 옮겨 이번에는 에르젠의 옆쪽에 섰다. 작은 손이 하얀 수의를 입고 있는 에르젠의 심장 부근으로 기어 들어가더니 옷을 살짝 올렸다.

그것이 드러난 피부 아래의 무언가를 뚫어져라 보다가 이즈카엘 쪽으로 고개를 돌렸다. 이즈카엘과 같은 금안이 가느스름해졌다.

"정말인가 보네. 그런데 이거 어째. 아버지, 에르젠 이 아이는……."

간악한 웃음이 얼굴을 타고 흐르다 발밑으로 떨어졌다. 그것이 평생의 원수를 지옥의 수렁에 넣은 듯 희열이 한가득 섞인 목소리로, 몸을 떨며 말했다.

"……나와 같은 아비를 둔 게 맞는데."

쿵.

한 톨의 의심도 없이 거짓이라 믿었던 진실에 이즈카엘의 심장이 떨어졌다.

"뭐?"

아니라 생각하면서도 반사적으로 물음이 나왔다. 이즈카엘은 그 자리에 우뚝 선 채 그대로 굳어 버렸다.

"잔인한 일이야. 아비가 제 피도 못 알아보는 건."

"······알아듣게 말해."

크지 않은 목소리였으나 미세한 떨림이 있었다. 하나 그것은 어느새 감정을 갈무리한 채 여유를 찾았다.

그것이 에르젠의 옷을 끌어 내리고 주름을 폈다. 그리고 에르젠의 옆구리에 손을 살짝 올린 채 살살 쓰다듬으며 말했다.

"에르젠이 태어난 날, 여기를 보고 확신했지? 네 아이가 아니라고."

이즈카엘이 얼굴을 굳혔다. 사실이었다. 그는 에르젠의 옆구리 뒤에 있는 붉은 점을 보고 제 의심을 확신으로 바꿨다. 특이한 모양의, 피부 위 유일한 결점. 제게도, 아비에게도 없고 샤를에게만 있는 동생만의 특징인······.

"네게는 없는 게 아내를 껴안고 있었던 동생에게는 있었으니 의심이 갈 법하지. 그런데 이즈카엘, 이게 네 동생만이 가진 게 아니라면? 네 아비에게도 있다면? 그럼 어떨 거 같아?"

"거짓말! 그자에게는 없었어. 내 눈으로 보았다. 내 아비에게는······."

"네가 봤을 때는 없었겠지. 하지만 난 봤는데."

이즈카엘의 말이 싹둑 잘렸다. 조롱 섞인 말투가 순진무구한 아이의 얼굴과 어울리지 않았다. 이즈카엘이 끝내 믿지 못하겠다는 얼굴을 하자 그것이 한숨을 푹 쉬더니 팔짱을 끼고 동화책을 읽는 것처럼 과장된 목소리로 말했다.

"네가 태어나기도 전의 일이야. 눈이 아주 많이 내리는 날이었던가. 네 아비는 늑대에게 물린 채로 눈밭을 기어 다니고 있었지.

그대로 죽었으면 좋았을 텐데……."

하얗게 번쩍이는 빛이 금안에 맴돌았다. 아주 잠깐이지만 얼굴을 굳힌 그것이 짓씹듯 말끝을 흐리며 눈을 가늘게 떴다.

"……운이 좋았어. 네 어미를, 메데아를 만났거든. 네 어미가 네 아비에게 숨을 불어 넣어 주고 피를 닦아 줬지. 바늘도 잡아 본 적 없으면서 구멍이 뚫린 사내의 옆구리를 잘도 꿰맸어. 하지만 그날 네 아비의 일부는 늑대 배 속으로 영영 사라졌지."

"……."

"네 어미가 흔적조차 없이 네 아비를 치료했을 때는 쓸데없다 여겼는데…… 그게 일을 이렇게 만들 줄은 나조차 몰랐어."

이즈카엘의 손에 힘이 빠졌다. 검이 날카로운 소리를 내며 바닥에 떨어졌다.

그것이 이번에는 에르젠의 머리를 쓰다듬었다. 헤레이스를 닮은 검은 머리카락이 생전과 다름없이 부드러웠다.

"세르펜스의 붉은 머리카락이나 네 금안처럼 대다수가 타고났으면 가문의 피를 가리는 법이 다 치켜세워졌을 텐데. 인간들은 그런 거 중요하게 생각하잖아."

"……."

"하지만 안타깝게도 그러지 못했지. 당연한 일이야. 공작들만 살펴봐도…… 네 조부와 조부의 아비는 이 점이 없었지만 그 위는 이 점을 타고났지. 그런데 또 그 위는 없었어. 세르펜스의 피를 이어받은 이 중 대략 반의반에 반 정도만 타고났나?"

"……."

"아주 제멋대로인 대물림이야. 네 아비와 동생처럼 부자가 함께 타고나는 건 드문 일이지. 하지만 확실한 건 제멋대로인 만큼 네 조상 대부분은 이걸 중요하게 여기지 않았다는 거야. 이게 병을 가져오는 것도 아니고, 침대에서 제 반려나 정부와 뒹굴 때 장난치며 언급하는 정도였지."

이즈카엘의 눈동자에 금이 감과 동시에, 귓가에 그날 절벽에서 들었던, 얼음에 금이 가던 소리가 났다. 이즈카엘이 거칠게 숨을 내쉬었다. 머리가 어지러워 제대로 생각을 할 수 없었다.

"그런데 이즈카엘, 넌 네 조상 중 그 누구도 신경 쓰지 않았던 걸로 아내의 간통을 확신했고…… 그걸 빌미 삼아 그녀를 모욕하고 학대했지. 게다가 네 자식조차 알아보지 못한 채 어미와 떨어뜨려 놓고 증오를 정당화했어."

그것이 허덕이는 이즈카엘을 보고 빙그레 미소를 짓더니 말을 이었다. 아예 끝장을 보겠다는 듯 거침없는 태도였다.

"가해자가 피해자 행세를 하며 복수를 운운하다니. 얼마나 우스운 일이야. 조금만 생각하고 조사했어도 네 눈을 가린 것이 얼마나 허술한지 알았을 텐데……."

견딜 수 없어진 이즈카엘이 주저앉았다. 평정을 잃은 시야는 이제 무너져 내리고 있었다. 저 괴물이 거짓을 지껄이고 있다고 믿고 싶었지만 본능적으로 알 수 있었다. 저것은 잔인하리만치 진실만을 이야기하고 있었다.

이즈카엘이 하얗게 질린 손으로 제 얼굴을 감쌌다. 그러자 그것이 이즈카엘에게 가까이 다가가 물었다.

"왜 그런 얼굴이야? 이제 와 네 아이라 생각되니 와닿아? 후회돼? 아이에게 아내를 빼앗겼다며 시답잖고 열등한 질투를 한 주제에?"

이즈카엘은 고개를 떨군 채 손바닥으로 얼굴을 가렸다. 그러니 그의 표정이 보일 리 없었다. 하지만 그것은 꼭 이즈카엘의 얼굴을 안다는 듯 여유로운 태도를 보였다. 이즈카엘이 울분 섞인 얼굴을 들었다. 그의 눈은 그새 충혈된 채 번들거리고 있었다.

"내게 속았다 생각하는 모양인데, 내 탓을 하면 곤란해. 난 단 한 번도 거짓말한 적 없어. 내가 에르젠이 네 아이가 아니라고 네게 말한 적 있어?"

"네놈이…… 분명 그때 네놈이…….."

귓가에 수도 없이 속살거리며 자신을 갉아먹던 목소리. 그 소리가 자신의 이지를 망가뜨렸다. 그것은 의심에 불을 질렀고 종국에는 확신하게 했다.

"난 항상 네게 묻기만 했지. 답을 내린 건 너야."

하지만 억울하다 생각하려 해도 차마 할 수 없었다. 저것의 말이 옳았다. 아내의 목을 틀어쥔 채 그녀를 절망에 몰아넣은 것도, 아이를 저 차가운 얼음에 올려놓은 것도 그였다.

꿇어앉은 사내의 손에 뜨거운 무언가가 떨어졌으나 차가운 방 안 공기 때문에 금세 식었다. 그것이 이즈카엘에게 완전히 다가와 손가락으로 그의 눈과 가슴 부근을 차례로 가리켰다.

"애초에 네 여기, 그리고 여기가 문제야. 넌 네가 보고 싶은 것만 보고 믿고 싶은 것만 믿었잖아. 네 감정에 매몰돼 허우적거리느라 그 외에는 신경도 안 썼지."

"……."

"의심 말고 네 아내를 믿었다면…… 그녀가 울며 아니라고 몇 번이고 네게 진실을 말했을 때, 그 저열하고 지저분한 감정들을 지우고 한 번만 고개를 끄덕여 줬다면…… 네가 징그럽다고 말하는 내 목소리보다 사랑해 어떻게든 차지한 그녀의 목소리에 귀를 기울였으면……."

"닥쳐."

"……너희 세 식구는 지금쯤 웃으면서 함께 어울렸을 텐데. 이참에 이즈카엘 네가 망친 미래를 말해 줄까?"

"닥쳐! 닥치란 말이다!"

이즈카엘이 고함치며 벌떡 일어나 손을 휘둘렀다. 비틀거리긴 했으나 제법 매섭고 빠른 동작이었다. 하지만 그것은 이즈카엘의 주먹을 쉬이 피하며 말을 이었다.

"네 어리석은 의심과 헛짓거리만 아니었어도 에르젠은 이즈카엘 널 아빠라 부르며 따랐겠지. 한 식탁에서 밥을 먹고 한 침대에서 잠을 자고……. 넌 아내의 관심을 빼앗겨 서운해하면서도 에르젠을 안아 줬을 거야. 아내를 꼭 빼닮은 사랑스러운 아이니까."

듣기 싫었으나 그것의 목소리는 어느 때보다 귀에 선명히 박혔다. 이즈카엘이 제 귀를 틀어막았다.

"에르젠이 자라 널 아버지라 부를 때면…… 넌 네 아내와 아이 문제로 소소하게 싸우기도 하고 화해도 했을 테지. 그때쯤이면 둘 사이에 아이가 더 생겼을지도 몰라. 가령 널 닮은 딸이라든가……. 그러다 에르젠이 자라 지금 네 나이쯤 되고 다른 아이들도 다 자라면 너와 네 아내는 둘만의 시간을 많이 가졌을 거고…….”

에르젠의 밝고 경쾌한 웃음소리가 이즈카엘의 후두부를 치고 나간다 싶더니 어느새 머릿속까지 침범했다. 상상하지 않으려 해도 계속해서 그려졌다. 자신이 망친 미래가.

“……네 아내는 늙어서도 망설임 없이 속삭여 줬을 거야. 사랑한다고. 당신이 있어 행복했노라고. 헤레이스……, 네가 망친 그녀는 다정하고 솔직한 여자니까. 분명 여러 번 그리 말했겠지.”

사랑한다며 제게 속삭이는 헤레이스가 얼마나 아름다운지. 이즈카엘은 끔찍한 고통에 신음하면서도 아내의 상냥한 푸른 눈에서 시선을 떼지 못했다.

‘이즈카엘, 사랑해요.’

눈앞에 닿을 듯 헤레이스의 인영이 가까워져 있었다. 이즈카엘은 저도 모르게 손을 떼고 시야에 어른거리는 환영에 손을 뻗었다.

그러나 손이 닿자마자 아내는 모래처럼 무너져 안개처럼 흩어졌다. 이즈카엘이 정신 나간 이처럼 그것을 잡으려 허우적거리다 양 무릎을 꿇었다.

“하지만 이제 불가능한 일이야. 가장 바랐던 미래를 제 손으로 망치다니…… 보는 것만으로도 안타까워.”

그것의 비웃음이 좁은 공간에 가득 참과 동시에 이즈카엘은 쇠를 긁어내리는 듯한 기괴한 울음소리를 냈다. 그의 눈에서는 어느새 눈물이 쉴 새 없이 떨어지고 있었다.

"……왜 나지."

"……."

"왜 하필 나한테 너 따위 것이 붙었냐 이 말이야! 왜! 왜!"

한참 눈물을 쏟은 이즈카엘이 그것의 어깨를 잡아 흔들며 소리쳤다. 작은 몸이 사내의 힘에 밀려 앞뒤로 달랑거렸다.

"내게 왜 이러나! 내가 뭘…… 네놈에게 대체 뭘 했다고……."

이즈카엘이 할 수 있는 최소한의 발버둥이었다.

그는 인정하기 어려웠다. 제 손으로 모든 것을 망쳐 버렸다는 사실을. 누구든 탓해야 했다. 그렇지 않고는 제정신을 유지하기 어려웠다.

"내 탓 말라니까."

울부짖는 사내를 보며 그것이 차갑게 속삭였다. 거칠게 움직이는 몸에도 움직이지 않던 노란 눈이 한 쌍에서 두 쌍으로 변했다. 네 개의 눈동자가 이즈카엘을 내려다봤다.

"이즈카엘, 네가 날 불렀잖아. 헤레이스 그녀를 가지고 싶다고. 샤를과 행복해질 수 있는 그녀를 차지하고 싶다고."

이즈카엘은 그것의 눈동자에 담긴 제 모습에 몸을 굳혔다.

처음 그것의 목소리를 들었을 때가 기억났다. 붉은 잎이 쏟아지듯 떨어지던 나무, 그 아래서 자신은 곧 결혼할 그녀와 자신의 이복동생을…….

"저열한 열등감과 지저분한 질투로 네 속에 있는 내게 끊임없이 속삭였지. 도와 달라고. 그녀를 동생의 곁에서 떨어뜨려 네 옆에 세워 달라고."

……끝없이 미워하고 저주했다. 그들이 행복해지지 않기를. 그녀의 곁에 설 유일한 이가 자신이 되기를 간절히 고대했다.

"난 메데아의 아이이자 내 형제인, 그리고 아비가 된 널, 나와 가장 가까운 널 도왔을 뿐이야."

그리고 도와줄까 묻는 목소리에 답했다. 그리해 달라고.

"그 외 모든 일은 네가 시작했고 네가 선택했어. 그러니 원망 말고 너 스스로를 탓해. 지금 이 결과도, 망가진 네 그녀도, 죽은 아이도 모조리 네 탓이니까."

지금껏 묻어 뒀던 죄악이 그를 좀먹기 시작했다. 이즈카엘은 무릎을 꿇은 채 고개를 조아렸다. 부끄러워 도저히 앞을 볼 수 없었다.

* * *

"에르젠!"

헤레이스가 비명을 지르며 손을 뻗었다. 그러나 잡히는 것이라고는 빈 공간과 지독하리만치 익숙한 풍경이었다. 헤레이스는 떨리는 눈으로 정처 없이 방 안을 둘러보다 양손에 얼굴을 묻었다.

눈물이 손바닥을 적셨다. 벗어나고 싶은데 현실은 점점 선명하게 그녀를 덮쳐 왔다. 끔찍할 정도로 뚜렷해지는 정신에 헤레이스가 눈물을 닦으며 고개를 거칠게 저었다.

"아니야. 에르젠은⋯⋯ 에르젠은 죽지 않았어. 내 아들은 떨어져 있을 뿐이야. 그 사람이 데려간 것뿐이야."

애써 부정하자 뿌옇게 변한 시야와 마찬가지로 정신도 멍해졌다. 헤레이스는 제 생각을 확신하려는 듯 고개를 끄덕였다. 억지로 지어진 웃음 사이로 뜨거운 눈물이 소리 없이 줄줄 샜다.

"남, 남부에 보낸다 했잖아. 지금쯤 따뜻한 날씨 아래서 잘 지내고 있을 거야. 15년이 지나면 볼 수 있을 테니까 그때까지만 기다리면⋯⋯."

멀리 남부로 향했을 에르젠을 그리자 심장이 조여 왔다. 헤레이스는 이별이 버거워서 그런 것이라며 스스로를 다독였다. 하나 가슴을 쥐어뜯는 손에는 힘이 잔뜩 들어갔다.

'엄마.'

끅끅대는, 숨넘어가는 소리가 목구멍을 억지로 비집고 나올 때였다. 바로 옆에서 에르젠의 목소리가 들렸다. 고개를 숙인 채 눈물을 떨구던 헤레이스가 희번덕거리는 눈으로 옆을 돌아봤다.

"에르젠?"

분명 소리가 났건만 옆에는 아무도 없었다. 헤레이스가 이불을 걷어 내고 침대 아래로 허겁지겁 내려가 방을 서성였다. 방 안을 살피는 그녀의 급박한 몸짓에 몇몇 물건이 덜그럭 소리를 내더니 바닥으로 추락했다.

유리병 하나가 화장대에서 떨어졌다. 쨍그랑 소리가 제법 날카로웠건만 방구석 의자에 앉아 잠이 든 하녀는 눈을 뜨지 않았다. 숨소리조차 내지 않고 수마에 빠진 하녀의 얼굴에는 고단함이 한껏 내려앉아 있었다.

끼익.

가만있던 방문이 소름 끼치는 소리를 내며 손가락 두 마디만큼 열렸다. 헤레이스가 문으로 시선을 돌리자 틈 사이로 아이가 훅 지나갔다. 저와 똑같은 검은 머리에 헤레이스가 망설임 없이 문을 열었다.

"에, 에르젠? 에르젠이니?"

하얀 맨발이 차가운 복도 바닥에 닿았다. 아이는 그새 복도 끝까지 달아난 채였다. 헤레이스가 기쁨에 허덕이며 달리기 시작했다.

그녀와 비교할 수 없을 만큼 작은 몸은 토끼처럼 가볍고 재빨랐다. 아들을 따라잡진 못하지만 그조차 헤레이스는 기뻤다. 에르젠은 그녀의 눈앞에 있었다. 생생히 살아 움직여 그녀에게 희망을 주고 있었다.

"에르젠! 내 아가……."

헤레이스는 어느새 복도를 지나 계단에 닿았다. 에르젠이 통통 튀는 몸짓으로 계단을 내려갔다. 헤레이스가 난간 틈으로 아들을 보고 휘청이면서도 따라갔다.

"에르젠? 어디 있어? 엄마는 여기 있는데 어디 있니? 에르젠!"

그녀가 모퉁이를 돌았으나 에르젠은 사라져 있었다. 헤레이스가 두리번거리며 아들을 찾았다. 층계참에서 비틀거리는 모양새가 불안정했다.

미친 듯이 아들을 찾아 헤매던 헤레이스가 발끝을 적시는 감촉에 멈춰서 아래를 봤다. 검은 액체가 꾸물거리며 그녀의 발을 집어삼키고 있었다. 놀란 헤레이스가 발을 뺐다.

눈을 한 번 깜빡이자 검은 액체는 자취를 감추었다. 등 뒤를 오싹하게 만드는 감각에 헤레이스가 머뭇거리다 제가 위치한 곳을 깨닫고 신음을 뱉었다.

"아……."

지금 헤레이스가 서 있는 곳은 샬럿이 죽어 간 장소였으며, 에르젠이 떨어진 위치였다.

헤레이스는 샬럿이 이 자리에서 에르젠을 밀치는 그때, 홀에 있지 않았다. 하지만 아들을 보는 순간 기이하게도 그때의 상황이 그녀의 눈앞에 선명히 그려졌다. 꼭 직접 목격한 것처럼.

멍하니 있던 헤레이스가 물끄러미 바닥을 봤다. 반질반질 잘 닦인 바닥은 아무 일도 없었다는 듯 깨끗했다.

그녀는 다시금 고개를 들었고, 그녀의 시선이 천천히 앞으로 흘렀다. 푸른 눈이 수십 개의 계단을 지나 이즈카엘이 에르젠을 안고 있던 곳에 머물렀다. 계단 바로 아래서 아이는 사내에게 안겨 있었다. 아무런 미동도 없이. 고요하게.

"에르젠……."

눈을 감고 있던 아들의 얼굴이 떠올랐다. 애써 지우고 있었던 현실이 생경하게 다가왔다.

헤레이스는 걸음을 움직여 계단에 발을 반쯤 걸쳤다. 그리고 마지막으로 혹시나 하는 마음에 뒤를 돌아봤다.

어두컴컴한 공간에는 그녀를 제외하고 그 누구도 없었다. 다시 앞을 본 헤레이스가 아무 망설임 없이 몸을 기울였다.

아찔한 높이의 계단에서 여린 여체가 낙하했다. 조금 전까지 발을 딛고 있었던 층계참이 한 번의 깜빡임에 멀어졌다. 헤레이스가 웃으며 눈을 감았다. 캄캄한 시야 사이로 에르젠이 그녀를 향해 웃고 있었다.

쿵.

찰나였으나 머리에 아찔한 충격이 가해졌다. 헤레이스가 멀어지는 의식을 편히 놓았다. 스르르 감긴 눈과 올라간 입꼬리에는 안식이 가득했다.

검은 머리카락 뒤로 붉은 피가 비치자 계단 바로 옆에 있던 그림자에서 뱀 같은 것이 스르륵 기어 나오더니 아이 형상으로 변했다.

미겔이 헤레이스의 머리맡에 한쪽 무릎을 구부려 붉은 피를 손가락으로 찍어 입가로 가져갔다. 그리고 입매를 굳힌 채 엄한 목소리로 중얼거렸다.

"이러면 안 돼요."

아이가 제 손가락을 물어뜯더니 헤레이스의 입가로 가져갔다. 붉은 피 대신 검은 액체가 꿈틀거리며 헤레이스의 입술 사이를 비집고 들어갔다.

그 모습을 모두 지켜본 아이가 고개를 숙여 헤레이스의 이마에 입을 맞췄다. 그리고 못마땅한 목소리로 중얼거렸다.

"당신이 죽으면 아버지 꼴이 볼만하겠지만…… 이건 싫어."

팍, 찡그려진 인상에는 혼란이 가득했다. 아이가 물끄러미 헤레이스를 바라보다 다시 손을 뻗었다. 그러나 헤레이스에게 닿기 전 위쪽에서 소란이 시작됐다.

"부인! 어디 계세요! 부인!"

멀리서 헤레이스를 찾는 하녀의 목소리가 들리더니 여럿의 발걸음 소리가 성내를 울렸다. 위를 올려다본 그것이 서늘한 얼굴로 일어섰다. 그리고 어두컴컴한 그림자로 다시 숨어들었다.

* * *

이즈카엘은 매캐한 연기를 바라보다 짧아진 시가를 손으로 부수어 비벼 껐다. 시가를 너무 피워 정신이 몽롱했으나 제정신으로는 도저히 있을 수가 없었다.

어디서부터 무얼 어떻게 해야 하는지 알 수가 없었다. 아니, 제가 벌인 일이 감당되지 않았다.

샤를, 헤레이스, 에르젠. 세 사람의 얼굴이 계속 맴돌기만 했다. 어느 누구에게도 용서받을 수 없는 죄를 지었다. 돌이키거나 보상을 할 수도 없었다. 이즈카엘은 그것이 가장 두려웠다.

"헤레이스……."

시시각각 자신을 조여 오는 두려움에 이즈카엘은 아내의 이름만 계속 내뱉었다. 저따위가 감히 이름을 부르는 것조차 아내에게는 모욕이었지만 그 이름을 외지 않고는 지금 상황을 견딜 수가 없었다.

"헤레이스……."

이제는 눈물조차 나지 않았다. 죽은 동생과 에르젠을 생각한다면 목숨이 다할 때까지 머리를 조아리고 눈물을 흘려야 하건만 가증스러운 그의 눈물샘은 그새 말라 버렸다.

대신 보이지 않는 피눈물이 계속해서 그의 발밑을 적시고 있었다. 그래. 꼭 그의 죄악처럼.

"헤레이스……."

죽어 마땅하다 스스로도 생각했지만 이즈카엘은 죽을 수 없었다. 아니, 아무리 괴롭다 한들 죽을 생각 따위 없었다.

그에게는 헤레이스가 남아 있었다. 아내는 아주 오래도록, 어쩌면 영영 그를 봐 주지 않을 테지만…… 그럼에도 그는 아내를 두고 떠날 생각 따위 추호도 하지 않았다.

"헤레이스…… 내가 어디서부터 당신한테……."

그렇기에 이즈카엘은 큰 위기에 봉착해 있었다. 헤레이스의 옆에서 속죄하고 그녀를 지키며 살아가려면 어디서부터 제 죄를 고하고 사죄해야 할까.

"……용서를 빌어야 하지?"

사실 마음 같아서는 모조리 덮어 두고 싶었다. 샤를과 그녀의 연을 망친 것도, 어리석음으로 간통했다 의심한 일도, 그로 인해 동생과 아들을 죽음으로 내몬 일도 모조리 덮어 두고 싶었다.

홀로 괴로움에 허덕이는 일이 있더라도 아내의 눈만은 가리고 싶었다. 그래서는 안 된다는 걸 알지만 도저히 제 죄를 고백할 엄두가 나지 않았다. 지금도 그를 용서하지 못할 아내인데 사실이 모든 일이 그로 인해 비롯됐다 하면 아내는…….

"못 해."

이즈카엘이 손을 달달 떨며 고개를 저었다.

진실을 고백했을 때 차라리 아내가 자신을 원망하며 검으로 그를 난도질하고 팔다리를 베겠다고 하면, 심장에 검을 꽂아 넣겠다고 하면 그리하라 검을 내주며 발치에 조아릴 수 있었다.

하지만 자신이 아는 헤레이스는 그렇게 할 이가 아니었다. 아내는 그를 베어 내지도, 그의 수급을 자르지도 않을 터였다. 그저 조용히 죽은 눈으로 그를 바라보겠지. 그리고 어떻게든 그를 지워 낼 것이다.

"……그런 건 견딜 수 없어, 헤레이스."

이즈카엘은 디본 후작을 기억했다. 헤레이스는 아비인 디본 후작의 죽음에 별다른 동요를 보이지 않았다. 그녀에게 디본 후작은 세상에 존재하지 않는 사람 같았다.

헤레이스는 근본적으로 따뜻하고 자비로운 이였지만 도저히 용서할 수 없는 이는 아예 머릿속에서 지워 버렸다. 어떤 방법으로든.

"그러니까 말할 수 없어."

이즈카엘은 그녀의 손에 죽을 수는 있었지만 그녀에게 잊힐 수는 없었다. 그를 잊은 그녀를 상상하는 것만으로도 몸은 물론이고, 속에 영혼까지 타들어 가는 기분이었다.

입술을 내리 문 이즈카엘이 덜덜 떨며 시가 상자를 향해 손을 뻗었다. 하지만 심히 흔들리는 손가락은 무언가를 잡는 행위조차 쉬이 하지 못했다. 이즈카엘은 네 번이나 손을 삐끗하고서야 시가를 쥘 수 있었다.

이즈카엘이 공허한 눈으로 불을 붙일 때였다. 누군가 급박하게 뛰어오는 소리가 들리더니 문을 급히 두드렸다.

똑똑.

들어오라 말하기도 전에 방문이 열렸다. 이즈카엘이 뿜어낸 매캐한 연기 뒤로 노집사가 창백한 얼굴을 보였다. 그는 초췌한 안색의 이즈카엘을 보고 잠깐 움찔거렸으나 제대로 예의도 차리지 않은 채 주인의 방에 들어온 목적을 밝혔다.

"부인께서…… 부인께서 쓰러지셨습니다."

노집사의 말이 끝나기도 전 막 타들어 가기 시작한 시가가 바닥으로 아무렇게나 내동댕이쳐졌다. 눈앞이 어지러웠음에도 이즈카엘은 뛰었다. 그에게 밟힌 시가가 부드러운 양탄자 일부를 까맣게 그슬렸다.

* * *

머리에 붕대를 감은 아내는 미동이 없었다. 꼭 얼음 위 아이처럼.

헤레이스의 파리한 얼굴이 시야에 들어오자 이즈카엘의 얼굴이 까맣게 타들어 가는 심장과 반대로 하얗게 질렸다. 그가 감히 침대나 의자에 앉지도 못한 채 바닥에 무릎을 꿇고는 아내의 손을 잡았다.

"헤레이스……."

부들거리는 사내의 손에 헤레이스의 팔마저 미세하게 떨렸다. 이즈카엘은 죄인처럼 고개를 수그린 채 애원하듯 아내의 손에 뺨을 비볐다.

"당신이 왜……. 이 꼴이 되어야 하는 건 난데 당신이 왜……."

감히 사죄조차 할 수 없었다. 어리석은 자신 때문에 이제 아내마저 죽어 가고 있었다. 이즈카엘은 형편없이 마른 아내의 곁에서 그 자세 그대로 눈물을 쏟았다.

그렇게 사흘하고도 몇 시간이 지났다. 헤레이스는 밤이 지나고 새벽이 한창일 때 눈을 떴다. 어딘가 공허한 푸른 눈동자가 옆으로 굴러갔고, 그녀는 석상처럼 굳어 있는 사내를 확인하고 그를 불렀다.

"이즈카엘."

"헤레이스?"

제 차례를 기다리는 사형수처럼 머리를 푹 숙이고 있던 이즈카엘이 헤레이스의 부름에 고개를 번쩍 들었다. 그가 말조차 하지 못한 채 헤레이스의 손을 꼭 부여잡고 의원을 부르기 위해 몸을 일으켰다. 하지만 헤레이스는 작게 고개를 저었다. 그리고 바짝 마른 입술을 달싹여 입을 열었다.

"……그 여자는요?"

이즈카엘은 헤레이스가 누구를 말하는지 대번에 알아듣고 얼굴을 굳혔다. 샬럿. 검은 피를 토하고 죽은 그 여자를 말하는 것이리라.

샬럿을 떠올리자 이가 갈렸다. 동시에 진즉 그 여자를 죽이지 못한, 아니 애초에 그 여자를 데려온 자신에 대한 환멸이 온몸에 들끓었다.

"당신이 데려온 그 여자, 에르젠을 죽인 그 여자 말이에요. 어떻게 했어요?"

이즈카엘이 바로 답을 않자 헤레이스가 재촉했다. 아내의 독촉에 퍼뜩 정신을 차린 이즈카엘이 싸늘한 얼굴을 했다. 아내도 여자가 죽은 건 이미 알 터였다. 계단에서의 꼴은 도저히 산 자라 부르기 어려웠으니. 그러니 아내가 묻는 것은······.

"내버렸어."

일말의 동정도 없는 냉랭한 목소리였다. 헤레이스가 눈을 깜빡이며 이즈카엘 쪽으로 고개를 살짝 틀었다. 그러자 이즈카엘이 짓씹듯 말을 이었다.

"카르베에 가라앉혔어. 눈조차 감겨 주지 않았으니 그 여자는 어디에서도 안식을 찾을 수 없을 거야."

카르베는 썩은 늪들을 통칭하는 단어로, 아나이스에서 가장 기피되는 장소였다. 짐승의 사체와 고인 물이 한데 썩어 가는 장소의 특성상, 어느 곳에서도 환영받지 못하는 게 당연했지만 특히 아나이스 사람들은 거의 병적으로 카르베를 멀리했다. 그리고 그 속에는 예로부터 전해 내려오는 속설의 역할이 가장 컸다.

'목이 잘린 네 시체는 눈 뜬 채 카르베에 가라앉을 것이다. 신께서도 널 용서치 않으시길.'

'제발······ 자비를 베푸시오. 그것만은······.'

'네 손에 죽은 사내가 둘이요 여인이 여섯, 아이가 넷이다. 그 아나이스에서는 오래전부터 눈 뜬 시체를 카르베에 가라앉히면 죽어서도 구원받지 못한다는 말이 널리 퍼져 있었다. 때문에 보통 죄질이 몹시 나쁜 사형수나, 페가토 후작 같은 반역의 수괴들이 사형당한 후 눈꺼풀이 아교로 붙여진 채 그곳에 버려지고는 했다.

죽어서도 구제받지 말고 영영 떠돌라는, 마지막 자비조차 거둔 일종의 형벌로, 심성 여린 이들은 감히 카르베라는 단어조차 입 밖으로 내뱉지 못했다.

"……그럼 지금쯤 끔찍한 몰골이겠네요. 가여워라."

말과 다르게 헤레이스의 목소리에는 일말의 동정도 없었다. 그녀의 시선이 이즈카엘 뒤쪽의 허공을 향했다가 다시 그에게 맞춰졌다. 아주 잠깐이지만 그 안에는 원망과 증오가 언뜻 비쳤다.

"그런데 당신은 왜 여기 있어요? 그 여자가 카르베에 가라앉았다면 당신도 그래야 하잖아."

헤레이스의 물음에 이즈카엘이 입술을 내리 물었다.

아내의 말이 맞았다. 샬럿. 그 여자가 카르베에 버려졌다면 자신도 마땅히 그 꼴이 되어야 옳았다. 에르젠의 죽음…… 아니, 지금까지 일어난 모든 일의 발단은 자신이었다. 자신의 열등한 감정이 모든 것을 어그러뜨렸다.

"일전에 에르젠이 위험했을 때 당신은 그 여자를 추방만 했어요. 본래라면 죽을죄인데…… 당신은 그 여자를 살려 보냈어. 하긴 사랑하는 여자니까 그랬겠지."

이즈카엘이 헤레이스의 오해에 주먹을 쥐었다. 아내는 그가 샬럿을 아껴 목숨만은 살려 주었다고 착각하고 있었다. 참지 못한 이즈카엘이 설명하기 위해 입을 열었다.

"헤레이스, 믿지 못하겠지만…… 난 그 여자를 단 한순간도 아끼거나 사랑한 적 없어. 그 여자를 추방한 이유도…….."

"이유가 어찌되었건 애초 그 여자를 들인 건 이즈카엘 당신이잖아요. 그러니 에르젠은 당신이 죽인 거나 마찬가지야."

하나 헤레이스는 그의 말을 중간에 잘랐다. 설명을 들으면 무엇 하나. 에르젠은 이미…….

헤레이스가 사내의 손아귀에 잡혀 있었던 자신의 손을 뺐다. 사내가 그러쥐지 않았던 손과 다르게 따뜻한 손의 온기가 이질적이었다.

"하기야 나도 마찬가지네요. 에르젠을…… 내 아들을…… 지켜 주지 못했으니까."

헤레이스가 허탈한 웃음을 픽 흘렸다. 어느새 그녀의 눈에서 눈물이 한 줄기 주르륵 흘렀다.

머리에 피가 빠져나가 그런 걸까. 정신이 어느 때보다 선명했다. 아들이 죽었다는 사실이 인지됨과 동시에, 자신의 존재가 역겨워 견딜 수가 없었다. 헤레이스가 양손을 목 근처로 가져갔다.

"그 여자가 안식 없이 떠도는 벌을 받는다면 나도 마땅히 그래야 해요. 나도 썩은 물에 가라앉아야 해."

그대로 목을 조르고픈 충동이 들끓었다. 숨구멍을 틀어막고 눈을 뜬 채 늪 아래로 내려앉는다면, 그리한다면 산 채로 심장을

갉아먹히는 이 고통에서 벗어날 수 있을까? 포개진 손에 있는 힘
껏 힘이 들어갔다.

"헤레이스!"

이즈카엘이 손을 뻗어 헤레이스의 손을 뜯어냈다. 헤레이스는
버둥거리며 반항했으나 사내의 힘을 당해 낼 수 없었다.

이즈카엘에게 양손을 결박당한 채 깔린 형국이 되자 헤레이스
가 어느 순간 힘을 탁 풀었다. 그녀를 내려다보는 호박색 눈이
사정없이 떨리고 있었다.

"······이즈카엘."

"······."

"부탁이니 나도 거기에 던져 줄래요? 응?"

애원하는 목소리는 간절했으나 텅 비어 있었다. 이즈카엘이 헤
레이스의 손목을 놓고 한 손으로는 침대를, 다른 손으로는 그녀
와 손을 얽었다. 한 사람만 바득바득 힘을 주고 있는 모습이 우
스웠다.

"헤레이스, 제발······."

덜컥 겁이 났다. 아내가 이대로 희미해지다 종국에는 사라질
것 같았다. 이즈카엘은 멘 목으로 간신히 말을 쥐어짰다.

"헤레이스, 당신한테는 잘못 없어. 모두 내 탓이야. 다 내
가····· 내가 잘못한 거야."

"······."

"내가 어리석었어. 있지도 않은 일로 당신을 의심하고 정신이
나가 당신과······."

더듬거리며 나오는 목소리가 그답지 않았다. 헤레이스는 말조차 제대로 하지 못하는 이즈카엘을 빤히 봤다.

문득 단단하고 철옹성 같았던 그 오해를 어떻게 풀었을까 의문이 들었다. 그러나 이어 나온 이즈카엘의 말에 헤레이스의 물음은 안개처럼 흩어졌다.

"에르젠……, 우리 아들에게 씻을 수 없는 죄를 저질렀어."

에르젠을 입에 담는 이즈카엘의 눈에는 절망과 후회가 눈물과 함께 넘쳐흘렀다.

헤레이스는 뚝뚝 떨어지는 사내의 눈물을 무감한 얼굴로 봤다. 우습다는 생각이 들었다. 무언가 그녀의 가장 아래를 긁어 헤집는 기분이었다.

"감히 당신한테 용서를 바라지 않아. 하지만 헤레이스, 제발…… 제발 그런 말은 말아. 당신 말대로 난 카르베에 가라앉아 마땅하지만 당신은 아냐. 난 당신을 절대 그런 곳에 둘 수 없어."

"그럼 샤를을 불러 줄래요?"

샤를의 이름이 나오자 이즈카엘이 말을 멈췄다. 그가 무언가 가늠하듯 헤레이스를 살폈다. 그 모습에 헤레이스가 처음으로 감정을 담아 이즈카엘을 올려다봤다. 일자로 그어졌던 입매가 비틀렸다.

"그 사람한테 사랑한다고 말하고 싶어요. 같이 침대에 올라 그 사람 품에 안겨 보고 싶어."

"뭐……?"

"당신 의심대로 샤를과 간통이라도 저지를 걸 그랬어요. 그가 사랑한다 했을 때 나도 그렇다고 고개를 끄덕였으면……."

샤를을 입에 담은 것은 혜레이스로서도 충동적인 일이었다. 이즈카엘의 얼굴이 사정없이 구겨지자 혜레이스는 아주 잠깐이지만 희열을 느끼고 희미하게 웃었다. 하나 딱 거기까지였다. 그녀의 입꼬리는 언제 그랬냐는 듯 다시 제자리를 찾았다.

"……아니, 이제 와 그런 게 다 무슨 소용이에요."

혜레이스의 심장은 더는 어떤 감정도 담을 수 없었다. 깨진 유리병처럼 그녀의 마음속에는 공허만이 남았다. 줄줄 새는 무언가를 막을 생각도 없이 혜레이스가 이즈카엘에게 말했다.

"내가 언제 그랬죠. 당신이 후회하고 부끄러워했으면 좋겠다고."

이즈카엘이 몸을 굳혔다. 그때까지도 아내는 그에게 호소하고 있었다. 에르젠은 그의 아이라고.

"내가……."

"그리하지 말아요."

혜레이스가 무어라 말하려는 이즈카엘의 목소리를 단번에 잘랐다. 초점 없는, 그러나 완전히 얼어붙은 푸른 눈이 이즈카엘을 응시했다.

"당신은 자격이 없어요, 이즈카엘."

아내에게 불리는 제 이름이 그렇게 두려울 수가 없었다. 이즈카엘이 죽음을 앞둔 이처럼 잘게 떨었다. 아내의 얼음 같은 눈을 본 순간 알 수 있었다. 그녀가 자신을 지워 내고 있음을.

"혜레이스, 제발……."

그의 애원에도 헤레이스는 덤덤히 얽혀 있던 손을 뺐다. 양손 모두에 침대 시트의 감촉만 느껴지자 이즈카엘이 고개를 저으며 제발이라는 말만 반복했다. 그런 그의 모습을 물끄러미 보던 헤레이스가 고개를 옆으로 틀었다.

"……에르젠은 내 아이예요. 오롯한 내 아이. 그러니 지금 와서 에르젠이 우리 아이니 뭐니 그런 말 듣고 싶지 않아요. 에르젠에게…… 내 아이에게 모욕이니까."

귓가를 때리는 목소리에는 그를 향한 감정이 없었다. 이즈카엘이 헤레이스의 옆얼굴을 내려다봤다. 아내는 그의 팔 사이, 그가 만든 공간에 있음에도 그와 분리돼 있었다.

이즈카엘은 문득 아내의 가느다란 숨이 덜컥 두려워졌다. 투명하고 단단한 유리 상자 안으로 들어가 버린 아내는 유심히 살펴보지 않으면 죽었다 착각할 만큼 미동이 없었다. 그가 참지 못한 채 헤레이스에게로 손을 뻗었다.

"싫어."

사내의 손이 다가오자 헤레이스가 눈을 감으며 말했다. 완벽한 거부에 이즈카엘의 손이 허공에서 멈췄다. 헤레이스는 몸을 아예 틀고 그를 외면했다.

"……당신이 생각하는 일은 없을 거예요."

당분간은.

헤레이스는 일부러 뒷말을 삼켰다. 지금 당장은 아니었지만 이른 시일 내 그녀는 에르젠을 따라갈 생각이었다. 그녀가 당장 에르젠을 쫓지 않는 이유는 하나였다.

'엄마!'

눈을 감으면…… 아직은 에르젠의 얼굴이 보였다. 아들의 웃음소리가 귓가에 울렸다. 그러나 아들의 죽음을 인정한 이상, 이것도 잠깐이면 사라질 게 분명했다.

"그만 나가 줄래요?"

제게 남은 시간이 언제까지일까 가늠하던 헤레이스가 선명해지는 에르젠의 모습에 시트를 끌어 올려 얼굴을 묻었다. 이즈카엘이 그런 헤레이스를 보다 몸을 일으켰다. 침대 머리맡에 선 그가 그대로 나가려다 아내의 등을 보고 말을 꺼냈다.

"……에르젠을 안전한 곳에 뒀어. 보고 싶으면 언제든 말해."

말이 끝나고도 이즈카엘은 한참을 서 있었다. 저를 보는 시선이 느껴졌는지 헤레이스가 머리끝까지 시트를 뒤집어썼다. 그러자 질질 끄는 듯한 발걸음 소리가 나더니 곧이어 문이 닫혔다.

"……거짓말."

주변이 고요해지자 헤레이스가 중얼거렸다. 말라 버린 줄 알았던 눈물이 두 뺨을 타고 흘렀다. 그녀를 감싸고 있는 시트가 그녀의 어깨를 따라 들썩였다.

"내 아들은 여기 있는걸. 그렇지, 에르젠?"

일그러진 시야에 웃는 얼굴의 에르젠이 잡혔다. 헤레이스는 제게 파고든 아이를 꼭 안아 줬다.

하얀 손에 잡히는 거라고는 얄팍한 시트와 공허한 공기뿐이었다. 그럼에도 헤레이스는 포근한 미소를 지으며 아들의 이마에 입을 맞췄다.

"엄마가 사랑해, 에르젠."

* * *

또 얼마간 시간이 흘렀다. 헤레이스는 이즈카엘이 떠난 뒤에도 침대에서 일어나지 않았다. 관 속에 갇힌 시체처럼 가만히 누워 있는 것이 그녀가 하는 전부였다.

거의 매시간 헬렌이 들어와 그녀를 살피고 의원의 지시에 맞춘 식사를 대령했다. 정성껏 차려진 따뜻한 음식은 먹음직스러워 보였지만 헤레이스는 냄새를 맡자마자 빈속을 게워 냈다. 덕분에 결국 헬렌은 온종일 헤레이스에게 몇 모금의 물만을 먹일 수 있었다.

"내일은 뭐라도 드셔야 해요, 부인."

"……."

"이러다 정말 큰일 나세요."

"……나가 줄래? 혼자 쉬고 싶어."

헬렌은 무어라 더 말하려다 조용히 자리에서 일어섰다. 나갈 때까지 헤레이스를 응시하는 그녀의 얼굴에는 근심과 걱정이 가득하였지만 헤레이스는 눈치채지 못했다.

헬렌마저 나가자 방에는 적막이 내려앉았다. 고요한 공간, 헤레이스는 무생물처럼 변화가 없었다. 천장을 보는 공허한 눈, 일자로 다물린 입술, 생기라고는 눈 뜨고 찾아볼 수 없이 창백한 손……. 간혹 파리한 뺨을 적시고 흘러내리는 눈물만이 그녀가 무언가를 생각하고 있음을 알려 줬다.

그렇게 시간이 속절없이 흘렀다. 해는 초여름이라는 계절에 걸맞게 제법 길었지만 어느덧 완전히 저물었다. 헬렌이 두어 번 더들어오고 저녁이 성큼 다가온다 싶더니 어느덧 달이 뜬 밤이 찾아왔다. 환하게 뜬 보름달이 헤레이스의 새하얀 낯을 더욱더 하얗게 비췄다.

덜컹.

바람 한 점 없는 밤, 창문이 저절로 열렸다. 들어차는 바람에커튼이 흔들리고 공기가 식어 갔다. 하지만 헤레이스는 눈만을깜빡일 뿐, 직접 창문을 닫거나 헬렌을 부를 생각은 않았다.

끼이익.

창문 경첩이 접혔다가 펴지길 반복하며 섬뜩한 소리를 냈다.그리고 어느 순간 달을 등지고 아이 하나가 방 안에 섰다. 하얀달빛이 아이의 은발을 백금처럼 반짝이게 했다.

"안녕."

헤레이스는 아이가 인사를 한 후에야 그 존재를 알아챘다. 살짝 움직인 그녀의 해쓱한 얼굴에 언뜻 놀라움이 스쳤다. 하나 이내 무언가 짐작한 듯 헤레이스의 눈이 무감해졌다.

"……이상하다고 생각했는데 그 모습을 보니 알겠어. 넌 사람이 아니야. 그렇지?"

아이의 손과 팔은 온통 검은 비늘로 덮여 있었다. 길고 검은손톱을 딱딱 부딪친 그것이 세로로 쭉 찢어진 동공을 움직이다어깨를 으쓱였다. 동시에 비늘이 사라지고 팔과 동공이 인간의 형상을 되찾았다.

"그게 끝이야?"

"⋯⋯."

"겁먹지도 않고⋯⋯ 조금 시시한데."

헤레이스의 무관심에도 미겔의 웃는 낯은 변하지 않았다. 아이는 헤레이스에게 다가가는 대신 창문에 걸터앉아 작게, 그러나 짙은 목소리로 속삭였다.

"뭐 그리 중요한 건 아니니까. 그보다 도와줄까?"

"⋯⋯."

"복수하고 싶지 않아?"

간드러진 웃음소리에는 사람의 마음을 사로잡아 홀리는 구석이 있었다. 하지만 헤레이스는 관심 없다는 듯 무심한 얼굴로 대꾸했다.

"누구한테?"

"누구긴 누구야. 네 남편이지. 정부를 데려와 사생아를 낳은 남편. 네 사랑을 의심하고 부정을 저지르고 친자식을 오해한, 그리고 결국 아들을 죽음에 이르게 한 네 남편. 이즈카엘 말이야."

"⋯⋯."

"이즈카엘한테 복수할 생각 없어?"

물음이었으되 답을 확신하는 목소리였다. 미겔이 창틀에서 폴짝 내려와 헤레이스의 옆에 섰다. 그녀의 이어질 말을 기다리는 아이는 무언가 기대하는 낌새였다. 헤레이스가 생기 넘치는 아이의 붉은 뺨을 보다 고개를 저었다.

"……필요 없어."

"왜?"

"……."

"널 고통스럽게 하고 에르젠을…… 네 아이를 죽게 만든 자야. 네 심장에 몇 번이고 검을 찔러 넣은 사내야. 그런데 왜 복수가 필요 없어?"

인상을 팍 찌푸린 채 빠르게 말을 뱉는 모습에는 답답함이 가득했다. 긴 한숨을 푹 내쉰 아이가 침대로 올라 헤레이스의 곁에 누워 그녀를 쳐다보았다. 답을 기다리는 호박색 눈에 헤레이스가 한참 만에 입을 열었다.

"그리하면 에르젠이 돌아와?"

"……."

"그 사람 심장에 똑같이 검을 꽂아 넣고 수천 번 난도질하면 내 아들이 살아 돌아와?"

"……."

"난 지쳤어."

"……."

"그 사람에게 무언가 쏟아 내기에는…… 힘들어. 너무 힘들어. 이제 그만 쉬고 싶어."

힘없는 목소리에는 아무것도 남지 않았다. 거센 파도에 수만 번 깎여 결국 모래로 흩어진 산호처럼 헤레이스는 부스러져 있었다.

미젤이 깨진 거울처럼 여러 갈래로 쪼개진 헤레이스의 눈두덩이 위로 작은 손을 가져갔다. 온기라고는 한 줌도 없는 손에 헤레이스의 짓무른 눈가가 식어 갔다.

"그럼 복수 말고 원하는 건? 설마 없어?"

미겔의 말에 헤레이스가 얼굴을 천천히 일그러뜨렸다. 울음이 섞인 간절한 목소리가 일말의 희망을 담은 채 흘러나왔다.

"다른 건 원하지 않아. 내가 원하는 건 단 하나야. 네게 빌면…… 내게 에르젠을 돌려줄 수 있니? 내 아들을 다시 내 품에 안겨 줄 수 있어?"

"아니."

미겔은 헤레이스의 희망을 단숨에 짓밟았다. 푸른 눈이 또 한 번의 절망에 뭉개져 흐릿한 빛으로 어그러졌다.

낙담한 헤레이스의 낯에 그것이 속으로 혀를 찼다. 사실 굳이 하려면…… 할 수야 있었다. 하나 자신은 에르젠을 살리길 원하지 않을뿐더러, 그 일에 제힘을 낭비하고 싶지 않았다. 그러잖아도 자칫 잘못하다간 사라질 몸인데…….

"에르젠은 떠났어. 다시는 볼 수 없지. 하지만……."

"……."

"……네게 에르젠을 보여 줄 수는 있어."

호박색 눈이 교묘한 빛을 띠기 시작했다. 그러나 헤레이스는 고개를 저었다. 에르젠을 보여 준다니. 그따위 것이 무슨 소용인가. 그녀가 원하는 것은 온전하게 살아 있는, 얼마 전까지만 해도 숨을 쉬었던, 에르젠 그 자체였다.

"그런 건 필요 없……."

더 이상의 대화는 무의미하다고 판단한 헤레이스가 몸을 반대로 틀고 눈을 감을 때였다. 그리운 목소리가 등을 날카롭게 파고들었다.

　"엄마."

　등 뒤의 온기와 쌕쌕이는 숨소리가 익숙했다. 헤레이스가 몸을 딱딱하게 굳히며 눈을 잘게 떨었다.

　"엄마, 보고 싶었어."

　"……틀려."

　"엄마는 에르젠이 안 보고 싶었어?"

　"아냐. 넌, 넌 에르젠이 아니야. 내 아들이 아니야!"

　헤레이스가 귀를 틀어막고 눈을 질끈 감았다. 그러자 뱀 같은 무언가가 그녀의 등을 미끄럽게 타고 오른다 싶더니 작은 손이 그녀의 손 위로 포개졌다.

　"맞아, 난 에르젠이 아니야. 하지만……."

　후 하고 열기를 머금은 숨이 옆머리를 간지럽혔다. 동시에 목을 시작으로, 헤레이스의 모든 피부에 소름이 돋았다.

　잘게 떨리는 여인의 몸에 그것의 눈이 가느스름하게 변했다. 뱀의 길고 징그러운 혀가 빨간 입술 사이로 기어 나오고 그 사이로 에르젠의 목소리가 새어 나왔다.

　"에르젠은 엄마가 제일 좋아. 엄마만 있으면 돼."

　"……."

　"그러니까 가지 마, 엄마. 에르젠만 두고 가지 마, 엄마."

　방구석이나 머릿속에서 울리는 목소리와 달랐다. 선명하고 확실했다. 헤레이스가 참지 못하고 몸을 일으켰다.

침대에는 정말 에르젠이 있었다. 그녀와 같은 색의 검은 머리카락, 푸른 눈……, 유순해 뵈는 눈매와 동그랗고 보드라운 뺨까지. 헤레이스가 아이의 작은 몸을 꼭 껴안았다.

"에르젠."

"……이 모습으로 삶에 목적을 줄 수는 있지."

"에르젠, 내 아가. 내 아들."

"원한다 말만 하면 영영 이 모습으로 살아 줄 수 있어. 지금 이 모습은 물론이고, 자라는 모습까지 그대로 보게 될 거야."

자식을 잃은 어미 중 누가 이 유혹을 이겨 낼 수 있을까. 헤레이스가 아이의 얼굴을 연신 쓰다듬고 비볐다. 살아 있는 아이의 온기가 너무도 선명했다.

하지만 에르젠의 이름을 부르며 우는 와중에도 헤레이스는 고개를 끄덕이지 않았다. 아이를 어루만지는 순간에도 그녀는 똑똑히 알고 있었다. 품 안의 에르젠이 거짓임을.

"내키지 않아? 그럼 이렇게 생각해 볼까?"

그것이 헤레이스의 마음 한편을 차지한 불편함을 눈치챘다. 누구보다 여려 보이는 여인은 생각 외로 강한 정신력을 가지고 있었다. 누구와 다르게.

'어떤 멍청이는 말 몇 마디에 바로 넘어왔는데…….'

이토록 똑똑한 여인을 여기까지 몰아붙인 어리석은 사내가 떠올라 비실비실 웃음이 샜다. 그것이 여전히 에르젠의 모습을 흉내 낸 채 헤레이스에게 슬픈 목소리로 말했다.

"나도 너처럼 혼자야. 그래서 외롭고…… 너무 추워."

"에르젠, 에르젠……."

"넌 아들을 잃었고 난 어미를 잃었어. 그러니 서로 위안이 되면 좋을 거 같은데……."

젖은 얼굴의 헤레이스가 팔에 힘을 풀고 아이를 내려다봤다. 아이의 작은 손이 멍한 헤레이스의 눈가에 닿았다. 손은 조금 전처럼 차갑지 않았다. 부드러웠고 적당히 온기가 있었다. 아이가 양손을 모두 들어 헤레이스의 두 눈을 가렸다.

"어렵지 않아. 눈만 살짝 감으면 돼. 그럼 넌 에르젠과 똑같이 생긴, 어미를 갈구하는 아이를 가지게 될 거야. 어때?"

"원하는 게 뭐야. 나한테 뭘 원하고……."

헤레이스는 아이의 손을 쳐 내는 대신 울음 가득한 목소리로 물었다. 눈앞이 가려진 것이 답답할 법도 했건만 어딘가 모르게 아늑해 벗어나고 싶지 않았다.

"내가 너한테 원하는 대가는 하나야, 헤레이스."

컴컴한 시야 너머의 목소리가 변했다. 어느새 에르젠의 탈을 벗은 그것이 감미로운 목소리로 속살거렸다.

"살아. 살기만 해."

어디선가 들은 말에 헤레이스의 몸이 굳어졌다. 익히 아는 사내의 목소리가 겹쳐 들린다 싶더니 손가락 사이로 이즈카엘이 보였다.

"무슨……."

놀란 헤레이스가 몸을 뒤로 움직이며 눈을 깜빡였다. 그러나 등이 침대 헤드에 닿자마자 이즈카엘은 미겔로, 또 에르젠으로 변했다. 그러다가 다시 이즈카엘이 됐다.

"나도 왜 이러는지 모르겠어. 하지만 당장은 어머니…… 아니, 헤레이스 당신 옆에 있고 싶은걸."

시시각각 변하는 모습에 헤레이스가 고개를 거칠게 흔들었다. 소년에서 사내로 둔갑한 그것이 그런 그녀를 보다 그녀의 가는 허리를 껴안고 품에 얼굴을 묻었다. 어느새 미겔이 그녀에게 어리광을 부리고 있었다.

"그러니 곁을 줄래요? 응?"

허리 뒤로 깍지를 낀 미겔의 손가락이 단단하게 얽힌다 싶더니 그가 순식간에 커졌다. 다 큰 사내가 그녀에서 웃어 보이고 있었다.

"놔! 이거 놔!"

"엄마……."

헤레이스가 끔찍한 괴물에게 붙잡힌 듯 버둥거리다 에르젠의 얼굴을 보고 멈췄다.

아들이 바르작거리며 그녀의 품에 얼굴을 비볐다. 헤레이스가 왈칵 울음을 토해 내다 결국 아이를 안고 무너져 내렸다. 끅끅대는 소리에 그것이 작은 손으로 그녀를 토닥였다.

들썩이는 등 뒤로 어둠이 서서히 사라졌다. 어느새 달이 희미하게 지고 해가 새벽을 알렸다. 하나 안개 가득한 푸르스름한 새벽은 어딘가 공허하고 서글펐다.

"자장, 자장, 우리 아가……."

혼란이 뒤얽혀 흐르던 방에는 어느새 여인의 자장가 소리만 남았다. 헤레이스의 무릎에 얼굴을 묻은 그것, 아니 에르젠이 편안한 얼굴로 눈을 감았다.

그런 아들을 보다 헤레이스도 편안히 눈을 감았다. 한 치 앞도 보이지 않는 컴컴한 어둠 속, 촛불 하나가 피어올라 얼어붙은 몸을 데우는 기분이었다.

* * *

"……찾았나?"

제임스는 허리를 깊이 숙이고 입술을 물었다. 질책 가득한 주인의 목소리가 억울할 법도 했지만 그런 감정을 가지기에는 맡은 일의 실마리도 제대로 찾지 못했다.

"죄송합니다, 각하. 찾고 있습니다만 아직……."

이즈카엘은 허리 숙인 제임스를 제대로 쳐다보지도 않았다. 어딘가 음울한 눈동자는 그저 책상 위만을 뚫어져라 바라보고 있었다.

그가 제임스의 목이 뻣뻣해질 때쯤 주머니에서 무언가를 꺼냈다. 작은 물체가 책상 맞은편 제임스 쪽으로 밀려났다.

"이른 시일 내로 찾아. 찾지 못하면 만들 수 있는 이라도 구해와."

제임스는 조심스레 물체를 집어 들었다. 눈송이 모양의 장신구는 딱 반으로 부러진 채 빛을 발하고 있었다. 어찌 보면 백금처럼 보이는 그것이 손에 닿자 백금과는 비교할 수도 없을 만치 차가운 서늘함이 잠시 느껴졌다가 곧 사라졌다.

'그런데 이게 왜…… 일전에 봤을 때는 분명 멀쩡했건만.'

제임스가 물건이 왜 망가졌는지 의문을 품을 때였다. 이즈카엘이 손짓으로 그에게 축객령을 내렸다. 제임스는 이유를 물어볼까 아주 잠시 고민했지만 곧 그건 제가 할 일과 무관함을 깨닫고 허리를 숙였다.

"에드가."

"예."

제임스가 나간 뒤 불려 온 에드가는 멍한 이즈카엘의 얼굴에 티 나지 않게 인상을 찌푸렸다. 한 번도 본 적 없는 주인의 나약함이 어색했다.

"……사람을 찾아야겠어."

이어지는 주인의 목소리 또한 얼굴과 다르지 않았다. 곧 무너지고 흩어져 버릴 것 같은 목소리에 에드가의 주먹에 힘이 들어갔다. 그는 이즈카엘의 말에 고개를 숙이면서도 주인을 유심히 살폈다.

"말씀하십시오."

"크리스…… 헤레이스의 오라비. 그리고 아내의 시녀."

"……부인의 핏줄과 레이디 셜벗 말씀입니까?"

"그래. 두 사람 다 대략 어디에 있는지 제임스가 알 거야. 가서 물어본 다음 찾아. 그리고 성으로 데려와. 최대한 빨리."

오랜만에 들리는 이름에 에드가의 얼굴이 살짝 굳어졌다. 그가 무언가를 잠시 생각하다 담담한 목소리로 주인에게 물었다.

"두 사람으로 부인을 협박하실 요량입니까?"

"뭐?"

이즈카엘이 고개를 들어 에드가를 봤다. 일그러진 얼굴에 분노와 당혹감이 가득했다. 그러나 당장 목이 떨어져도 이상하지 않을 말을 내뱉은 에드가는 침착한 눈으로 소리 없이 되물었다. 지금껏 그리하시지 않으셨냐고.

수하의 고요한, 그러나 냉정한 물음에 이즈카엘의 눈에 괴로움이 일렁였다. 틀린 말이 아니었다. 그는 지금껏 몇 번이고 그런 방법으로 아내를 겁박했다. 그러니 이런 물음이 돌아오는 것도 이상하지 않으리라.

"부인을 옭아맬 수단이라면 꼭 성으로 데리고 오지 않아도 됩니다. 말만 하셔도 충분……."

"아니야!"

이즈카엘이 참지 못하고 벌떡 일어났다. 쾅 하고 책상을 내리치는 소리가 제법 크게 방 안을 울렸다. 이즈카엘이 에드가를 노려보며 짓씹듯 말했다.

"그런 게 아니야! 협박이라니 그 무슨……."

"……."

"난 그저…… 헤레이스에게 조금이라도…… 그녀가 조금이라도 편해졌으면…… 안정을 찾았으면 해서."

"……."

"저대로 둘 수는 없잖나. 저러다 정말 그녀가 잘못되기라도 하면……."

"……."

"아내는 그 두 사람을 아껴. 적어도 그 사람들을 등지고 세상을 떠날 생각은 못 하겠지."

에드가는 횡설수설하는 이즈카엘을 물끄러미 바라봤다. 어느새 다시 의자에 앉은 사내는 두 손에 얼굴을 묻었다. 손가락 사이 언뜻 비치는 물방울이 빛에 반사돼 반짝였다.

"……헤레이스의 눈을 봤나?"

깊은 한숨 새로 울음이 섞여 들었다. 뼈마디가 툭 불거져 나온 사내의 손이 파들파들 떨렸다.

"보자마자 알 수 있었어. 아내는 날 지워 낼 생각이야. 그리고 언젠가는 영영…… 떠나려 들겠지."

"……."

"에드가, 난 다른 건 몰라도 그것만은 두고 볼 수가 없어."

에드가는 이즈카엘을 타박하지도, 그렇다고 위로하지도 않았다. 그는 그저 제 죄로 힘없이 무너져 버린 사내를 고요한 눈으로 보다 고저 없는 목소리로 말할 뿐이었다.

"레이디 셜벗 같은 경우 큰 문제가 없습니다. 하지만 부인의 핏줄은 사형을 겨우 면하고 황명으로 추방된 자입니다. 함부로 데려왔다가는 문제가 생길지 모릅니다."

"……."

"일전 동부 방문 일로 아직 말이 많습니다. 황태자 전하를 비롯해 몇몇이 호시탐탐 각하를 깎아내리려는데, 이때 부인의 핏줄을 데려온다면 황제께서도 어느 편에 서실지 모릅니다."

무심한 어조였다. 이즈카엘과 헤레이스의 관계가 파국으로 치 닫든 말든 상관없다는 듯 에드가는 현실적인 부분만 짚어 냈다. 가만히 수하의 말을 듣고 있던 이즈카엘이 고개를 들었다. 호박 색 눈에 어느새 형형한 살기가 돌고 있었다.

"관심도 없는 머저리들이 반역이니 뭐니 떠들어 대도 좋아. 그 자들은 어떻게든 꺾어 버릴 자신이 있어. 감히 내 아내를 지킬 울타리를 파괴할 생각을 하는 놈들이니 짓밟아 뭉개 버리면 그만 이지."

이즈카엘은 그런 상황쯤은 이겨 낼 자신이 있었다. 아내의 오 라비를 불러들여 말이 나오면 어떠한가. 그걸 막아 내는 건 제 몫이었다.

"하지만 에드가, 헤레이스가 날 지워 내고 어떤 방식으로든 날 떠난다면……."

그러나 닫혀 버린 아내의 심장은 그가 어찌할 수 없는 부분이 었다. 이즈카엘은 마지막으로 본 헤레이스의 푸른 눈을 떠올릴 때마다 저 아래로 꼬꾸라지는 기분이었다.

"미움받아도 좋아. 날 죽일 만치 증오해도 이해해. 하지만 그 녀가 이대로 사라지면 어찌하지? 난 그것만은 이겨 낼 자신이 없 어."

결국 이즈카엘이 완전히 무너져 내렸다. 에드가는 책상을 짙게 물들이는 눈물 몇 방울을 보다 입술을 꾹 내리 물었다. 그가 한 참 만에 입을 열었다.

"……부인의 핏줄과 레이디 셜벗을 찾는 일은 맡겨 주십시오."

에드가는 에르젠이 죽은 시점에 이즈카엘과 헤레이스의 관계는 돌이킬 수 없다고 여겼다. 의도하진 않았겠으나 주군은 아이의 죽음에 관여돼 있었고 이유가 어찌 되었든 분명 원인을 제공했다.

보통의 어미에게도 자식의 죽음은 삶이 무너지는 재앙 그 이상일 터였다. 하물며 아이가 삶의 전부인 것처럼 보이는 헤레이스에게 아이의 죽음이 어떤 무게일지 에드가는 감히 짐작조차 할수 없었다.

그렇기에 그는 주군인 이즈카엘을 존경하고 따르는 것과 별개로 이번 일만큼은 이즈카엘의 편에 설 수가 없었다. 하지만 오랜 시간 함께해서일까, 무너지는 주군을 옆에서 보니 마음이 흔들렸다. 제 손으로 모든 것을 망친 눈앞의 사내가…… 안타까웠다.

"각하께서는 부인께 용서를 비십시오."

에드가는 제 말이 헤레이스에게 기만이라는 것을 알고 있었다. 용서라니. 헤레이스에게는 상상 속에서도 본 적 없는 것이 이즈카엘을 용서하는 것이리라.

'그 기이한 것이 없었다면…….'

하지만 두 사람 사이에는 인간의 탈을 쓴 그것이 끼어 있지 않은가. 에드가가 그것에게 책임의 일부를 돌리며 애써 변명했다. 그렇게라도 해야 했다. 아니라면 제 주군은 영영 희망의 귀퉁이조차 쥘 수 없을 테니.

"용서…… 용서를 빌라고? 하지만 헤레이스가 과연 날……."

에드가의 말에 이즈카엘의 눈동자가 잘게 떨렸다. 그가 용서라는 단어를 여러 번 외며 고개를 숙였다. 회의감 가득한 목소리에 에드가가 냉정하고 서늘한 목소리로 말을 이었다.

"물론 부인께서는 각하를 용서하기 힘드실 겁니다. 어쩌면, 아니 영영 용서하지 못할 가능성이 크지요. 각하께서 이렇게 후회한들 지금껏 부인께 저질렀던 일이나 에르젠 도련님의 죽음을 되돌릴 수는 없으니까요."

이즈카엘이 무언가에 머리를 세게 맞은 듯 아득한 얼굴을 했다. 후회한들 되돌릴 수 없다는 말이 그렇게 슬플 수 없었다. 그러나 에드가의 말은 틀린 게 없었다. 이즈카엘은 어떤 것도 되돌릴 능력이 없었다. 그렇다면 지금의 헤레이스도······.

이즈카엘의 얼굴이 파랗게 질렸다.

"어차피 지금의 각하께서 할 수 있는 일은 하나뿐입니다. 이렇게 혼자 후회할 시간에 부인께 계속 용서를 구하십시오. 그분께서 끝내 각하를 외면하고 용서치 못한다 하셔도 그리하셔야 합니다. 각하의 목숨이 다할 때까지, 아니 그 영혼이 닳아 없어질 때까지 그리하셔야 합니다. 결과가 어찌 되든 그게······."

에드가의 말은 신께 기도하며 매달리라는 허무맹랑한 말과 같았다. 하지만 모든 걸 잃은 이들이 그러하듯 이즈카엘이 절망 어린 눈을 하면서도 에드가의 뒷말을 기다렸다.

"······각하께서 할 수 있는 최선이자 최소한의 도리니까요."

말이 끝나자마자 이즈카엘이 몸을 일으켰다. 에드가는 뛰어가는 이즈카엘의 뒷모습을 보며 깊은 한숨을 내쉬었다.

아내가 있는 곳으로 향하는 발걸음이 다급했다. 얼마 떨어지지 않은 방까지 단숨에 달려간 이즈카엘이 거친 숨을 몰아쉬며 문에 머리를 기댔다.

너머에 있을 아내를 보는 것이 두려웠다. 그러나 그는 헤레이스가 어떤 반응을 보이건 모두 감내하고 용서를 빌 작정이었다. 후회하고 뉘우치고 용서하지 않아도 좋았다. 다만 자신에게 용서를 빌 기회만을 주기를 바랐다.

달칵.

문이 부드럽게 열렸다. 이즈카엘은 차마 바로 들어가지 못한 채 머뭇거리다 심호흡을 내쉰 뒤에야 발걸음을 뗐다. 문틈 사이로 새는 공기가 어쩐지 좀 이질적이었다.

방에 들어서자 아내의 뒷모습이 보였다. 헤레이스는 창가에 서서 밖을 보고 있었다. 길게 늘어뜨린 검은 머리는 부드럽게 찰랑거렸고 가는 여체는 햇빛에 반짝거렸다.

헤레이스가 당연히 침대 있을 거라 생각했던 이즈카엘은 당황한 얼굴을 하다 손을 움켜쥐었다. 편안해 보이는 아내의 모습을 보니 말을 걸기 어려웠다.

'설마……'

그렇게 얼마를 있었을까. 문뜩 얼마 전 계단에서 떨어져 머리를 다쳤던 모습이 떠올랐다. 끔찍한 상상을 한 이즈카엘이 망설임 없이 헤레이스의 뒤로 다가갔다. 그리고 떨리는 목소리로 헤레이스를 불렀다.

"……헤레이스."

헤레이스가 그의 부름에 뒤를 돌았다. 가벼운 몸짓이 한 마리 새와 같았다. 그러더니 곧…….

"이즈카엘!"

헤레이스는 환하게 웃으며 그를 봤다. 한껏 피어난 미소가 먼 예전과 같았다. 생각지도 못한 아내의 모습에 이즈카엘이 모든 것을 잊고 제자리에 굳어 버렸다.

헤레이스가 얼어붙은 이즈카엘에게 종종걸음으로 다가가더니 사내의 가슴에 손을 올리고 몸을 기댔다. 그녀가 다정한 얼굴로 물었다.

"나를 보러 왔어요?"

사랑이 가득한 목소리가 꿀같이 달콤했다. 이해할 수 없는 현실에 이즈카엘이 당혹감을 숨기지 못했다. 그가 고개를 내려 제게 안긴 아내를 봤다. 생기 가득한, 반짝이는 푸른 눈이 처음 사랑을 나눴던 날과 비슷했다.

"헤레이스, 당신……."

"아니면……."

헤레이스가 이즈카엘의 입가에 손가락을 가져가 그의 말을 막았다. 그리고 그에게서 살짝 떨어져 뒤를 쳐다보았다. 이즈카엘의 시선이 헤레이스를 따라 좇았다.

"……우리 아들을 보러 왔어요?"

헤레이스가 웃으며 말을 함과 동시에 작은 아이 하나가 그녀의 뒤에서 얼굴을 내밀었다. 이즈카엘이 저와 닮은 아이의 모습에 눈을 부릅떴다.

"아버지, 오셨어요?"

아이가 이즈카엘과 같은 호박색 눈을 예쁘게 휘며 말했다. 헤레이스는 아이가 그를 아버지라 부르자 잘했다는 듯 머리를 쓰다듬다 아이의 키에 맞춰 몸을 숙였다.

"우리 아들, 인사도 잘하네."

이즈카엘을 보던 아이가 냉큼 고개를 돌려 헤레이스의 품을 파고들었다. 헤레이스의 드레스를 있는 힘껏 움켜쥔 손가락에 알 수 없는 집착이 뚝뚝 떨어졌다.

"너……."

아이는 이즈카엘의 경악 어린 시선에도 여전히 헤레이스만을 바라보고 있었다. 그것이 헤레이스의 입맞춤을 받으며 얄밉게 입꼬리를 올렸다.

11장. 모든 일의 시작

(과거 외전)

눈마녀.

작금에 와서는 눈요정이라 불리는 이들은 전설 속 허구가 아니었다. 최초의 인간과 용 일곱 마리가 전쟁을 벌이던 전설 속 시절, 눈마녀 세 자매는 '그것'이 재미로 조각한 얼음에서 태어났다.

아름다운 여인의 모습을 타고났으나 눈마녀들은 인간과 여러모로 달랐다. 항상 무표정한 그녀들은 크든 작든 여러 욕망을 좇는 인간들과 다르게 하나의 고유한 욕망을 품었다.

'이 세상에 날 이길 자는 없어.'

자매 중 첫째는 강대한 힘을 원했다. 그녀는 거대한 마력과 뛰어난 검술로 이름을 알리며 강한 존재들을 수없이 베어 나갔다.

일곱 용 중 하나인 서리의 용 우르달린도 그중 하나였다. 우르 달린은 북부에 둥지를 틀고 사람들을 괴롭혔기에 북부의 사람들은 첫째의 존재를 숭상하기 시작했다. 아나이스에 떠도는 눈마녀의 전설 대부분은 그녀의 업적에서 비롯됐다.

하나 첫째는 전설의 용사요, 아나이스 제국의 초대 통일 황제의 손에 스러졌다. 황제가 서리의 용 우르달린의 복수를 꿈꾸던 나머지 여섯 용의 힘을 받았기에 가능한 일이었다.

'멍청하기는. 힘으로 꺾으려 드니 그 꼴이지.'

둘째는 그런 첫째를 야만적이라며 비웃었다. 아름다움만을 추구하는 그녀는 세상 모든 생명체를 홀리며 손가락 하나로 제 뜻을 이뤘다. 첫째의 목을 벤 아나이스 초대 황제뿐 아니라, 자신의 종족 외 누구도 쳐다보지 않는 용 중 두 마리가 둘째에게 빠져 서로 싸우다 목숨을 잃었다.

그러나 둘째는 아름다움을 위해 수천 사내의 심장을 빼먹고 수만의 처녀에게 피를 갈취했다. 결국 그녀는 장님이자, 신전의 역사상 가장 위대한 교황의 신성한 빛에 불타 소멸했다.

첫째와 달리 둘째는 어느 인간 무리에게 추앙을 받지는 못했으나 후의 예술가들에게 많은 영감을 주어 그림과 활자 속에 남겨졌다. 그녀를 주제로 한 가장 오래된 그림에는 눈먼 교황이 그녀를 불태우며 눈물을 흘리는 장면이 생생히 담겨 있었다.

그리고 세 번째 눈마녀⋯⋯.

그녀는 앞서 사라진 자매들과 달리 알려진 바가 거의 없었다.

자매들보다 훨씬 오래 산 그녀는 첫째처럼 업적을 알리지도, 둘째처럼 예술품에 기록되지도 못했다.

셋째는 메데아라는 이름을 가졌다. 눈마녀 특유의 은발과 은빛 눈동자가 수려한 그녀는, 자매들과 달리 창조주인 '그것'을 사랑하는 데 제 모든 것을 쏟았다. 그것에게 유일한 존재가 되는 것이 메데아의 유일한 욕망이었다.

"나의 창조주이시자 아버지, 난 당신을 영원히 사랑하고 싶습니다."

「나를?」

눈마녀들을 조각한 그것이 언제 태어났는지는 아무도 몰랐다. 다만 눈마녀 자매들은 자신들을 탄생시킨 그것을 존경하고 따랐다. 생명체라 부르기도 모호한 그것은 존재 자체가 욕망 덩어리로, 욕망을 미친 듯이 좇는 눈마녀들의 아비로서 부족함이 없었다.

「네게 영원은 없어, 메데아. 얼음과 내 일부로 만들어진 너희의 수명은 기껏해야 몇백 년. 나약한 인간보다 조금 더 길 뿐이지. 게다가 네 자매들은 그 수명조차 채우지 못했잖아.」

"전 자매들처럼 어리석은 욕망을 좇는 데 제 시간을 낭비하지 않을 거예요. 제 모든 힘은 당신을 영원히 따르기 위해 사용될 거랍니다."

처음 그것은 메데아를 비웃었다. 하지만 메데아는 죽기 직전까지도 정말 온 힘을 다했다.

수명이 다하기 직전, 메데아는 마녀들의 정신적 지주라 할 수 있는 로디바 대마녀를 찔러 그 피를 모조리 마시고 그 스스로 로디바의 대마녀가 됐다. 그리고 세상에 남은 용 넷을 모조리 독살했다. 불사의 마력이 끓는 용의 심장, 메데아는 그것을 먹어 치우며 제 몸에 강대한 마법진을 새겼다.

그런 메데아의 모습에 그것조차 서서히 매료돼 갔다. 그리고 마침내 메데아는 목숨이 끊어지기 직전 마법을 완성했다.

"……내 창조주시여, 당신을 위한 마법이 완성되었어요. 시간이 더 있었다면 더 완벽한 마법을 완성했을 텐데. 아쉽지만 이걸로 만족해야겠지요."

「…….」

"내가 죽더라도 내 시체에서 일어난, 나와 같은 영혼을 가진 딸들이 당신을 영원히 사랑하고 섬길 거예요."

그것은 얼음이 녹듯 흐물거리는 메데아를 내려다봤다. 그리고 진심으로 말했다.

「대단하군.」

"당신에게 처음으로 듣는 칭찬이네요. 그렇다면 고생한 종을 위해 한 가지만 약속해 주시겠어요?"

「……말해.」

"지금 당장이 아니어도 좋아요. 언젠가 당신이 내킬 때…… 영원히 계속될 나를 사랑해 줘요. 그리고 당신이 내게 유일했던 것처럼 나도 당신에게 유일한 존재로 삼아 주세요."

그 말을 끝으로 첫 번째 메데아는 녹아 땅 속으로 스며들었다. 그러나 바닥을 적신 물기가 채 마르기도 전 그 속에서 두 번째 메데아가 태어났다.

"내 어머니의 창조주시자 나의 창조주시여, 제가 당신을 사랑해도 될까요?"

두 번째 메데아는 첫 번째 메데아와 똑같았다. 외모도, 마력도, 영혼의 색도, 심지어 그것을 갈망하는 욕망도. 하지만 한 가지만은 달랐으니, 첫 번째 메데아의 마법으로 완성된 두 번째 메데아는 50년이 채 되기도 전에 녹아 버렸다.

"아…… 완벽하지 못한 대가가 이것이군요. 하지만 내 창조주시여, 걱정 마세요. 곧 다시 내가 태어날 겁니다."

두 번째 메데아의 말대로였다. 두 번째 메데아가 녹기 무섭게 세 번째 메데아가 태어났다. 그리고 세 번째 메데아의 수명은 두 달, 또 그다음 네 번째 메데아의 수명은 100년이었다.

백 번째 메데아 이후 그것은 메데아에게 숫자 매기기를 그만뒀다. 그도 이제 인정했다. 전의 기억조차 온전히 가진 메데아들은 말 그대로 메데아일 뿐, 다른 존재가 아니었다. 메데아에게는 다시 태어났다는 말보다 부활이라는 말이 어울렸다.

"내 어머니의 창조주시자 나의 창조주시여, 제가 당신을 사랑해도 될까요?"

그리고 얼마의 세월이 흘렀을까. 메데아가 다시 부활하고 이제는 익숙하다 못해 일상 중 하나가 된 말을 메데아가 다시 뱉는 순간, 그것은 충동적으로 답했다.

"나도 너를 사랑하는 거 같아. 네게 내가 그러하듯 이제 내게도 네가 유일한 존재야, 메데아."

말을 꺼낸 순간 그것은 처음으로 육체라는 것을 가졌다. 육체라는 한계가 생긴 순간 그것은 가지고 있던 많은 힘을 잃었다.

하지만 대신 그것은 쾌락을 얻었으니, 눈마녀와 다르게 사내의 형상으로 둔갑한 그것은 핏빛 머리카락과 황금색 눈을 번뜩이며 메데아의 입술을 삼키고 인간의 흉내를 내며 다리를 얽었다. 그리고 그 행위로 인해 열 달 후 아이라 부를 만한 존재가 태어났다.

"피도 나고…… 아무리 봐도 인간이야. 나약하기 그지없는 인간."

그것의 인간 형상처럼 붉은 머리카락과 황금색 눈을 타고난 아기는 인간을 흉내 낸 행위에서 태어난 탓인지 인간에 가까웠다. 온기 있는 피부, 뛰는 심장……. 마력을 조금 물려받았다는 것 외에는 인간과 차이가 없었다.

"난 저것이 당신의 눈길을 한 번이라도 받는 게 싫어요. 당신의 유일한 존재는 나여야만 해."

그것은 물론이고, 메데아 또한 제 아이에게 관심을 주지 않았다. 결국 눈밭에 버려진 아이는 운 좋게 사냥꾼의 눈에 띄어 인간 사회에서 자라고 영웅이 되더니 어느새 세르펜스 공작이라 불렸다.

보통의 인간은 가질 수 없는 마력과 강대한 육체. 인간들은 세르펜스 공작을 존경하고 따랐다. 하지만 모든 이가 그를 선망하지는 않았으니……. 전쟁에서 그가 전리품으로 차지한 망국의 아름다운 공주는 어느 날 성 꼭대기에서 몸을 던졌다.

'난 당신이 두려워요. 날 제발 놓아 달란 말이에요. 제발!'

'헬레나, 난 당신을 사랑해. 당신만이 내 유일한 존재야.'

'지겨워! 내게 왜 이렇게 집착하는 거야!'

공주의 죽음 이후 초대 세르펜스 공작은 성에 두문불출하더니 어느 날 공주와 마찬가지로 성 꼭대기에서 몸을 던졌다. 다행히도 공주를 제외한 다른 부인에게서 난 후계 몇이 있었기에 세르펜스 공작가는 평온히 유지됐다.

초대 이후로도 세르펜스 공작가에는 제 반려나 연인에게 지독하리만치 집착하는 후대들이 드물게 나왔다. 하지만 그런 이들은 보통의 인간보다 강인한 육체나 마력 등을 타고나 가문의 이름을 알리는 데 혁혁한 공을 세웠으므로 작은 결점 정도야 가문의 기록서에만 남겨질 뿐이었다.

아나이스를 떠받드는 네 기둥 중 하나. 아나이스를 지키는 가장 단단 요새. 철과 얼음의 기사들.

그렇게 세르펜스 공작가는 제국에서 가장 중요한 가문 중 하나가 됐다. 그러나 그것과 메데아는 그들의 아이가, 그 후손이 인간 사회에서 뭐가 되든 관심을 주지 않았다. 아니, 정확히는 줄 수 없었다. 아이가 태어난 후 메데아에게 문제가 생겼으므로.

"이상해! 내 머릿속이 이상해! 아아아악!"

"메데아?"

아주 조금이지만 아이에게 마력 일부가 넘어가서일까. 메데아의 영원을 이루던 마법이 틀어지고 균형이 무너졌다. 그녀의 영혼에 최초로 금이 갔다. 그리고 한번 생긴 금은 금세 커져 갔고,

메데아라는 눈마녀의 존재는 어느새 위태로워졌다.

"……다시는 그런 이물질을 만들지 않겠어."

그것은 처음으로 두려움을 느꼈다. 인간 사내의 형상을 본뜬 몸에 소름이 돋고 식은땀이 흘렀다.

그것은 제 힘을 한계까지 부어 간신히 메데아의 영혼을 지키고 마법을 유지했다. 그러나 그것의 노력에도 메데아는 전과 같을 수 없었다.

"안아 주세요. 네? 당신과 연결되고 싶어요. 하나가 되는 기분을 다시 느끼고 싶어요."

어느 순간 메데아는 그것과의 육체적 결합을 갈구했다. 이미 교훈을 얻은 그것은 관계를 거부했지만 메데아는 부활할 때마다 육체적 관계에 집착하더니 결국 미쳐 버렸다.

이성을 잃은 메데아가 몇 번이고 부활했고, 두 존재의 공간은 어느새 광기 어린 메데아의 비명으로 가득 찼다.

"날 사랑한다며! 그런데 왜 거부해!"

"메데아, 그런 것이 아니다. 난 널 사랑해 그런 거야."

그래도 그것은 괜찮았다. 그것은 그런 메데아조차 사랑했으니. 그러나 그것에게 상상도 못 한 시련이 닥쳤다.

"내가 사랑하는 마녀야, 일어나라. 눈을 뜰 시간이야."

어느 정도 세월이 흐르고 메데아는 이성을 되찾은 채 부활했다. 하나 냉랭한 메데아의 얼굴에는 이성 대신 다른 것이 사라진 상태였다.

"내가 왜 당신을 사랑해?"

메데아는 더는 그것을 욕망하지 않았다. 그녀는 그것에게 무관심할뿐더러 약간의 증오도 비쳤다. 그것에게 당혹감이라는 감정이 찾아왔다. 메데아가 자신을 사랑하지 않는다니. 있을 수 없는 일이었다.

"넌 약조를 어기고 있어, 메데아."

"그래서?"

"넌 날 사랑해야 해. 날 유일한 존재로 여겨야 해. 그렇게 만들어진 존재다, 넌."

"싫어! 싫다니까! 내가 왜 널 사랑해!"

메데아는 그것을 피해 달아났다. 하지만 오랜 세월 동안 함께한 두 존재는 이미 하나와 마찬가지였기에 영영 멀어질 수는 없었다. 그것은 제게서 도망치는 메데아를 쫓아 그녀의 옆에 머물렀다.

"언젠가는 네게서 벗어날 거야."

그것은 저를 지긋지긋하게 여기는 메데아를 참을성 있게 기다렸다. 어차피 이번 메데아도 어느 순간 수명을 다할 테고 부활할 터였다. 여러 번 부활하다 보면 언젠가는 다시 자신을 욕망하겠지. 그것의 속내는 그러했다.

"난 당신에게서 벗어나고 싶어."

그것의 기대와 달리 그 후로도 상황은 같았다. 메데아는 부활을 거듭할수록 그것에 대해 더욱 진저리를 쳤다. 자신에게 무관심한 메데아. 자신을 미워하는 메데아. 그것의 심장은 점점 까맣게 변해 갔다.

그렇게 오랜 시간이 흘렀다. 어느 날 메데아는 그것의 기다림마저 앗아 버렸다. 그것을 닮은, 붉은 머리카락에 황금색 눈을 가진 인간 사내. 메데아는 설산 늑대에게 물려 죽어 가는 사내를 발견하고 눈을 커다랗게 떴다. 그리고 상기된 얼굴로 속삭였다.

"……당신과 닮았어. 하지만 달라."

그것은 숨이 끊어져 가는 사내를 알아봤다. 언젠가 몇 번째인지 모를 메데아와 그것의 사이에서 태어난 아이. 사내는 그 아이의 한참 아래 자손이었다.

"쓸모없는 인간이야. 죽게 내버려 둬."

그것은 당시 자신이 왜 그런 말을 했는지 알 수 없었다. 하지만 메데아의 얼굴을 본 순간 이미 살이 터져 피가 흐르는 사내의 옆구리를 한 번 더 짓뭉개 버리고 싶었다.

"싫어."

"……."

"난 이 사람이 마음에 들어."

메데아는 사내를 오래전에 버려진 사냥꾼의 오두막으로 옮겼다. 그리고 구멍이 뚫린 사내의 옆구리에 약초와 마력을 섞어 짓이겨 넣고, 녹지 않는 만년설 바늘로 정성스레 옆구리를 꿰맸다. 그녀의 정성 때문일까. 사내는 금세 일어났다. 그리고 메데아는…….

사랑에 빠졌다.

"난 미카엘, 저 사람을 원해. 저 사람의 유일한 존재가 될 거야."

첫 번째 메데아가 그것을 볼 때와 같은 얼굴. 당당히 선언하는 메데아의 얼굴에 그것은 노기를 참을 수 없었다. 지금껏 간신히 눌러 왔던 감정이 터지고 두 존재의 보금자리였던 얼음 동굴은 한순간에 엉망이 됐다.

"넌 날 위한 존재야! 네게 유일한 존재는 나야!"

난동을 부리는 그것의 모습에도 메데아는 냉랭한 얼굴이었다. 그녀는 제 발치에서 울음을 터뜨리는 그것을 징그럽다는 듯이 내려다보며 싸늘한 목소리로 말했다.

"네 곁에 억지로 있는 거 이제 못 참아. 징글징글한 것. 내게 더는 상관하지 마!"

메데아는 내리는 눈송이에 제 숨을 불어 넣고 그것을 향해 던졌다.

전이라면 피조물의 마력쯤이야 쉽게 쳐 냈겠지만 그것은 메데아의 영혼을 복구하는 대가로 대부분의 힘을 소진한 후였다. 신에 가까웠던 그것은 이제 피조물보다 약해진 채 피조물에 의해 컴컴한 얼음 동굴에 홀로 남겨졌다.

"으아아아악! 메데아! 메데아!"

그것은 얼음 동굴 속에서 고통스러운 나날을 보냈다. 만년설의 삭기가 뼛속으로 침투하고 날카로운 얼음 결정들이 온몸을 찔러 댔다. 하지만 얼어붙은 몸도, 피조차 얼려 버리는 냉기도 심장을 죄는 고통에 비하면 참을 만했다. 그것은 배신감에 몸부림치며 매번 비명을 질렀다. 그리고 얼마 지나지 않아 그것은 인간의 형상 위로 괴물의 거죽을 덮어쓰기 시작했다.

손톱과 발톱이 증오로 만들어진 채 돋아났으며, 피부에는 배신의 아픔으로 비늘이 솟아났다. 그러나 분노와 슬픔으로 허덕이는 와중에도 그것은 메데아를 보기 위해 눈동자를 두 쌍으로 만들었다. 울분에 차 소리를 지르다 울음을 터뜨리고, 그러다가도 네 개의 눈동자를 움직이는 모습이 기괴했다.

　'사랑해요.'

　반면 메데아는 세상을 다 가진 얼굴을 했다. 그녀는 그것에게만 허락하던 말을 사내에게 서슴없이 하며 사내에게 안겼다. 그것은 두 쌍의 눈으로 메데아를 훔쳐보며 피눈물을 흘렸다. 그러나 곧 진실을 깨닫게 된 그것은 기쁨에 입술을 끌어 올렸다.

　'오라버니께서 봄이 가기 전 당신과 함께 수도로 오라 편지하셨어요.'

　'폐하께서? 왜?'

　'잘 살고 있나 보려 그러시는 거겠지요. 나도 오랜만에 수도에 가고 싶어요. 가서 다프네도 보고……'

　'……'

　'왜요? 힘들어요? 요새 밖에 자주 나가던데 혹 바쁜 일이면 나 혼자……'

　'아냐. 그냥 사냥에 재미를 들여서.'

　'……'

　'……그뿐이야.'

　메데아가 사랑하는 미카엘이라는 사내는 메데아와 사랑에 빠지긴 했으나 그녀만큼 상대에게 맹목적이지 않았다. 게다가 사내에게는 이미 아내가 있었다.

'율리스, 당신 혼자 수도로 가는 건 보기 좋지 않아. 이번 달 내로 같이 출발하지.'

그것은 메데아가 진실을 깨닫고 다시 제 곁으로 오길 바라며 몸이 타들어 가는 고통을 견뎠다. 하나 어느 날 메데아는 만삭의 몸으로 그것의 앞에 나타났다.

"어떻게…… 분명 널 보고 있었는데……."

"음침한 네 취미를 내가 모를 줄 알아? 이 아이가 얼마나 소중한 아이인데 네게 들키겠어?"

"안 돼! 당장 아이를 죽여! 네 배 속에서 떼어 내! 아니면 네 영혼은 또……."

"그래. 망가지고 금이 가다 부서지겠지."

메데아의 얼굴은 어딘가 결연했으나 그녀의 눈동자는 불안정하게 흔들리고 있었다. 그녀가 징그러운 모습으로 팔다리를 버둥거리는 그것에게 가까이 다가갔다. 그리고 입술을 한 번 꾹 내리 물고 천천히 말했다.

"……방법을 찾았어. 나, 내가 가진 모든 걸 희생해 인간이 될 거야. 넘치는 마력도, 네 곁에서 지긋지긋한 영원을 사는 것도 싫어. 그냥 미카엘의 옆에서 이즈카엘을 키우다가 그 사람이랑 한날한시에 죽을 거야."

"안 돼! 넌 날 사랑하기 위해 있는 존재야, 메데아. 그따위 식으로 널 낭비하다니 절대 안 돼! 그리고 그 사내는 널 완전히 사랑……."

그것의 말이 끝나기도 전, 메데아는 치부를 들킨 듯이 얼굴을 붉혔다. 그녀가 손이 하얗게 변하도록 주먹을 세게 쥔 채 소리쳤다.

"듣기 싫어! 난 당신이 싫다니까! 지금의 난 전의 나와 달라! 난 네가 끔찍해!"

그것은 소리 지르는 메데아를 찬찬히 살폈다. 자세히 본 그녀는 많이 달라져 있었다. 부푼 배를 보느라 알아차리지 못했지만 파리한 낯과 어두운 표정에는 불안이 가득했다.

"이 아이가 태어나면 그 사람은 그 여자를 내치고 나만 봐 줄 거야! 내가 그 사람의 유일한 존재가 될 거야! 그러니 넌 상관 마!"

메데아와 자신의 사이에 공통점을 깨달은 그것이 음울한 얼굴을 했다. 그것이 메데아에게 명령했다.

"……마지막 기회야, 메데아. 돌아와."

"……."

"지금이라도 돌아온다면 지금까지의 네 배신은 눈감아 주겠어. 하지만 계속 그 사내 곁에 있겠다면 언젠가는 너와 그 배 속 벌레, 그리고 네 사내 모두 죽여 없애 버리겠어. 아니, 너와 관련된 것들을 모조리 없애 버릴 거야."

네 곁에 나만 남게.

내용은 고압적인 명령이었지만 그것의 목소리와 표정은 애원에 가까웠다. 메데아가 저를 뚫어져라 바라보는 그것에게서 한 발 떨어졌다.

"……그 꼴로?"

삐뚜름하게 올라간 입술에는 비웃음이 가득했다. 메데아는 얼음 동굴에 갇힌 제 창조주를 향해 한바탕 웃음을 터뜨렸다. 그러나 웃음은 어느 순간 뚝 끊겼고 그녀는 곧 차가운 목소리로 말했다.

"지금의 넌 볼썽사나울 정도로 약해. 하지만 언니들도 약한 인간에게 죽었는데…… 너 같은 존재는 나중에라도 어떻게 될지 모르지."

메데아가 그것에게 바짝 붙었다. 그것의 얼굴을 쓰다듬는 손이 서늘했다.

"어차피 인간이 되는 순간 모조리 포기해야 할 것들이야. 그렇다면……."

메데아의 손이 한순간 하얗다 못해 투명하게 변하더니 곧이어 그것의 심장 부근에 박혔다. 말로 표현할 수 없는 고통에 그것이 반항조차 못 한 채 몸을 딱딱하게 굳혔다.

"커헉……!"

"일단 널 없애는 데 온 힘을 다하겠어."

"메, 메데아…… 흐으……."

"……그러니 사라져, 제발."

메데아는 무슨 이유에서인지 눈물을 줄줄 쏟으며 괴로운 눈으로 그것을 바라봤다. 그리고 그녀의 울음 섞인 목소리를 끝으로 그것의 몸이 녹아내리기 시작했다.

세상에서 가장 더러운 오물들을 모아 놓은 것처럼 검고 진득한 액체가 얼음에 떨어졌고, 검은 연기를 만들었다. 메데아는 그것의 형체가 어느 정도 뭉개지자 손을 뺐다.

만삭의 몸이 휘청였다. 어지러움을 이기지 못한 메데아가 결국 바닥에 주저앉았다. 그러나 전에는 느낄 수 없었던 냉기가 손과 몸에 그대로 전해졌으므로 그녀는 몸을 가누지 못하면서도 다시 일어날 수밖에 없었다.

「널…… 저주한다, 메데아.」

그런 메데아를 향해 그것이 쇠 긁는 소리를 냈다. 이제는 형체조차 잃은 그것의 목소리가 얼음 동굴을 울렸다. 메데아는 알 수 없는 얼굴로 그것을 내려다보다 몇 걸음 뒤로 물러섰다. 꾸물거리며 터질 듯 움직이는 모양새가 불안했다.

「……넌 결코 원하던 것을 이룰 수 없을 거야. 절대로.」

"……."

「이른 시일 내 다시 네게 돌아가겠다. 그리고 내가 돌아가면 넌 모든 걸 잃을 거야.」

그 말을 끝으로 그것이 순식간에 터졌다. 그것의 공습을 대비하고 있던 메데아가 팔을 올리며 재빠르게 몇 발자국 더 뒤로 물러났다. 그러나 아주 작은, 티끌에 가까운 그것의 일부가 메데아의 눈에 튀었다.

"아……."

힘을 잔뜩 소진해 지친 메데아는 그 티끌을 눈치채지 못했다. 그녀는 그저 무의식적으로 눈만 몇 번 끔뻑이다 아래를 내려다봤다.

그것은 그새 검은 물웅덩이로 변해 있었다. 새까만, 꼭 지옥의 불에서 수천 년간 그슬린 듯 어두컴컴한 모양새는 보는 것만으로도 오싹 소름이 돋게 했다.

하지만 메데아의 손에서 옮겨 간 빛이 물웅덩이를 시시각각 태워 가고 있었다. 메데아는 줄어드는 물웅덩이를 보다 몸을 돌렸다. 인간에 한발 가까워져 그런지 냉기를 견디기가 점점 힘들었다.

"추워……."

얼음 동굴을 나서며 메데아는 처음으로 옷깃을 여몄다. 동굴 밖 늦봄의 따스함이 이리도 그리울 수 없었다.

점차 작아지는 그녀의 인영 뒤로 검은 물웅덩이도 점점 작아져만 갔다. 그리고 빛이 마지막으로 검은 물웅덩이를 태웠을 때, 그것의 목소리가 다시 한번 얼음 동굴 안에 울렸다.

「영원의 메데아.

내가 증오하는, 그리고 사랑하는 나만의 마녀야. 네 배신으로 심장을 걸고 영혼을 묶어 완성한 우리의 계약은 한순간에 산산조각이 나 버렸다.

나와의 신뢰를 저버린 대가는 클 것이다. 위대한 로디바의 대마녀가 내린 자비도, 불사를 넘볼 만한 용의 마력도 네 피를 지키지는 못하리.

네 피가 조금이라도 섞여 있는 자는 영원히 내 숨결과 함께함에 은혜를 입고 그 속부터 썩어 문드러질 것이다. 그때 등 돌렸던 네가 그랬던 것처럼.」

괴물을 무찌른 마녀는 과연 자신이 선택한 연인과 행복하게 살았을까? 안타까운 일이지만 메데아가 바라는 동화의 결말은 없었다.

"왜? 나한테는 미카엘 당신뿐인데! 당신은 왜! 왜! 다른 여자가 필요해?"

미카엘은 눈앞의 연인을 차가운 눈으로 봤다. 발작처럼 시작되는 메데아의 투정은 항상 즉흥적이었고 날이 갈수록 정도가 심해졌다. 지금도 마찬가지였다. 메데아는 그와 멀쩡히 식사를 하다가 갑자기 날뛰기 시작했다.

"그 여자를 쫓아내! 당신 옆에서 내보내라고! 보기 싫어!"

그 여자. 정확한 이유는 알 수 없었지만 그의 부인인 율리스가 문제가 된 것은 확실했다. 미카엘은 미간을 좁히면서 울고불고 악을 지르는 메데아를 단호히 밀쳤다.

가는 몸이 쉽사리 그에게서 멀어졌다. 미카엘은 떼쓰는 아이에게 훈계하듯 메데아를 내려다보며 말했다.

"우스운 소리. 율리스는 내 부인이자 세르펜스 공작가의 안주인이야. 그런데 그녀를 어떻게 내치겠어."

"뭐?"

"표정이 왜 그래? 그럼 내가 정부의 투정에 황녀 출신인 그녀를 내쫓을 줄 알았어? 메데아, 정신 차려. 율리스는 고귀하기 때문에 내 부인 자리에 있는 거야."

"난…… 내가 원하는 건……."

"이제 와 이러면 곤란하지. 분명 전에 네 입으로 그랬잖아. 공작 부인 자리를 가지고 싶은 게 아니……."

"그래! 난 공작 부인이 되고 싶은 게 아니야! 아니라고!"

버럭, 소리를 지르는 목소리에는 억울함과 분이 가득했다. 메데아는 주춤거리는 발걸음으로 미카엘에게 다가갔다. 그리고 그의 멱살을 쥐고 흔들었다.

"난 네게 유일한 존재가 되고 싶다고! 내가 널 그렇게 여기듯 너도 날……."

"장난해?"

메데아의 말은 단칼에 잘렸다.

미카엘은 메데아의 손을 털어 내고 깔끔한 동작으로 두어 걸음 뒤로 물러섰다. 그리고 눈물을 줄줄 흘리는 메데아를 바라보며 팔짱을 꼈다. 잔뜩 모인 미간에는 성가심이 가득했다. 그가 긴 한숨을 내쉬고 머리를 쓸어 올리더니 금안을 차갑게 빛냈다.

"메데아, 이즈카엘이 태어난 지가 언제인데…… 이제 정신 좀 차리고 분수를 좀 깨달아. 언제까지 동화 속에 있을 거야."

"……."

"넌 내 정부야, 정부. 정부가 사랑놀이하는 건 당연한 일이지만…… 그렇다고 망상에 빠져 자기 위치도 모르면 곤란하지."

"……."

"난 세르펜스 공작이야. 그런데 내가 어떻게 널 유일한 존재로 삼을 수 있겠어. 내게는 너만큼이나 중요한 이들이 많아."

"하……."

눈물을 줄줄 흘리던 메데아는 미카엘의 말에 헛웃음을 지었다. 이번에는 그녀가 미카엘에게서 한 발짝 물러났다. 어딘가 공허한 눈과 자신을 멀리하는 태도, 미카엘의 눈이 번뜩였다.

"그런 얼굴 마, 메데아. 계속 말했잖아. 난 널 사랑해. 누구보다."

단걸음에 메데아의 앞으로 온 그가 그녀의 어깨를 꽉 붙들더니 자신의 품 안에 욱여넣었다. 투정을 부리는 메데아는 성가셨지만 이렇듯 자신에게서 멀어지려는 메데아는 극도로 불쾌했다. 그가 메데아의 은발을 부드럽게 쓸며 그녀의 귓가에 속삭였다.

"율리스가 질투 나? 그럴 필요 없어. 난 그녀를 너처럼 사랑하는 게 아니야. 다만 존중할 뿐이지."

"……."

"아까도 말했지만 그녀는 황녀여서 공작 부인 자리에 있는 거야. 산에서 살았던 넌 모르겠지만 내가 속한 이 사회는 그런 게 중요하거든."

"……."

"그러니까 메데아, 너무 당연한 일로 투정 부리지 마. 예쁘게 웃으며 지내기도 바쁜데 이렇게 울면 내 기분이 언짢아."

"……."

"웃어. 넌 날 보며 꽃처럼 예쁘게 웃을 때 제일 빛이 나."

눈물을 닦아 주는 손길은 다정했으나 온기가 없었다. 메데아는 미카엘의 양손을 꼭 붙들었다. 그리고 그와 눈을 똑바로 마주하며 입을 열었다.

"미카엘, 난 널 살렸어. 널 위해 모든 걸 희생했어. 그런데 돌아오는 대가가 고작 이거야?"

"……."

"이럴 수는 없어. 내가 너를 위해 뭘 포기했는데, 너의 유일한 존재가 되기 위해 뭘 버렸는데……."

"메데아."

그녀의 말이 길어질 것 같자 미카엘의 얼굴이 구겨졌다. 언제까지 그 일을 빌미로 그에게 무리한 요구를 할 생각인지. 메데아가 그의 목숨을 구해 준 것은 사실이었으나 미카엘은 그 때문에 메데아도 얻은 게 많다고 생각했다.

그가 또 한 번 긴 한숨을 내쉬더니 정신 차리라는 듯 메데아의 어깨를 붙잡고 흔들었다.

"계속 성가시게 굴 거야?"

"……."

"내가 이렇게까지 말하는데 계속 귀찮게 할 거냐고."

"……."

"주제도 모르고 계속 투정이면 나도 봐주기 힘들어. 너 아무것도 모르는 모양인데 보편적인 정부들 취급이 어떤지 알기나 해?"

"……."

"부인보다 더 사랑받으며 위세 부리는 정부는 몇 없어. 본래 너 같은 출신의 정부는 적당히 침대나 데우다 사라질 뿐이야. 하지만 난 메데아 널 사랑해서 지켜 주잖아. 네게 가는 손가락질도, 경멸 어린 시선도 모두 막아 주고 있어. 게다가 율리스 못지않게 풍족한 삶도 주고 있지."

"나는!"

"그만. 더는 들어 주기 힘들군."

"악!"

미카엘은 메데아를 아무렇게나 밀쳤다. 약한 인간 여인의 몸은 그대로 꼬꾸라져 쓰러졌다. 바닥에 부딪친 무릎에서 피가 났다. 그러나 미카엘은 눈썹을 한 번 꿈틀거릴 뿐, 매정히 몸을 돌렸다.

"반성하며 얌전히 기다리고 있어. 네가 잘못을 깨달았을 때 찾아오지."

미카엘이 나간 문을 한참 응시하던 메데아가 입술을 꾹 물었다. 떨어지다 만 눈물이 뺨을 적시고 붉게 상기된 피부로 스며들었다. 인간이 된 지도 꽤 오랜 시간이 지났건만 메데아는 미카엘의 말을 이해할 수 없었다.

'사랑해. 내가 사랑하는 사람은 너뿐이야, 메데아.'

미카엘은 그녀에게 사랑한다 속삭이면서도 모든 것을 주지 않았다. 그녀가 아는 사랑은 그런 것이 아닌데…….

메데아는 고개를 들어 제가 오랜 시간 지냈던 설산 쪽을 바라보며 무언가 다짐한 듯 주먹을 꾹 쥐었다.

그리고 그날 메데아는 성에서 자취를 감추었다.

* * *

"그, 그것이 아가씨께서……."

"찾아. 찾아서 내 앞으로 끌고 와."

"……."

"반항한다면 조금 흠집을 내도 좋아. 팔다리 정도야 부러져도 괜찮겠지."

미카엘은 제 정부의 도주를 용인하지 않았다. 눈이 돌아간 그는 메데아가 머물던 방에 앉아 한숨도 자지 않은 채 황금색 눈을 번뜩였다.

그리고 메데아가 사라진 지 나흘이 지난 어느 새벽, 어미에게 버림받고 남겨진 이즈카엘이 아비에게 앳된 목소리로 말했다.

"……언제까지 모른 척할 참이야?"

아직 세 살도 안 된 아이의 또렷한 발음. 아이의 무표정한 얼굴과 다른, 비웃음 가득한 목소리. 미카엘은 제게 말을 건 자가 아들이 아님을 곧바로 알아차렸다.

미카엘이 자리에서 일어나 검을 쥐었다. 그러나 예기를 뿌리는 검에도 어린 이즈카엘은 눈 하나 깜빡이지 않은 채 말을 이었다.

"이미 짐작했지? 그녀는 인간이 아니야. 그러니 언젠가는 인간인 널 떠나는 게 당연한 이치 아니겠어?"

기괴한 아들의 목소리에 본능은 당장 사제를 불러오라 명하고 있었다. 하나 미카엘은 눈을 부릅뜬 채 제자리에서 굳고 말았다. 아들의 말은 정확히 그의 불안을 관통했다. 그가 갑자기 욱신거리는 옆구리를 붙잡은 채 아들에게 물었다.

"……메데아가 인간이 아니야?"

"오…… 미카엘, 이미 알고 있잖아. 그런데 뭘 계속 물어."

미카엘은 처음부터 마음 한편에 메데아에 대한 의심을 품고 여태 거두지 못하고 있었다. 그녀의 정체는 뭘까. 메데아를 곁에 두고 있으면서도 미카엘은 문뜩 그런 의문을 가졌다.

"아냐. 메데아는 사냥꾼의……."

"사냥꾼의 여식이라고? 이미 조사도 했잖아. 그런 설산에 사람이 어떻게 살겠어. 게다가 메데아가 널 치료해 준 오두막 말이야. 뭐가 제대로 있기나 했어? 네 눈으로 봤잖아. 거긴 당장 무너져도 이상하지 않을 폐가야. 사람이 살았던 흔적이라고는 없었지."

처음에는 메데아 본인의 말처럼 산에 홀로 사는 괴팍한 사냥꾼의 여식인 줄 알았다. 가여운 그녀가 사냥꾼 부모를 들짐승에게 잃고 홀로 남겨졌다, 그리 믿었다.

'예? 거기는 1년 내내 눈이 녹지 않는 산입니다요. 게다가 집채만 한 서리 늑대 떼들이 터를 잡아 사람은 살 수가 없지요.'

'사냥꾼? 칠십 넘게 이 마을에 살았지만 저 산에 사냥꾼이 산다는 말은 들어 본 적이 없습니다요, 나리.'

하지만 미카엘이 조사한 바, 설산에 사는 사냥꾼 가족에 대해서는 공작령의 그 누구도 알지 못했다. 그렇게 메데아의 정체에 대한 의심이 커 가던 중, 미카엘은 가문에 내려오는 전설 하나를 떠올렸다.

'최초의 세르펜스 공작은 저 설산에 사는 눈마녀가 낳았다는 전설이 있지요.'

물론 지나친 망상이라고 스스로를 비웃고 말았으나 메데아를 볼 때면 미카엘의 가슴 한쪽에는 항상 불안이 거스러미처럼 거슬리게 자리해 있었다. 그리고 메데아와 사랑을 나눌수록 거스러미는 점차 커졌다.

'미카엘, 왜 그렇게 빤히 쳐다봐? 내 얼굴에 뭐 묻었어?'

'메데아, 가끔은 네가…… 아니야. 그보다 몸은 어때? 다음 달이 산달이잖아.'

'괜찮아. 우리 아들은 건강하게 잘 지내고 있어.'

'……아들? 그걸 어찌 알아?'

'그냥. 알 수 있어.'

아이가 태어나면 나아지겠거니 생각했지만 이즈카엘이 태어난 후에도 마찬가지였다. 아니, 미카엘의 마음 한구석을 차지한 불안은 점차 커졌다. 메데아는 그를 사랑했고 그를 갈구했지만 그에게 어딘가 이유 모를 두려움을 안겨 주었다.

'율리스가 아이를 가졌어.'

'……알아. 그 애도 아들이야.'

'…….'

'죽일 거지? 우리한테는 이즈카엘이 있잖아. 그러니 그 여자랑 그 애, 죽일 거지? 응? 미카엘.'

'……세르펜스의 적자가 태어날 거야. 그러니 이즈카엘을 데리고 별채로 물러나.'

그리하여 미카엘은 메데아에게 더욱 냉정하게 굴었다. 그녀를 출신이 천한 정부로 대하고 상처를 주며 확인받고 싶었다. 제가 무슨 짓을 하든 어떤 말을 하든 메데아는 저를 사랑할 거라고. 언제나처럼 그의 곁에서 그를 갈구할 거라고.

'그 여자가 임신했는데 왜 내가 네 곁에서 멀어져야 해? 미카엘, 넌 여기서 살잖아. 그럼 나도……'

'메데아, 넌 정부니까.'

'뭐?'

'당연한 이치야. 넌 내 부인이 아닌 한낱 정부에 불과하잖아.'

정부라는 단어를 몰랐던 메데아는 정부가 가지는 의미에 대해 점차 알아 가더니 율리스를 미워하고 질투했다. 미카엘은 그럴 때마다 메데아가 자신과 같은 인간임을 느꼈다.

'오늘 율리스에게 무례하게 굴었다고 들었어. 왜 그런 거야?'

'……나 그 여자한테 뺨을 맞았어, 미카엘. 아파. 여기가 너무 아파.'

'잘못을 했으면 벌을 받아야지, 메데아.'

안도를 위한 행위는 어느새 중독으로 넘어갔다. 미카엘은 어느새 율리스를 질투하는 메데아를 보며 묘한 희열에 허덕이고 있었다. 자신이 그녀에게 어떤 존재인지 확인받는 느낌. 그게 좋아 율리스와 메데아 사이의 갈등이 그의 태도로 인해 점차 심해짐을 알면서도 미카엘은 모른 척 넘겼다.

'미카엘, 난 너를 위해 모든 걸 버렸어. 그런데 나한테 어떻게 이래?'

'그래서? 날 떠나기라도 할 참이야?'

하지만 메데아의 반응이 격해질수록, 그녀의 바닥에 있는 그 감정을 끌어낼수록, 미카엘의 불안도 커졌다. 제법 영리한 그는 알고 있었다. 지금 제 행동이 얼마나 멍청하고 어리석은지.

'왜 대답이 없지? 대답해, 메데아. 날 떠날 수 있어?'

'……아니.'

'그래. 그렇게 착하게만 굴어. 그러면 정부라 한들 넌 내 사랑을 받을 수 있을 거야. 사랑해, 메데아.'

'……나도 사랑해, 미카엘.'

안다고 해서 멈출 수 있는 것은 아니었다. 오히려 미카엘은 초조해질수록 더욱 메데아를 몰아붙였다. 그녀가 제게만 의지하도록.

그러나 마음속 깊은 곳 불안은 적중했다. 평소처럼 작은 다툼이었을 뿐이었건만 메데아는 사라졌다. 설산의 눈처럼 하얀 그녀가 이대로 사라진다면? 미카엘은 덜컥 겁이 났다. 사내의 두려움을 눈치챈 아이의 목소리가 다시금 파고들었다.

"메데아는 너랑 달라. 그녀는 인간인 널 언젠가는 지겨워할 거야."

"아냐. 메데아는 날 사랑한다고 말했어. 그녀는 화가 나 잠시 외출했을 뿐이야."

"정말? 그렇게 생각한다면 왜 기사들에게 그녀를 끌고 오라 명했어?"

"……"

"알고 있잖아. 메데아는 네 곁에서 도망친 거야. 한낱 인간에 불과한 널 참지 못하고 떠난 거지."

귀를 막고 듣지 않아도 될 말이었건만, 미카엘은 제 심장을 찌르는 말에 귀를 기울이고 있었다. 아들이 뱉는, 아니 아들의 목소리를 빌린 어떤 존재가 내뱉는 단어 하나하나가 그를 난도질했다.

철컹.

결국 떨림을 견디지 못한 미카엘의 손에서 검이 추락했다. 그것은 참담한 얼굴로 무릎을 꿇는 미카엘을 향해 느릿한 목소리로 마지막 쐐기를 박았다.

"내게 허락된 짧은 시간이 끝나 가."

"……."

"내가 네게 주는 마지막 충고야, 미카엘. 메데아를 믿지 마. 그녀는 다른 이에게도 유일한 존재가 되어 달라 수없이 속삭이고는 했지. 영원히 사랑하겠다고 수천 번, 아니 수만 번 말했어. 하지만……."

"……."

"……그녀의 사랑은 결코 영원하지 않았어."

* * *

"다프네!"

율리스는 홀에 들어서자마자 한 귀부인을 보고 그대로 달려들었다. 황녀 출신의 오만한 그녀가 체통도 벗어던진 채 호들갑을 떨자 사람들의 이목이 쏠렸다.

"보고 싶었어."

율리스가 덥석 안은 이는 디본 후작의 부인 다프네였다. 사람들은 검은 머리의 아름다운 귀부인을 확인하고는 고개를 끄덕였다.

"오랜만에 뵙습니다, 황녀님. 그동안 몸 건강히 지내셨어요?"

다프네는 어릴 적부터 율리스의 말동무이자 시녀로 곁을 지킨 여인이었다. 다정다감하고 조용한 성미의 그녀는 오만하고 까다로운 황녀였던 율리스를 잘 보필했고, 율리스도 또래의 그녀를 퍽 아꼈다. 덕분에 그녀들은 신분 고하를 막론하고 친우가 될 수 있었으며, 율리스가 세르펜스 공작과 결혼해 북부로 떠나기 전까지 거의 매일 붙어 다니다시피 했다.

"오랜만에 보는데 너무 딱딱하잖아. 나 섭섭해지려고 해."

"보는 눈이 많으니까요."

"뭐 어때. 그럼 이리로 와. 빨리."

율리스는 조곤조곤하게 말하며 고개 숙이는 다프네를 황족들을 위한 휴게실로 이끌었다. 황궁 연회장의 어느 휴게실이 안 그렇겠냐마는 황족들을 위한 휴게실은 크기부터 달랐다.

"이렇게 둘만 있는 것도 오랜만이네."

"그러게요. 정말 오랜만이에요."

율리스가 대기하고 있던 사용인들을 모두 물리자 다프네가 웃으며 찻잔에 차를 따랐다. 적당히 맑은 색의 홍차가 잔을 채우고 은은한 향을 냈다.

"좋아. 너무 편해."

율리스는 카우치에 몸을 아무렇게나 기대며 탄성을 내질렀다. 차갑고 딱딱하다는 외부의 평과 달리 다프네 앞의 율리스는 때 묻지 않은 소녀 같았다.

"북부에서 오시느라 고생 많으셨을 텐데 오늘은 푹 쉬시지."

"괜찮아. 어제 쉬었는걸. 그리고 황궁에 온 것만으로도 마음이 편안해. 진짜 내 집에 온 기분이야."

고개를 늘어뜨린 채 눈을 감은 율리스의 목소리는 어딘가 서글펐다. 다프네는 옛 주인을 보던 눈을 숨기고 친우로서 율리스를 찬찬히 살폈다.

율리스는 예전과 마찬가지로 여전히 황녀다운 당당함과 아름다움을 지니고 있었다. 잘 관리된 피부와 손톱, 윤기 나는 금발과 그 아래 선이 뚜렷한 아름다운 얼굴, 값을 헤아릴 수 없는 보석들과 눈이 부신 드레스까지. 언뜻 보기에 율리스는 그 옛날 도도한 황녀님 그대로였다. 하지만 감긴 눈 아래에 진 그늘과 파르르 떨리는 속눈썹을 알아채지 못할 다프네가 아니었다.

'공작 각하께서 아직도 정부 따위를…….'

다프네는 율리스의 수심이 어디서 비롯됐는지 알고 걱정스러운 얼굴을 했다. 그녀들은 율리스가 북부로 떠난 후에도 여전히 1년에 수십 통씩 편지를 주고받는 사이였고, 덕분에 물리적 거리가 멀어졌어도 서로의 상황에 대해 제법 잘 알고 있었다.

[친애하는 다프네. 미카엘도, 그 여자도, 그 애새끼도 죽여 버리고 싶어. 하지만 난 아무것도 할 수 없어. 그 사실이 날 미치게

해. 돌아가고 싶어. 부모님과 오라버니, 그리고 다프네 네가 있는
수도로.]

율리스는 본래라면 황족으로서 외국의 황후나 왕비가 될 여인
이었다. 하지만 그녀는 세르펜스 공작인 미카엘을 짝사랑했고,
황궁 모두의 뜻을 꺾고 그와 결혼했다.

그런데 그리한 결혼의 결과가 정부와 사생아라니. 게다가 미카
엘의 사생아는 율리스가 낳은 샤를보다 2년이나 먼저 태어났다.

아나이스 귀족가에서 첫아이, 특히 장자가 가지는 의미는 컸
다. 후계 다툼을 배제하기 위해 대부분의 귀족들이 장자에게 작
위와 가문을 물려줬으니 말이다.

사생아조차 첫아이로 인정만 받는다면 적법한 아이들과 경쟁
을 할 수도 있었다. 하지만 애초 사생아가 적당한 자녀로 인정
받는 일은 남편에 비해 부인의 신분과 지위가 아주 낮았을 때
나, 부인에게 자녀를 보지 못했을 때나 가능한 일로 매우 드물
었다.

율리스는 대단한 신분이었으니 남편이 사생아를 첫아이는커녕,
적법한 자녀로 인정조차 할 수 없었다. 하나 사생아가 먼저 태어
났다는 사실조차 그녀에게는 불명예였다.

믿었던 남편의 배신, 정부, 그리고 사생아. 부인의 처지에 있
는 여인이라면 어느 누가 괴롭지 않을까 싶다마는, 율리스가 느
끼는 괴로움의 크기는 황녀로서 그녀가 쌓아 올린 자존심만큼이
나 컸을 터였다. 결국 다프네는 참지 못한 채 떨리는 목소리로

간신히 입을 열었다.

"……아직은 많이 힘드실 거예요."

"그런 얼굴은 하지 마. 나 정말 괜찮아. 이제 다 상관없……"

율리스는 다프네의 울음기 섞인 목소리에 눈을 뜨고 피식 웃어 보였다. 그러나 괜찮다고 말한 것도 잠시, 가슴에 뭉친 응어리가 불쑥 튀어나왔다.

"……샤를은 아직 말도 제대로 못 하는데 그 더러운 사생아는 벌써 세 살이야. 그리고 그 여자랑 그 사생아 자식이 아직도 성에 빌붙어 있어."

몸을 일으킨 율리스의 손이 발발 떨렸다. 핏발 선 눈이 분노로 어쩌나 번들거리는지, 다프네는 저도 모르게 몸을 움찔거렸다. 하지만 율리스는 친우의 눈에 띄는 행동조차 눈치채지 못한 채 속에 담아 뒀던 말을 쏟아 냈다.

"미카엘은 샤를을 임신한 이후 날 찾지 않아. 그 사람은 그 여자한테만 붙어 있어."

"……"

"그뿐이야? 재작년인가, 그 허여멀건 계집이 잠깐 도망친 이후로는 아예 별채에 살다시피 하고 있어. 덕분에 이번에 수도로 온 것도 나랑 샤를뿐이야. 정신이 나간 거지."

"……"

"가족과 다프네 널 떠나는 선택에 대한 대가가 이거라니. 내가 어리석었어. 가만있다 리비도의 왕비로 갔으면 3년은 더 황궁에 머물렀을 텐데…… 정말 후회돼."

다프네는 조용히 율리스의 곁으로 다가갔다. 하얀 손이 율리스의 어깨를 감싸더니 그녀를 카우치로 이끌었다.

다프네의 손길을 따라 카우치에 앉은 율리스의 얼굴에는 그새 분노 대신 슬픔이 자리했다. 울음을 터뜨린 그녀의 어깨가 규칙적으로 들썩였다. 다프네는 율리스의 등을 작게 토닥이며 다정한 목소리로 말했다.

"외국으로 가셨으면 3년은 함께했을지언정 오늘은 만나지 못했을 거예요. 그리고 어쩌면 영영 보기 힘들었을지도요."

"……."

"공작 각하께서 어떤 사람이든, 전 황녀 전하께서 아나이스에 남아 주셔서 기뻐요. 자주는 아니지만 이렇게 볼 수 있잖아요."

위로하듯 느리고 따뜻한 말씨에 율리스가 고개를 돌려 다프네를 바라봤다. 다프네의 푸른 눈은 친우를 향한 애정으로 반짝이고 있었다.

남편과 갖가지 일들로 다쳤던 마음에 봄바람이 불었다. 율리스는 울음을 멈추고 다프네를 향해 픽 웃었다.

"황녀 전하…… 그 호칭은 오랜만이네. 옛날 생각나고 좋은데?"

"황궁에 돌아오셨으니 황녀 전하시지요. 그리고 제게는 언제나 황녀 전하세요."

"고마워, 다프네. 선친께서도 모두 작고하셨고 이제 진정한 내 편은 너랑 오라버니뿐이야."

어느새 활기를 되찾은 율리스가 밝은 목소리를 냈다. 그러나 율리스의 말에 다프네는 순간 멈칫하더니 눈물을 닦아 주던 손을 거둬들였다. 파르르 떨리는 손끝이 어딘가 불안정했다.

"오랜만에 만났는데 너무 재미없는 이야기만 했네. 그보다 넌 어때, 다프네. 후작이 여전히 잘해 줘?"

"……네. 그이는 제게 잘해 줘요."

"다행이야. 하기야 잘해야지. 내 시녀였던 널 그렇게 채 갔는데."

율리스는 다프네의 어색한 미소를 알아차리지 못했다. 그녀가 친우의 손을 낚아채듯 잡고 흔들며 오두방정을 떨기 시작했다.

"이제 출신으로 괴롭히는 사람도 없고? 디본가 할망구. 아주 너만 보면 가문이 한미하다, 얼굴값 한다 못 잡아먹어서 안달이잖아."

다프네는 디본 후작가에 시집가기에는 많이 부족한 집안의 출신이었다. 아비가 자작인 데다 집안이 오래됐다고는 하나, 제국 초창기부터 이름을 알린 디본가에는 못 미쳤다.

게다가 다프네의 아비는 도박으로 빚까지 지고 있었다. 아마 율리스가 황녀로서 제 시녀인 다프네를 보호하지 않았더라면 그는 진작 아름다운 딸을 어딘가로 팔아 버렸을 터였다.

하지만 율리스의 비호 아래 다프네는 디본가의 하나뿐인 후계자를 만날 수 있었고, 다프네에게 반한 그는 열렬한 구혼 끝에 결국 그녀와 결혼에 성공했다.

결혼 후에 조실부모한 손자를 키운 디본가 노부인의 꼬장꼬장한 구박이 있긴 했지만 다프네가 결혼을 잘했다는 것에는 이견은 거의 없는 편이었다.

"몇 년 전에 무덤으로 갔을 때 어찌나 속이 시원하던지. 오래 살아 하는 짓이 손자 부인 괴롭히기라니."

"조모님께서도 크리스가 태어난 이후로는 많이 누그러지셨어요."

"아, 크리스! 하기야 크리스는 귀여운 아이니까. 그런 아이를 보고도 널 구박하면 사람이 아니지. 그나저나 아기일 때 봐서 큰 모습이 상상이 안 돼."

"착한 아이예요. 떼 한번 쓰지 않고 헤레이스한테도…… 아."

아들 크리스의 이야기를 하며 서서히 펴지던 다프네의 얼굴이 태어난 지 얼마 안 된 딸 이름에 다시금 굳었다. 그러나 헤레이스의 이름을 들은 율리스는 손뼉을 짝 치며 더욱 호들갑을 떨었다.

"헤레이스? 맞아! 헤레이스가 있었지. 내 정신 좀 봐. 쓸데없는 이야기를 하느라 새로 태어난 공주님을 잊고 있었네."

"공주님이라니요. 그런 말씀은……."

어린 딸들에게 으레 하는 말에 다프네의 얼굴이 파리해졌다. 율리스는 그제야 이상함을 조금 느꼈으나 곧 예의를 중시하는 다프네의 염려라 생각하며 넘겼다.

"뭐 어때. 너희 부부에게는 공주님이지, 뭐. 그보다 헤레이스가 널 닮아 예쁘다는 말은 들었어. 디본가 초상화를 그린 화가가 천사가 나타났다며 그림을 그리다가 울었다지?"

"……과장된 이야기예요. 아직 어린 아기일 뿐인걸요."

"수도에 온 김에 보고 가야겠어. 널 닮았으면 분명 예쁜 아기일 거야. 오랜만에 크리스도 보고 싶고. 모레쯤 디본 후작가에 들를까? 샤를도 데리고 갈게."

"네……. 언제든지요. 언제든 오세요."

다프네가 머뭇거리다가 율리스의 재촉 어린 손길에 가까스로 고개를 끄덕였다. 입술을 잘근 깨무는 모습이 무언가에 쫓기는 사람 같았다.

"그러고 보니 샤를과 헤레이스의 나이가 비슷하네. 태어난 해가 다를 뿐이지 실제로는 넉 달 차이잖아."

"……."

"어쩜! 잘된 일이야. 이참에 우리 샤를과 헤레이스를 미리 짝지어 놓으면……."

"안 돼요!"

친우의 아이를 생각하며 율리스가 조잘거릴 때였다. 살짝 시선을 아래에 둔 채 그녀의 말을 듣고 있던 다프네가 고개를 번쩍 들며 소리쳤다. 너무도 명백한 거절에 율리스가 당황한 목소리로 반문했다.

"뭐?"

"그, 그건 안 돼요!"

"다프네, 왜 그래?"

무례한 거절에 기분이 상할 법도 했지만 율리스는 그보다 다프네가 걱정이었다. 파리한 얼굴에는 어느새 식은땀이 흐르고 있었다. 율리스가 손수건을 꺼내 다프네의 얼굴을 닦아 줬다.

"어디 아파? 얼굴색이 안 좋아. 궁의를 부를까?"

"아니. 아니에요."

다프네가 떨리는 손으로 찻잔을 들더니 식어 버린 차를 들이켰다. 몇 번의 숨을 고른 끝에 그녀가 어느 정도 안정을 되찾은 듯하자 율리스는 그제야 섭섭한 티를 냈다.

"……왜 싫은 거야. 내 아들, 네 딸이잖아. 나 좀 섭섭해, 다프네."

"전…… 그냥, 샤를 도련님은 세르펜스 공작가의 적자이자 후계시잖아요. 헤레이스는 샤를 도련님의 짝이 되기에는 부족해요. 디본가에서 태어났다지만 제 출신도 있고…… 공작가와 황실의 피를 타고난 분과는 어울리지 않아요."

다프네의 답을 들은 율리스의 얼굴에 안타까움이 서렸다. 친우가 왜 그리 반응했는지 알 것 같았다. 힘들다 투정 부린 적은 없었지만 다프네는 디본가 노부인에게 몇 년이고 출신으로 괴롭힘을 당했다.

초창기에는 노부인 아래에 있는 시녀장이 명령이라는 이름 아래 감히 다프네의 종아리를 매질한 일도 있었다. 율리스가 친우를 갑작스레 찾아 그 장면을 목격하지 못했으면 다프네는 그 후로도 그따위 일들을 당했으리라.

그때 노부인의 시녀를 가시나무로 채찍질해 수도에서 내쫓은 율리스였지만 아직도 분이 안 풀리는지 그녀는 이를 갈다 다프네의 손을 꼭 잡았다.

"물론 내 아들의 짝이니 집안이나 출신도 중요하지. 하지만 다프네, 헤레이스는 네 딸이잖아. 그것만으로도 헤레이스는 샤를의 짝으로 충분한걸. 게다가 조금 외진 곳에 터를 잡고 있을 뿐이지, 네 태생인 몰랑 자작가도 훌륭한 귀족가야. 무엇보다 지금의 넌 디본가의 안주인이야. 그리고 네 아이의 성은 모두 디본이지. 그러니 괜한 걱정 마."

"……."

"누구도 헤레이스를 내 아들의 짝으로 부족하다 여기지 않을 거야. 감히 그런 말을 하는 인간이 하나라도 나타나 봐. 내가 가만두나. 그러니 다프네, 우리 아이들을 이어 주자. 응? 좋잖아. 너와 내 아이가 가족이 되는 거."

누구도 이 오만한 황녀 출신의 공작 부인에게서 이런 말을 듣지는 못할 것이다. 다프네는 저를 향한 율리스의 배려와 마음에 입술을 살짝 깨물어 울컥 올라오는 감정을 삼켰다.

무언가 망설이던 그녀가 한참 만에 율리스의 손을 마주 잡고 눈을 마주쳤다. 잘게 떨리는 푸른 눈은 여전히 불안정했지만 또렷이 율리스에게 향해 있었다.

"황녀님."

"응?"

"사, 사실……."

똑똑.

그러나 다프네가 막 입을 열 때, 밖에서 문 두드리는 소리가 났다. 율리스는 잠깐이라고 말하고는 밖을 향해 들어오라 소리쳤다. 그리고 곧 들어온 시종과 시녀들 중, 시종 하나를 알아본 다프네의 얼굴이 지금까지와는 비교할 수 없을 정도로 딱딱하게 굳어졌다.

"황후 폐하께서 공작 부인을 따로 뵙자고 하십니다."

"황후께서?"

무슨 용건이든 물리려 했던 율리스가 한숨을 푹 쉬었다. 다른 이들의 청은 다 거절할 수 있는 그녀였지만 오라비 부부는 예외였다. 그들은 그녀의 가족이었지만 그 전에 제국의 황제와 황후였다. 율리스가 고개를 작게 젓고는 다프네의 손을 꾹 잡았다가 놓았다.

"가 봐야겠네."

"아……."

"광산 채굴 건으로 황후 폐하의 오라비와 내 남편이 작게 다퉜거든. 가문에서 기사로 키우던 아이 둘이 죽었다나 뭐라나. 아마 그것 때문에 부르는 걸 거야."

율리스는 짐작 가는 이유를 설명하고는 자리에서 일어섰다. 다프네는 제게서 멀어지는 율리스의 손을 향해 손을 뻗었다가 어느 눈길에 곧 가슴께로 다시 가져갔다. 숙여진 얼굴 아래 그늘이 어두웠다.

"마음껏 쉬다 돌아가. 오늘 저녁…… 아니다. 저녁은 오라버니와 약속이 있으니까 내일 봐. 내일은 방해 없이 마음껏 이야기할 수 있을 거야."

"네. 나중에…… 나중에 봬요."

율리스가 문밖으로 나서자 방 안에 들어왔던 많은 시녀와 시종들이 그 뒤를 따랐다. 하지만 방에 들어올 때부터 다프네만을 뚫어져라 보고 있던 시종은 나가지 않았다. 다프네만큼이나 젊은 그는 한창 잘나가는 집안의 장남으로, 출신과 능력을 이용해 황제의 시종 자리를 당당히 차지한 이였다.

"부인."

"……."

"부인께서는 저와 따로 가셔야겠습니다."

타인의 기척이 완전히 사라지자 시종이 다프네에게 말했다. 다프네는 시종의 검은 눈을 두려운 듯 마주 보지 못한 채 간신히 고개를 저었다.

"싫, 싫어요. 난 남편에게, 그이에게 가, 가겠어요. 기다리고 있을 거예요."

"디본 후작은 폐하의 명으로 급한 회의에 들어가셨습니다."

다프네의 답을 미리 듣기라도 한 듯 시종이 바로 말하며 느릿한 몸짓으로 그녀의 앞에 허리를 숙였다. 그리고 감히 무례하게 허락도 없이 다프네의 손을 잡고 손등에 입을 맞추며 손목을 주물렀다.

"부인."

시종의 입술이 손목까지 타고 오른다 싶더니 그의 입술이 곧 다프네의 귓가에 닿았다. 뱀처럼 징그러운 숨소리를 낸 그가 다프네에게 나지막하게 주인의 명을 전했다.

"빨리 오시라는 폐하의 명입니다."

황제를 일컫는 단어에 다프네가 숨을 멈췄다. 시종이 딱딱하게 굳은 다프네의 팔을 쓰다듬으며 계속해서 속삭였다.

"설마 폐하의 명을 어길 생각입니까?"

"……."

"계속 고집부리시면 폐하의 진노가 머리 위로 떨어질지 모릅니다. 부군과 아이들의 앞날을 생각하셔야지요."

남편과 아이들까지 나오자 견딜 재간이 없었다. 결국 다프네는 소리 없는 울음을 터뜨리며 몸을 일으켰다.

"아…… 잠깐, 가기 전에 충고 하나 드리지요."

시종이 비틀거리는 그녀를 부축하는 척하다 억지로 카우치에 눌러 앉혔다. 일어나려고 했던 다프네가 힘없이 자리에 앉아 시종을 올려다봤다. 시종이 다정한 목소리를 꾸며 내다 손가락을 다프네의 입에 가져다 댔다. 입술을 내리누르는 손가락의 힘이 제법 강했다.

"황녀……, 아니 세르펜스 공작 부인께서는 곧 북부로 다시 돌아가실 겁니다. 그러니 괜한 말은 마시고 지금처럼 침묵하며 폐하께 복종하십시오. 그게 폐하께서 원하는 바이자 부인과 가족이 사는 길입니다. 아시겠습니까?"

시종의 말은 다프네의 마지막 희망을 꺾는 것이나 마찬가지였다. 다프네는 율리스의 환한 미소와 제게 내민 그녀의 손을 기억하고 고개를 살짝 틀었다.

그러나 그녀가 작은 부정의 뜻을 내비치자마자 시종은 그녀의 턱을 틀어잡고 제자리로 돌려놨다. 그리고 여전히 다프네의 입술 위에 자리한 손가락에 힘을 주며 재차 종용했다.

"답을 하셔야지요. 알아들으셨습니까?"

결국 시종의 압박을 이기지 못한 다프네가 고개를 끄덕였다. 그녀의 뺨을 가로지른 눈물이 시종의 손가락을 적셨다. 시종이 제 손가락에 묻은 눈물을 털어 내더니 씩 웃으며 다프네 앞으로 안내하듯 팔을 뻗었다.

"그럼 가시죠."

방을 나서는 다프네의 뒤로 긴 그림자가 흐르듯 움직였다.

그리고 그날, 율리스와 황제 부부가 저녁을 함께하기 직전까지 다프네는 황제만이 드나드는 은밀한 공간에서 피눈물을 쏟았다.

* * *

"뭐? 다프네가 없어?"

"그게…… 이것만 전해 주시라고."

율리스는 다음 날 다프네를 만나지 못했다. 무슨 일인지 다프네는 급히 지방에 있는 디본가 별장으로 내려가 버렸고 율리스에게 당분간 만나기 어려울 것 같다며 편지를 전했다. 몇 년 만에 만났는데……. 많이 섭섭했던 율리스는 답장조차 않았다.

"……폐하께 인사드리고 이만 돌아가자. 더는 수도에 있을 필요가 없을 거 같구나."

함께했던 전이라면 금세 풀렸을 마음이었다. 그러나 두 사람 사이의 물리적 거리는 너무도 멀었고, 끈끈한 우정도 어느새 녹이 슨 청동 거울처럼 빛이 바랬다.

"그이는?"

"그게······."

"솔직하게 말해."

"그, 그 여자가 머무르는 곳에······."

"떠날 때도 거기 있더니······ 내가 수도로 간 이후 별채에서 나온 적이 있더냐."

게다가 차가운 북부로 돌아간 율리스를 맞이한 것은 사라지지 않는 남편의 정부와 사생아, 그리고 날이 갈수록 정부에게 집착하며 광증을 보이는 남편이었다.

"얼마 동안 거기서 나오질 않았느냐고!"

"······그때부터 쭉 별채에 머물고 계십니다."

율리스의 신경은 나날이 날카로워졌고 여유가 사라진 그녀는 다프네를 잊은 채 색깔 없는 세월을 보냈다.

"그 사람한테 전하렴. 폐하의 서신에 직접 답하라고."

"예."

"일조차 안 할 생각이라면 샤를에게 자리를 물려주기나 할 것이지. 한심해서는."

어느 순간부터 율리스는 더는 남편에게 애정을 구걸하지 않았다. 그녀는 한때 사랑해 마지않던 남편을 어느새 남편의 정부와 사생아만큼이나 미워하고 증오했다.

"샤를, 내 아가."

"네, 어머니."

"열심히 공부해야 한다. 그래야 이 어미가 슬프지 않아요."

"네. 열심히 공부할게요, 어머니."

버석함만 남은 그녀의 삶에 마지막 희망이자 색이라고는 어린 아들 샤를뿐이었다. 율리스는 샤를을 가르치고 돌보는 일에만 온 신경을 쏟았다.

그렇게 어느새 5년이라는 시간이 흘렀다. 겨울이 막 지난 어느 봄날, 율리스는 일상이 된 편두통 때문에 겨우 카우치에 기댄 채 차만 마시고 있었다.

"부, 부인!"

"왜 그렇게 소란이야. 머리가 아프니 작게 말하렴."

"그게 디본가에서……."

결혼 전부터 데리고 있던 시녀가 편지 하나를 내밀었다. 서신은 부고를 알리는 검은색이었다. 율리스는 디본가의 인장을 보고 다급한 손길로 서신을 뜯다가 손을 떨구었다.

다프네 디본…… 결코 적혀서는 안 될 친우의 이름이 선명히 박혀 있었다.

* * *

율리스는 어린 샤를의 손을 잡은 채 멍하니 친우를 내려다봤다. 하얀 꽃에 쌓인 다프네는 죽었다 믿기 어려울 만치 깔끔한 모습이었다. 그러나 어딘가 생기가 없는 얼굴, 화장으로도 가려지지 않는 파리한 낯빛이 그녀의 영혼이 이미 이승을 떠났음을 알려 줬다.

"어머니……."

어린 샤를이 율리스의 손을 붙잡고 작게 흔들었다. 이런 어미의 모습은 처음 보는지 아이의 얼굴에는 걱정이 한가득하였다.

평소라면 샤를을 다독이면서 괜찮다 말했을 것이다. 하지만 지금의 율리스에게는 아들조차 눈에 들어오지 않았다. 율리스는 그렇게 멍하니 서 다프네의 관이 닫히고 그 위로 흙이 쌓여 가는 모습을 지켜봤다.

"이것으로 고인께서 신의 곁으로 떠났음을 선언합니다. 안식이 깃들길……."

사제의 마지막 말이 끝나자 장례식에 참관했던 많은 이들이 흩어졌다. 그러나 율리스는 사람들이 떠나고도 한참을 제자리에 서 있었다. 잊고 있었지만 이렇게 보낼 친우는 아니었다. 부채감과 속 좁은 제 마음에 대한 원망이 죄책감이 되어 그녀를 찔렀다.

"다프네……, 흐윽."

떨어진 눈물방울이 땅을 적셨다. 율리스는 고요해진 친우의 묘비 앞에 양 무릎을 꿇고 눈물을 쏟았다. 샤를이 그녀에게 울지 말라며 옆에서 울먹였다.

"황녀 전하."

어린 아들조차 무시한 채 한참 울고 있는 율리스의 옆으로 누군가 다가왔다. 아직 앳된 아이의 목소리. 율리스가 고개를 들었다.

"넌……."

그녀는 대번에 아이가 누구인지 알아챘다. 디본 후작의 금발을 물려받은 아이의 눈은 다프네의 푸른색을 그대로 **빼닮았다**.

"⋯⋯네가 크리스구나. 다프네의 아들이야."

얼굴을 구긴 율리스가 크리스를 끌어안고 또 한 번 오열하다 한참 만에 눈물을 그쳤다. 그리고 잠긴 목소리로 물었다.

"날 어떻게 알아봤니?"

"어머니께서 보면 알 수 있다 하셨어요."

아이의 말을 들으니 가슴이 더 미어졌다. 율리스는 다시 샘솟는 눈물을 가까스로 삼킨 채 자신을 향해 입술을 달싹이는 크리스를 봤다.

"그래, 크리스. 무슨 일이야. 무슨 일로 날⋯⋯."

"도와주세요, 황녀 전하. 제 여동생이 위험해요."

크리스는 율리스의 말이 끝나기가 무섭게 **빠른** 속도 말했다. 여동생? 헤레이스를 기억해 낸 율리스가 당황한 얼굴로 눈물을 닦았다.

"그게 무슨⋯⋯."

"부탁드릴 분이 황녀 전하밖에 없어요. 집안에 있는 다른 어른들은 아버지 눈치만 살피니까요."

아이의 얼굴에는 근심과 걱정이 잔뜩 내려앉아 있었다. 심상치 않은 일임을 직감한 율리스가 얼굴을 굳혔다. 그러고 보니 장례식 때 눈앞에 있는 크리스의 뒷모습은 언뜻 본 기억이 났지만, 디본 후작과 샤를 또래 여자아이의 모습은 보지 못했다.

"⋯⋯헤레이스는 어디 있니? 그리고 네 아비는?"

"동생은 어머니 침실에 갇혀 있어요. 아버지도 아마 그곳에……. 계속 거기에 뒀다간 아버지가 그 애를 말려 죽일 거예요."

율리스는 제가 들은 말을 이해할 수 없다는 표정을 했다. 그러자 크리스가 크게 숨을 들이쉬더니 울먹이는 목소리로 말했다.

"……어머니께서 돌아가신 이후로 아버지께서 헤레이스를 계속 어머니 이름으로 부르세요. 게다가 그 방에서 자기 싫다는 그 애한테 손찌검도 하셨어요. 그리고 며칠 전에는……."

"……."

"……헤레이스를 호수에 빠뜨리셨어요. 어머니가 아니면 그냥 죽으라고……. 이대로면 헤레이스가 위험해요. 아버지는 미쳤어요!"

율리스는 크리스의 말을 이해하자마자 경악 어린 얼굴을 하고는 곧장 다프네의 방으로 걸음 했다. 그리고 그녀가 마주한 광경은 크리스의 말을 증명했다.

다프네의 어린 시절을 꼭 빼닮은 여자아이는 커다란 침대에 짐승처럼 묶인 채 쪼그리고 앉아 있었고, 디본 후작은 침대 가까이 있는 의자에 앉아 다프네의 이름만 중얼거리고 있었다.

헤레이스의 몸은 이곳저곳 할 것 없이 상처가 가득했다. 그 상흔들을 확인한 율리스가 참지 못한 채 디본 후작에게 다가가 방을 장식한 유리병으로 그를 내리쳤다.

와장창.

디본 후작이 머리에 피를 흘리며 쓰러졌다. 율리스는 제 배경을 이용해 경악한 디본가 식솔들을 제압했다. 알려진다면 귀족

사회를 발칵 뒤집을 정도로 문제가 큰 행동이었지만 머리 꼭대기까지 화가 난 율리스는 개의치 않았다.

그녀는 헤레이스를 의원에게 보이고 품 안에 안은 채 어르다가, 디본 후작이 깨어날 낌새가 보이자 헤레이스를 세르펜스 공작가 기사들과 샤를이 있는 곳으로 보냈다. 그리고 눈을 뜬 디본 후작에게 격앙된 목소리로 말했다.

"아이들은 내가 데려가겠소. 후작 같은 미치광이한테 맡길 수는 없지."

"……데려가십시오. 다프네도 그걸 원할 테니."

디본 후작은 율리스의 말에 한참 만에 대꾸했다. 무언가를 포기한 듯 고개를 푹 숙인 그의 눈에는 초점이 없었다.

"다프…… 아니, 헤레이스의 근황은 알려 주실 필요 없습니다. 그냥 당분간 잘 데리고 있어 주십시오."

"그렇지 않아도 그럴 참이었소."

"……."

"경고하지, 후작. 헤레이스가 성인이 될 때까지 볼 생각 마시오."

"……."

"어긴다면 폐하께 말씀드려 그대의 죄를 묻도록 하겠소."

제국의 법상 아이들에 대한 학대는 중범죄로 매우 엄격하게 다스려졌다. 물론 대부분의 학대는 부모와 자식 간의 일로 숨겨졌으며, 신분 높은 가해자가 신분 낮은 아이에게 가하는 학대는 무죄로 처리되는, 어찌 보면 무의미한 법이었다. 하지만 황제가 아끼는 동복동생인 율리스는 그러한 법도 제대로 집행할 수 있는 신분이었다.

"오빠도 같이 가, 응?"

"안 돼, 헤레이스. 난 디본가의 후계야. 이럴 때 내가 가문을 비워서는 안 돼."

"하지만……."

"편지할게. 그리고 자주 만날 수 있을 거야."

율리스는 헤레이스와 더불어 크리스도 데리고 가려 했다. 하지만 크리스는 어찌 된 일인지 떠나는 것만은 완강하게 거부했다. 결국 율리스의 마차에는 헤레이스만 탔다.

가까웠던 오라비와 떨어지는 것이 서글펐는지 헤레이스는 마차가 출발하고도 한동안 침울해했다. 하지만 그런 헤레이스에게서 눈을 떼지 못한 채 계속해서 달래 주는 이가 있었으니, 율리스와 함께 있던 샤를이었다.

"울지 마, 헤레이스. 네가 울면 나도 슬퍼. 자! 이거 먹어 보자. 아 해 봐."

샤를은 헤레이스의 손을 한시도 놓지 않은 채 계속해서 얼렀다. 어린 나이였지만 또래 여자아이를 달래는 모습이 퍽 의젓했다.

자신에게 더할 나위 없이 친절한 샤를과 율리스. 헤레이스는 태생이 따뜻한 아이인지 금세 웃음을 되찾았다. 북부로 향하는 마차 안에는 어느새 아이들의 웃음소리가 가득했다.

'잘된 일이야. 좋은 짝이 되겠어.'

율리스는 제 아들과 잘 어울리는 헤레이스를 보며 다프네에게 가졌던 부채감을 조금이나마 지웠다. 아이들이 자라 좋은 짝이 된다면 저세상에서 다프네도 안도하리라.

그러나 가까스로 되찾은 율리스의 평온은 오래가지 못했다. 시작은 헤레이스의 짐 사이에서 발견한 낡은 일기장에서부터였다.

"그게 뭐니, 헤레이스?"

"어머니 방에서 발견했어요. 안에 그려진 그림이 예뻐서……글자도 있는데 아직 읽을 수가 없어요."

"이리 줘 보렴."

헤레이스의 답에 율리스는 그것이 다프네의 일기장임을 알아챘다.

〈공작 각하께서 황녀님을 슬프게 하신다. 각하가 밉다. 황녀님은 귀하고 아껴 주셔야 하는 분인데.〉

다프네의 일기에 율리스는 아이들 몰래 눈물을 쏟았다. 일기장에는 하루도 빠짐없이 자신의 이름이 나왔다. 떠난 친우의 마음이 그대로 느껴져 고마우면서도 마음이 아렸다.

하지만 슬픔은 잠깐이었다. 앞부분만 조금 보던 율리스는 어쩌다 넘어간 일기장의 중간 페이지에 눈을 크게 떴다.

〈황제 폐하께서 또 부르셨다. 너무 괴롭다. 신이시여. 더러워진 절 용서하지 마세요.〉

〈갑자기 생긴 회의에 그이는 밤새 돌아오지 않았다. 그리고 예

상대로 황제 폐하의 시종이 찾아왔다.〉

일기장을 한 장 한 장 넘기는 손이 파르르 떨렸다. 율리스는
입을 막은 채 떨리는 눈으로 다프네의 일기를 읽다 어느 장에서
멈췄다.

〈아이를 임신했다. 그이는 아이가 딸이기를 바란다. 마음이 너
무 괴롭다.〉

일기가 적힌 날짜는 샤를이 태어난 해였다. 율리스는 황급히
일기를 덮었다. 더는 읽을 자신이 없었다.
'오라버니는 항상 다프네에게 친절했는데…….'
율리스는 오라비 프란시스를 떠올렸다. 프란시스는 황제였지
만 동복동생인 율리스에게는 언제나 다정하고 친절한 이였으며,
샤를을 제외하고는 그녀에게 하나 남은 소중한 이였다.
'……아냐. 오라버니가 그럴 리 없어.'
그녀는 다프네의 일기를 제 짐 깊숙이 넣었다. 체한 듯 속이
불편하고 머리가 아팠지만 율리스가 당장 할 수 있는 일은 눈을
감고 회피하는 것뿐이었다.

* * *

이즈카엘은 어미의 이름을 메데아라 알고 있었다. 그러나 아비

를 제외한 누구도 그녀를 메데아라 부르지 않았다.

"저게 그 여자의……."

"쉿! 주인님 귀에 들어가면 어쩌려고……."

"주인님보다야 부인이 문제지. 고귀한 황가 출신께서 정부에 사생아라니……."

세르펜스 성에서 메데아는 보통 공작의 정부라 불렸다.

"……정부가 뭐예요?"

이즈카엘은 담 구석에서 여자들의 이야기를 훔쳐 듣고 어미에게 달려가 물었다. 멍한 얼굴의 메데아는 허리 끝까지 내려오는 은발을 빗어 내리다 아들의 질문에 어두운 얼굴을 했다.

"정부? 누가 네게 그런 말을 했어?"

"사람들이요. 여자건 남자건 어머니를 아버지의 정부라 불러요."

메데아는 빗을 내려놓고 아들을 안아 무릎에 앉혔다. 자신과 똑같은 머리색에, 아비의 금안을 가진 아들은 보고만 있어도 사랑스러웠다.

"……정부란 아버지께 제일 사랑받는 여자라는 뜻이란다."

메데아의 목소리는 낮게 가라앉아 있었다. 이즈카엘은 생기 없는 어미의 낯을 빤히 들여다봤다. 그림처럼 아름다운 어미는 가끔 정말 인간 같지 않았다.

"왜 그런 얼굴이니?"

"……들으면 알 수 있어요. 그건 어머니 말씀처럼 좋은 단어가 아니었어요."

이즈카엘의 대꾸에 메데아가 아들을 뚫어져라 쳐다봤다. 그리고 한참 만에 꾸며 낸 것이 분명한 미소를 지으며 말했다.

"그건 사람들이 이 어미를 질투해서 그런 거란다. 어제 읽어 준 동화책에서도 봤지? 나쁜 사람들은 항상 아름다운 공주님을 질투하잖아."

"하지만……."

"사람들 말 신경 쓰지 마. 이즈카엘, 넌 미카엘의 첫 번째 아이야. 그리고 난 그가 사랑하는 여자고."

"……."

"그래. 그런 거야."

이즈카엘은 메데아의 말에 입술을 꾹 물었다. 어린 나이지만 알 수 있었다. 어미는 스스로도 납득 못 하는 말을 아들인 그에게 하고 있었다. 괜스레 반항심이 솟은 이즈카엘은 어미의 눈을 피하며 중얼거렸다.

"……이 성에는 이미 공주님이 있다고 했어요. 어머니 말고요."

아들의 머리를 쓰다듬던 손이 멈췄다. 고개를 든 이즈카엘은 거울 속 어미와 눈을 마주하고는 저도 모르게 주춤거리고 말았다. 요요히 빛나는 눈에는 온갖 감정이 넘실거렸다.

"……피곤하니 그 얘기는 그만하렴. 그보다 이즈카엘, 네게 줄 선물이 있단다."

아들과 눈을 맞춘 메데아는 이즈카엘을 바닥에 내려놓고 화장대 서랍에서 무언가 꺼내 아들의 목에 걸었다. 얇은 가죽 줄 끝에는 하얀 눈 결정이 반짝거리고 있었다.

"내가 네게 마지막으로 해 줄 수 있는 일이야. 항상 지니고 있으렴. 그게 널 보호해 줄 테니."

눈 결정을 만지작거리던 이즈카엘은 그 순간 직감적으로 알았다. 어미가 제 곁을 떠날 날이 얼마 남지 않았음을……

* * *

메데아는 죽을 때까지 동화 속 공주님처럼 아름다웠다. 이미 차갑게 식어 버린 시체를 보고도 모두들 아까운 외모라며 수군 거리곤 했으니. 그러나 그녀는 공주님이 아니었다. 부적절한 정부인 그녀는 죽은 후에도 미카엘의 곁에 있을 명분을 갖지 못했다.

"그때 그 계집이랑 같이 묻어 버릴 것이지. 아직도 왜 여기에 얼쩡거리고 있지?"

"부, 부인……."

그럼 공작 부인은 동화 속 공주님일까? 이즈카엘은 그리 생각하지 않았다. 황제의 여동생이라는 그녀는 황금 같은 금발과 고 귀함을 지녔으나 이즈카엘에게만은 마녀와 다름없었다.

'저 더러운 것을 내 눈앞에서 당장 치워!'

이즈카엘을 처음 공작 부인을 봤을 때를 기억했다. 그녀는 그를 세상에서 가장 혐오스러운 벌레 보듯 봤다. 일그러진 표정과 높은 목소리, 그리고 급작스레 행해진 폭력……. 동화 속 공주님이라면 그런 짓을 할 리 없었다.

"더러운 것!"

짝!

지금도 마찬가지였다. 메데아가 죽고 나서 어느 순간부터 공작 부인의 폭력은 때와 장소를 가리지 않았다.

어미를 잃은 어린아이에게 가해지는 가혹한 폭력에 공작 부인과 가까운 사용인들조차 고개를 들지 못했다. 하지만 이즈카엘은 울지도, 멈추라 애원하지도 않았다. 반항해 봤자 돌아오는 건 정도를 더한 폭력뿐인 걸 이미 경험으로 체득했으니.

"율리스! 미쳤소!"

얼마간 맞고 있었을까. 소란을 듣고 아비가 달려와 제 부인을 막아섰다. 이즈카엘은 공작 부인의 손을 붙잡은 채 고함을 지르고 있는 아비를 물끄러미 바라봤다. 어미의 죽음 이후 그는 많이 달라졌다. 전보다 마른 몸, 파리해진 얼굴 등 어린아이의 눈으로 본 아비는 죽은 어미와 비슷한 꼴을 하고 있었다.

"내가 왜 미쳐. 미친 건 당신이지! 놔! 내가 더러운 사생아 하나 제 주제 알게끔 교육 좀 한다는데…… 당신이 무슨 상관이야!"

"이즈카엘은 내 아들이오! 아들이라고!"

"아들? 당신 아들은 샤를 하나뿐이야! 저건 세르펜스의 성조차 받을 수 없는 사생아고!"

이즈카엘은 아비가 왜 공작 부인을 만류하는지 이해할 수 없었다. 아비는 어미를 사랑한다 수없이 속삭였으나 저에게는 무관심한 태도를, 아니 가끔은 저를 기이한 것 보듯 했다.

'이즈카엘, 너 혹시 네 속에 뭐가 있다 생각한 적 없느냐. 어떤 목소리가 들리거나 하지는 않아?'

어미가 죽은 후에도 아비에게 들은 말이라고는 그것이 전부였다. 이즈카엘은 제 손을 낚아채 공작 부인에게서 벗어나는 아비의 얼굴을 유심히 보다 그냥 앞을 봤다.

'난 떠날 거야. 다시 내 것을 되찾기 위해⋯⋯.'

문득 아주 어릴 적 어미가 저에게 울며 떠나겠다 말한 날이 생각났다. 어미는 인간 사내는 믿는 게 아니었다고, 모든 것을 버린 대가가 고작 이것이라며 울부짖었더랬다. 뭉개진 목소리로 싫다고 울먹인 어미는 성을 떠나겠다고 이즈카엘에게 말했다.

이즈카엘은 그때 말없이 어미의 손을 잡고 고개를 끄덕였다. 그러나 어미는 얼마 가지 않아 아비에게 붙잡혔다. 그리고 이즈카엘은 봤다. 아비가 어미에게 하는 짓을⋯⋯.

'메데아, 넌 영영 여기서 나갈 수 없어.'

'싫어! 이거 놔! 놓으라고!'

'그러게 왜 도망갔나. 날 사랑한다고 해 놓고 왜⋯⋯.'

어미는 이후 죽을 때까지 별채를 벗어날 수 없었다. 아니, 벗어나지 않았다 말하는 게 옳을지도 몰랐다. 아비는 짐승이었으나 어미 또한 다르지 않았다. 도망치다 잡힌 어미는 자신을 향한 광기 어린 집착과 폭력에 울면서도 이죽이며 웃고 있었다.

'사랑해, 미카엘.'

제 손을 꼭 쥐고 있는 아비의 손을 보다가 이즈카엘은 갑자기 궁금해졌다. 아비의 등에는 그때 어미가 긁어내린 손톱자국이 아직 있을까?

* * *

메데아가 죽고 미카엘의 건강은 급속도로 나빠졌다. 점점 방 밖으로 나오지 않더니, 3년 만에 하루의 대부분을 침대 위에서 보내게 된 그는 더는 부인에게서 이즈카엘을 지켜 주지 못했다.

이즈카엘을 향한 폭력은 이제 일상이 됐다. 공작 부인은 이제 그를 불러내 매질을 했다. 점점 도를 지나치는 폭력에 사용인들 조차 고개를 내저었지만 공작 부인을 막을 수 있는 이는 없었다.

나이 많은 한 사용인은 어느 날 그에게 성을 떠나라 말했다. 이대로면 정말 죽을 거라고 말하는 얼굴에는 동정이 가득했다. 하지만 이즈카엘은 성을 떠날 생각 따위 하지 않았다. 아니, 못 했다.

"이, 이즈카엘……."

괴로움에 허덕이는 몸을 이끌고 목적지에 앉아 있자 예상대로 퉁퉁 부은 얼굴에 얼음주머니가 닿았다. 이즈카엘은 제 곁에 앉아 울먹이는 여자아이를 봤다. 새까만 머리카락에 커다란 푸른 눈. 여자아이의 얼굴을 보는 순간 욱신거림조차 사라졌다.

"……헤레이스."

헤레이스는 어미가 죽기 몇 달 전 세르펜스 성에 도착했다. 하지만 이즈카엘은 메데아의 죽음 이후에나 헤레이스와 마주했다.

'괜찮아? 안 아파?'

'……'

'……난 엄청 아팠는데. 아!'

별채 정원에서 우연히 마주친 헤레이스는 율리스에게 뺨을 맞은 이즈카엘을 보고 깜짝 놀란 얼굴을 했다. 그러다가 지금처럼 울먹이며 그의 상처를 닦아 줬다. 이즈카엘은 그날 성가시다는 듯 헤레이스의 손을 쳐 내고 달아났지만 이후 공작 부인의 눈에 띌 위험을 감수하면서도 성 여기저기를 서성였다.

"왜 그러시는지 모르겠어. 나한테는 친절한 분인데 왜 이즈카엘한테만……."

그러길 3년 가까이……. 이즈카엘은 제가 헤레이스에게 묘한 감정을 느끼고 있다는 것을 인정했다. 평상시에는 뛰는지 감도 오지 않는 심장이 이 작은 여자아이 옆에서만은 터질 듯이 뛰었고 어두침침한 세상은 이상하리만치 밝아졌다.

"울지 마."

"피가 나잖아. 아플 텐데. 흐윽……."

"난 괜찮으니 울지 마, 헤레이스."

헤레이스에게 손을 댈 때면 피부가 화끈거렸다. 이즈카엘은 헤레이스를 달래 주는 척 작은 몸을 안았다. 그리고 저도 모르게 미소를 지었다. 공작 부인에게 발각된 보람이 있었노라 생각하며.

"헤레이스! 어디 있어! 헤레이스!"

하지만 이즈카엘의 만족감은 오래가지 않았다. 가까이서 헤레

이스를 부르는 사내아이의 목소리가 들리더니, 곧 세르펜스 공작
만큼이나 붉은 머리가 쏙 튀어나왔다.

"샤를?"

익숙한 얼굴에 헤레이스가 이즈카엘의 품에서 벗어나 고개를
돌렸다. 헤레이스를 발견한 샤를이 활짝 웃는 얼굴을 하다 그녀
의 옆에 있는 이즈카엘을 보고 놀란 얼굴을 했다.

"나랑 그림 그리기로…… 어! 형! 얼굴이 왜 그래?"

"……별일 아니야."

이즈카엘을 바라보는 얼굴에는 걱정이 가득했다. 하나 이즈카
엘은 샤를을 본 순간부터 어딘가 불편하고 또 불쾌했다. 제게 친
절한 남동생이 싫은 것도 아닌데……. 그의 호박색 눈이 헤레이
스의 팔을 자연스레 잡는 샤를의 손으로 향했다.

"미안해. 어머니께서 또 형을……."

"신경 쓸 필요 없어."

냉랭한 이즈카엘의 대꾸에 샤를이 미안한 얼굴을 하며 입을 닫
았다. 어색한 침묵이 세 아이 사이를 감돌았다.

"샤를, 그림은 다음에 그리자. 이즈카엘은 본채에 들어갈 수
없잖아."

두 사람 중간에서 눈치를 보던 헤레이스가 불쑥 끼어들어 침묵
을 깼다. 그리고 한 손에는 샤를의 손을, 또 한 손에는 이즈카엘
의 손을 잡고 말했다.

"별채에 가서 숨바꼭질은 어때? 우리 다 같이 할 수 있잖아."

"그래! 난 좋아!"

샤를은 헤벌쭉 웃으며 고개를 끄덕였다. 반짝거리는 동생의 눈을 뚫어져라 쳐다보던 이즈카엘이 제 손을 흔드는 손에 고개를 돌렸다. 헤레이스가 그를 빤히 바라보고 있었다.

"이즈카엘도 같이 갈 거지?"

"……좋아."

엉겨 있던 마음이 누그러지는 기분이었다. 이즈카엘이 고개를 끄덕이자 헤레이스가 환한 웃음을 지으며 있는 힘껏 달리기 시작했다. 그리고 그 뒤를 이즈카엘과 샤를이 천천히 쫓았다.

그러나 세 아이는 몰랐다. 정원을 가로지르는 그들을 높다란 성에서 누군가 보고 있었음을.

"……내 삶을 갉아먹는 벌레를 더는 두고 보기 힘들구나."

"예?"

"전에 말했던 물건을 준비하렴."

* * *

이즈카엘은 저를 보며 울먹이는 헤레이스의 얼굴에 주머니에 넣은 손을 조금 움직였다. 몇 가지 색실로 엮은 팔찌가 작은 손짓에도 불안히 구겨졌다.

"이즈카엘, 왜 이렇게 얼굴 보기가 힘들어. 별채로 찾아가도 보이지 않고…… 며칠 동안 얼마나 걱정했는지 알아?"

"……조금 아팠어."

말은 그렇게 했지만 이즈카엘은 죽다 살아났다. 음식을 입에 넣기 무섭게 내장을 움켜쥐는 고통이 몰려오고 검은 피가 쏟아졌다. 며칠 내내 지속된 끔찍한 고통에 그가 입 안쪽을 꾹 물었다.

'다행입니다. 먹은 양이 적은 데다 도련님께서는 다른 이들에 비해 훌륭한 체질을 타고나 망정이지 아니었으면 이미……'

아비의 주치의가 빠르게 조치하지 않았다면 그는 이미 이 세상에 존재하지 않았으리라. 지금쯤 오래전 곁을 떠난 어미의 옆에 묻혔겠지.

"정말? 이제 괜찮아?"

아팠다는 말에 헤레이스가 걱정스러운 얼굴로 그의 이마에 손을 가져다 댔다. 그러다가 제 손과 비슷한 온도를 확인하고 손을 거두었다.

'……싫어.'

하얀 손이 제게서 떨어지자 아쉬움이 샘솟았다. 그러나 그런 이즈카엘의 속내도 모른 채 헤레이스는 옆에 둔 무언가를 그의 앞에 내밀었다.

"이거 가져왔는데 잘됐다."

소녀가 내민 것은 동그랗게 모아 묶은 손수건이었다. 헤레이스가 그들이 앉아 있는 풀 위에 손수건을 올려놓고 매듭을 풀었다. 그러자 갖가지 간식거리가 모습을 드러냈다.

"아플 때는 잘 먹어야 한대. 마침 나도 점심을 걸렀어. 그러니까 이거 같이 먹자, 이즈카엘."

이즈카엘은 헤레이스가 거짓말을 하고 있음을 알았다. 그는 한 시간 전쯤 분명히 봤다. 그녀가 공작 부인, 샤를과 함께 웃으며 식사하는 모습을.

잘 차려진 식탁 위 음식은 먹음직스러웠다. 독살 시도 이후 음식에 제대로 손조차 대지 못하는 그의 배마저 울리게 할 만큼.

하지만 이즈카엘이 그 식사 시간 내내 몰래 훔쳐본 것은 잘 차려진 음식이 아니었다. 그는 제 이복동생과 또래인 소녀가 어떤 음식에 손을 많이 대는지, 얼마만큼 식사하는지, 또 어떤 주제에 웃었는지 등을 살폈다.

"……점심 먹지 않았어?"

"으, 응. 밀린 숙제를 하느라 시간이 없었어."

거짓을 말하는 소녀의 얼굴에 홍조가 피었다. 이즈카엘은 붉게 물든 뺨을 잠깐 보다 헤레이스가 손수건 위에 펼쳐 놓은 간식거리 중 쿠키 하나를 집어 들어 입으로 가져갔다.

헤레이스는 그의 식사가 형편없음을 전부터 눈치채고 있었다. 다정한 성미 때문에 그걸 보고도 그냥 넘어가지 못한 것이지. 이즈카엘은 헤레이스에게 동정을 샀다는 사실이 화가 날 정도로 부끄러우면서도 그녀가 절 챙겨 주는 것에 환희를 느꼈다.

"……맛있네."

기대감 가득한 헤레이스의 얼굴에 이즈카엘은 자신이 할 수 있는 최대한의 감탄사를 뱉었다. 하지만 헤레이스에게는 부족한 모양이었다. 그녀가 실망 가득한 얼굴로 이즈카엘을 봤다.

"그게 끝이야?"

헤레이스로서는 드물게 보이는 뾰로통한 얼굴이었다. 이즈카엘은 당황해 쿠키를 씹다 말고 헤레이스를 바라봤다.

"……내가 제일 좋아하는 것들로만 챙겨 왔는데."

헤레이스가 그의 손에 들린 나머지 쿠키 조각을 노려보다 중얼거렸다. 머뭇거리던 이즈카엘이 남은 쿠키 조각을 재빨리 입으로 가져갔다. 그리고 그걸 한입에 넣고 삼키며 어색한 동작으로 커다란 원을 그렸다.

"맛있어. 엄청. 많이."

"풉."

좀처럼 보기 힘든 모습에 헤레이스가 웃음을 터뜨렸다. 비웃음으로 들릴 수도 있었지만 이즈카엘은 저를 보며 눈을 예쁘게 접어 웃는 소녀에게서 눈을 떼지 못했다.

그가 저도 모르게 소녀의 얼굴로 손을 뻗었다. 하나 헤레이스의 얼굴에 그의 손이 막 닿을 때쯤, 그들 뒤에서 항상 그러하듯 소년 하나가 모습을 드러냈다.

"헤레이스! 형! 여기 있었네."

이즈카엘은 이런 일이 몇 번째인지 머릿속으로 세다 얼굴을 섬뜩하게 굳혔다. 그가 소녀를 따라다니듯 이복동생도 마찬가지였다. 그렇지 않다면 매번 이리 마주칠 수는 없는 노릇이었다.

"둘 다 고양이도 아니고…… 왜 하필 이런 곳에 숨어 있는 거야."

샤를은 이복형의 표정을 눈치채지 못했다. 그도 그럴 것이 샤를의 시선도 이즈카엘과 마찬가지로 소녀에게만 붙었기 때문이다. 샤를이 헤레이스의 옆에 털썩 앉았다. 그러다 앞에 펼쳐져 있는 손수건을 보고 고개를 갸웃거렸다.

"응? 헤레이스, 배고파? 조금 전에 나랑 같이…… 읍."

헤레이스가 재빨리 샤를의 입을 막고 눈치를 줬다. 그제야 소녀의 의중을 알아챈 샤를이 눈동자를 굴리다 고개를 끄덕거렸다.

순간 이즈카엘의 얼굴에 그림자가 짙게 드리워졌다. 싫었다. 소녀의 동정은 몰라도, 이복동생의 동정은 싫다는 감정 외 그 어떤 것도 불러일으키지 못했다.

"샤를, 여기는 어떻게 왔어. 넌 아직 공부할 때잖아."

"네가 없어서. 너 보고 싶어서 도망쳤어, 헤레이스."

헤레이스가 묻자 샤를이 그녀에게 바짝 붙으며 애교 가득한 목소리를 냈다. 샤를의 적극적인 마음 표현은 헤레이스에게 이미 익숙해진 일이었다. 그녀가 샤를의 접촉을 자연스레 받아들이며 그에게 걱정 가득한 목소리로 말했다.

"뭐? 공작 부인께서 아시면……."

"어머니는 낮잠에 드셨는걸. 그러니까 걱정 마. 그리고 너한테 주고 싶은 것도 있어서……."

샤를이 주머니에서 무언갈 뒤적거리더니 상자를 꺼냈다. 척 봐도 선물이었다. 잘 포장된 선물 상자에 이즈카엘이 제 주머니에 슬그머니 손을 넣었다. 조금 움직인 탓일까. 팔찌는 조금 더 구겨진 것 같았다.

"자! 기대해!"

샤를이 상자를 열자 작은 꽃이 하나 나왔다. 질 좋은 천으로 꽃잎을 하나하나 만들어 낸 것이 척 봐도 귀해 보였다.

"어때? 예쁘지? 헤레이스 너 주려고 빌린스 부인한테 일주일이나 졸랐어. 하나만 접어 달라고."

헤레이스도 마음에 드는지 고개를 끄덕였다. 그녀의 얼굴에 미
소가 떠오르자 샤를이 어깨를 으쓱이며 헤레이스의 손바닥에 꽃
을 올려놨다.

"예쁘다. 고마워, 샤를."

"정말? 예뻐? 그럼 헤레이스…… 여기 뽀뽀해 줘. 여기. 여기
에."

제 손을 떠난 꽃은 이미 샤를의 관심 밖이었다. 소년은 소녀의
얼굴에 피어난 미소를 보다 제 입술을 툭툭 건드렸다.

"샤를!"

과한 요구에 헤레이스가 고함을 빽 지르자 샤를이 손사래를 치
며 물러났다. 그러나 어딘가 아쉬운지 그는 헤레이스의 눈치를
살피다 조금 누그러진 요구를 해 왔다.

"알았어. 장난이야, 장난. 그럼 대신 여기에 해 줘, 응?"

헤레이스는 바로 옆에 있는 이즈카엘의 얼굴이 어떤지 눈치채
지 못한 채 샤를을 흘겨보다가 마지못해 소년의 뺨에 입을 맞췄
다. 쪽 하는 소리와 함께 이즈카엘이 이를 갈았다. 그러나 원체
작은 소리라 당사자를 제외하고는 누구도 듣지 못했다.

"헤에……."

"……샤를은 어린애 같아."

"헤레이스, 네가 귀여워해 주면 영영 어린애로 있을게. 그러니
까 나 쓰다듬어 줘. 지금처럼 매일 뽀뽀해……."

헤레이스를 품에 안으며 샤를이 웃을 때였다. 샤를은 문득 등

골을 오싹하게 만드는 시선을 느꼈다. 그가 그것을 좇아 이복형을 바라보려 했다. 그러나 고개를 반쯤 돌렸을 때 멀리서 하인이 그를 찾는 소리가 났다.

"샤를 도련님! 도련님! 어디 계세요!"

"어, 어머니가 깨셨나 봐. 어떡하지? 도망친 거 알면 엄청 화내실 텐데."

"그러니까 왜 도망을 쳐서는…… 빨리 가 봐."

하인의 외침에 샤를이 호들갑을 떨며 발을 굴렀다. 헤레이스가 샤를의 등을 밀며 빨리 가라면서 재촉했다. 샤를이 마지못해 걸음을 옮기며 둘에게 인사했다.

"둘 다 나중에 봐."

샤를이 떠나자 조금 전에는 없었던 어색함이 두 사람 사이를 갈랐다. 헤레이스는 어쩐지 이즈카엘이 화가 난 것 같다고 느꼈다.

'……뭐라고 하지.'

어찌 말을 걸까 고민하던 때였다. 헤레이스의 눈에 이즈카엘의 주머니 밖으로 삐죽 튀어나온 팔찌가 보였다. 여러 가지 색의 실로 꼰 팔찌는 누가 봐도 여자아이의 것이었다. 헤레이스의 눈이 반짝였다.

"이즈카엘, 그거……."

"……."

"……혹시 나 주려고 만든 거 아니야?"

소녀의 말에 이즈카엘은 팔찌를 아무렇게나 구겨 넣었다. 하지만 그는 곧 무엇을 생각해 냈는지 팔찌를 꺼냈다. 그리고 헤레이스의 손을 낚아채 그녀의 손목에 팔찌를 끼웠다.

"고마워."

"……."

"정말 예쁘다. 정말 예뻐."

헤레이스가 손을 위로 들어 보이며 팔찌를 살폈다. 어른의 시선에선 조잡하게 느껴질 수 있는 물건이었으나 아직 소녀인 헤레이스에게 이 알록달록한 팔찌는 예쁘게만 보일 뿐이었다.

그녀가 팔찌를 마음에 들어 하는 기색을 보이자 이즈카엘이 입술을 달싹였다. 무언가 망설이는 모습에 헤레이스가 의아한 눈으로 그를 바라봤다.

"……고마우면 나도 해 줘."

"응?"

"샤를한테 해 줬던 거 말이야. 나도…… 해 줘."

이즈카엘의 말을 알아들은 헤레이스의 눈이 동그랗게 변했다. 샤를이 그런 요구를 하는 건 이상한 일이 아니었다. 하지만 이즈카엘은……. 소녀가 은발의 소년을 살폈다. 소년은 답지 않게 얼굴을 홍당무처럼 붉히고 있었다.

샤를 때와는 달리 헤레이스도 부끄러움에 휩싸였다. 그녀가 눈조차 깜빡이지 못한 채 제자리에서 굳자 이즈카엘이 거칠게 몸을 틀었다.

"잊어. 괜한 부탁이었어. 나 먼저……."

쪽.

순간 헤레이스의 입술이 이즈카엘의 뺨에 닿았다가 천천히 떨어졌다. 이번에는 이즈카엘이 몸을 굳혔다.

"……고마워, 이즈카엘."

귓가에 소녀의 부드러운 목소리가 닿았다. 견딜 수 없어진 이즈카엘은 결국 몸을 완전히 돌렸다.

"다, 다음에 봐."

말을 더듬은 그가 전속력으로 뛰기 시작했다. 뒤에 있는 소녀의 얼굴이 궁금했다. 하지만 올라오는 열기에 눈마저 감은 소년은 끝내 뒤돌아보지 못했다.

* * *

황제가 지병을 앓는 친우를 위해 직접 세르펜스 성을 방문했다. 이제는 완전히 병자가 되어 버린 세르펜스 공작 미카엘은 침대에 누워 황제를 맞이했다.

황제는 비쩍 마른 미카엘을 안타까운 눈으로 바라봤다. 황태자 시절 수도에서 함께할 때는 그리 건강한 사내였건만……. 미카엘에게서 그때의 모습은 조금도 찾아볼 수 없었다.

"율리스는 아직도 자네를 보지 않는다지? 자네 부부는 도대체 언제 화해할 참인가?"

"……."

"내가 뭐라 했나. 율리스 그 아이, 성격이 보통이 아니라고 했잖나. 그렇게 왜 정부를 들여서는…… 쯧!"

"……그녀와 절 결혼시키신 건 폐하십니다."

"이제 와 그렇게 말하면 안 되지. 율리스와 결혼해 자네가 얻은 게 얼마인데."

황제는 여동생 부부가 서로 얼굴도 보지 않는다는 사실에 경악했다. 그러나 율리스도, 미카엘도 이 상황에 대해 아무렇지 않은 모양새였다.

미카엘은 의자에 몸을 기댄 채 저를 한심하게 보는 황제를 바라봤다. 그리고 잠깐 망설이다 입을 열었다.

"……그때 일은 됐습니다. 그보다 폐하께 부탁을 하나 드리고 싶습니다."

"부탁? 무슨 부탁?"

황제는 숨을 거칠게 몰아쉬는 친우에게 몸을 가까이 가져다 댔다. 병든 미카엘의 목소리는 점차 작아져 코앞에 귀를 기울이지 않으면 알아듣기 힘들었다. 미카엘은 황제가 제게 다가오자 끓는 가래를 겨우 삼키고 쉬어 버린 목소리로 말했다.

"……이즈카엘을 좀 맡아 주십시오."

"……"

"독살부터 시작해 어제는 그 아이 처소에 불이 났습니다. 몇 번째인지 모르겠습니다만, 이대로면 이즈카엘은 율리스의 손에 죽고 말 겁니다."

병색이 완연한 목소리였으나 황제의 얼굴은 차갑게 굳어 갔다. 황제가 미카엘에게서 몸을 떼고 인상을 찌푸렸다.

"허? 지금 나한테 자네 사생아를 지켜 달라 부탁하는 건가?"

"……."

"공작, 잊은 모양인데 율리스와 난 동복형제야. 율리스가 새침데기긴 하지만 그래도 내 귀여운 여동생이라고. 그런데 내 여동생의 마음을 갉아먹는 사생아를 지켜 달라? 자네 미쳤나?"

"……."

"그따위 말을 하려거든 돌아가지. 율리스가 아니라 내가 당장자네 사생아를 죽이지 않는 것만 해도……."

노기 어린 목소리가 형형했다. 다른 이였으면 황제의 목소리에 오금이 저려 온몸을 벌벌 떨고 있을 터였다. 하지만 미카엘은 눈하나 깜빡하지 않았다. 대신 그는 기침을 두어 번 하다가 몸을 겨우 일으켜 황제를 똑바로 마주 봤다.

"……부탁을 들어주지 않으시면 그때 제가 목격한 사실을 말하겠습니다. 율리스와 디본 후작에게요."

"뭐? 그 무슨……."

"폐하께서는 싫다는 디본 후작 부인을 강제로 취하셨지요."

미카엘의 말에 황제가 몸을 움찔거렸다. 까맣게 잊고 있었던 일. 그때 그 일을 아는 이들은 다 죽였다고 생각했건만 남은 이가 눈앞에 있었다.

"미카엘, 왜 그러나. 그건 어쩔 수 없는 일이었어."

당황한 황제는 잠깐 얼굴을 굳혔으나 곧 너털웃음을 지으며 표정을 풀었다. 분명 알려지면 제 치부가 될 사건이기는 했다. 하지만 그리 큰 잘못은 아니라고 생각했기에 그는 미카엘에게 변명을 시작했다.

"자네도 알잖아. 그녀가 내 첫사랑이었다는 걸. 첫사랑이 아름다운 모습으로 계속 눈앞에 나타나는데 사내로서 가만있을 수 있어야지."

황제는 여동생 율리스의 시녀였던 다프네를 꽤 오래전부터 호시탐탐 탐내고 있었다. 그러나 황태자 시절에는 아비의 눈치를 보느라 사고를 칠 수 없었고, 율리스와 다프네가 매일 붙어 있어 기회를 만들기도 어려웠다.

"디본 후작 그치랑 결혼만 안 했어도 정부로 들였을 텐데……. 아니, 그렇게 이른 나이에 죽지만 않았어도 지금까지 귀여워했을 테지. 그렇게 아름다운 여인은 보기 힘드니 말이야."

입맛을 다시며 말하는 황제의 모습에는 죄책감보다는 아쉬움이 가득했다. 미카엘이 그런 황제를 보며 다시 입을 열었다.

"후작 부인을 죽인 건 폐하십니다."

이제 와 후작 부인이 가엾다는 생각은 들지 않았다. 어차피 그와 상관없는 여인의 일이었고, 황제가 여인 하나쯤 마음대로 다스리는 일이야 흔한 일 아니던가. 다만 미카엘은 황제와 율리스, 그리고 다프네간의 관계를 이용해 황제를 압박할 뿐이었다.

"알고 계셨잖습니다. 후작 부인이 그 일 이후에 계속 앓았다는 걸."

"그건 억측이야! 그녀가 일찍 죽은 건 그냥 몸이 약해서……."

"한 번이 아니셨지요. 폐하께서는 몇 번이고 싫다는 후작 부인을……."

"그만!"

결국 황제가 손을 들었다. 그가 미카엘을 못마땅한 얼굴로 바라보다 크게 한숨을 쉬었다.

"하아…… 알았네. 알았어. 자네 부탁 들어주지. 제길! 이 꼴인 걸 다행으로 생각하게. 죽어가는 게 가여워 목을 치는 대신 도와주는 거니까."

"……감사합니다."

"황궁으로 돌아갈 때 아이를 몰래 데려가지. 율리스에게는 자네가 알아서 둘러대. 내보냈다든가 죽였다든가, 그런 식으로 말이야."

"……그럴듯한 변명을 대도 믿지 않을 겁니다. 그러니 율리스가 이즈카엘을 또 한 번 죽이려 할 때를 노리지요."

세르펜스 공작과 황제의 은밀한 거래는 그렇게 성사됐다. 그리고 얼마 지나지 않아 세르펜스 공작의 사생아는 호수에 빠져 죽었다.

* * *

어떤 비밀도 영원하기란 힘든 법.

세르펜스 공작 미카엘이 식물에 가까운 상태가 된 지 몇 년 안됐을 때였다. 샤를과 헤레이스의 교육을 위해 수도에 머물던 율리스는 제 오라비의 곁에 머무는 기사 하나를 봤다. 그리고 배신감에 치를 떨며 오라비를 찾아갔다.

"프란시스! 네가 내게 어떻게 이럴 수 있어! 그 사생아 새끼가 나한테 어떤 의미인지 알면서!"

눈동자 색이 바뀌었다고는 하나 율리스가 본 기사는 분명 이즈카엘이었다. 미카엘과 그 여자를 꼭 빼닮은 얼굴. 잊으려야 잊을 수 없는 그 얼굴이 눈앞에 멀쩡히 나타난 순간, 그녀는 이성을 잃었다.

"……율리스, 말조심하거라. 난 네 오라비이기 이전에 이 제국의 황제다. 내 아래에 있는 백성 중 하나인 넌 내게 그따위 언사를 해서는 안 돼."

"지금 나한테 그걸 말이라고……."

"이만큼 세월이 지났으면 됐지 않나. 귀족 사내 중 많은 이들이 사생아를 가졌다. 너만 겪는 일도 아닌데 넌 황녀라고 해도 지나치게 예민하게 굴어."

황제는 여동생을 이해하지 못한다는 표정이었다. 그도 그럴 것이 황제의 자리에 오른 지 제법 세월이 지난 그에게도 많은 사생아가 있었다. 황제는 고작 사생아 따위로 제게 소리를 지르는 여동생을 못마땅한 얼굴로 바라봤다.

"사생아 하나 정도야 아량을 베풀 줄도 알아야지. 그게 여인의 덕목이야."

"난 그딴 거 몰라. 그러니 죽여. 당장 그 더러운 사생아를 죽이란 말이야! 프란시스!"

율리스는 들끓는 배신감을 간신히 누른 채 오라비에게 말했다. 하지만 그녀의 오라비는 황제의 얼굴을 한 채 율리스에게 답했다.

"그건 안 돼. 불가하다."

"뭐?"

"네 남편과의 약속도 있었지만 그 아이는 죽이기 아까운 아이야. 어느 방면으로도 부족한 점이 없어."

이즈카엘을 데려온 황제는 아이의 재능에 감탄했다. 그는 이리된 거, 이즈카엘을 자신을 지키는 검으로 키우고 싶었다.

"율리스, 인제 그만 한발 물러서. 어차피 오늘내일하는 네 남편 죽고 나면 샤를이 그 자리를 물려받을 게 분명한데 왜 쓸데없는 데 신경을 써?"

"……"

"사생아 따위는 잊어. 어차피 눈동자 색도 바꾼 채 내 옆에서 기사로 살아갈 아이다. 세르펜스의 성조차 받지 못하는데 왜 그리 그 아이를 미워해."

황제는 그새 선황이 저와 사생아들을 비교하며 자신을 힘들게한 일을 잊었다.

하기야 비교당한 적이 몇 번 있기는 했으나 결국 적자로 황가의 성을 받은 것은 그와 그의 동복형제들뿐이었으니 어릴 적 상처는 오만한 황제의 권위에 사라진 지 오래였다. 게다가 황제의 자리에 오른 그는 아비와 마찬가지로 어느새 사생아에게 관대해진 후였다.

"난 도통 이해가 가질 않아. 남편의 아이면 귀여워할 법도 하다만……. 하기야 황후도 사생아라면 치를 떨지. 황족으로서 대우한 것도 아닌데 여인들은 왜들 그렇게 속이 좁은지 원……."

그리하여 황제는 여동생이 어떤 눈으로 자신을 보는지 알아채지 못했다. 여동생의 배신감이 얼마나 깊은지 조금이라도 이해했다면 감히 그따위 말은 내뱉지 못했으리라.

"프란시스, 이건 네가 자초한 일이야. 내가 널 미워하지 않기 위해 외면한 것이 무엇이었는데……."

황제에게 쫓겨나듯 황궁을 나선 율리스는 그 즉시 오래도록 숨겨 놨던 상자의 자물쇠를 열었다. 거의 10년에 가까운 시간 동안 누구에게도 읽히지 못한 채 보관된 일기장…….

〈황녀님께는 감히 말할 수 없었다. 황녀님은 지금 본인의 일로도 충분히 슬프고 힘들 텐데…… 거기에 내 일로 근심을 더 할 자신이 없었다.〉

〈의원이 내 병의 원인은 근심과 걱정이라고 했다. 근심과 걱정으로 심장이 굳어 간다고……. 의원은 제발 마음을 편하게 가지라 말했지만 그럴 수 없다. 황제께서는 아직도 날 부르신다.〉

〈아무것도 모른 채 내 병을 걱정하며 우는 그이 얼굴을 볼 때면 그저 확 죽어 버리고만 싶다. 하지만 크리스와 헤레이스를 보면 도저히 그럴 수 없다.〉

〈황녀님께 남은 사람은 나와 황제 폐하뿐이다. 하지만 난 병으로 죽어 가고 있으니…… 이 일은 영원히 비밀로 해야만 한다. 나 혼자 감내하고 견뎌야 한다.〉

〈헤레이스가 그이와 마찬가지로 이레아 꽃가루에 과민 반응을 보였다. 그렇다면 헤레이스는…… 아아, 신이시여. 감사합니다.〉

〈죽음이 멀지 않았다. 황제께서도 이제는 날 찾지 않으시니 원

하는 것은 단 하나다. 내게 소중한 이들이 건강하고 행복하기만을 기원한다.〉

〈……이제 정말 얼마 남지 않았다. 마지막까지 그이와 아이들을 볼 수 있어 다행이라는 생각이 든다. 다만…… 황녀님이 보고 싶다. 그 시절 정원에서 지저귀는 새들처럼 그분과 마지막으로 떠들고 싶다.〉

밤새 다프네가 남긴 일기를 모조리 읽은 율리스의 얼굴은 새벽녘 하늘처럼 차갑게 굳어 있었다. 줄줄 흐르는 눈물을 닦은 그녀가 일기장을 품에 소중히 안았다.

"주인님께서는 손님을 받지 않으시겠다고……."

"다프네 일이라고 전해."

그날 저녁, 디본 후작가에 오랜만에 손님이 들었다. 그리고 후작 부인의 죽음 이후 누구도 만나지 않은 채 집에만 있던 디본 후작은 10년 만에 다시 모습을 드러냈다.

* * *

어른들의 사정을 이제 막 피어나기 시작한 아이들이 알 리 없었다. 다만 헤레이스는 갑작스레 디본가로 돌아가게 돼 걱정이 많은 참이었다.

'헤레이스, 너도 곧 데뷔를 해야 할 나이이니 가문으로 돌아가 있거라.'

'부인……'

'후작은 전과 같지 않을 거야. 그리고 샤를과 내가 자주 후작가를 들를 예정이니 걱정 마렴.'

미래의 일을 알았다면…… 왕래조차 없었던 공작 부인과 아비가 갑작스레 자주 만났던 이유가 무엇인지 알았더라면 헤레이스는 어떻게 행동했을까?

하지만 아무것도 몰랐던 열넷의 헤레이스는 후작가로 돌아가는 게 마냥 싫지만은 않았다. 후작가로 들어가면 자주 보지 못했던 오라비와 매일 같이 있을 수 있었으며, 어릴 적 자신에게 잘해 주었던 유모와 그 딸 안나, 그리고 여러 사용인을 볼 수 있었으니.

'아, 아버지. 살려…… 흐읍…… 살, 살, 주세요.'

'……다프네야?'

'아니, 아니에…… 흐으…… 전 헤레, 헤레이스에…… 흡!'

'그럼 거기서 죽도록 해.'

'아버…… 흐읍. 아빠!'

'네가 태어난 이후로 다프네는 내내 아팠어. 너만 보면 이상하리만치 힘들어하고…….'

'제발…… 살, 살려 주……'

'……태어나게 해 준 어미를 괴롭게 하는 건 사라지는 게 맞지.'

다만 헤레이스는 아비를 다시 보는 것이 껄끄러웠다. 어미의 죽음 이후 일어난 일련의 일들 때문에 억지로 기억에서 지운 존재였으나, 돌아가면 다시 마주쳐야 할 터였다.

"하아······."

심란한 마음에 헤레이스가 한숨을 내쉴 때였다. 그녀의 뒤에서 인기척이 나더니 누군가 그녀의 눈을 두 손으로 가렸다.

"샤를?"

함께 지낸 세월이 제법 길었던 만큼 헤레이스는 바로 손의 주인을 알아봤다. 샤를은 자신임을 단박에 눈치채는 헤레이스의 목소리에 활짝 웃다가 손을 모은 채 침착하게 있는 그녀를 조금 안타깝게 바라봤다.

'디본의 영애는 어린 나이에도 참 몸가짐이 발라요. 얌전하고 점잖은 게 어른스러워 보기 좋네요.'

헤레이스는 이복형 이즈카엘의 죽음 이후 나이에 비해 조숙하다는 말을 많이 들었다. 사람들은 칭찬으로 그런 말을 했겠지만 샤를은 헤레이스의 성숙함이 슬픔에서 온 것을 알았기에 항상 마음이 아팠다.

"내가 누굴 데려왔게?"

그래서 그는 오늘 선물로 헤레이스의 마음이 전처럼 천진난만해지길 바랐다. 그가 여전히 헤레이스의 눈을 가린 채 고개를 뒤로 돌렸다. 그러자 샤를의 뒤에 있던 이가 헤레이스의 앞으로 천천히 걸음을 옮겼다.

"놀라서 기절하면 안 돼. 소리 질러도 안 되고. 알았지?"

"응."

헤레이스가 작게 고개를 끄덕이자 샤를이 천천히 손을 뗐다.

그리고 밝아진 헤레이스의 시야에 아직 사내라 부르기는 앳된 청년이 들어왔다.

상대를 알아본 헤레이스의 눈이 커졌다. 당연한 일이었다. 죽은 이가 바로 앞에 있었으니.

자리에서 일어난 그녀가 천천히 이즈카엘에게로 다가갔다. 그리고 마침내 그들 거리가 한 발짝 남았을 때 이즈카엘이 헤레이스를 내려다보며 말했다.

"오랜만이야, 헤레이스."

성인이라기에는 미숙한, 하나 아이라 부르기에는 성숙한 이들은 그렇게 재회했다.

12장. 벌

헤레이스의 상태가 기이해진 지도 며칠이 지났다. 헤레이스의 곁에 붙은 그것을 보고 얼굴을 구기던 이즈카엘도 이제 어느 정도 침착함을 가장할 수 있었다.

헤레이스는 노래를 흥얼거리며 수를 놓다 고개를 들었다. 멀지 않는 곳에 이즈카엘이 고목처럼 선 채 그녀를 보고 있었다.

"이즈카엘, 이리 와 봐요."

늠름한 모습에 얼굴을 살짝 붉힌 헤레이스가 남편에게 다가갔다. 그리고 그의 소매 위로 아름답게 수놓은 넝쿨 모양을 들이댔다.

"당신 셔츠에 이걸 수놓을까 하는데 어때요?"

이즈카엘은 가까이 다가온 헤레이스를 빤히 보기만 했다. 뚫어져라 저를 보는 호박색 눈에 잠시 부끄러워진 헤레이스가 고개를 폭 숙였다. 그리고 자그마한 목소리로 조잘거리기 시작했다.

"은사로 소매에 넝쿨을 수놓으면 건강히 오래 산다 들었어요. 우스운 미신이긴 하지만 나쁜 것도 아니고…… 당신만 좋다면 모든 셔츠에 넝쿨을 수놓고 싶어요."

"뜻대로…… 뭐든 당신이 하고 싶은 대로 해, 헤레이스."

이즈카엘의 목소리는 어딘가 잠겨 있었다. 헤레이스는 여상하지 않은 남편의 상태에 고개를 갸우뚱거리다 그의 답을 듣고 천천히 고개를 끄덕였다.

"허락해 줘서 고마워요."

말간 미소에는 조금의 아픔이나 괴로움도 없었다. 헤레이스가 가까운 탁자에 수놓던 것을 내려놨다. 그리고 다시 이즈카엘 쪽으로 몸을 돌리려 했다. 그때, 그녀의 드레스 소매에서 무언가 툭 바닥으로 떨어졌다.

"아……."

떨어진 물건에 헤레이스가 당황한 얼굴을 했다. 바닥에 나뒹구는 물건을 확인한 이즈카엘도 몸을 딱딱하게 굳혔다. 그의 얼굴이 일순간에 죄책감으로 구겨졌다.

"……이건 아직 들키면 안 되는데."

헤레이스가 허리를 숙여 손수건을 주웠다. 손수건에 반쯤 수놓인 천일홍처럼 붉어진 얼굴에는 수줍음이 가득했다.

"……천일홍 자수예요. 의미는 알고 있죠?"

고개를 수그리고 있는 터라 헤레이스는 이즈카엘의 참담한 표정을 눈치채지 못했다. 그녀가 손수건을 만지작거리며 말했다.

"……완성되면 당신한테 선물하려 했어요."

"……."

"조금 낯간지럽기는 하지만…… 당신은 내 영원한 연인이잖아요, 이즈카엘."

그 말에 이즈카엘의 목울대가 위아래로 움직였다. 그가 참지 못하고 헤레이스를 제 품에 안았다.

"……헤레이스."

한순간에 이즈카엘에게 안긴 헤레이스가 눈을 몇 번이고 깜빡이다 이즈카엘의 목소리에 놀란 낯을 했다. 잘못 들은 게 아니라면 남편은 지금…….

"이즈카엘?"

"……."

"이즈카엘? 설마 울어요?"

"헤레이스……."

그가 거세게 껴안고 있는 통에 헤레이스는 이즈카엘이 소리 없이 미안하다며 사죄하는 것을 보지 못했다. 그녀가 남편의 허리를 끌어안고 그 위 등으로 작은 손을 올렸다. 그리고 그의 가슴팍에 기댄 채 눈을 감고 말했다.

"무슨 일인지는 모르지만 울지 말아요. 당신이 슬퍼하면 나도 슬픈걸."

등을 토닥이는 손이 완벽하던 그때와 같았다. 아주 짧았던 기간. 헤레이스는 기쁨에 웃고 이즈카엘은 그런 그녀를 안아 주던 그때.

헤레이스가 예쁘게 웃을수록, 그녀의 말씨가 다정할수록 이즈카엘은 스스로에 대한 혐오를 멈출 수 없었다.

자신이 이토록 아름다웠던 그녀를 망쳤다. 이렇게 웃고 행복해하는 사람을 고작 저열한 감정 하나로 짓밟고, 울게 하고, 망가뜨려 지금에 와서는 그것에 의해 기억조차 불분명하게 만들었다.

제가 저지른 일들만 아니었다면 헤레이스는 지금도 이 모습 그대로였을 것이다. 아이도 살아 있었겠지.

'……각하께서 할 수 있는 최선이자 최소한의 도리니까요.'

에드가는 어떤 결과를 맞이하든 헤레이스에게 용서를 빌라고 했다.

하지만 이런 헤레이스의 앞에서 이즈카엘은 도무지 용기를 낼 수 없었다. 아내가 악마와도 같은 그것에 의해 어그러진 환영 속을 헤매고 있음을 인지했음에도, 지금 그녀의 행복을 깰 수 없었다. 아니, 사실은 자신도 이런 아내의 모습에 모든 것을 뒤로한 채 그저 그녀와 지금처럼 살고 싶었다.

이즈카엘의 속내도 모른 채 헤레이스는 계속해서 그의 등을 쓸어 줬다. 가슴팍에 뺨을 비비는 얼굴에는 기쁨이 만연했다. 이즈카엘은 한참 그렇게 헤레이스와 붙어 있다가 천천히 그녀를 떼어 냈다. 헤레이스의 푸른 눈이 그만을 담은 채 아름답게 빛났다.

"헤레이스, 내가 당신한테……."

알아듣지 못한다고 하여도 사죄는 해야 한다 생각했다. 이즈카엘이 제 뺨을 쓰다듬는 헤레이스와 감히 눈도 마주치지 못한 채 입술을 달싹였다. 그러나 그가 힘겹게 사죄의 말을 내뱉으려는 순간, 문이 열리며 아이가 종종걸음으로 다가와 그들 부부 사이를 파고들었다.

"엄마!"

아이를 발견한 헤레이스가 화들짝 놀라며 이즈카엘에게서 떨어졌다. 어린아이에게 이런 모습을 보인 것을 민망해하는 모양새였다.

"……뭐 하고 있었어?"

"아무것도. 그냥 이야기하고 있었어."

아이가 이즈카엘을 힐끔 보더니 헤레이스에게 팔을 뻗었다. 안아 달라는 무언의 요구였다. 헤레이스가 웃음을 터뜨리며 아이를 안아 들었다.

"우리 아들, 인사는 하고 어리광 부려야지."

"응. 아버지, 안녕. 좋은 아침이에요."

길게 올라간 입꼬리에는 비웃음이 가득했다. 이즈카엘이 아내에게 안겨 있는 그것을 보며 인상을 구기자 헤레이스가 의아한 얼굴로 그를 불렀다.

"이즈카엘?"

이즈카엘이 헤레이스의 목소리에 마지못해 표정을 풀었다. 그리고 헤레이스의 머리를 두어 번 쓸어 주고 몸을 돌렸다.

"……저녁에 올게. 쉬고 있어."

헤레이스는 갑작스레 방을 나서는 이즈카엘의 뒷모습을 어리둥절한 얼굴로 봤다. 어미가 저보다 아비에게 집중하자 아이가 손을 뻗어 어미의 시야를 가렸다.

헤레이스가 제 눈을 가린 작은 손에 고개를 돌렸다. 그리고 아이를 안은 채 카우치에 앉으며 말했다.

"오늘 아버지께서 기분이 안 좋으신가 봐. 조금 전에도 그렇고…… 우리 아들한테 인사도 해 주지 않고."

아이가 근심이 내려앉은 헤레이스의 얼굴을 빤히 바라보다 그녀의 입술을 톡톡 쳤다. 아들의 요구를 알아들은 헤레이스가 잘게 웃었다.

"다섯 살이면 의젓하게 굴어야지. 언제까지 이럴 거야."

그러나 장난스러운 타박을 하면서도 헤레이스는 아이의 원대로 짧게 입맞춤을 해 줬다. 어미의 온기가 제 입술에 짧게 닿자 아이가 똑같이 어미에게 입을 맞췄다.

노래를 부르며 아들의 어르는 헤레이스의 얼굴에는 그새 근심 걱정 따위 사라진 지 오래였다. 아이는 행복한 얼굴로 눈 감은 어미의 품을 집요하게 파고들며 속삭였다.

"사랑해, 엄마."

* * *

그것이 눈을 뜨자 풀벌레가 울음을 멈췄다. 조용해진 밤, 커다

란 침대에 홀로 누워 있던 아이가 시트를 끌어 내리고 천천히 앉
았다.

 침대 옆에는 사내가 있었다. 아이가 픽 웃으며 고갯짓으로 가
까운 의자를 가리켰으나 이즈카엘은 인상을 구길 뿐, 선 자리에
서 꼼짝도 하지 않았다.

 "늦은 시간 아들을 보러 온 아비의 얼굴이 아닌데?"

 살기 어린 표정에 그것이 빈정거리며 팔짱을 꼈다. 그리고 아
이의 앳된 목소리로 불만을 토로했다.

 "어머니는 나랑 한 침대에서 자고 싶어 했다는데 네가 막았다
며? 다섯 살짜리 아들 질투해서 어디에 쓰려고. 응?"

 "……넌 우리 아들이 아니야."

 "아…… 맞아. 아버지, 넌 배 속의 아이도 질투했지. 태어나지
도 않은 핏덩이가 죽으면 좋겠단 생각도 했고 말이야."

 화난 짐승처럼 으르렁거리던 이즈카엘이 입술을 내리 물었다.
그것의 말은 너무도 명백한 사실이라 그의 말을 앗아 감과 동시
에 그에게 비참함을 가져다줬다. 그것이 괴로움과 죄책감에 일그
러지는 사내의 얼굴을 느긋하게 감상하며 말을 이었다.

 "짐승도 제 새끼에게는 그런 마음을 품지 않을 텐데. 그래도
너무 자책 마. 그때는 다른 놈 씨인 줄 착각하고 그랬잖아? 짐승
도 제가 차지한 암컷이 다른 수컷의 새끼를 배면 죽이려 들지.
그러니 짐승만도 못한 네가 그러는 건 뭐…….."

 "언제까지 내 옆에 있을 참이지? 내게 원하는 게 뭐야."

 이즈카엘의 물음에 그것이 깔깔거리며 웃기 시작했다. 배까지

움켜쥐고 허리를 굽혀 웃는 모습이 진정으로 즐거운 듯했다. 이즈카엘이 창백한 얼굴로 자지러지는 아이를 노려봤다.

"착각하지 마, 이즈카엘."

그것은 한참 만에야 웃음을 뚝 그쳤다. 아이가 이즈카엘의 눈을 똑바로 바라보며 스산한 얼굴로 말했다.

"네게 전과 같은 관심은 없어. 이미 알고 있잖아. 지금의 내가 관심 있는 건……."

"……."

"……네 아내야."

헤레이스가 언급되자마자 이즈카엘이 아이의 멱살을 잡아 들어 올렸다. 허공에 달랑 매달린 아이는 숨이 막힐 법도 했건만 전혀 괴롭지 않은 듯 웃음만 지을 뿐이었다.

"그렇게 노려보지 마. 솔직히 너한테도 잘된 일이잖아?"

"뭐?"

"지금의 아내를 보면 기쁘지 않아? 널 보며 웃는 그녀가 만족스럽지 않냐고."

이즈카엘의 손이 그의 눈동자만큼이나 떨렸다. 말을 잇지 못하는 이즈카엘의 모습에 그것이 예쁘게 눈웃음을 지으며 차근차근 달래는 목소리를 냈다.

"지금의 헤레이스는 널 사랑해. 너 때문에 아들을 잃고 그 모진 수모를 겪었던 일들을 모조리 잊었거든."

헤레이스가 절 사랑한다는 말에 이즈카엘의 심장 박동이 빨라졌다. 그것이 헤레이스의 목소리를 흉내 내 이즈카엘의 귓가에 속삭였다.

"사랑해요, 이즈카엘."

힘이 풀린 이즈카엘이 잡고 있던 아이의 멱살을 놓았다. 떨어진 아이가 침대 위에 가볍게 착지해 앉고는 이즈카엘을 올려다봤다.

"물론 좋으면서도 괴롭겠지. 그녀가 잊었다 한들 네가 한 짓은 사라지지 않으니까. 하지만 양심이 조금이라도 남았다면 그 정도 괴로움이야 당연한 거 아냐?"

그것은 이즈카엘의 속내가 훤히 보이는 듯 혀를 쯧쯧거리며 찼다. 그리고 이즈카엘의 심장 부근을 빤히 바라봤다.

"이즈카엘. 내 아버지. 형제야. 난 네 속에 자리한 감정이 너무도 뚜렷이 보여. 그게 우스워."

씰룩이는 아이의 입가에는 비웃음과 경멸이 함께 있었다. 지은 죄가 낱낱이 파헤쳐진 죄인처럼 이즈카엘이 뒷걸음질 쳤다. 그러나 그것은 멈추지 않았다. 짙은 비소가 이즈카엘의 눈에 선명히 박혔다.

"지금의 넌 괴로움보다 불안감을 더 크게 느끼고 있잖아."

"……."

"그래. 불안하겠지. 언젠가 그녀가 기억을 일부라도 찾으면 어떻게 해야 할까. 그녀가 다시 너를 보지 않으려 하고 죽음을 통해서라도 널 지우려 하면 어떻게 대처해야 할지 모르겠지?"

머리 위에 벼락이 내리 꽂힌 듯 이즈카엘이 비틀거렸다. 계속 부정하고 있었으나 사실이었다. 그는 제 죄로 느끼는 죄책감보다 아내가 기억을 찾는 것을 더 두려워하고 있었다.

"걱정 마, 이즈카엘. 내가 널 편하게 해 줄게."

"……."

"그녀가 기억을 찾을지도 모른다는 걱정은 하지 마. 지금의 그녀는 너무 행복해. 너무 행복해서 나오지 않을 거야, 이 행복에서."

그것이 눈을 가느다랗게 접어 이즈카엘에게 웃어 보이며 이해한다는 듯 고개를 천천히 끄덕였다. 그러나 이즈카엘은 쉽사리 수긍하지 않았다. 그가 미간을 구기며 입술을 피가 날 정도로 물었다.

"이게 고민할 일이야? 잘 생각해 봐. 뭐가 이득인지."

이즈카엘의 갈등을 알아챈 그것이 답답한 듯 어깨를 으쓱였다. 그러더니 침대에서 일어나 이즈카엘에게 천천히 다가갔다.

"그냥 이대로 행복해지는 게 어때? 우리 셋이 행복한 가족이 되는 거야."

아이가 달콤한 말을 하며 안아 달라는 듯 팔을 뻗었다. 이즈카엘은 저를 올려다보는 눈동자 속에 그려진 풍경에 주먹을 꽉 쥐었다.

웃고 있는 혜레이스, 그녀에게 사랑한다 속삭이는 저, 그리고 아이……. 더할 나위 없이 행복한 가족이, 그가 원했던 미래가 그곳에서 그를 유혹하고 있었다.

* * *

눈을 감고 있는 혜레이스의 얼굴에는 평온이 내려앉아 있었다.

이리 편히 잠든 아내의 모습을 본 게 얼마 만인지. 이즈카엘은 헤레이스의 옆에 누워 그녀의 말간 얼굴을 천천히 쓸었다.

'그냥 이대로 행복해지는 게 어때? 우리 셋이 행복한 가족이 되는 거야.'

그는 끝내 그것의 제안에 고개를 끄덕이지 않았다. 그렇다고 고개를 젓지도 않았다. 마음 같아서는 끄덕이고 싶었다. 하지만 실낱같이 얇은 무언가가 그래서는 안 된다고 그를 말렸다.

아내 옆에 누워 있던 그가 몸을 일으켰다. 자신은 그녀의 곁에 이리 누워 있을 자격이 없었다.

이즈카엘이 침대에서 내려와 헤레이스가 잠들어 있는 침대 왼편 바닥에 무릎을 꿇었다. 헤레이스는 똑바로 누워 있었으므로 이즈카엘의 눈에 보이는 것은 그녀의 옆얼굴이었다. 이즈카엘은 일순 다행이라 생각했다. 아내의 얼굴을 정면으로 보면 목이 막혀 제대로 사죄할 수 없었을 테니.

"……미안해."

"……."

"미안해, 헤레이스."

"……."

"내가…… 내가 잘못했어."

하지만 말로 꺼냈다 한들 제대로 된 사죄는 아니었다. 당연한 일이었다. 들어야 할 이가 듣고 있지 않은데 천 번 만 번을 외친들 무슨 소용이겠나.

이즈카엘이 공허한 눈으로 정처 없이 아내를 훑었다. 그리고 아내의 손 부근을 보던 그가 별안간 무엇이 생각난 듯 몸을 벌떡 일으켰다.

이즈카엘이 향한 곳은 화장대였다. 그가 거울 뒤에서 열쇠를 꺼내 서랍 깊숙이 있던 보석함 자물쇠에 가져다 댔다. 달칵하는 소리와 함께 곧이어 어둠 속에서도 빛이 반짝였다.

찬란한 보석들 가장 위에는 언젠가 이즈카엘이 샬럿에게 돌려받은 반지가 있었다. 금으로만 세공했으되 어느 보석보다 존재감을 뽐내는 반지. 그걸 집어 든 이즈카엘이 헤레이스에게 다가갔다.

이즈카엘은 아내가 깨지 않게 조심스레 손을 가져다 댔다. 사내의 손이 부드러운 뺨에서 목으로 미끄러지더니 빗장뼈를 건드리고 팔로 내려왔다. 잠깐 아내의 손등을 쓸던 그가 아내의 약지를 만지작거렸다. 그리고 가지고 온 반지를 아내의 손가락에 살살 끼워 넣기 시작했다.

처음 끼워 줄 때만 하더라도 아내에게 꼭 맞았던 반지는 조금이지만 헐렁해져 있었다. 바로 빠질 정도는 아니었으나 격하게 움직인다면 잃어버릴 수 있을 정도였다. 그러잖아도 말랐던 아내가 살이 더 내렸다고 생각하니 괴로웠다. 그가 저도 모르게 힘을 조절하던 것을 잊고 아내의 손을 세게 만지작거렸다.

"으응…….'

그의 손아귀 힘에 헤레이스의 눈꺼풀이 팔랑였다. 반쯤 떠진 푸른 눈에 이즈카엘이 훔친 물건을 내려놓듯 그녀의 손을 놓았다. 하지만 이미 마주친 시선은 돌이킬 수 없었다.

"이즈카엘?"

제 손을 만지작거리던 이가 이즈카엘임을 알아본 헤레이스가 빙긋 미소를 지었다. 그녀가 눈을 비비는가 싶더니 몸을 틀어 옆에 앉아 있는 이즈카엘의 무릎 위에 제 머리를 올려놨다.

"······깼어? 미안해."

"아니에요. 그보다 갑자기 이건 왜······."

헤레이스가 손을 들어 손가락에 끼워져 있는 반지와 이즈카엘을 어리둥절한 표정으로 번갈아 봤다.

"······그냥. 이 반지를 낀 당신 손을 보고 싶었어. 오랫동안 끼지 않았잖아."

이즈카엘의 말에 헤레이스가 고개를 끄덕이려다 멈췄다. 반지. 그러고 보니 내가 이걸 언제 뺐더라? 항상 몸에 지니고······.

'아기라 피부가 약해 반지가 닿는 게 불편한가 봐.'

물음에 이어 곧바로 기억 속의 제 목소리가 생각났다. 헤레이스는 그제야 마저 고개를 끄덕였다.

'······그 이후로 잊고 있었구나. 이이가 몰래 끼워 줄 정도로 신경 쓰지 않았다니. 섭섭했겠어.'

"미안해요. 이제 계속 끼고 있을게요."

헤레이스의 사죄에 이즈카엘의 표정이 순간이지만 참담히 무너졌다. 그러나 반지를 보고 있던 헤레이스는 그의 표정을 눈치채지 못했다. 그녀는 반지 낀 제 손가락을 보다가 개구쟁이 아이처럼 침대에 몸을 굴렸다.

"이리 들어와요. 꼭 안아 줄게요."

부드러운 시트 밑으로 몸을 넣은 헤레이스가 제 옆을 두드리며 이즈카엘에게 환하게 웃어 보였다. 그는 자신과 꼭 안고 있는 것을 좋아했으니 완전히는 아니어도 어느 정도 섭섭함을 풀리라.

그녀의 예상대로 이즈카엘은 별말 없이 헤레이스가 이끄는 대로 움직였다. 헤레이스는 자신을 꼭 안은 채 제 목덜미에 얼굴을 묻는 남편의 귀에 입을 맞췄다.

"……우리 아들도 그러더니 당신도 어리광이 느네요. 섭섭했으면 진작 말하지. 그럼 계속 끼고 다녔을 텐데."

우리 아들이라는 단어에 이즈카엘이 몸을 굳혔다. 그러나 그는 곧 제 피부를 더듬는 아내의 손에 힘을 풀었다. 그리고 들릴 듯 말 듯 작은 목소리로 속삭였다.

"……미안해, 헤레이스."

* * *

안나와 크리스의 행방은 생각보다 빠르게 찾을 수 있었다. 에드가는 지도에 표시된 빨간 점들을 보며 그들이 세르펜스 성까지 오는 데에 걸리는 기간을 대략 어림짐작했다.

'두 달이면…….'

손가락으로 지도의 길을 따라 그리던 그가 계산을 마치고 고개를 작게 끄덕였다. 그리고 이즈카엘에게 보고하기 위해 걸음을 옮겼다.

"잠깐 기다려 주십시오."

선객이 있는 모양인지 보좌관이 에드가를 막아섰다. 그러나 방문한 이가 에드가임을 알리자 집무실 문은 바로 열렸다.

집무실에는 제임스가 먼저 와 있었다. 이즈카엘의 앞에 마주 앉아 있던 그는 에드가가 들어오자 일어나 허리를 숙이고는 다시 앉았다.

"계속해."

이즈카엘이 에드가에게 자리에 앉으라 눈짓하고는 제임스에게 말했다. 집무실에 들어온 순간 제임스의 보고를 함께 들어도 좋다는 뜻이었기에 에드가는 조용히 제임스의 옆자리에 앉았다.

"그럼 계속하겠습니다."

의자가 여덟 개 딸린 기다란 책상에는 여러 서류가 널브러져 있었다. 제임스가 이즈카엘 쪽으로 펼쳐져 있는 서류의 몇 군데를 손가락으로 짚으며 입을 열었다.

"예상대로 사제들이나 사제들처럼 신성력을 어느 정도 가진 이들이 이 물건에 반응했습니다. 그래서 그 방면으로 조사를 했는데……."

"……."

"……비슷한 물건을 딱 하나 찾았습니다."

여러 인물의 인적 사항을 지나 제임스의 손가락이 어느 그림에 닿았다. 이즈카엘과 에드가는 그 손가락을 좇아 그림을 살폈다. 화려한 보석들로 치장된 기다란 물건은 사제들이 쓰는 관 같았다.

"크게 분류하자면 성물입니다."

"어느 신전의 것이지?"

성물이라는 말에 이즈카엘이 곧장 물었다. 북부 소속 신전의 성물이라면 지금 당장 가지고 오라 할 참이었다. 하지만 제임스는 이즈카엘의 물음에 고개를 살짝 젓더니 곤란한 얼굴을 했다.

"……어느 신전의 것이라 할 수 없습니다."

"유실된 성물인가."

"아닙니다. 이것은…… 교황의 관입니다."

이제야 저 얼굴이 이해가 갔다. 보통의 성물도 빌려 오는 것이 힘들었다. 그런데 교황의 관이라니. 신전에서 옮기는 것을 허락할 리 없었다. 그것은 곧 황제에게 황제의 관을 빌려 달라는 말과 같았으니.

"다른 성물과 달리 가지고 오는 것이 불가합니다. 신전에서 내줄 리가 없으니까요."

이즈카엘은 제임스의 난감한 목소리에는 신경을 쓰지 않았다. 그가 그림 속 교황의 관을 찬찬히 살피다가 의문을 표했다.

"……이 관 전체가 찾는 물건은 아닐 텐데."

제임스가 이즈카엘의 말에 고개를 끄덕였다. 그리고 그림의 중앙 부위를 가리켰다.

"맞습니다. 각하께서 찾으시는 물건은 관에 박힌 보석 중 이것입니다."

관의 정중앙에 박혀 있는 육각형 모양의 보석. 하얀 돌덩이로도 보이는 그것은 척 보기에도 크고 귀해 보였다. 비록 검은색 잉크로 그려진 흑백의 그림이지만, 그 속에서도 보석의 존재감은 확연했으니. 제임스가 손가락으로 보석을 툭툭 치며 말을 덧붙였다.

"장님으로 유명했던 14대 교황이 어느 강대한 마녀를 태우고 그 속에서 얻은 보석입니다. 이 관에 박힌 아흔아홉 개의 보석 중에서도 가장 중요한 것이지요. 이것이 각하께서 주신 그 결정과 아주 흡사한 것으로 조사되었습니다."

"……."

"더 찾아보면 비슷한 물건이 있을지 모릅니다. 그러니……."

설명을 마친 제임스가 주인의 눈치를 살피며 조심스레 말을 꺼냈다. 지금도 이전에 성물을 찾아다닌 일로 신전 몇과 사이가 틀어졌는데, 더 나아가 교황이 있는 중앙 신전과 부딪치기라도 한다면……. 신전의 위용이 예전만은 못하다지만 그래도 아나이스의 정신적 지주로 있는 교황이었다. 괜한 척을 져 좋을 건 없었다.

"아니."

"……."

"사람을 보내."

"……."

"말을 먼저 꺼내 보되 안 된다면 어떤 수를 써서라도 가져와. 훔쳐서라도."

제임스의 만류는 이즈카엘의 말 몇 마디에 스러졌다. 제임스는 속으로 한숨을 쉬면서도 예상한 일에 머릿속으로 계획을 그렸다.

"……알겠습니다. 어떤 식으로든 방안을 마련하겠습니다."

훔쳐서라도 가져오라는 주인의 무도한 말에 제임스가 에둘러

답하며 책상에 흩어져 있던 서류를 정리했다. 그리고 이번에는 몇 장 안 되는 다른 서류 뭉치를 꺼내 들었다.

"한 가지 중요 안건이 더 있습니다."

"말해."

"수도에서 은밀히 받은 소식입니다만, 황태자께서 세르펜스 성을 방문할 예정이라 하십니다. 예상 일정은 두 달 정도 뒤입니다."

황태자라는 단어에 이즈카엘은 물론이고, 에드가의 얼굴에도 의아함이 맴돌았다. 수도에 있는 황족들이 북부까지 오는 일은 거의 없었다.

"이유는?"

"황족으로서 나라 곳곳을 사찰한다는 이유지만 동행하는 이들의 목록을 살펴보면 조사단에 가깝습니다. 특히 여기 라그랑 후작과 밀로 백작은 황태자 전하의 최측근으로, 죄지은 귀족들을 심문하는 이들입니다."

제임스가 펼친 종이에는 열댓 명의 이름이 적혀 있었다. 그리고 강조하듯 빨간 줄이 그인 이들은 대부분 황실 조사단 소속 귀족이나 관리였다.

"정확하지는 않으나 분명 좋은 일은 아닙니다. 황태자 전하의 호위라고는 하지만 함께 움직이는 기사단이 너무 많습니다. 그리고 무엇보다 목적지가 세르펜스 성인 게 너무 분명합니다."

이즈카엘이 조사단의 명단을 내려놓고 이번에는 기사단 규모를 봤다. 제임스 말대로 일개 사찰이라기에는 기사들의 수가 많았다. 나라 간 전쟁은 못 하더라도 영지 하나쯤은…… 물론 세르펜스 성을 함락시키는 데는 턱없이 부족한 규모였지만 조심해서 나쁠 건 없었다.

"……최근 몇 년 동안 진행한 일 중 혹여나 위법을 저지른 일이나 문제 될 부분이 있었는지 살펴 올려. 그리고 황태자 일행이 북부로 들어서는 순간 사람을 붙인다. 그리고 에드가."

"예."

"기사들에게 준비 태세를 명해."

"알겠습니다."

제임스는 제가 보고할 것이 끝나자 빠르게 자리를 떴다. 온갖 일의 총괄에 새로운 일까지 맡은 그는 눈코 뜰 새 없이 바빴다. 에드가는 제임스가 자리를 뜨자 이즈카엘의 앞으로 자리를 옮겼다. 그리고 가져온 지도를 펼치며 말했다.

"찾으라 명하셨던 인물들을 찾았습니다만…… 상황이 좋지 않은 것 같습니다."

"……."

"전에도 말씀드렸다시피 레이디 셜벗과 다르게 부인의 핏줄께서는 황제 폐하의 명으로 추방된 몸입니다. 황태자께서 불분명한 목적을 가지고 방문하시는 이때 괜히 꼬투리라도 잡힌다면 문제가 커질 수 있습니다."

"확실히. 게다가 지금 출발한다면 황태자와 비슷한 시일에 도착하겠군."

이즈카엘은 지도 위 붉은 점이 크리스와 안나의 위치임을 알아채고 인상을 찌푸렸다.

"차라리 황태자께서 돌아가신 다음에 부르시면……."

"아니. 그건 안 돼, 에드가."

"……."

"일단 최대한 빨리 데려와. 북부는 넓으니 어디든 숨겨 두면 되겠지."

"각하."

에드가가 한 번 더 이즈카엘을 만류하기 위해 입을 열었다. 하지만 이즈카엘이 먼저였다. 저를 부르는 수하의 목소리에 그가 손을 들어 올렸다.

"에드가."

"……."

"지금 헤레이스는 아무것도 기억하지 못해. 하지만 그녀가 언제 기억을 찾을지는 아무도 모르는 일 아닌가."

"……."

"기억을 찾으면…… 헤레이스는 홀로 견디지 못할 거야. 알잖나. 그녀가 얼마 전까지만 해도 어떠했는지."

에드가는 그제야 이즈카엘이 손을 떨고 있음을 눈치챘다. 도살자라고까지 불렸던 굳건한 사내는 뭐가 그리 두렵고 초조한지 초점조차 제대로 맞추지 못한 채 파리한 입술을 꾹 물고 있었다.

"……아내에게는 아내가 아끼는 누군가가 필요해. 나 말고 가까이서 그녀를 돌보고 위로해 줄 사람이 있어야 한다고."

"……."

"그러니까 아내의 오라비와 시녀를 빠른 시일 내 데려와. 나머지 일은 내가 해결하지."

* * *

"도대체 부인께서는 왜 저러시는 거야? 매일같이 미겔 도련님
을 껴안고…… 사생아잖아. 게다가 에르젠 도련님을 죽인 여자
의 아들인데. 왜 저렇게……."

"에르젠 도련님 일 이후에 완전히 미쳐 버리신 거지."

성내에는 헤레이스를 두고 말이 많았다. 그럴 만한 것이 에르
젠을 잃고 자해 시도까지 한 그녀가 원수의 아들이라 할 수 있는
미겔을 끌어안고 제 아들처럼 여기고 있었으니 어느 누가 기이한
눈으로 보지 않을 수 있을까. 사용인들은 둘 이상 모였다 하면
헤레이스에 대해 수군거렸다.

"설마!"

"아냐. 정신이 나가신 게 맞아. 어제는 나한테 도련님의 까만
머리카락에 어떤 색 옷이 좋겠냐 물어봤다니까."

"뭐? 미겔 도련님 머리카락은 주인님과 같은 은색……."

"그러니까. 정신을 놓으신 거지. 내가 보기에 부인께서는 미겔
도련님을 에르젠 도련님으로 착각하시는 거 같아."

"그러고 보니 기억도 좀…… 지금 부인은 꼭 예전 같으시잖아.
실없이 잘 웃고 주인님하고도 잘 지내고……. 모조리 기억하시
면 그럴 수 없지. 정부가 아들을 죽였는데. 나 같으면 주인님도
보기 싫을 거야."

대부분의 사용인들은 헤레이스가 정신을 놓았다고 생각하며 동정 어린 시선을 보냈다. 그리고 헤레이스의 웃음이 자주 들릴수록, 그녀가 미소를 자주 띨수록 그런 눈빛들은 짙어져만 갔다.

"어찌 됐건 가엾게 되셨어. 참 기구한 삶이야. 본인 집안은 멸문에, 몇 년 새 주변에서 일어나는 일만 봐도……."

"입을 함부로 놀리는 자는 분명 매질을 해 쫓아내겠다 말했을 텐데!"

"집, 집사님!"

덕분에 힘들어진 것은 성내 사용인들을 관리하는 노집사, 그리고 헤레이스의 가장 가까이서 그녀를 시중드는 헬렌이었다.

"하아…… 입들 단속하기가 이리 어려워서야."

"한두 명이 이야기하는 게 아니니까요. 발보다 빠른 말을 어찌다 막을까요."

두 사람은 혹여나 사용인들의 수다가 헤레이스의 귀에 들어갈까 노심초사하며 하루하루 보내고 있었다.

"네 말이 옳아. 사람들 입은 너무 많고 가벼워. 부인의 시중조차 제대로 둘 수가 없으니 원……."

"……."

"당장은 믿을 만한 사람이 너뿐이구나, 헬렌. 고생스럽더라도…… 부탁하마."

"예, 걱정 마세요."

노집사가 헬렌의 어깨를 두드리며 부탁 조로 말했다. 헬렌은 노집사의 염려 어린 얼굴에 간식이 차려진 쟁반을 든 채 괜찮다는 듯 웃어 보였다. 하지만 노집사가 복도를 따라 사라지고 헤레이스와 아이가 있는 방문 앞에 홀로 서자 등 뒤로 쭈뼛 소름이 돋는 건 막을 수 없었다.

'……불편한 아이야.'

헬렌은 헤레이스 옆에 붙어 있는 미겔을 보는 것이 껄끄러웠다. 입 밖으로 내지는 않았으나 영리한 아이는 헤레이스가 제 친모가 아님을 알고 있을 터였다. 하나 미겔은 헤레이스에게 맞춰 연기라도 하듯 친자처럼 굴고 있었다.

똑똑.

"부인, 헬렌입니다."

"들어오렴."

물론 어미를 잃은 아이니 자신을 아들로 보는 헤레이스에게 정을 붙여 그런 것일 수도 있었다. 다섯 살이면 천지 분간 못 하는 어린 나이인 데다 어미의 품에 안겨 있을 나이이니. 그러나 아이의 호박색 눈, 헤레이스에게 안겨 저를 보는 저 눈…….

"엄마, 오늘 간식은 뭐야?"

……저 눈을 보면 이해할 수 없는 찝찝함과 불편함에 속마저 울렁거렸다.

* * *

"헬렌, 이만 나가서 네 일 보렴."

"저도 남아서 도련님을 돌볼게요."

"아냐. 이것만 먹이고 낮잠을 재울 생각이야. 아이 하나 재우는 데 굳이 네 손까지 빌릴 필요 없지."

"하지만……."

"괜찮으니 나가 봐. 내가 편히 있고 싶어 그래."

아이는 간식을 놓고 나가는 헬렌의 뒷모습을 보며 비틀린 미소를 지었다. 저에게 이유 모를 두려움을 느끼면서도 주인을 걱정해 남을까 말까 고민하는 꼴이라니. 우스웠다.

어찌 보면 대단한 인간이긴 했다. 이 성내에 몇몇 인간들이야 제가 인간이 아님을 알고 있으니 경계한다지만 저 여자는 그 사실도 모르질 않나. 직감이 제법 쓸 만했다.

'번거로운데…… 먹어 버릴까.'

허기가 들지는 않았으나 헤레이스를 걱정하며 곁에 머물고 싶어 하는 여인이 마음에 들지 않았다. 게다가 아이의 기분은 얼마 전부터 쌓이기 시작한 불만으로 매우 저조했다.

"자, 이거 먹어 보자."

비틀린 심기에 그것이 날카로운 이를 드러내다 입가로 다가오는 흰 손에 다시 숨겼다. 인간들이나 선호할 법한 냄새가 코를 찌르는 것에 입맛이 싹 가셨다.

헤레이스의 손에 들린 붉은 열매는 말린 것인지 본래보다 색이 어두웠다. 하지만 곁에 바른 꿀 때문에 제법 먹음직스러워 보였다. 붉은 혀가 다정하게 내민 열매를 날름 삼켰다.

"씨는 뱉어야지. 자, 퉤."

아이가 열매를 문 채 한참 우물거리자 헤레이스가 걱정스러운 얼굴로 접시를 내밀었다. 그것이 헤레이스가 내민 접시에 씨를 뱉으려다가 멈칫했다. 뒤틀린 심기. 아이는 어미가 시키는 대로 순순히 행동하고 싶지 않았다.

그것이 실수한 척 접시를 잡고 있는 헤레이스의 손 위에 씨를 뱉어 냈다. 커다란 씨에 남은 과육과 타액이 한데 묻어 헤레이스의 하얀 손 위로 떨어졌다.

더럽고 질척한 것이 허여멀건 피부를 더럽히자 왠지 모를 희열에 아이가 히죽 입꼬리를 올렸다. 그러나 그것은 곧 제가 어린아이의 탈을 쓰고 있음을 기억해 내고 미안한 얼굴로 헤레이스를 올려다봤다.

"괜찮아."

헤레이스가 아이의 머리를 상냥하게 쓰다듬고 제 손에서 바닥으로 추락한 씨를 집어 들어 접시에 올려놨다. 그리고 아무렇지 않은 얼굴로 손수건을 꺼내 손을 깨끗이 닦고 다시 열매 하나를 아이의 앞에 내밀었다. 아이가 무언가를 먹는 모습만 바라봐도 행복한지 흰 얼굴에는 미소가 가득했다.

"하나 더 먹을까?"

"……배불러."

그것이 싫은 내색 하나 없는 헤레이스를 빤히 보다 고개를 저었다. 어차피 뭘 먹어도 똑같은 맛에 이따위 것은 아무리 많이 먹어도 제 배고픔을 채워 주지 못했다.

"졸려. 나 자고 싶어, 엄마."

"그래? 그럼 자러 가자."

아이가 싫다고 하자 헤레이스가 쟁반을 옆으로 치웠다. 그러고 는 잠이 온다며 칭얼거리는 아이를 안아 침대로 걸음을 옮겼다.

"우리 아들, 이제 조금 더 무거워지면 안아 주기 힘들겠어."

"내가 무거워?"

"당연히…… 아?"

헤레이스는 그가 무럭무럭 자라고 있으니 당연한 거 아니겠냐 고 웃으며 말하려다 가벼워진 팔에 걸음을 멈췄다. 분명 조금 전 까지만 해도 잠깐 안아 든 걸로 팔이 아렸는데…….

묘한 감각이 그녀의 등을 찌르고 목덜미를 서늘하게 식힐 때였 다. 품에 안긴 아이가 졸린 목소리로 얼어붙은 그녀를 불렀다.

"엄마."

아들의 목소리에 헤레이스가 퍼뜩 정신을 차리고 다시 침대로 향했다. 침대 가까이 다가가 팔을 아래로 내리니 아이가 가벼운 몸짓으로 침대 시트 밑을 파고들었다. 헤레이스가 다람쥐처럼 귀 여운 아들의 모습에 잘게 웃으며 침대에 걸터앉았다.

"자장가 불러 줄까?"

"자장가보다는……."

코 아래까지 시트를 덮은 아이가 고개를 가로젓더니 옆으로 꿈 틀거리며 몸을 옮겼다. 얼굴의 반이 가려진 탓인지 아이의 눈동 자가 어느 때보다 선명하게 헤레이스에게 박혀 들었다.

"엄마도 여기서 나랑 같이 자면 안 돼? 응?"

아이 특유의 천진난만한 목소리에는 어미를 향한 응석만이 존 재했다. 하지만 언제나 기꺼웠던 아들의 어리광이 오늘따라 이상하게 불편했다.

"요새 밤에는 아버지랑만 있잖아. 나도 엄마랑 같이 자고 싶은
데……."

헤레이스가 가만히 앉아만 있자 아이가 시무룩한 표정을 지으
며 울먹이는 소리를 냈다. 헤레이스는 기이한 불쾌감을 쫓고 아
이의 옆에 모로 누웠다. 아들의 말이 맞았다. 요새는 통 아이와
함께 있어 주지…….

'가지 마. ……만 두고 가지 마. 응?'

문득 머릿속에 아이의 울음소리가 희미하게 스쳤다. 헤레이스
는 욱신거리는 머리를 부여잡고 저도 모르게 신음을 내질렀다.
머릿속을 누군가 망치로 쾅쾅 두드리는 듯했다.

"아흑……."

견디지 못한 헤레이스가 하녀를 부르기 위해 비틀거리며 몸을
일으켰다. 그러나 그녀가 침대 밖으로 한 발짝 내딛으려던 찰나
아이가 그녀의 손목을 꽉 잡았다. 다섯 살밖에 되지 않는 아이의
손인데, 도무지 떼어 낼 수 없었다.

"엄마, 어디 아파?"

"아, 아냐. 엄마 괜찮아."

어미의 신음에도 아이는 동요하지 않았다. 그러나 어지러운 시
야 때문에 아들이 어떤 얼굴을 하고 있는지 모르는 헤레이스는
제 팔목을 잡은 아들을 향해 손을 뻗었다. 걱정시키지 말아야지.
눈물이 많은 아이니까.

"정말 괜찮……."

"엄마."

헤레이스가 가까스로 아들을 품에 안았을 때였다. 그녀의 품에 박히듯 안긴 아이가 기다란 혀를 날름거렸다.

붉은 혀는 바닥을 기는 뱀보다도 길었다. 헤레이스의 팔을 타고 오른 그것이 쉭쉭 뱀 같은 소리를 내더니 그녀의 귓바퀴를 감았다. 그리고 소름 끼치는 감각에 눈조차 깜빡이지 못하는 헤레이스에게 물었다.

"……왜 날 이름으로 부르지 않아?"

"아……."

아들의 물음을 인지한 순간 무언가 헤레이스의 머리를 내리쳤다. 그녀가 제대로 된 신음조차 내지르지 못한 채 몸을 옆으로 꼬꾸라뜨렸다. 무너지는 어미의 품에서 그것이 대가리를 꼿꼿하게 들며 분기 어린 음성으로 재차 추궁했다.

"내 이름이 뭐야?"

하지만 이미 까무룩 정신을 잃은 어미가 대답할 수 있을 리 없었다.

* * *

제 분을 이기지 못해 씩씩거리던 그것이 한참 만에 몸을 숙여 헤레이스의 눈과 귀에 뱀의 타액을 발랐다. 그녀의 시야를 차단하고 있던 욕망이 빠져나간다면 아들 노릇도 끝이었다.

더러운 뱀의 타액은 살아 있는 것처럼 움직이더니 검은 실로 변해 헤레이스의 눈과 귀로 향했다. 그것은 검은 실들이 뭉텅이져 잘 자리를 잡았는지 확인하고 헤레이스를 쏘아봤다.

'……기분 나빠.'

제가 벌인 일을 수습하면서도 그것은 기분이 상해 어찌할 바를 몰랐다. 화가 나고 울분이 찼다. 그리하여 그것은 제 옆에 쓰러진 헤레이스를 작은 아이의 손으로 꼬집고 할퀴었다.

'불쾌해.'

왜 이리 분노가 치미는지 알 수 없었다. 아니, 제 감정인데 모를 리가. 사실 그것은 제 불쾌감이 어디서 오는지 똑똑히 인지하고 있었다.

'짜증 나.'

그는 죽어 버린 아이, 그래 한때 동생이기도 했던 에르젠을 연기하고 있는 상황 자체가 몹시 탐탁지 않았다. 그리하자며 그녀에게 먼저 속살거린 것이 자신임에도 불구하고.

'……그깟 이름이 뭐라고.'

게다가 기껏 아들 노릇을 해 주고 있는데 여자는 무슨 이유에서인지 자신과 계약을 한 뒤 제 아들의 이름을 단 한 번도 입 밖으로 내지 않았다. 분명 에르젠으로 보고는 있을 터인데……. 어떤 선이라도 지키듯 이름을 뱉지 않는 헤레이스의 모습에 그것의 가느다란 인내심은 어느새 바닥났다.

'인간 주제에.'

하기 싫은 일을 하는데 방향마저 제 뜻대로 안 되는 꼴이니 당연히 화가 날 수밖에. 결국 참지 못한 그것의 호박색 눈동자가 한 쌍에서 두 쌍으로 순식간에 늘어났다.

'피라도 마셔야겠어.'

손톱마저 세운 그것이 헤레이스의 피부를 당장에라도 찢어발길 듯 손을 뻗었다가 멈칫했다. 막상 살을 파내려 하니 아이의 손으로 꼬집고 할퀴었던 자국이 눈에 들어왔다. 흰 피부는 어찌나 약한지 아이의 손에도 쉽사리 상처가 나 이미 붉게 변해 있었다.

'……알 게 뭐야.'

그것이 작게 욕지거리를 하며 팔을 높게 들어 올렸다. 하지만 올라간 팔은 허공에 멈췄다가 이내 내려왔다. 맹금류의 발톱 같았던 손톱이 어느새 자취를 감추고 그것은 한낱 인간 아이로 돌아와 어미를 뚫어져라 봤다.

끓었던 분은 그새 사라져 있었다. 아이가 헤레이스의 피부에 난 상처를 가만히 쓸었다. 그러자 검은 무언가가 헤레이스의 피부를 옅게 덮는다 싶더니 신기하게도 상처가 모조리 사라졌다.

어딘가 지쳐 보이는 아이가 어미와 마찬가지로 모로 누웠다. 얼굴을 거꾸로 마주 보는 모자의 형상은 위에서 보면 둥근 것이 제법 그럴 듯해 보였다. 감긴 헤레이스의 눈꺼풀에 손을 뻗은 아이가 어미를 따라 스르르 눈을 감으며 중얼거렸다.

"……난 엄마 아들이야."

* * *

깊은 낮잠은 아주 달콤했다. 헤레이스는 아무것도 기억 못 하는 낮잠에서 깨어나 눈을 깜빡였다.

아들이 그녀의 품에 안겨 쌕쌕 숨소리를 내고 있었다. 헤레이스가 사랑스러운 아이의 머리카락 사이로 손을 넣었다. 손가락 사이로 남편과 같이 밝게 빛나는 은발이…….

'어?'

헤레이스가 놀라 눈을 깜빡였다. 그러자 환한 빛의 머리카락이 그녀와 같은 검은색으로 돌아와 있었다.

'……커튼을 치지 않아 빛이 들어오는 모양이지.'

헤레이스는 제 착각이 빛의 장난에서 기인했다 생각하며 고개를 창가로 돌렸다. 하지만 그녀가 깊은 낮잠에 헤매는 사이 해는 이미 떨어져 몸을 숨긴 뒤였다.

헤레이스가 컴컴한 밖을 보며 입술을 부르르 떨었다. 그리고 그새 눈을 뜬 아이가 그런 그녀를 지켜보고 있었다.

* * *

"……차가 너무 진해. 역해서 도저히 마실 수가 없어."

"죄송합니다."

"벌써 몇 번째…… 아니야. 됐으니 나가 보렴. 쉬고 싶구나."

달콤한 낮잠 이후 헤레이스는 점차 예민해졌다. 그녀는 전과 달리 사소한 일에도 짜증을 부렸으며 하녀들에게 답지 않게 소리를 높이기도 했다. 안 그러던 상전이 갑작스레 까탈스러워지자 사용인들은 긴장한 채 발걸음 소리조차 줄였다.

"엄마!"

"우리 아들, 왔어?"

"……엄마, 어디 아파?"

"아니야."

신경이 곤두선 와중에도 헤레이스는 아들에게만은 다정한 어미였다. 그녀는 지끈거리는 머리와 불안히 뛰는 심장에 괴로워하면서도 아이를 대하는 태도만은 여전히 부드러움을 고수했다.

"엄마."

"응?"

"엄마는 날 사랑해?"

어미의 다정함이 흘러넘침에도 아이는 언젠가부터 헤레이스에게 자신을 사랑하냐는 질문을 자주 하기 시작했다. 헤레이스는 그럴 때마다 한껏 미소를 지으며 일말의 망설임 없이 그렇다고 대답했다.

"물론. 엄마는 우리 아들을 사랑해."

"정말?"

하지만 아이는 날이 갈수록 만족스럽지 않은 낯으로 반문했으며 헤레이스 또한 아이의 물음이 어느 순간부터 불편해지기 시작했다.

'……내가 왜 이러지?'

심장 어귀에 쌓인 감정은 며칠 새 벌레가 돼 그녀의 정신을 좀먹어 가고 있었다. 헤레이스는 아이에게 웃으며 답해 줄 때마다 거짓을 말하는 듯한 기분에 휩싸였다.

그리고 달콤한 낮잠에서 깨어난 지 엿새 되던 날, 헤레이스는 욕탕에 홀로 앉아 있다가 자신에게 무심코 묻고 말았다.

'……나는 내 아이를 사랑하지 않는 게 아닐까?'

스스로 질문을 던진 주제에 그녀는 욕탕 물이 식을 때까지 오열했다. 어미로서 아이에 대해 그런 의문을 갖는 자신이 너무 한심하고 역겨웠다. 커다란 죄책감이 그녀를 아래로 뭉개 버릴 듯 짓눌렀다.

그녀의 울음소리에 놀란 헬렌이 다른 하녀들과 함께 그녀를 욕탕에서 꺼내 침실로 인도했다. 누군가 그녀에게 옷을 입히고 미지근한 차를 내줬다. 하지만 헤레이스는 침대에 누울 때까지 눈물을 멈추지 않았다.

왜 아이가 전처럼 사랑스럽지 않은가. 분명 기억 속 아이는 그렇게나 사랑스러운데. 헤레이스는 아들과의 추억을 하나하나 되새겨 봤다.

몇 번을 곱씹어도 아이와의 추억은 분명 하나같이 행복한 것이었다. 젖을 물리고, 재우고, 처음으로 엄마라는 말을 듣고…….

'우리 아들…… 지금은 우리 품에 있지만 언젠가는 떠나겠지요?'

'한참 후의 일이야. 지금은 우리 두 사람 사이에 콕 끼어 있는데, 뭘.'

'……아이들은 금방 자란다잖아요. 아직은 작지만 우리 아들도 금세 커서 이 방을 떠날 거예요.'

'난 그날이 빨리 왔으면 좋겠는데. 그래야 전처럼 헤레이스 당신하고 꼭 붙어 있지.'

'내가 이렇게 진지하게 말하는데! 이즈카엘 당신은!'

특히 남편과 단 둘이서만 썼던 침대에 아이를 눕히고 처음으로 셋이 잠든 날, 그날을 떠올리는 것만으로도 온몸에 따스함이 차올랐다.

하지만 추억에 잠겨 잠시 허우적대고 나면 기이한 허탈감과 함께 짙은 쓴맛이 입 안에 돌았다. 맑은 물로도 도통 헹궈 낼 수 없는 지독한 맛이었다. 꼭 바랐던 일을 꿈으로 꾸고 일어났더니 반대의 현실이 눈앞에 펼쳐진 듯했다.

게다가 기억 속 아이의 얼굴은 이상하리만치 희미했다. 떠오르는 장면은 분명 선명한데 아이의 모습은 무언가에 가려진 듯 흐릿했다. 그리고 안개처럼 희뿌연 아이는 헤레이스에게 이유 모를 거부감으로 다가왔다. 헤레이스는 제 머릿속에서 또렷하지 않은 아이가 이제는 두렵기까지 했다.

"부인."

헤레이스가 이해 못 할 자신에게 속으로 화를 내고 욕을 할 때였다. 어느새 다가온 헬렌이 축 처진 그녀의 뒤에서 부러 밝은 목소리를 꾸며 냈다.

"주인님께서 함께 산책을 하러 가자 청하십니다."

"……."

"늦은 시간이지만 달이 밝아요. 제가 숄을 꺼내 드릴게요. 주인님과 산책하시면 기분도 꽤 좋아지실 거예요."

"……오늘은 쉬겠다고 전해 줄래?"

남편의 제안에 순간 혹했으나 헤레이스는 곧 어깨를 늘어뜨렸다. 아들의 얼굴을 보기 힘든 만큼 남편의 얼굴 또한 마찬가지였다. 헤레이스는 제게 말하는 헬렌의 쪽으로 몸조차 돌리지 않은채 침대에 누워 고개를 저었다.

'……이런 생각을 하고 있는 걸 알면 실망할 거야. 자식을 꺼리는 어미라니.'

곧 헬렌이 문을 닫고 나가는 소리가 났다. 헤레이스는 그녀가 나가자 다시 훌쩍이기 시작했다. 남편이 저를 걱정하고 있음을 알았다. 그는 계속해서 그녀에게 괜찮은 거냐고 물었으니까.

당장에라도 다정한 그에게 안겨 괜찮지 않다고 울며 고개를 젓고 싶었다. 하지만 동시에 두려웠다. 그녀의 남편 이즈카엘은 그녀에게 한없이 너그럽고 따뜻한 사람이었다. 그래서 더 실망을 안겨 주기 싫었다. 시트에 얼굴을 묻은 그녀의 등이 점차 거세게 들썩였다.

"이즈카엘……."

그렇게 남편의 이름을 부르며 얼마를 울고 있었을까. 누군가 헤레이스의 등에 손을 댔다. 깃털로 간지럽히듯 아주 조심스러운 손길이었다.

그 미약한 접촉에 헤레이스는 화들짝 놀랐다. 그녀가 눈물로 엉망이 된 얼굴을 들어 상대를 확인했다.

돌아본 곳에는 그녀의 남편이 있었다. 그의 얼굴이 너무도 형편없이 구겨져 있어 헤레이스는 제 꼴이 어떤지 잊고 놀란 목소리로 남편을 불렀다.

"……이즈카엘?"

자신을 향해 뻗어진 남편의 손은 부들부들 떨리고 있었다. 당황한 헤레이스가 몸을 완전히 돌리고 상체를 세운 채 이즈카엘을 올려다봤다.

"왜……."

헤레이스의 눈가에 커다란 손이 닿는가 싶더니 남은 눈물을 모조리 닦아 냈다. 그가 울먹이는 헤레이스보다 더 젖은 목소리로 물었다.

"……왜 울고 있어."

"이즈카엘, 나는 어미가 될 자격도 없어요. 난……."

"……."

"우리 아들이…… 이상하게 우리 아들을 보기가 힘이…… 흐윽. 힘이 들어요. 나는……그 아이를 사랑하지 않는 거 같아요."

이즈카엘은 엉엉 우는 아내를 제 품에 꼭 껴안은 채 입술을 물었다. 내색하지 않으려 했지만 파르르 떨리는 입술을 참아 내기가 어려웠다.

"분, 분명 사랑스러운 아이인데…… 내가 세상에서 가장 사랑하는 당, 당신과 나 사이에서 태어난…… 흑."

"……."

"축복, 축복받은 아이인데……."

아내는 쓸데없는 죄책감에 시달리고 있었다. 아내가 아들로 보는 그것이 무엇인지 아는 이즈카엘은 소리치고 싶었다. 그것은 우리 아들이 아니라고. 그러니 당신의 반응은 당연한 거라고.

하지만 할 수 없지 않나. 아내에게 모든 진실을 일러 주면……

그의 죄악과 그로 인한 결과를 알게 되면 아내는 지금보다 더 괴로워할 터였다. 그리하여 이즈카엘은 아내를 꼭 껴안은 채 침묵했다.

"나는 여신께 벌을 받을 거예요. 이렇게 화목하고 따뜻한 가정을 제게 주셨는데…… 내가 가진 게 얼마나 큰지 모르고……."

아무것도 기억하지 못한 채 그에게 화목한 가정을 말하는 아내. 이즈카엘은 헤레이스의 말에 자신의 손으로 망친 그들의 미래를 또다시 떠올렸다.

"헤레이스."

진짜 에르젠을 품에 안아 든 아내는 이따위 쓸데없는 죄책감을 가지지 않았을 터였다. 에르젠은 그녀의 진짜 아이니까. 그녀가 에르젠을 사랑하지 않는 일은 없었을 테니까.

"……당신은 잘못한 게 하나도 없어."

그가 준 감당하지 못할 고통 때문에 거짓으로 도망친 아내였다. 그러나 이즈카엘의 죄는 기억을 버린 아내마저 쫓아가 그녀를 괴롭게 하고 있었다.

"모든 건 나, 내가…… 내가 잘못한 거야."

이즈카엘은 이 상황에 괴로움을 느끼는 스스로를 용서할 수 없었다. 내가 뭔데 괴로워하나. 모든 일을 저지른 주제에…….

죄악과 그에서 파생된 죄책감이 거대한 성이 돼 그를 깔아뭉갰지만, 괴롭다 한들 이 상황을 없애고 싶지는 않았다. 울면서도 제 눈을 또렷이 마주하는 아내. 그의 손길을, 입술을 피하지 않는 아내. 그에게 자연스럽게 안기고 너무도 편히 그를 만지는 아내. 이를 어찌 포기할 수 있을까.

"미안해. 내가 미안해. 헤레이스, 내가……."

그리하여 이즈카엘은 아내에게 머리를 조아리고 사죄만 했다. 아내의 온기를 오롯이 느끼며 그녀를 또 한 번 기만했다. 진실을 알림으로써 아내가 가진 죄책감을 지워 줄 수 있음에도 그리하지 않았다.

계속되는 그의 사죄에 아무것도 모르는 헤레이스의 눈동자에는 당혹감이 서렸다가 이내 사라졌다. 그의 사죄를 어떻게 받아들였는지 그녀는 살포시 눈웃음을 지었다. 접힌 눈에 그렁그렁 맺혀 있던 눈물이 툭 떨어졌다.

"……당신은 참 따뜻해요, 이즈카엘."

헤레이스가 이즈카엘의 품을 더 파고들었다. 고개를 들어 그의 목에 잘게 입맞춤하는 모양새가 발칙했지만 헤레이스는 낯부끄러운 행동을 멈추지 않았다. 오히려 그녀는 침대에 앉아 있던 남편의 몸을 밀며 함께 넘어가기까지 했다.

"당신 품에 있으면 언제나 보호받는 기분이야."

헤레이스는 양손으로 이즈카엘의 얼굴을 붙잡았다. 이즈카엘은 아내의 손길에 어떤 말도, 행동도 하지 못한 채 가만히 있었다. 그를 바라보는 푸른 눈에는 애정과 신뢰가 넘실거리다 못해 흘러넘쳤다.

"나는 당신이 이런 나한테 실망할 거라 생각했는데…… 쓸데없는 걱정이었어요."

헤레이스가 이즈카엘의 뺨을 여러 번 쓰다듬다 그의 턱에 이마를 대고 눈을 감았다. 울며 말을 할 때와 달리 느릿해진 목소리가 안도감에 가득 차 있었다.

그녀의 오른손이 천천히 아래로 내려가더니 이즈카엘의 셔츠 밑을 파고들었다. 왼편 아래 피부에 따뜻한 손이 닿자 심장이 여러 의미로 거세게 흔들렸다.

"나도…… 나도 당신한테 그렇게 할게요. 이즈카엘 당신이 내게 오롯한 사랑을 주는 것처럼 나도 그렇게 당신을 사랑할게요."

아내의 목소리에 이즈카엘은 다시 한번 깨달았다. 자신이 망쳐버린 것이 무엇인지. 사내의 목울대가 거칠게 요동쳤다.

"……고마워요. 그리고 사랑해요, 이즈카엘."

거짓 속을 헤매는 아내는 앞으로도 이즈카엘의 눈앞에 그가 망가뜨린 미래를 그려 낼 터였다. 그에게 사랑을 속삭이고 지금처럼 손을 내밀겠지.

그리고 그런 아내를 보며 그는 매 순간 제가 짓뭉갠 지난 과거와 앞으로의 미래를 깨우칠 것이다. 진정으로 이루어 낼 수 있는 것이었는데 제 손으로 어그러뜨렸다고 자책하면서.

일종의 벌이었다. 신화 속 닿지 않는 사과와 물에 계속해서 손을 뻗는 죄인처럼 이즈카엘은 자신이 저지른 죄에 대한 징벌을 받는 중이었다.

"……나도."

하지만 벌이라 해도 괜찮았다. 지금의 아내가 망각에 눈이 가려져 거짓을 속삭인다 한들 어떠리. 그녀가 제게 사랑을 속삭이는 순간이 이렇게 달콤한데. 이즈카엘은 찰나를 위해 영원을 희생할 각오가 있었다.

"나도 사랑해, 헤레이스."

사랑을 속삭이자 헤레이스가 그를 꽉 안았다. 이즈카엘은 가는 아내의 허리를 마주 안으며 눈을 감았다.

그래. 어떤 모습이든 아내가 제 곁에 있다면 영원히 자책 속에서 헤맨다 해도 그는 견딜 수 있었다.

* * *

'일어났어요? 좋은 아침이에요.'

아침을 함께 맞이한 헤레이스는 전날보다 훨씬 생기가 있었다. 이즈카엘은 제게 짧은 입맞춤을 하고는 아이를 깨우러 간다며 침실을 나선 아내를 떠올렸다.

'헤레이스, 아이 보기가 힘들면 당분간 유모에게……'

'아뇨. 이제 괜찮아요.'

'……'

'당신을 보니 알겠어요. 내가 한 말은 투정일 뿐이었어요.'

'……'

'이렇게 따뜻한 당신과 나 사이에서 난 아이잖아요. 내가 당신의 반을 타고난 우리 아들을 사랑하지 않을 리 없어요.'

간밤을 그와 보낸 헤레이스는 자신이 아이를 사랑한다고 확신하고 있었다. 아이의 정체를 아는 이즈카엘로서는 내심 그녀가 계속 그것을 저어하고 멀리해 주길 바랐다. 하지만 그에게는 그녀를 만류할 마땅한 방법이 없었다.

이즈카엘은 아내를 보내고 무거운 걸음을 옮겨 집무실에 도착할 때까지 무력한 자신에게 수없이 욕설을 지껄였다. 하나 스스로에 대한 책망은 이른 아침부터 그를 찾아온 제임스로 인해 끝이 났다. 이즈카엘은 제게 주어진 새로운 선택지에 해가 서쪽으로 기울어진 현재까지 갈등을 하고 있었다.

'이것이라면 그 징그러운 것을 없애 버릴 수 있을지도 모르지. 하지만 헤레이스가 기억을 찾고 전으로 돌아온다면……'

감았던 눈을 뜬 이즈카엘은 집무실 책상 정중앙에 올려진 하얀 보석을 빤히 바라봤다. 반으로 깨진 눈 결정과 똑같지만 크기 때문인지 더욱 차가운 느낌. 무슨 수를 써서라도 가져오라 말했지만 이리 빨리 구해 올 줄은 몰랐다.

'어렵다고 말하더니 벌써 구해 왔다라…… 가짜를 가지고 왔다고 믿어야 하나?'

'아니, 저도 이게 어떻게 된 일인지…….'

'아는 대로 설명해.'

'그게…… 교황께서 마침 북부와 가까운 신전에 머물고 계셔 그리로 사람을 보냈는데…….'

'…….'

'……수하가 말을 꺼내기도 전에 교황께서 먼저 말을 거시며 이것과 편지를 각하께 전해 달라 말씀하셨답니다.'

이즈카엘은 작금 교황의 얼굴조차 본 적이 없었다. 황제의 곁에 있을 때는 전대 교황이 살아 있을 때였고, 지금의 교황이 몇 년 전 즉위했을 때는 막 신혼을 즐기던 터라 교황에게 관심조차 두지 않았다.

'그러고 보니 새로이 교황이 된 이가 마녀를 물리치고 이것을 얻은 14대 교황과 마찬가지로 장님에다 그에 못지않은 신성을 타고난 이라지.'

그런데 저와 마주 본 적도 없는 이가 내민 호의라니. 구하던 것을 편히 얻었다는 기쁨보다는 의심이 먼저 드는 것이 당연했다. 하지만 급했기에 그는 곧바로 자신의 피를 떨어뜨려 보았다. 피가 닿자마자 피어오르는 연기…… 눈앞의 보석은 그가 찾는 것이 맞았다.

이즈카엘은 보석을 손에 쥐고 만지작거리다 조심스레 내려놨다. 그러고는 교황의 인장이 찍힌 서신을 뜯었다. 본래라면 물건을 받았을 때 서신을 바로 확인하는 것이 옳았다. 그러나 보석의 진위 여부가 우선인 데다 어딘가 탐탁지 않은 기분에 그는 교황의 서신을 반나절 이상 내버려 뒀다.

'쓸데없이……'

교황이 직접 적은 서신이라 그런지 고급스러운 종이 위에는 신성력이 잔뜩 묻어나 있었다. 이즈카엘은 은은하게 빛나는 편지에 후대에는 이조차 성물이 되겠다며 조소했다.

[유품은 고인을 해한 신전의 사내보다는 존속이 가지는 게 옳지요. 신께서도 허락하셨으니 돌려주지 않으셔도 됩니다. 다만……]

편지를 몇 줄 읽어 내려간 이즈카엘은 신전의 사내와 존속이라는 단어에 잠깐 멈칫했다. 신전의 사내라……. 신전은 여신께 봉사하는 인간에게 성별의 구분은 의미가 없다 하여 여인이나 사내라는 말은 잘 쓰지 않았다. 게다가 존속이라니, 이 무슨 수수께끼 같은 말인가.

[……이걸 어떻게 쓸지는 그대에게 달렸습니다. 어디에 사용하든 부디 옳은 선택을 하기를. 눈의 아이여, 그대와 반려 두 사람에게 여신의 축복을 빕니다.]

교황의 필체는 각이 져 있지 않아 전체적으로 부드러운 인상을 줬다. 유려한 교황의 필체에도 불구하고 이즈카엘은 모든 일을 안다는 듯이 적혀 있는 서신의 내용이 마음에 들지 않았다. 은발과 같은 색의 눈썹이 한 차례 꿈틀거리다 제자리를 찾았다.

'……감히 뭘 안다고 이따위 태도인가.'

이즈카엘이 종이 맨 아래에 교황의 서명을 보고는 서신을 소리 나게 내려놨다. 구겨진 서신의 아랫부분이 그의 심기가 불편함을 보여 줬다.

서신을 책상에 아무렇게나 던진 이즈카엘이 보석을 다시 손에 쥐었다. 그러자 더운 날씨에도 얼음을 쥔 것처럼 시린 감각이 팔을 타고 온몸으로 퍼졌다.

이즈카엘은 몸을 파고드는 삭기를 견디며 눈을 깜빡였다. 그리고 그의 시야가 아주 찰나 차단됐다가 다시 돌아왔을 때, 이즈카엘의 눈앞에는 원치 않는 손님이 와 있었다.

얼굴을 잔뜩 굳힌 그것은 달려오기라도 한 모양인지 거칠게 숨을 내쉬고 있었다. 그것이 이즈카엘의 손을 노려보며 물었다.

"……그거 어디서 났어?"

그것의 무시무시한 표정을 보는 순간 이즈카엘은 확신했다. 제 손안에 들린 물건이 진짜라고. 그가 자신의 손을 살짝 펴 그것에게 하얀 보석을 보였다.

"날 없애려고? 할 수 있겠어?"

그것이 보석을 보자마자 한 발 뒤로 물러났다. 잔뜩 경계하는 모습에서는 평소와 같은 여유가 없었다.

이즈카엘이 몸을 일으켜 그것의 앞에 섰다. 그리고 당장에라도 보석을 앞으로 내던질 듯 팔에 힘을 줬다.

"할 수만 있다면."

"……어제 그녀가 네게 사랑한다고 속삭인 게 누구 덕인지 잊지마. 날 없애면 그녀의 속삭임도, 온기도 네 곁에서 사라질 거야."

"표정을 숨기지도 않는 걸 보니 어지간히 두려운 모양이군. 네 놈이 이리 나오니 더 마음이 기울어."

이즈카엘은 처음으로 그것의 앞에서 조소를 흘렸다. 물건 따위로 승기를 잡았다는 사실이 마음에 들지는 않았으나 질 낮은 승리감에 잠깐 도취하기에는 충분했다.

분한 얼굴로 입술을 씰룩거리던 그것이 한 걸음 더 물러서려다 이즈카엘의 말에 멈췄다. 창백한 얼굴에 내려앉은 그림자가 어딘가 스산했다.

"그래. 어디 네 마음대로 해 봐."

두려움을 이겨 냈다는 행동거지와 달리 그것은 계속해서 이즈카엘의 손에 들린 보석을 힐끔거리고 있었다. 하얀 보석은 그것의 눈이 닿을 때마다 작게나마 번쩍이며 투명하게 변했다. 그것은 보석이 투명해질 때마다 몸을 움찔거리다가 가까스로 말을 이었다.

"나는 너를 누구보다 잘 알아, 이즈카엘. 어쩌면 너 자신보다 더 잘 알겠지. 내가 전에 말했지. 네 속이 훤히 들여다보인다고."

"……."

"넌 결코 날 없앨 수 없어. 이미 결정했잖아. 지금에서 벗어나지 않기로."

말을 마친 그것은 호흡이 틀어막아진 듯 가쁜 숨을 내쉬었다. 이즈카엘은 바짝 마른 그것의 입술을 보다 한참 만에 답했다. 그늘이 잔뜩 져 음울한 그의 얼굴에는 체념과 스스로에 대한 경멸, 그리고 약간의 갈등 등 온갖 감정이 뒤섞여 있었다.

"……그래. 네놈 말이 맞아. 난 지금 상황을 바꿀 생각이 없어."

이즈카엘은 지난밤을 헤레이스와 보내며 이미 속으로 결정을 내린 상태였다. 아내와 자신은 지금처럼 살아가기로.

'미안해, 헤레이스.'

아내를 기만하고 있다는 죄책감과 함께, 언제고 그녀가 거짓 속에서 벗어날지 모른다는 불안감이 그를 벼랑으로 내몰았다. 그녀가 모든 것을 알게 된다면…… 자신을 용서치 못했던 이인데 또 기만을 당했다 깨달으면…….

그럼에도 이즈카엘은 헤레이스의 그 애정 어린 표정과 말, 그리고 그녀가 제게 선사하는 당장의 환희를 포기할 수 없었다. 아내가 제게 주는 달콤함, 그것에 취한 그는 아내의 고통을 핑계로 그녀의 거짓된 세상에 동조하기로 했다.

"헤레이스, 내 아내는 지금 이대로 행복하게 지낼 거야."

이즈카엘의 말에 그것이 그럼 그렇지 하는 얼굴로 그를 바라봤다. 이즈카엘은 조소하는 그것의 얼굴에 입술을 물었으나 구태여 말로써 그것에게 반박하지는 않았다. 스스로 생각해도 그는 경멸받아 마땅한 인간이었으니.

하지만 그는 이미 결정을 했고 돌이킬 생각은 없었다.

'지옥에나 떨어져 버리라지.'

자신을 욕한 이즈카엘이 날카로운 시선을 아래로 내려 그것을 똑바로 주시했다. 서늘한 얼굴과 함께 그의 목에서 나온 고압적인 목소리가 방 안 분위기를 흉흉하게 만들었다.

"네놈이 말하는 가족 놀이에 동참하지."

"……"

"하지만 이것도 알아 둬. 네가 허튼수작을 부리는 순간, 내가 어찌 행동할지는 장담 못 해. 그러니 징그러운 괴물아."

"……"

"내 아내를 괴롭힐 생각은 마. 너 따위 인간도 아닌 것 때문에 어제처럼 그녀의 눈에서 눈물이 나면 이것을 당장에라도 던져 버릴 테니까."

"으윽!"

이즈카엘이 말을 뱉으며 그것의 가까이에 보석을 쥔 손을 가져다 댔다. 그것이 거의 경기를 일으키듯 몸을 물리더니 붉게 달아오른 얼굴로 이즈카엘을 노려봤다. 이즈카엘의 손이 살짝 닿은 어깨 부근은 그새 타들어 간 듯 검게 그을려 있었다.

그것의 어깨를 타고 검은 무언가가 피처럼 뚝뚝 떨어졌다. 그것이 스스로의 어깨를 꽉 쥐고서는 고통에 허덕이며 긴 혀를 숨기지 않은 채 내밀었다. 호박색 눈동자는 그새 두 개에서 네 개로 수를 늘린 후였다.

"……이즈카엘. 이기적인 내 아버지. 내 형제야. 네 선택을 존중한다. 하지만 넌 영영 구원받을 수 없을 것이다."

뱀의 숨소리가 새어 나온다 싶더니 스산한 목소리가 공간을 울렸다. 보통 이들이라면 기겁을 하고 도망칠 모습이었지만 그것에게 익숙해진 이즈카엘은 제자리에서 여전히 싸늘한 얼굴을 할 뿐이었다. 그것이 비늘마저 세운 채 검고 날카로운 손톱으로 이즈카엘을 가리켰다.

"천 번 만 번 거짓된 용서를 빌어 보렴. 무릎이 닳도록 그녀의 앞에 꿇고 눈물을 쏟아 봐. 그래 봤자 거짓을 택한 넌……."

신화 속 악신이 제게 덤빈 인간에게 피할 수 없는 저주를 내리는 모양새였다.

화창했던 하늘이 급격한 속도로 어두워졌다. 성 밖 사용인들이 무어라 고함치며 분주히 움직이는 소리가 났다. 멀리서 먹구름 사이로 번쩍이는 번개가 보이고, 바람에 의해 날아온 것으로 보이는 빨랫감들이 집무실 밖 잿빛 하늘 위로 치솟았다.

"……그녀에게 결코 용서받지 못할 거야."

창밖이 밤처럼 흐려지며 방 안에 섬뜩한 분위기가 가득 찼다. 말을 마친 그것이 두 쌍의 호박색 눈을 징그럽게 뒤룩거렸다. 가만히 그 꼴을 보던 이즈카엘이 콰르릉 가까워진 천둥에도 눈 하나 깜빡이지 않은 채 허리를 굽혔다. 그것보다 더한 괴물의 얼굴이 어둠 속에서 빛났다.

"……이미 알아. 그러니 입 다물어."

이즈카엘의 목소리가 그것의 귀에 닿음과 동시에 번개가 성에 내리 꽂혔다. 커다란 진동에 지축이 울며 성 전체가 흔들렸다. 그리고 곧이어 한 치 앞도 보이지 않는 소나기가 쏟아지기 시작했다.

* * *

북부의 짧은 여름이 끝을 내달리고 있었다. 이즈카엘은 카우치에 앉아 수를 놓고 있는 헤레이스의 뒤로 천천히 다가갔다.

그의 아내는 가장자리에 자잘한 레이스가 잔뜩 달린 연노란색 드레스를 입고 있었다. 자칫 촌스러울 수 있는 조합이었지만 아름다운 자신의 아내가 입고 있으니, 누구보다 화사하게 보였다. 이즈카엘은 눈이 부시다 생각하며 허리를 숙여 아내의 목덜미에 입술을 가져다 댔다.

"힘이 없어 보여. 무슨 일 있어?"

틀어 올린 머리카락 덕에 드러난 목덜미는 새하얗다 못해 투명

했다. 헤레이스는 예민한 피부에 뜨거운 감촉이 갑자기 닿았음에
도 크게 놀라지 않았다. 제 뒤에 선 이가 이즈카엘임을 짐작한
듯 그녀는 가만히 고개만 저었다.

"……아니에요. 아무 일도 없어요."

"헤레이스."

이즈카엘이 부정하는 아내를 나지막한 목소리로 불렀다. 그의
손이 조금 전 입을 맞춤 헤레이스의 목에 닿는가 싶더니, 어느새
작은 얼굴을 쥐었다. 사내의 손길에 따라 머리를 천천히 뒤로 젖
힌 헤레이스가 집요한 호박색 눈에 한숨을 쉬며 말했다.

"우리 아들이 나한테 화가 난 거 같아요."

펑펑 울며 이즈카엘에게 속마음을 털어놓은 날 이후 헤레이스
는 활기를 되찾았다. 죄책감을 지우고 마음의 평온을 되찾은 그
녀는 아들의 눈을 똑바로 마주 보며 사랑한다 말했다.

'사랑해, 우리 아들. 엄마한테 뽀뽀해 줄래?'

'싫어.'

'응? 우리 아들이 왜 이럴까. 엄마한테 화난 거 있어?'

'엄마는 내가 세상에서 제일 좋아? 내가 엄마한테 유일한 존재
야?'

'그럼. 엄마는 우리 아들이 제일 좋지.'

'그럼 아버지랑 나랑 비교하면 어때? 아버지랑 비교해도 내가
제일 소중해?'

하지만 아이는 무슨 이유에서인지 전보다 더 골을 내며 유치한
물음을 계속했다. 어미에 대한 아이의 독점욕이라고 웃어넘기며

고개를 끄덕일 수도 있었지만 헤레이스는 아이의 질문에 저도 모르게 멈칫거렸다. 그리고 그럴 때면 아이는 나이에 맞지 않게 스산한 얼굴을 하며 고개를 돌렸다.

'엄마가 잠시 다른 생각을 했어. 미안해. 당연히 우리 아들이 제일 소중하지. 그러니까 토라지지 말고 엄마랑······.'

'······엄마 보기 싫어.'

'······.'

'나가. 혼자 있을 거야.'

아이들이 흔히 보이는 귀여운 토라짐과는 사뭇 다른 반응. 간신히 지웠던 죄책감이 다시 고개를 들기까지는 얼마 걸리지 않았다.

"갑자기 심술이 늘었어요. 말도 하지 않고 밥도 잘 먹지 않아요. 나랑 보는 것도 피하는 것 같고요."

작게 응어리진 목소리에는 염려가 가득했다. 이즈카엘은 당장에라도 눈물을 매달 것같이 촉촉한 아내의 푸른 눈을 응시하다 그녀의 입술에 위로하듯 부드러운 입맞춤을 했다. 그 손길이 익숙한 듯 헤레이스가 자연스레 입맞춤을 받고는 말을 이었다.

"으음····· 내가 얼마 전 투정을 부린 게 아이한테도 영향을 준 거 같아요. 사실 여러 번 물었거든요. 자기를 사랑하냐고."

"······."

"아직 어린데 그런 질문을 하다니····· 내가 부족했나 봐요."

이즈카엘은 속으로 그것에게 욕지거리했다. 경고를 했음에도 불구하고 그것은 아내를 힘들게 하고 있었다. 게다가 아내에게 자신을 사랑하느냐고 물었다니. 감히라는 생각과 함께 그의 기민한 육감이 불길함을 감지했다.

"아니야, 헤레이스. 당신은 잘못한 게 없어. 지금도 그…… 아이한테 충분히 과한 관심을 주고 있는걸."

"하지만……."

"너무 신경 쓰지 마. 아이도 중요하지만 그보다 난 당신 몸이 걱정인데."

이즈카엘이 불편한 속내를 감춘 채 화제를 돌렸다. 헤레이스가 불만 가득한 얼굴로 그를 쳐다봤다. 이즈카엘은 모른 척 아내의 도드라진 빗장뼈를 쓰다듬을 뿐이었다.

"헤레이스 당신은 너무 가늘어. 이러다 바람에 당신이 날아가 버리면 어떡하지? 내가 닿을 수 없는 곳으로 가 버리면?"

"이즈카엘, 지금 무슨…… 난 심각한 이야기 중이라고요."

"……."

"우리 아이에 대한 거잖아요. 좀 진지하게 받아들일 수 없어요?"

헤레이스가 제 몸을 건드리는 이즈카엘의 손을 쳐 냈다. 날카로운 목소리가 제법 냉랭했다. 하지만…….

'당신은 자격이 없어요, 이즈카엘.'

……공허했던 그때와 달리 푸른 눈에는 따뜻한 감정이 가득했다.

이즈카엘이 그런 아내를 가만히 바라보다가 카우치 앞으로 걸음을 옮겼다. 그 찰나의 동작에도 그의 눈은 헤레이스에게서 고정된 채 조금도 비켜 나가지 않았다.

"헤레이스."

마침내 헤레이스의 앞에 당도한 그가 한쪽 무릎을 꿇었다. 여신을 추앙하는 광신도처럼 그녀를 올려다보는 눈에는 당장의 환희와, 후회로 인한 비탄이 공존했다. 그가 아내의 무릎에 손가락을 대더니 입술을 가져다 댔다.

"듣자 하니 아직도 아이를 자주 안고 다닌다지."

헤레이스는 갑작스러운 남편의 행동에 당황하다 행동만큼 엉뚱한 말에 인상을 찌푸렸다.

"당신……."

그녀가 입을 열어 무어라 말하려 했으나 어느새 고개를 든 이즈카엘이 먼저였다.

"그러지 마, 헤레이스. 아이는 내년이면 여섯 살이야. 안고 다니기에는 너무 컸지."

"……."

"아이는 크면서 달라지기 마련이야. 혼자만의 시간도 필요하겠지. 아이가 떼를 쓰고 당신 보기를 꺼린다면 잠시 거리를 두도록 해."

그것과 아내를 더 떨어뜨리기 위한 말에 불과했다. 하지만 이즈카엘은 그것이 아닌 에르젠을 양육했더라도 자신은 이 비슷한 말을 아내에게 했으리라 확신했다.

아이를 사랑하는 것과 별개로 그는 아이를 종종 질투했을 것이다. 아내의 품을 빌려 간 주제에 제게 빨리 돌려주지 않는다며 속으로 남몰래 투정했겠지.

"커 가는 아이인데 언제까지 당신 품 안에 둘 수만은 없잖아. 안 그래?"

말을 하면 할수록 지금 상황이 연기가 아닌 실제 같았다. 아내가 말하는 아이는 그것이 아닌 에르젠이고…… 아내와 저는 간혹 이런 대화를 했겠지. 서로 감정이 격해지다 보면 말다툼을 할지도 모른다. 그리고 말다툼은 항상 침대 위에서의 화해로 끝날 것이다.

어쩐지 눈가가 뜨거워졌다. 이즈카엘은 헤레이스에게 들키지 않게 최대한 감정을 억눌렀다. 다행히도 헤레이스는 그의 말을 생각하느라 바빠 보였다. 이즈카엘은 그녀가 고개를 작게 주억거릴 때까지 온 힘을 다해 눈물을 참으며 기다렸다.

"당신 말이 맞아요, 이즈카엘."

헤레이스는 한참 만에 그의 눈을 들여다봤다. 그녀의 얼굴에는 남편을 향한 꺾이지 않을 신뢰가 있었다.

"이제 화가 좀 풀렸어?"

이즈카엘의 물음에 헤레이스가 고개를 끄덕였다. 그녀가 꿇어 앉아 있는 남편의 목을 꼭 껴안았다.

"……화내서 미안해요."

일말의 주저함도 없는 아내의 몸짓에 이즈카엘의 기분이 곤두박질쳤다. 이런 미래를 내가…… 이 손으로……. 수없이 뇌까리던 절망이 또다시 그의 머릿속을 채웠다. 하지만 그는 이내 잔웃음으로 제 감정을 가린 채 다정한 목소리를 꾸며 냈다.

"화가 풀려 다행이야."

그가 눈을 감으며 헤레이스의 무릎에 머리를 뉘었다. 헤레이스가 남편의 부드러운 은발을 쓸다 걱정스러운 얼굴을 했다.

"그만 일어나요. 잘못한 것도 없는데 다리 아프게 무릎은 왜 꿇고 있는 거예요."

"그냥…… 당신이랑 이렇게 있는 게 좋아서."

감미로운 목소리에 헤레이스가 얼굴을 붉혔다. 그녀의 남편은 아나이스의 뭇 사내들과 달리 애정을 표현하는 데 거침이 없었다. 그녀가 작게 헛기침을 하다가 기어들어 가는 목소리로 속삭였다.

"그럼 이리 올라와서 편히 누워요. 질리도록 쓰다듬어 줄게요."

헤레이스의 말에 이즈카엘이 냉큼 몸을 일으켰다. 헤레이스는 남편이 제 무릎을 베고 누울 수 있도록 카우치의 끝으로 자리를 옮겼다.

곧 기다란 카우치가 이즈카엘의 몸으로 가득 찼다. 헤레이스는 고요히 눈을 감은 이즈카엘의 머리카락을 일정하게 쓸었다. 이즈카엘은 제 머리카락 사이로 지나가는 아내의 온기를 음미하며 핑 도는 눈물을 숨기기 위해 시큰거리는 눈가를 간신히 눌렀다.

"헤레이스."

한참 아내의 손길을 즐기던 이즈카엘이 눈을 뜨고 아내를 불렀다. 푸른 눈이 그의 부름에 무언으로 답했다.

"……나 당신한테 상의하고 싶은 일이 하나 있어."

잠시간의 머뭇거림 후에 나온 목소리가 꽤 진지했다. 헤레이스가 말해 보라는 듯 고갯짓을 하며 남편의 까슬까슬한 턱을 쓸었다. 이즈카엘이 저를 만지는 헤레이스의 손을 붙잡은 채 며칠 동안 고민하던 말을 쏟아 냈다.

"당신 오라비랑…… 안나던가? 그 시녀 말이야. 성으로 데려올까 하는데 어떻게 생각해?"

이즈카엘의 말에 헤레이스의 얼굴이 딱딱하게 굳었다. 반역…… 추방…… 오라비의 이름과 함께 무서운 단어들이 지나가고 곧이어 혼란이 그녀를 뒤흔들었다.

'안나? 그러고 보니 안나가 왜 성에 없고…… 아?'

머리를 세게 얻어맞은 느낌과 함께 헤레이스의 머릿속이 퍼즐처럼 쪼개져 흩어져 내렸다. 갑작스러운 고통과 이해할 수 없는 무질서에 헤레이스가 시간을 잊었다.

이즈카엘이 그런 아내를 유심히 살폈다. 그의 얼굴에는 숨길 수 없는 불안과 초조함이 엿보였다.

"당신도 보고 싶을 테고 그들도……. 헤레이스?"

참지 못한 그가 말을 이어 가는 척하다 아내를 불렀다. 헤레이스는 듣지 못했다. 그러나 아주 찰나의 시간이 지나고 그녀의 머릿속은 질서를 찾아 가기 시작했다. 흩어진 퍼즐 조각들이 다시 한데 모였다. 그리고 그것들이 그려 낸 완성품은 본래의 모습과 완전히 달랐다.

'……맞아. 안나는 결혼해서 떠났지.'

헤레이스는 세르펜스 성에서 열렸던 안나의 결혼식을 기억해 냈다. 안나를 졸졸 따라다니던 젊은 기사. 안나는 소년일 때부터 그녀를 좋아했던 사내와 결혼을 했다. 그리고 작년 봄에 남편을 따라 성을 떠났더랬다.

'……건망증이 생겼나? 왜 이런 기억들이 바로 떠오르지 않는 거지.'

기억을 상기했다 한들 모든 의문이 사라진 건 아니었다. 헤레이스는 제 기억이 어딘가 이상함을 알아챘다. 그녀가 심각한 얼굴로 제 기억을 좀 더 파고들려 했다. 순간 이즈카엘이 그녀를 툭 쳤다.

"헤레이스, 당신…… 괜찮아?"

남편의 손길에 헤레이스가 정신을 차렸다. 그녀가 염려 섞인 이즈카엘의 표정에 고개를 저었다. 피어올랐던 의심이 한순간에 식어 잿더미가 됐다. 그러나 푹 가라앉음과 동시에 사방으로 흩어진 재 가루는 머릿속을 계속해서 간지럽혔다. 헤레이스가 이유 모를 찝찝함을 누른 채 말했다.

"아, 아니에요. 머리가 조금 어지러워서……."

"……그래? 정말 괜찮아?"

이즈카엘이 눈을 가느스름하게 뜬 채 아내를 샅샅이 관찰했다. 말간 얼굴에는 어떤 징조도 보이지 않았다. 그가 침을 꿀꺽 삼키고 침착함을 가장한 채 다시 물었다.

"그럼 어떻게 생각해? 난 두 사람을 데려오면 좋을 거 같은데."

"……."

헤레이스는 이즈카엘의 물음에 바로 답하지 않았다. 그녀의 멀
건 낯에는 이제 공포와 걱정이 가득했다. 그녀가 수심 어린 표정
을 하다 이즈카엘에게 조심스레 말을 붙였다.

"이즈카엘, 크리스를 아나이스 안으로 들여도 괜찮은 거예요?
오빠는 폐, 폐하의 명으로……."

헤레이스는 말을 끝까지 잇지 못했다. 오라비의 이름을 입 밖
으로 내는 순간, 그날의 기억이 떠오른 탓이다. 제 눈앞에서 끌려
간 오라비. 네 오라비는 고문당하다 죽을 거라며 킬킬거리던 간
수들…….

"흐으……."

헤레이스의 숨이 거칠어지더니 그녀의 얼굴이 파랗게 질렸다.
이즈카엘이 몸을 일으켜 그녀를 품 안으로 끌어 들였다. 남편의
품에 몸을 기댄 채 거의 안기다시피 한 그녀가 헐떡였다.

"괜찮아, 헤레이스. 숨 쉬어."

"하으…… 흡……."

"그래. 그렇게. 천천히 들이쉬고…… 그래, 내쉬고."

이즈카엘이 품속의 아내를 한동안 달랬다. 그의 부드러운 손길
과 목소리에 헤레이스는 느리지만 서서히 숨을 되찾았다.

"이제 좀 괜찮아?"

고른 숨소리와 함께 헤레이스가 얼굴을 들어 올렸다. 파르르
떨리는 속눈썹에 눈물이 맺혀 있었다. 이즈카엘이 아내의 얼굴색
을 살피다 그녀의 뺨을 가로지르는 눈물을 닦아 줬다.

"미안해. 당신이 이렇게까지 힘들어할 줄 몰랐어. 난 그저 당신이 원하면⋯⋯."

"⋯⋯보고 싶어요."

"⋯⋯."

"오, 오빠를 보고⋯⋯ 흐읍⋯⋯ 싶어요."

"⋯⋯."

"하지만 그것 때문에 당신이 위험해지는 건 싫어요. 혹시 모르잖아요. 폐하께 알려지기라도 하면⋯⋯."

대롱대롱하던 눈물이 다시 떨어졌다. 이즈카엘은 제 손등을 적시는 아내의 얼굴에 괴로운 낯을 했다. 사랑스러운 그의 아내는 눈물을 펑펑 쏟으면서도 그를 걱정했다.

"⋯⋯괜찮아, 헤레이스. 그건 당신이 걱정할 일이 아니야. 내가 감당할 일이지."

참지 못한 이즈카엘이 아내의 눈가에 잘게 입을 맞췄다. 눈물과 함께 그녀의 슬픔을 모조리 마셔 버리고 싶었다. 갑작스러운 이즈카엘의 입맞춤에 헤레이스가 그의 품에서 바르작거렸다. 이즈카엘이 아내를 안고 있는 손에 더욱 힘을 주며 말을 이었다.

"당신이 할 일은 의사를 표명하는 것뿐이야. 그리고 당신은 이미 그걸 해냈지. 잘했어."

"⋯⋯."

"내가 당신 오라비를 불러올게. 또한 당신이 원하면 당신 시녀도 데려올 거야."

계속되는 입맞춤에 헤레이스가 숨을 내쉬며 힘을 풀었다. 이즈 카엘은 그 후로도 제가 하고픈 대로 아내의 눈두덩에 마음껏 입 맞춤했다.

축축했던 눈가가 어느새 제 모습을 찾았다. 헤레이스는 제 눈 물을 가져간 이즈카엘의 입술을 손가락으로 가만히 쓸다 한참 만 에 입을 열었다.

"……안나는 그 아이 남편과 함께 성으로 초대하는 게 어때 요?"

"……."

아내의 이해 못 할 말에 이즈카엘은 물음 대신 침묵을 택했나. 찰나였지만 그는 보았다. 아내의 눈에 그려진 거짓을. 아내는 안 나가 이곳에서 매질을 당한 후 쫓겨난 일을 다른 기억으로 탈바 꿈한 듯싶었다. 이즈카엘은 침묵을 유지하며 제 예상이 맞는지 신중히 확인하기 시작했다.

"당신 기사…… 그래, 폴 경! 쉬운 이름인데 매번 잊어버리네 요."

"……."

"종자일 때부터 안나를 따라다니더니 결국은 마음을 얻었죠. 하긴 안나도 말로만 어린애라 했지, 폴 경을 싫어하는 낌새는 아 니었어요."

"……."

"신혼이라 떨어지고 싶지도 않을 텐데. 부를 거면 두 사람을 같이 초대해요. 응?"

"……당신 뜻대로 할게."

아내의 말에서 기억의 조각이 어떻게 잘못 끼워져 있는지를 대강 짐작한 이즈카엘이 간사한 제 머리를 굴렸다. 폴…… 이제는 어엿한 기사로 자라난 에드가의 종자.

마침 폴은 크리스와 안나를 찾으러 간 참이었다. 그와 아내의 오라비, 그리고 아내의 시녀가 돌아오기 전에 아내의 기억대로 이야기를 완벽히 꾸며 놔야지. 이즈카엘이 입매를 굳히며 머릿속으로 빠르게 계획을 세웠다.

'조금의 실수도 없어야 해.'

그 계획이 완벽에 가까워질수록 눌러 왔던 죄책감이 머리를 들었다. 이즈카엘은 아내를 기만하는 자신에게 모멸감을 느끼며 지독히 쓴 입 안을 아내의 이름으로 털어 냈다.

"헤레이스."

아무것도 모르는 아내는 그의 부름에 눈을 예쁘게 뜰 뿐이었다. 이즈카엘이 헤레이스를 꼭 안고 그녀의 귀에 죄책감 가득한 숨을 내쉬었다.

"……내가 평생 잘할게. 당신 앞에 무릎을 꿇고 조아리며 평생을 살 거야. 그러니 당신은 말만 해. 당신이 원하는 건 내가 뭐든 이뤄 줄 테니."

닿지 못할 사죄가 전해졌다. 난데없이 튀어나오는 굴종에 헤레이스가 고개를 갸웃거렸다. 그녀가 이즈카엘의 얼굴을 보기 위해 고개를 들려 했다. 하지만 제 추악함을 들키기 싫었던 이즈카엘은 재빠르게 손을 들어 그녀의 눈을 가렸다.

"날 막 대해도 좋아. 당신이 원하는 대로 나를 쥐고 흔들어. 대신…… 하나만 약속해 주겠어?"

이즈카엘의 손에 시야를 잃은 헤레이스가 고개를 끄덕였다. 그런 아내의 모습을 바라보던 이즈카엘이 눈을 감았다. 자신의 죄악을 외면한 그의 입에서 감히 해서는 안 되는 부탁이 흘러나왔다.

"날 떠나지 마, 헤레이스. 당신이 떠나면 난……."

"왜 그런 쓸데없는 걱정을 해요?"

헤레이스가 이즈카엘의 말을 잘랐다. 그녀가 손을 들어 제 눈을 가린 이즈카엘의 손을 잡고 끌어 내렸다. 그녀가 영문 모를 소리를 하는 남편을 찬찬히 살피며 뾰로통한 얼굴을 했다.

"이즈카엘 당신…… 요즘 좀 이상해요."

"……."

"나 몰래 바람이라도 피웠어요? 나 말고 다른 여자 숨겨 놓고 거기서 아이라도 본 거예요? 왜 죄지은 사람처럼 굴어요."

헤레이스의 말에 이즈카엘은 연기조차 잊은 채 얼굴을 굳혔다. 분명 아무것도 모르는 아내건만 어찌 저리……. 심장이 불안으로 쉴 새 없이 뛰었다.

"농담이에요, 농담. 당신이 워낙 심각한 얼굴이니까 분위기 좀 바꿔 보려고 그런 건데……."

심각한 이즈카엘의 얼굴에 헤레이스가 재빨리 손사래를 쳤다. 그러나 지은 죄가 있는 이즈카엘은 아내의 말을 웃어넘기지 못한 채 여전히 뻣뻣한 몸을 했다. 그런 그에게서 이상을 감지한 헤레이스가 눈을 두어 번 깜빡이다가 입술을 파르르 떨었다.

"이즈카엘, 설마 정말로……."

"아니야!"

하얗게 변한 혜레이스의 얼굴에는 핏기가 없었다. 아내의 의심에 이즈카엘이 정신을 차리고 고함을 질렀다. 갑작스레 터져 나온 소리에 혜레이스가 깜짝 놀라 숨을 멈췄다.

"미안해. 놀랐어?"

"……놀랐어요."

아내가 딸꾹질을 시작하자 아차 싶어진 이즈카엘이 구겨진 인상을 풀었다.

"미안해. 놀라게 하려던 게 아니야. 미안해, 혜레이스. 그러니까……."

"이즈카엘."

불안히 흔들리는 호박색 눈동자에 혜레이스가 이즈카엘의 입술 위로 손가락을 가져다 댔다. 놀란 건 자신이건만 떨림은 왜 남편의 몫인지. 그녀는 제 장난이 좀 지나쳤나 되돌아보며 남편을 달래기 시작했다.

"당신이 왜 이렇게 불안해하는지 모르겠지만…… 걱정 말아요. 내가 당신을 떠날 일은 없어요."

"……정말?"

그녀의 말에 이즈카엘이 여러 감정이 뒤섞인 묘한 표정을 지었다. 하지만 가장 위에 자리한 감정은 기쁨이었으므로 혜레이스는 일말의 의심도 없이 남편의 품을 파고들었다.

"나 못 믿어요?"

"헤레이스……."

"당신이 날 먼저 떠나면 모를까. 당신이 날 이렇게 사랑해 주는데 내가 왜 떠나겠어요?"

"……."

"전에 말했잖아요. 당신 품은 너무 따뜻하다고……. 너무 따뜻해서 감히 벗어날 생각조차 들지 않아요."

* * *

무엇을 가지거나 누리고자 탐하는 마음. 그 탐심이 생명체를 향하면 꼭 뒤따르는 것이 있었다.

질투.

시기의 다른 이름인 그것은 저열한 것. 그러나 누군가에게 깊은 마음을 품은 이라면 그 어두운 감정에서 벗어날 재간은 없었다. 단지 크기의 차이가 있을 뿐.

'……거짓말쟁이.'

아이는 그림자 속에 숨어 꼭 안고 있는 부모를 바라보다 입술을 비틀었다. 속이 뒤집히고 머리가 차게 식었다. 손바닥 뒤집듯 아이가 그것으로 모습을 변화했다.

자비는 그것과 가장 거리가 먼 것 중 하나였으며, 제멋대로 저주와 벌을 내리는 것은 그 먼 옛날 악신에 가까웠던 그것에게 가장 기꺼운 일이었다.

그것이 그림자 속으로 기어들어 가더니 아이가 성의 꼭대기에 서서 작은 손을 뻗었다. 밤하늘과 분간되지 않는 검은 연기가 날렸다.

[경애하는 아나이스의 작은 태양에게……]

곧 바람 한 점 없는 하늘에 서신이 떴다.

* * *

일행은 거대한 무리였다.

족히 백은 넘는 말들과 수십 대의 짐마차. 길을 따라 움직이는 이들의 수에 지나가던 행인이 전쟁이라도 났나 싶어 눈을 크게 떴다가 휘날리는 붉은 기에 납작 엎드렸다.

태양과 용이 그려진 화려한 깃발과 마차 위 왕관. 그것은 이 무리의 우두머리가 황족임을 나타냈다.

무리와 마주치는 대부분 사람들의 눈에는 경애와 두려움이 공존했다. 하지만 그 감정들의 원인이라 할 수 있는 이는 푹신한 마차 시트에 몸을 뉜 채 근엄함과는 먼 표정을 짓고 있을 뿐이었다.

"……재미있네."

혀 차는 소리와 함께 비웃음이 마차 안을 채웠다. 서류를 보고 있던 밀로 백작은 집중을 깨는 소리에 안경을 들어 올리며 반대편을 봤다.

물결치는 황금빛 머리카락과 루비처럼 붉은 눈동자, 그리고 약간은 예민해 뵈는 화려한 인상이 단번에 들어왔다. 백작이 잠시 고민하다 입을 열었다.

"무엇을 그리 보십니까?"

"내가 그대 물음에 답해야 할 이유가 있나?"

사내가 백작을 보지도 않은 채 오만하게 답했다. 그러나 자칫 기분이 나쁠 수 있는 말에도 백작은 불편한 내색 하나 없었다.

오만은 감히 사내의 흠이 될 수 없었다. 왜냐. 그는 이 제국, 아나이스의 미래 주인이었으니까.

"아닙니다. 전하께서 한낱 신하인 제게 답을 할 의무는 없지요. 제가 결례를 범했습니다. 벌을 주십시오."

"쯧! 재미없기는……."

딱딱하고 완벽한 말로 백작의 말에 황태자 이안이 짧게 혀를 찼다. 그가 백작에게 들고 있던 서신을 던지다시피 넘겼다.

"읽어 봐. 그럼 백작 그대의 재미없는 얼굴이 볼만해지겠지."

밀로 백작이 제 가슴을 치고 떨어진 서신을 주워 빠르게 읽었다. 눈동자가 옆으로 넘어갈 때마다 무표정했던 그의 얼굴에 점차 경악이 서렸다. 그가 서신을 다 읽은 뒤 앞뒤로 꼼꼼히 살펴봤다.

"……어떤 인장도, 서명도 없군요. 믿을 수 없는 서신입니다."

"하지만 마냥 무시할 수만은 없는 내용이지. 특히 지금은……."

"……."

"만일이라는 게 있지 않나. 이 서신대로면 공작은 뭐가 되지?"

"서신대로라면 세르펜스 공작은 반역죄인입니다. 추방당한 반역죄인을 멋대로 제국 내로 들여오다니…… 용서받지 못할 죄입니다."

그자가 반역이라……. 이 사실을 알면 아버지 얼굴이 어떻게 될지 궁금하군. 백작의 답에 이안이 반역이라는 단어를 여러 번 중얼거리며 낄낄거렸다. 그러나 한참 웃던 그는 어느 순간 웃음을 뚝 그치고 냉랭한 목소리로 명했다.

"조사해."

"……일정이 지체될지도 모릅니다."

"좀 늦어지면 어때. 어차피 공작을 심문하러 가는 거잖아. 심문할 내용이 많으면 많을수록 재미있겠지. 그리고 서신대로면……."

말을 하다 만 이안이 누군가를 떠올렸다. 호수처럼 푸른 눈. 마냥 찢어발기고픈 그 얼굴.

반역이라는 단어를 입에 담았을 때보다 더 잔인한 미소가 그의 입가에 피어올랐다.

"……들켰을 때 절절매면서 울먹일 이가 하나 있거든."

"……."

"그게 어쩔 줄 몰라 하며 발발 떠는 꼴을 보고 싶어. 그러니 철저히 조사해."

이안의 명에 밀로 백작이 속으로 한숨을 내쉬었다. 그러나 그는 명을 하는 이가 아니라 명을 받잡는 이. 백작은 고개를 숙여 복종할 뜻을 보였다.

"명 받들겠습니다."

13장. 파몽

바람이 제법 차갑게 불기 시작했다. 짧은 여름은 언제 왔다 갔는지 세르펜스 성안 가득했던 녹음은 어느새 사라져 있었다. 대신 자리를 차지한 것은 우수수 떨어지는 낙엽과 겨울 준비로 바빠진 사용인들이었다.

"어서 오십시오."

한창 바쁜 이때 반갑지 않은 손님이 세르펜스 성을 방문했다. 황태자 이안. 성주인 이즈카엘은 붉은 기를 앞세워 성에 들어온 그를 맞이했다.

"오, 공작. 반갑네. 아주 오랜만이지."

"……3일 전 갑작스러운 서신에 놀랐습니다. 더 일찍 방문을 알려 주셨다면 준비를 좀 더 했을 텐데요."

황태자를 맞아들이는 이즈카엘의 말은 깍듯했으나 풍기는 분위기는 그렇지 못했다. 이즈카엘은 이안의 방문을 성가셔하는 기색을 숨기지 않았다. 황가의 충실한 개로 불리는 라그랑 후작이 그런 이즈카엘의 태도에 눈썹을 세웠다. 하지만 정작 목줄을 잡고 있는 주인은 태연했으므로 구태여 앞으로 나서지는 않았다.

"3일이라…… 글쎄. 석 달 전에 알지는 않았고?"

"신전의 교황이나 예언자가 아닌 이상 앞날을 볼 수는 없습니다."

"공작이 예언자는 아니지. 하지만 하늘에 떠 있는 새들의 눈 정도는 다스릴 수 있지 않나."

"날짐승 조련에는 문외한에 가깝습니다. 그보다 그만 안으로 들어가시는 게 어떻습니까. 북부는 수도와 달리 금방 해가 져 고귀한 몸이 상할까 저어됩니다."

이즈카엘의 말에 이안이 말에서 내리자 그를 따라 십여 명 남짓한 일행들이 말에서 내렸다.

황태자를 보필하는 이들의 수는 확연히 줄어 있었다. 어쩔 수 없는 일이었다. 이안을 따라왔던 기사들 중 호위를 위한 일부를 제외하고는 본성 내로의 진입을 허락받지 못했다.

'그 무도한 자가! 감히 전하의 일행을 허락하니 마니 하다니!'

라그랑 후작은 세르펜스 성에 도착하기 전 이를 알려 온 이즈카엘의 태도에 분을 터뜨렸다. 하지만 이안은 이 또한 별말 없이 받아들이며 그에게 조용히 하라 명할 뿐이었다.

"그럼 안내하겠습니다."

"좋아. 신세 좀 지겠네, 공작."

이안과 몇몇 귀족, 그리고 황실 기사들이 성으로 들어서는 계단을 오르기 시작했다. 이안은 이즈카엘의 안내를 받으며 주변을 둘러보다가 계단마다 정렬해 있는 세르펜스 성 기사들을 보며 물었다.

"또 야만인 토벌을 하러 가나? 기사들의 기세가 심상찮은데."

"내년 봄까지 토벌은 없습니다. 이 정도는 평소와 같은 모습입니다."

잘 닦인 무구와 날이 서 있는 모습. 공작가 기사들의 태세는 잘 벼려진 검과 같았다. 덕분에 몇 안 되는 황실 기사들은 잔뜩 긴장한 채 주인인 황태자에게서 눈을 떼지 않았다.

계단을 다 오르자 사용인들이 그들이 맞이했다. 노집사가 그들을 성내 가장 큰 응접실로 안내했다.

"내 생각보다 훨씬 괜찮은데."

이안과 일행은 넓고 화려한 응접실에 들어서며 놀란 얼굴을 했다. 촌스럽고 초라하다고 수도에 알려진 것과 다르게 성은 외관도, 내부도 훌륭했다. 특히 비싼 광물들로 장식된 벽과 천장은 다른 지역에서 볼 수 없는 특징적인 아름다움을 띠었다.

"아! 오해는 말게. 자네도 알잖나. 북부가 수도에 어떻게 알려져 있는지. 나 또한 수도 사람이란 말이야. 고정 관념에서 깨어나기가 어렵군."

내부를 둘러본 이안이 안내된 자리에 앉으며 이즈카엘에게 말했다. 이즈카엘은 그들의 반응에 별달리 신경 쓰지 않는다는 듯 무감한 얼굴을 했다.

"그렇습니까. 본성이 전하를 충족시켜 다행입니다."

응접실 탁자 위에는 이미 차가 준비돼 있었다. 이안이 적당한 온도의 차를 들어 올리며 이즈카엘을 바라봤다.

"내가 여기까지 왜 왔는지 아나?"

황태자의 방문이 좋지 않은 목적임은 알았으나 정확한 것은 끝내 알아내지 못했다. 이즈카엘은 저를 보는 이안의 눈을 똑바로 마주 보며 단도직입적으로 물었다.

"모릅니다. 방문하신 목적을 여쭤봐도 되겠습니까."

"……공작은 여전히 직설적이군. 하긴 폐하의 곁에 머물 때도 그랬지."

이안이 웃음을 터뜨리며 찻잔을 내려놨다. 보통 황태자가 심문관을 데리고 방문하면 아무리 콧대 높은 귀족이라 한들 겁을 먹기 마련이었다. 그러나 눈앞에 사내는 아비의 곁에 머물 때와 마찬가지로 감정의 요동이 일말도 보이지 않았다.

"자네한테 은밀히 알려 줄 소식도 있고 해서 말이야."

"소식이라면 서신이나 사람을 보내는 것으로 충분하셨을 텐데요. 전하께서 직접 움직이실 이유가 있습니까."

이안의 오른편에 앉은 라그랑 후작의 얼굴이 붉게 변했다. 왼편에 앉은 밀로 백작도 이즈카엘의 무례한 어투에 안경을 추켜올리며 눈썹을 꿈틀댔다.

"전할 소식만 있다면 그렇겠지. 하지만 소식보다는 심문이 주된 목적이라 말이야."

말을 들은 당사자만 여전히 별생각 없는 얼굴이었다.

황태자는 유쾌한 목소리로 심문을 말했다. 이즈카엘의 뒤에 서 있던 에드가와 제임스가 긴장한 표정을 했다. 황태자가 직접 말한 이상 심문은 기정사실이었다. 그러면 도대체 무얼 심문한단 말인가. 응접실에 모인 모든 사람들의 눈이 황태자를 향했다.

"이런…… 긴장하지는 말게. 심문이라는 거창한 이름을 붙이긴 했으나 별거 아니야. 내가 황태자라고는 하나 황제 폐하께서 아끼는 공작인 그대를 함부로 심문할 수는 없지."

사람들의 이목이 집중되자 이안이 손사래를 쳤다. 가벼운 태도가 별거 아니라는 말을 뒷받침하는 것처럼 보였다. 하지만 저리 가벼운 수에 누가 속겠는가. 이즈카엘이 이안의 말을 곧바로 받아쳤다.

"폐하께서 절 아낀다 한들 그분의 아드님이신 전하와 일개 신하인 절 어찌 비교하십니까. 폐하께서 가장 아끼시는 분은 황태자 전하시지요. 전하의 호위를 위해 세르펜스 성을 방문한 황실 기사단의 수만 봐도 폐하께서 전하께 가진 마음을 쉬이 짐작할 수 있습니다."

얼핏 들으면 자신을 낮추고 황태자를 추켜세우는 겸손한 말이었다. 그러나 그 속에 담긴 의미를 알아채지 못할 사람은 없었다. 네 말대로 별거 아니라면 왜 이렇게 기사를 많이 데려온 거냐고 떠보는 이즈카엘의 말에 이안이 소리 내 웃음을 터뜨렸다.

"하하…… 내가 겁이 좀 많아서 말이야. 북부에 늑대 떼가 많다 해 호위를 맡길 기사단을 제법 꾸렸지."

"……."

"하지만 많이 데려왔다 해도 겨우 이 정도로 자네 목을 벨 수는 없잖나. 내 목이 땅에 떨어지면 모를까."

농담으로도 할 말이 아니었다. 일국 황태자의 목을 벤다니. 입 밖으로 내기만 해도 당장 반역죄로 잡혀가리라. 라그랑 백작이 참지 못하고 끼어들었다.

"전하, 그런 말씀은……. 그리고 공작! 아까부터 전하께 너무 무례한 거 아니요!"

"후작, 방해하지 말게. 공작과 말을 나누고 있지 않나."

유들유들했던 분위기가 대번에 변했다. 얼굴을 굳힌 이안은 감히 허락도 없이 개입한 라그랑 후작을 노려봤다. 후작이 주인의 질책에 대번에 꼬리를 내렸다.

"후작의 무례를 용서하게. 명색이 이번 심문단의 부단장인데 말이야…… 성격이 좀 급해."

"괜찮습니다. 전하를 보필하는 라그랑 후작의 명예로운 별칭에 대해서는 이미 알고 있어서요."

고개를 숙인 라그랑 후작이 이즈카엘의 언사에 주먹을 꾹 쥐었다. 그는 사람들이 뒤에서 자신을 무어라 부르는지 알고 있었다. 황실의 멍청한 개. 이즈카엘의 말과 달리 명예롭지 않은 별칭이었다.

이안은 수하가 당한 모욕에도 입꼬리만 당겼다. 웃는 낯의 그가 이즈카엘을 바라보다가 탁자 위로 양손을 올려 마주 잡았다.

자세를 조금 바꾼 것뿐이었건만 진중해진 분위기가 주변을 무겁게 했다.

"그럼 우선 전할 소식부터 말해 볼…… 이런. 이게 누구야."

그러나 본론으로 들어가기 직전 응접실에 들어온 이로 인해 흐름이 깨졌다. 이안이 인영을 보고 반가운 낯을 했고, 이즈카엘은 자리를 박차고 일어나 응접실에 들어온 이의 이름을 불렀다.

"헤레이스!"

이안 일행을 안내한 응접실은 성내에서 가장 넓은 응접실인 만큼 방의 형태를 띠고 있지 않았다. 사방이 뚫려 있는 응접실은 홀에 가까웠다. 덕분에 헤레이스는 쉬이 그들에게 접근했다.

이안의 얼굴을 알아본 헤레이스가 창백히 질렸다. 그녀는 감히 그에게 인사도 하지 못한 채 제자리에 굳었다. 이즈카엘이 망설임 없이 그녀에게 다가갔다.

가까이 마주 붙은 공작 부부를 보며 이안이 입매를 길게 올렸다. 그가 헤레이스에게서 눈을 떼지 않은 채 입을 열어 전하려 했던 소식을 털어놨다.

"전할 소식은 하나야. 고모님…… 아니, 탑의 죄인이 죽었네."

"헤레이스, 들어가 있어. 여기는 당신이 나올 자리가 아니야."

"아아……."

"헤레이스!"

이즈카엘이 헤레이스를 붙잡은 채 흔들었다. 하지만 이안의 말을 들은 헤레이스는 이미 정신이 나가 있었다.

'전할 소식은 하나야. 고모님…… 아니, 탑의 죄인이 죽었네.'

탑의 죄인. 그를 가리키는 대상은 하나였다. 한때 고귀했던 황녀요, 헤레이스의 전임자이자 이제는 반역죄인으로 떨어진 율리스. 그녀의 죽음을 듣는 순간, 헤레이스는 아무 생각도 할 수 없었다.

'헤레이스, 샤를을 부탁한다.'

그래도 살아 계시니 괜찮다고 생각했는데……. 마음 한편 숨겨 놨던 죄책감과 함께 머리가 지끈거리고 생각을 하는 것이 힘들었다.

헤레이스가 신음 소리만 내자 이즈카엘이 그녀를 아예 안아 올리려 했다. 그러나 헤레이스는 정신이 없는 와중에도 그의 손길을 거부한 채 고개를 저으며 뒷걸음질 쳤다.

"공작 부인, 오랜만이야. 몇 년 만이지?"

"아……."

"여전히 아름답군 그래."

부부의 대치를 구경하던 이안이 자리에서 일어나 두 사람에게 다가갔다. 헤레이스의 손을 멋대로 움켜쥔 채 입맞춤하는 모습에 이즈카엘의 눈에서 불꽃이 일었다.

"……그 손 떼십시오."

당장에라도 검을 빼 들 듯 살기 어린 이즈카엘의 표정이 심상찮았다. 이안 일행이 얼굴을 굳힌 채 허리춤을 더듬으며 주인을 둘러쌌다. 그러자 에드가를 비롯해 공작가의 기사들도 검 손잡이에 손을 올렸다.

"알겠네, 알았어. 이거 참…… 인사 한번 제대로 하기 어렵군."

심각한 공기에 여전히 평온한 것은 이안뿐이었다. 그는 헤레이스에게서 손을 떼고 한 발자국 물러났다. 그의 입가에 핀 불쾌한 미소는 어느새 훨씬 짙어졌다.

"공작, 자네가 동부 출신이던가? 왜, 그쪽 사내들 유명하잖나. 신의 가르침이라면서 집 안에 아내 가둬 놓는 거. 그러고 보니 공작의 사랑이 한때 유명했지. 멸문한 디본의 여식에게 반해 면죄부와 그녀를 바꾸기까지 했다고 말이야."

어느 누구도 감히 언급하지 않는 디본의 이름이 튀어나왔다. 헤레이스의 얼굴은 이제 하얗다 못해 잿빛으로 변해 있었다. 이즈카엘이 헤레이스를 껴안다시피 한 채 이안을 노려봤다. 그만 입을 다물라는 압박이 누구에게나 느껴질 정도였다.

"장난이야. 그러니 그런 무서운 얼굴은 말게. 하지만 사실이기도 하잖나. 없던 일을 말한 것도 아니고…… 공작이나 공작 부인이나 과민한 반응이군, 그래."

이즈카엘의 살의 넘치는 표정과 헤레이스의 심각한 상태에도 이안은 멈출 생각이 없어 보였다. 그는 농담이라며 웃으면서도 집요하게 헤레이스를 쳐다봤다.

선명히 보이는 악의에 이즈카엘이 애써 버티는 헤레이스를 힘으로 제압한 채 안아 들었다. 헤레이스의 상태는 어찌나 심각한지, 드레스 밑으로 잠시 드러났다가 사라진 발목조차 파리해 핏기가 없는 상태였다.

"……헤레이스, 들어가자. 여기서 쓸데없는 말 듣고 있을 필요 없어."

잠시 바르작거리던 헤레이스가 결국 그의 힘을 이기지 못하고 숨만 거칠게 내쉬었다. 이안이 힘없이 축 늘어진 헤레이스에게 조소를 보내다 잔뜩 비꼬며 말했다.

"부인을 왜 계속 보내려 하나. 부인도 알아야 할 소식 아닌가. 전 약혼자의 어미요, 한때 키워 주다시피 한 이가 죽었는데. 안 그렇소, 세르펜스 공작 부인?"

"그 입 다물어."

이안이 빈정거리는 목소리로 헤레이스를 세르펜스 공작 부인이라 칭하자, 이즈카엘이 한 꺼풀 겨우 쓰고 있던 예의를 던져버리고 그를 향해 반말을 지껄였다.

너무도 뚜렷한 살기에 황실 기사들이 이안을 뒤로 보내고 검을 뽑아 들었다. 이안은 잠깐 얼굴을 굳혔으나 기사들 뒤에 숨자마자 낄낄거리기 시작했다. 희열에 가득 찬 표정이 벌레의 팔다리를 뜯으며 노는 잔인한 어린아이와 같았다.

챙, 하는 소리를 시작으로 소속에 관계없이 여기저기서 기사들이 검을 뽑았다. 팽팽한 대치가 시작됐다. 밀로 백작은 당장 날뛸 것처럼 얼굴을 붉히는 라그랑 후작을 밀어내고 이안의 옆에 서 이즈카엘에게 말했다.

"공작 각하, 조금 전 각하께서 전하께 내뱉은 언사는 용서받기 힘든 것입니다. 당장 전하께 사죄를 드리고 자비를 구하십시오."

이즈카엘이 그 말을 들을 리 없었다. 당장 누구 하나 벨 듯 날카로운 눈초리가 이안에게서 밀로 백작으로 옮겨 갔다.

밀로 백작이 움찔거리며 입술을 내리 물었다. 황실 기사들이 벽을 치고 있기는 하나, 거의 책상에만 앉아 있는 그가 감당하기에 이즈카엘이 내뿜는 기세는 너무도 흉흉했다.

이즈카엘이 겁먹은 밀로 백작에게서 다시 이안에게로 시선을 옮기더니 몸을 홱 돌렸다. 저 즐거워 죽겠다는 얼굴을 보니 그가 무슨 말을 더 지껄일지 불안했다. 그에게 안겨 있는 헤레이스의 드레스가 팔랑거리며 원을 그렸다.

"본래라면 죄인의 죽음을 한 사람한테 더 전해야 하는데 말이야, 이상하게 그 사람의 행방을 찾을 수가 없어. 덕분에 폐하께서도 걱정이 이만저만이시고."

자리를 벗어나려는 이즈카엘을 향해 이안이 갑자기 입을 열었다. 응접실에 있는 이들이 모두 들을 수 있을 정도로 큰 목소리였다. 이즈카엘에게 안긴 헤레이스의 귀에도 그의 음성이 뚜렷하게 들렸다.

"오늘 심문도 그의 행방불명 때문이지. 내 착한 고종사촌⋯⋯ 그래, 공작의 동생이자 부인의 전 약혼자인 샤를 말이야."

샤를이⋯⋯ 행방불명? 예상치 못한 내용에 헤레이스가 눈을 크게 떴다. 하나 충격이 채 지나가기도 전, 머릿속에 여러 말들이 산발적으로 떠올랐다.

'⋯⋯다른 사내와 밤을 보내지 않았을까, 그 새끼와 눈을 마주하고 입을 맞추지는 않았을까 하고 말이야.'

'⋯⋯의 아비가 누구지?'

'헤레이스, 내 어여쁜 아내. 당신은 내가 아직도 아무것도 모르는 머저리라 생각하는 모양인데 나 알고 있어. 당신 아들의 아비가 누구인지.'

냉랭하고, 또 경멸이 가득한 목소리. 간통을 의심하는 모욕적인 언사. 단 한 번도 들은 적 없는 말이었건만 어찌 이리 선명한지. 게다가 목소리의 주인은 분명⋯⋯.

헤레이스가 고개를 천천히 들었다. 그리고 그녀가 남편을 올려다보는 순간, 이안이 추궁하듯 이즈카엘에게 물었다.

"공작은 그가 어디 있는지 알고 있나?"

* * *

이즈카엘은 헤레이스를 옮기며 방을 떠나지 말라 몇 번이고 당부했다. 헤레이스는 그의 말에 고개를 끄덕이지도, 답을 하지도 않았다.

그녀는 남편이 이상하리만치 두렵게 느껴졌다. 자신에게 더없이 다정한 사람인데 왜⋯⋯. 입술이 파르르 떨리고 온몸에 피가 식는 기분이었다.

'⋯⋯머리가 아파. 아무것도 기억이 나지 않아.'

스스로 주체할 수 없는 감정도 문제였지만 더 큰 문제는 따로 있었다. 조금 전까지만 해도 분명 어떤 목소리를 들었다. 하지만 남편에게 안겨 움직인 순간, 그녀의 머릿속은 하얗게 변해 버렸다. 덕분에 헤레이스는 샤를의 행방불명에 대해서도 제대로 생각할 수 없었다.

'기억해 내야 해. 이건 이상해. 분명히 뭔가가 떠올랐는데⋯⋯.'

그녀가 무엇을 잊었는지 뇌리에 있는 것을 한창 긁어낼 때였다. 어느새 방에 도착한 이즈카엘이 침대에 그녀를 눕혔다. 이유 모를 두려움에 차마 남편의 얼굴을 볼 수 없었던 헤레이스는 눈동자를 굴리다 침대에 등이 닿자마자 눈을 감았다. 그리고 부러 힘없는 목소리를 꾸며 냈다.

"……자고 싶어요."

그가 눈 감은 자신을 내려다보는 것이 느껴졌다. 헤레이스는 지금이라도 눈을 떠 자신이 이상한 것 같다고 남편에게 소리칠까 하다가 입술을 꾹 물고 견뎠다.

"내 명이…… 못 나가게……."

이즈카엘이 그런 그녀를 두고 헬렌에게 무어라 말하는 소리가 들렸다. 곧이어 헬렌이 답했고, 이즈카엘은 한숨을 쉬며 조금 뒤 다시 오겠다는 말과 함께 헤레이스의 이마에 다정히 입맞춤했다. 하지만 항상 좋았던 남편의 입맞춤마저 헤레이스는 순간 징그러워 저도 모르게 몸을 떨었다.

곧 이즈카엘의 발걸음 소리가 나더니 문이 닫혔다. 헬렌이 그녀의 곁에 다가온 듯했다. 누구와도 이야기하고 싶지 않아진 헤레이스는 눈을 감고 잠든 척 연기를 했다.

"아…… 나 할 일이 있었지."

고개를 몇 번 갸웃거리던 헬렌이 갑자기 할 일이 있다며 문 쪽으로 향했다. 무표정한 얼굴과 어딘지 어색한 걸음이 꼭 누군가에게 조종당하는 인형 같았다. 하지만 눈을 감고 있는 헤레이스는 그런 헬렌의 모습을 보지 못했다.

'갔나?'

사방이 조용해지자 혼란은 더욱 심화됐다. 헤레이스는 답답함에 시트 안으로 더 파고들었다. 생각해 내려 하면 할수록 머리가 아팠다. 결국 그녀가 쪼개질 듯 아픈 머리를 쥐어뜯다가 제 기억을 상기하는 것을 포기했다.

'샤를…….'

그러자 당연한 순서로 샤를이 떠올랐다. 샤를이 행방불명됐다는 말은 뭘까. 그는 분명 여행을 간다고 했었는데…….

'그런 얼굴 마. 여행은 내 꿈 중 하나였잖아. 난 북부나 수도 말고는 어디 가 본 적도 없고……. 어디를 가든 돌아올 때 기념품을 잔뜩 사다 줄게. 어때? 기대되지?'

외국으로 떠난 그가 그 누구에게도 목적지를 말하지 않은 것일까? 헤레이스는 소꿉친구의 안위를 걱정하며 손톱을 뜯다가 문득 황태자의 말투를 기억해 냈다. 이즈카엘에게 샤를의 행방을 묻는 목소리에는 의심이 깔려 있었다.

'왜 이즈카엘을…….'

헤레이스는 황태자가 왜 이즈카엘을 의심하는 건지 의문을 가지다 고개를 세차게 저었다. 황태자 이안은 이즈카엘이 황제의 호위 기사로 있을 때부터 그를 싫어해 자주 시비를 걸던 이였다. 헤레이스와 이즈카엘에 대한 추문도 그가 내지 않았던가.

'……샤를은 그냥 여행을 간 것뿐이야. 황태자는 별일 아닌 거로 이즈카엘을 괴롭히는 거고.'

헤레이스가 애써 샤를의 행방불명에 대해 최대한 긍정적으로 생각하자 곧이어 율리스의 소식이 머릿속을 잠식했다. 제게 항상 다정했던 샤를의 어미……. 헤레이스는 그녀의 죽음에 잠시 숨을 멈췄다가 베개에 얼굴을 파묻었다. 율리스에게는 항상 죄스러운 마음밖에 들지 않았다.

'난 당신을 용서할 수 없어요.'

처음 세르펜스 성에 왔을 때 헤레이스가 이즈카엘을 용서할 수 없었던 이유도 율리스가 큰 지분을 차지했다. 율리스는 어떤 무도한 죄를 지었건 헤레이스에게는 은인이나 마찬가지였다.

그렇기에 헤레이스는 이즈카엘에게 마음을 연 뒤에도 남몰래 율리스를 떠올리며 괴로워했다. 이즈카엘과 함께하는 것 자체가 율리스에게는 죄를 짓는 것이었으니.

"죄송해요. 정말…… 흐윽. 죄송해요."

헤레이스는 행복에 겨워 율리스에 대한 죄책감을 부러 외면했던 자신을 욕했다. 황제가 여동생인 율리스를 죽이지 않아 다행이라고 생각했던 순간이 떠오르자 스스로가 경멸스러운 마음마저 느껴졌다.

"……엄마, 왜 울어? 어디 아파?"

헤레이스가 율리스에 대한 죄스러움에 한참 눈물을 쏟을 때였다. 침대 옆에서 갑작스레 아이 목소리가 들렸다. 헤레이스는 문 열리는 소리가 났던가 곰곰이 생각하며 얼굴을 들었다. 그녀의 사랑스러운 아이가 남편과 같은 색의 눈동자를 빛내며…….

'아?'

헤레이스가 눈을 깜빡였다. 그러자 호박색 눈이 사라지고 그녀와 같은 푸른 눈이 들어왔다. 헤레이스는 반복되는 기시감에 울음을 멈추고 표정을 딱딱하게 굳혔다.

"엄마, 괜찮은 거야?"

느릿하게 울리는 목소리를 듣자 온몸에 소름이 돋았다. 조금 후에 또 잊을지도 모르나 당장은 알 수 있었다. 눈앞에 있는 아이는 자신의 아이가 아니었다.

헤레이스가 눈조차 깜빡이지 못한 채 아이를 바라봤다. 그러자 아이의 눈이 순간 한 쌍에서 두 쌍으로 변하며 그것이 나타났다.

"너어…… 흡!"

무언가 생각난 듯 헤레이스가 손가락으로 그것을 가리키며 소리치려 했다. 하지만 목이 꽉 막혀 목소리가 나오지 않았다.

"……엄마는 눈치가 빨라 귀찮아. 누구는 속살거리는 것만으로도 단박에 넘어오던데. 엄마는 항상 손이 많이 간다니까."

그것이 헤레이스에게 다가가 그녀의 눈을 가렸다. 아이의 손은 어느새 어른의 손만큼 커졌다. 그리고 그것의 모습도 점점 커져, 어느새 이즈카엘의 형태에 가까워져 있었다.

"조금만 더 자도록 해. 어차피 곧 깨어날 거야. 그리고 잠에서 깨면……."

"아……."

"……재미없는 아들 노릇도 끝이겠지."

헤레이스의 눈이 어둠 속에서 감겼다. 그녀가 잠들자 그것이 다 큰 사내를 흉내 내며 하얀 이마에 입을 맞추었다. 조금 전 이즈카엘이 입맞춤한 자리 그대로였다.

"너무 원망 마. 어차피 내가 쥐여 준 행복이잖아. 그리고 원래

난 변덕이 심한걸. 그러니까 내 멋대로 굴 거야."

잠든 헤레이스의 옆에서 그것이 변명하듯 중얼거렸다. 하나 듣는 이는 아무도 없었다.

* * *

"당장 떠나십시오. 배웅은 하지 않겠습니다."

이즈카엘의 도를 넘는 불충한 발언으로 인해 라그랑 후작은 더는 참을 수 없었다. 그가 응접실 탁자를 내리쳤다.

쾅!

"참는 것도 한계가 있지! 감히 뉘 앞이라고 그따위 망발인가! 공작께서 착각하시는 모양인데 전하께서는 폐하의 명으로 그대를 심문하러 왔소이다!"

노기를 담은 목소리가 쩌렁쩌렁 울렸으나 이즈카엘은 눈 한번 깜빡이지 않았다. 그가 라그랑 후작 쪽으로는 눈길도 주지 않은 채 이안을 바라봤다. 그러자 황태자가 과장되게 한숨을 쉬더니 입을 열었다.

"……열흘만 있도록 하지."

"전하!"

후작이 뒤를 돌아봤지만 이안은 손을 들어 그를 막았다. 그러고는 이즈카엘의 눈앞에 열 손가락을 장난스레 펼쳤다가 거둬들였다.

"열흘만 더 있겠다는데 그걸 거절하지는 않겠지. 거절하면 귀찮은 일이 생길 텐데."

그 말을 하며 손짓하자 밀로 백작이 다가와 서류 몇 장을 내놨다. 이안이 서류를 한 장 한 장 탁자에 던졌다. 제멋대로 탁자 위에 널브러진 서류는 서로 겹치고 방향이 돌아가 살펴보기가 힘들었다.

"포드 백작의 막내아들을 죽였다고?"

이즈카엘의 시선이 이안의 손가락 끝을 향했다. 그가 내민 서류에는 헤레이스의 일로 윌리엄을 죽인 일이 제법 자세하게 기술돼 있었다. 귀족이 같은 귀족을 살해하는 일은 중죄에 속했으므로 대귀족이라 하여도 처벌을 쉬이 피해 갈 수 없었다.

그러나 이 일에 대해서는 이미 오래전에 대비가 끝났다. 이즈카엘이 쭈르륵 나열된 서류를 눈으로 훑다 제임스 쪽으로 손을 내밀었다. 제임스가 즉시 준비한 서류를 넘겼다. 깔끔이 줄을 맞춰 서류를 펼친 이즈카엘이 이안 쪽으로 서류를 내밀며 담담한 목소리로 말했다.

"그놈은 즉결 처분 대상이었습니다. 부녀자 납치에 강간을 수없이 저질렀고 개중에는 귀족 여인도 있었습니다. 저와 마주쳤을 때도 비슷한 일을 저지르려다 들키자 감히 제게 검을 들이밀었습니다. 죽어도 할 말이 없는 놈입니다."

사실 포드 백작의 막내아들 윌리엄은 이즈카엘에게 검을 들이민 적이 없었다. 그러나 제임스가 내민 서류에는 그간 윌리엄이 행한 죄목뿐 아니라 그가 이즈카엘에게 검을 휘두른 사실까지 조작된 채 기록돼 있었다. 증인들의 말이 첨부된 서류까지 있는 한

윌리엄을 살해한 일로 재판이 열린다 한들 이즈카엘은 무죄로 당일에 풀려나리라.

"그렇군. 포드 백작의 아들은 죽어 마땅해."

서류를 본 이안도 결말이 예상되는 모양인지 고개를 끄덕였다. 순순히 물러나는 모습에 이즈카엘의 얼굴에 귀찮음이 언뜻 비쳤다. 여유를 부리는 모양새가 준비한 것이 한두 가지가 아닌 듯해 보였다. 아니나 다를까, 이안이 밀로 백작에게 서류를 치우라 명하더니 이번에는 서류 없이 말을 먼저 꺼냈다.

"그 건은 그렇다 쳐도, 르페즈 공작의 허락 없이 영지에 들어간 건 어떻게 설명할 건가?"

르페즈 공작이라는 말에 이즈카엘이 눈살을 찌푸렸다. 동부의 영지에 기사들을 끌고 들어간 일은 당사자와 일찍이 해결을 본 일이었다.

"그 일에 대해 르페즈 공작은 제게 괜찮다 전해 왔습니다. 르페즈 공작에게 받은 서신을 보여 드릴 수도 있습니다."

이안의 눈이 반짝 빛났다. 그가 품 안에서 서신 하나를 꺼냈다. 서신의 밖에는 르페즈 공작의 인장이 선명히 찍혀 있었다.

"자네에게 협박당해 어쩔 수 없이 서신을 썼다 하더군. 나더러 그대를 고발할 수 있게 도와 달라 했어. 명색이 공작의 부탁인데 거절하기가 참……."

이즈카엘이 검버섯이 핀 르페즈 공작의 얼굴을 떠올리며 이를 갈았다. 그의 앞에서는 괜찮다며 웃는 낯짝을 해 놓고 뒤로는 황실에, 그것도 그와 사이가 좋지 않은 황태자에게 고발을 청하다니. 생긴 것만큼이나 쥐새끼 같은 놈이었다.

이안이 이즈카엘의 심기를 눈치채고 음흉한 웃음을 보였다. 그가 난감하다는 표정으로 르페즈 공작의 서신을 보란 듯이 내밀었다.

"동부가 지난 반역으로 자네에게 바짝 얼어 있는 걸 알 거야. 그런데 그 와중에 일을 치면 어떡하나. 황실 입장에서도 난처하단 말이네. 황실은 제국의 공작들이 서로 친밀히 지내며 다 함께 충성하기를 바라."

새빨간 거짓이었다. 황실은 주기적으로 공작들의 사이를 이간질할 정도로 대귀족 간의 교류에 신경을 썼다. 어찌 보면 당연한 일이었다. 아나이스의 역사상 대귀족을 필두로 한 귀족 세력과 황실 사이에는 몇 번이고 큰 충돌이 있었으니.

물론 지금은 각 지역의 공작들 사이의 유대가 깊지 않아 귀족 세력이 흩어진 상황이었다. 하지만 페가토 후작의 반역 이후, 그와 같은 일을 방지한다는 이유로 황제가 귀족들의 사병을 대거 억압하면서 유대의 움직임은 서서히 나타나고 있었다. 아직은 무게의 추가 황실 쪽에 있다지만 아주 미세한 기울기인지라, 황실은 대귀족들의 유대를 끊어 놓는 데 많은 공을 들였다.

"열흘만 머물게 해 주면 그대와 르페즈 공작 사이를 내가 중재하지. 어떤가?"

이안이 말 없는 이즈카엘에게 넌지시 제안했다. 여유로운 얼굴로 실실 쪼개는 행태가 언뜻 약 올리는 것 같기도 했다.

"각하, 여기서 무마하시는 게 좋습니다. 르페즈 공작이 황태자 전하를 등에 업고 고발이라도 한다면 일이 얼마나 커질지 모릅니다. 재판에서 지기라도 하면 영지 일부를 내줘야 할 수도 있습니다."

심각한 얼굴로 상황을 지켜보고 있던 제임스가 이즈카엘에게 귓속말했다. 그는 주인이 혹여나 황태자의 제안을 거절할까 걱정이었다.

"……열흘만 머무르십시오. 하지만 내 드리는 숙소에서 벗어나지는 마십시오."

결국 이즈카엘이 이안의 제안을 받아들였다. 그가 제임스에게 별채를 정돈하고 손님방을 열 것을 일렀다.

"허락해 줘서 고맙네, 공작. 하지만 하나 더 부탁해야겠어."

하지만 이안의 요구는 거기서 그치지 않았다. 그가 이번에는 황제의 인장이 찍힌 서류 하나를 내밀었다. 제임스의 얼굴이 흙빛으로 변했다. 그 서류에는 샤를에 관해 이즈카엘을 심문해도 좋다는 내용이 쓰여 있었다.

'그분의 행방에 대해 각하를 심문한다는 것 자체가 어불성설이야. 한데 이게 만일 함정이라면…….'

이즈카엘과 샤를 사이의 일을 까맣게 모르는 제임스는 주인의 무고함을 무엇으로 증명할까 고심했다. 그러나 그가 무고하다 확신하는 이즈카엘의 눈은 바로 앞에 있는 이안조차 눈치채지 못할 정도로 미세하게 흔들렸다가 제자리를 찾았다.

"난 정말 자네를 심문하고 싶지 않아. 하지만 알다시피 폐하의 명이라…… 샤를의 행방불명에 대해 자네를 심문해야 해."

"……마음대로 하십시오."

이안의 입에서 샤를의 이름이 나오자 이즈카엘의 얼굴은 무서울 정도로 무표정해졌다. 그는 르페즈 공작 때와 달리 조금도 불편한 기색을 보이지 않았다. 하지만 표정이 너무도 완벽해서일까. 그래서 더 의심스러웠다.

이안은 샤를의 마지막 행선지를 떠올리며 뒤로 손짓했다.

"허락해 줘서 고맙네. 그럼 바로 시작하지. 밀로 백작, 시작하게."

이안의 명에 밀로 백작이 앞으로 나와 자리에 앉았다. 안경을 고쳐 쓴 그가 이즈카엘에게 딱딱한 목소리로 실례하겠다고 말한 뒤 첫 질문을 했다.

"세르펜스 공작 각하께 여쭤보겠습니다. 평민…… 샤를의 현재 행방을 아십니까."

이즈카엘이 평민이라는 단어에 살짝 미간을 찌푸렸다. 샤를은 율리스와 함께 치죄당할 때 귀족 신분을 박탈당했으니 틀린 말은 아니었다. 하지만 동생을 향한 죄책감 때문일까. 듣기가 거북했다.

"모른다."

이즈카엘이 동생을 향한 죄책감을 가면 뒤로 숨긴 채 감정이 완벽히 차단된 목소리로 답했다. 밀로 백작이 그런 이즈카엘의 얼굴을 위아래로 훑어보다 질문을 이어 나갔다.

"그럼 그를 언제 마지막으로 보셨습니까."

"그 일이 해결된 직후 수도에서 마지막으로 봤다. 그 이후로는 본 적 없어."

"이상하군. 샤를의 행방은 북부에서 끊겼거든. 그것도 이 성 근처에서 말이야. 공작, 정말 동생을 본 적 없나?"

이즈카엘이 심문당하는 것을 가만 보고 있던 이안이 급작스럽게 끼어들었다. 이즈카엘을 뚫어져라 보는 시선이 끈질겼다. 하나 신문을 당하는 이에게서는 조금의 동요도 찾을 수 없었다. 집요함과 무감함. 두 사람의 상반된 시선이 허공에서 부딪혔다.

"없습니다."

고저 없는 목소리에 이안이 먼저 눈길을 거두었다. 그가 자리에서 기지개를 켜며 말했다.

"좋아. 오늘은 여기까지 하지."

"예? 전하, 하지만 아직 질문할 것이……."

주인의 난데없는 결정에 밀로 백작은 당황하여 주춤거리며 의자에서 일어났다. 그뿐 아니라 이안을 따라온 다른 이들도 당혹감을 숨기지 못했다.

"백작, 난 지금 당장 이게 필요하다고."

수하들을 당혹케 만든 당사자가 태연한 얼굴로 주머니를 뒤졌다. 곧 이안의 손가락에 시가 한 가치가 들렸다.

"전하……."

"우리에게는 열흘이라는 시간이 생겼지 않나. 충분히 쉬면서 하자고, 응?"

이안은 밀로 백작의 어깨를 툭툭 두드린 후 이즈카엘을 쳐다봤다. 그가 손가락 사이에 끼운 시가를 흔들며 물었다.

"여기서 피워도 괜찮겠나? 재떨이는 준비돼 있으니 응접실을 어지르지는 않을 거야."

"마음대로 하십시오."

"고맙네. 내가 이것에 제법 중독이 돼 있어 말이야."

이안이 팔을 뻗자 익숙한 듯 황실 기사 중 하나가 부싯돌을 쳤다. 곧 매캐한 연기가 피어올랐다. 이안은 참기 힘들었다는 듯 깊게 연기를 들이켜며 이즈카엘 쪽을 바라봤다. 그의 눈은 조금 전과 달리 살짝 풀려 있었다.

"……같이하겠나?"

"정중히 거절하겠습니다."

"귀하게 얻은 것인데 싫다니 뭐……. 오늘은 이만 인사하지. 환대해 줘서 고맙네, 공작."

담백한 거절에 이안이 어깨를 살짝 으쓱이며 시가를 앞으로 내밀었다. 그러자 부싯돌을 쳤던 기사가 손바닥을 펼쳐 재를 받아 냈다. 익숙한 듯 자연스러운 동작에서는 일말의 수치심도 보이지 않았다.

이즈카엘이 이안의 손에서 타들어 가는 시가와 기사의 손에 쌓이는 재를 보다 심드렁한 얼굴로 자리에서 일어났다. 황태자가 데려온 기사에게 무슨 짓을 하든 그가 상관할 일이 아니었다. 그가 당장 신경 써야 할 상대는 상태가 좋지 않았던 그의 아내뿐.

"먼저 일어나 보겠습니다."

"열흘이라 했지만 심문에 너무 신경 쓰지 말게. 자네도 알다시피 폐하께서는 샤를에게 죄책감이 크셔. 여동생을 벌하느라 그 아이가 가질 모든 것을…… 특히 여자까지 앗아 공작 자네에게 줬다는 사실이 영 신경 쓰이시는 거겠지."

이안이 자리에서 벗어나는 이즈카엘의 등 뒤로 연기를 뿜으며 말했다. 넋두리처럼 하는 그 말에는 안타까움이 꾸며져 있었다. 그러나 이즈카엘은 알면서도 걸음을 멈출 수밖에 없었다.

"게다가 어미가 죽었는데 유일한 자식이 임관을 지키지 못하다니. 이 얼마나 마음 아픈 일인가. 빨리 찾아야 할 텐데. 하아……."

이안의 긴 한숨과 함께 그 찰나에 이즈카엘의 가면이 깨졌다.

"……쉬십시오."

그가 주먹을 쥐었다가 곧 다시 걸음을 옮겼다.

아내가 보고 싶었다. 모든 것을 견디게 해 줄…… 이 죄책감마저 지워 줄 아내의 존재가 지금 당장 너무도 필요했다.

* * *

잠을 설친 상전의 눈가가 거뭇했다. 헬렌은 상태가 썩 좋아 보이지 않는 상전의 뒤를 졸졸 따르며 성으로 들어가자고 여러 번 말했다. 하지만 헤레이스는 고개를 저으며 내키는 대로 걸을 뿐이었다.

"부인, 몸도 안 좋으신데 쉬지 않으시고요."

"……괜찮아. 저리 가 보자."

헤레이스의 머릿속에는 지난 밤 남편의 모습이 끊임없이 재생되고 있었다.

'미안해. 헤레이스. 미안해.'

느지막이 침실로 돌아온 그는 헤레이스가 자고 있다고 착각한 모양인지 별말 없이 침대로 들어와 그녀를 꼭 안았다. 그리고 계속해서 미안하다는 말만 되풀이했다.

도대체 뭐가 그리 미안한 걸까. 헤레이스는 남편에게 물으려다가 그의 입에서 나오는 다른 이름에 입을 닫았다.

'샤를…… 미안해.'

남편은 그녀뿐만 아니라 샤를에게도 사죄하고 있었다. 헤레이스는 순간 황태자가 방문한 목적을 기억해 내고 몸을 굳혔다. 하지만 어젯밤 그녀는 끝내 잠든 척을 하며 밤을 지새웠다.

"부인, 조심하세요."

"아……."

"너무 멀리 오셨어요. 이만 돌아가요."

이해 못 할 남편의 행동을 떠올리며 정처 없이 걷던 헤레이스가 발걸음을 멈췄다. 그녀의 발길이 닿은 곳은 마구간이었다. 본성에서 제법 떨어진 곳에 있는 마구간은 기사가 많은 세르펜스 공작가답게 제법 컸다.

'……오랜만에 브륀튈트나 보고 갈까.'

헤레이스가 예전에 자주 타던 암말을 떠올렸다. 반역 이후 부러 멀리한 승마였지만 오늘은 피하고 싶지 않았다.

바람을 맞으면 이 답답함이 조금이나마 풀리겠지. 헤레이스가 마구간 가까이 다가가자 뒤에 있던 헬렌의 얼굴이 새파랗게 변했다. 그녀가 헤레이스의 옆으로 바짝 다가가 태연함을 가장한 목소리로 물었다.

"부인? 말을 타시게요?"

"응."

"몸도 좋지 않으신데…… 그냥 돌아가요. 네?"

걱정이 지나친 느낌인 건 착각일까. 헤레이스는 헬렌이 좀 과민하게 반응하는 것 같다고 생각하며 걸음을 더 빨리했다. 마구간지기가 그녀를 발견하고 화들짝 놀라 허리를 숙였다.

"부, 부인, 여기까지 어떻게……."

"브륀튈트를 꺼내 줄래? 연한 회색 털을 가진 나이 많은 암말이야. 아주 영리한 아이라 쉽게 찾을 텐데."

마구간지기가 헤레이스의 뒤에 있는 헬렌을 힐끔 보더니 입을 닫았다. 그의 행동에서 기이함을 느낀 헤레이스가 입 안쪽 살을 물다가 딱딱하게 명령했다.

"브륀튈트를 데려오렴, 당장."

"브륀튈트는…… 그 말은…… 몇 년 전에 죽었습니다."

머뭇거리던 마구간지기가 사실을 고했다. 브륀튈트가 죽었다는 말에 헤레이스가 눈을 동그랗게 떴다.

"뭐? 그런데 왜 아무도 내게 말해 주지 않았지?"

"찾지 않으셔서……."

"아……."

헤레이스는 그제야 제가 브륀튈트를 몇 년째 찾지 않았음을 상기했다. 왜 한 번도 찾지 않았을까. 보고 있기 힘든 추억을 담은 말이라고는 하지만 그렇게 아꼈는데.

자신의 무감함에 치가 떨렸다. 헤레이스가 눈물을 꾹 참은 채 마구간지기에게 물었다.

"괴롭게 가지는 않았지?"

"물, 물론입니다."

마구간지기의 눈이 다시 헤레이스의 뒤로 향했다. 헤레이스가 그의 시선을 따라 헬렌을 돌아봤다. 하지만 헬렌은 평소보다 조금 창백해 보이는 것 외 이상한 점은 없었다.

"부인, 그럼 전 이만 할 일이 많아서⋯⋯."

마구간지기가 도망치듯 사라졌다. 헤레이스는 그가 시야에서 사라진 후에야 손수건을 꺼내 눈물을 닦았다. 헬렌이 그녀에게 다가와 방으로 돌아가자고 말했다. 헤레이스가 고개를 끄덕이며 몸을 돌렸다.

"엄마, 여기서 뭐 해?"

"도련님?"

두 사람이 뒤돌기 무섭게 아이가 튀어나왔다. 이 아이가 언제 여기까지 왔는가. 헬렌이 주위를 두리번거리며 살폈다. 아이 혼자 오기에 마구간은 지나치게 멀었다.

헬렌과 달리 헤레이스는 아이가 혼자 마구간에 온 사실에 주목하지 않았다. 대신 그녀의 시선은 아이의 목에 닿아 있었다. 세르펜스 공작가의 늑대 문양에 다이아몬드로 치장된, 척 봐도 값을 매기기 힘든 목걸이. 그것의 가치를 아는 헤레이스가 깜짝 놀라 아들을 붙잡았다.

"이거 어디서 났어?"

"이거?"

아이가 순진무구한 얼굴로 목걸이를 들어 보이자 헤레이스가 엄한 얼굴을 하려다 한숨을 쉬고 표정을 풀었다. 아이의 키에 맞춰 몸을 숙인 그녀가 목걸이를 만지작거리며 아들을 타이르기 시작했다.

"엄마 물건에 함부로 손대는 거 아냐. 이건 잃어버리기라도 하면 큰일인데……."

헤레이스는 아들이 그녀의 보석함에 멋대로 손을 댔다고 애써 생각했다. 하지만 목걸이를 보관하는 장소는 아이가 쉽사리 다가갈 수 없는 곳이라는 것이 계속 머릿속에 맴돌았다. 목걸이는 가치가 높은 만큼 은밀한 곳에, 자물쇠까지 채워진 채 보관된 물건이었다.

"엄마가 줬잖아."

불편한 헤레이스의 마음을 눈치챈 것일까. 그녀의 말이 끝나기도 전에 아이가 불쑥 입을 열었다. 아이의 말에 헤레이스가 목걸이를 쥐고 있던 손에 힘을 줬다.

"응? 방금 뭐라고……."

"엄마가 줬어. 기억 안 나?"

기억에 없는 이야기를 하는 아이. 아이의 얼굴에 거짓은 없었다.

헤레이스의 얼굴에 그림자가 졌다. 아니라고 건망증이 생긴 거라 스스로를 속여 왔지만 이제는 힘들었다. 이유는 알 수 없었지만 자신의 기억은 어딘가 이상함이 확실했다.

"엄마, 왜 그래? 어디 아파?"

헤레이스가 아무 말 없이 몸을 일으키자 아이가 발랄한 목소리로 물었다. 헤레이스의 뒤에 있던 헬렌이 몸을 부들부들 떨었다. 헤레이스와 달리 저 목걸이가 아이에게 언제 어떻게 전해졌는지 똑똑히 기억하는 그녀로서는 아이의 행동에 확신할 수 있었다.

"엄마, 혹시 머리가 아프지는 않아?"

아이가 헬렌을 곁눈질하며 웃었다. 날카로운 이빨이 헬렌의 눈에 들어왔다. 그녀가 파리한 얼굴을 한 채 속으로 말했다.

'저건…… 사람이 아니야.'

* * *

길을 달리는 마차는 그리 크지도, 화려하지도 않았다. 누군가 보면 마차가 지나가는구나 하고 금세 잊고 말, 정말 눈에 띄지 않는 평범한 마차였다.

하지만 마부 옆에 앉은 사내는 평범한 마차와 거리가 멀었다. 건장한 체격에 잘생긴 얼굴. 평범한 옷을 걸쳤다지만 사내에게는 지속해서 훈련을 받은 기사 특유의 분위기가 있었다.

"기사님께서도 그냥 들어가시지."

"아니다. 난 여기가 편해."

사내, 폴은 마부의 말에 고개를 저으며 앞을 봤다. 이제 완연한 가을 풍경이 외딴 길 위로 아름답게 펼쳐졌다. 그러나 떨어지는 낙엽을 보는 시선과 달리 폴의 신경은 모두 등 뒤 마차로 가 있었다.

마차 안에는 주인의 명으로 데려온 사람 둘이 타고 있었다. 공작 부인의 오라비와 안나. 안나를 떠올린 폴이 저도 모르게 미간을 좁혔다.

'그, 그게 안나가…… 안나가 필요하다고 해서.'

그는 몇 년 전 안나 때문에 주인의 검에 목숨을 잃을 뻔했다. 제게 사근사근하게 말하는 안나에게 제 손으로 건네준 보초 시간표. 그것이 화근이었다.

안나는 제게서 받아 간 시간표를 이용해 공작 부인과 성에서 도망을 쳤다. 당시 에드가의 비호가 아니었다면 그는 지금쯤 살아 있지도 못했으리라.

폴은 그때 안나에 대한 마음을 접었다. 안나를 짝사랑한 세월이 길었다고는 하나 목숨만큼 소중한 것은 아니라는 걸 깨달았기 때문이다. 그래서 그는 안나가 주인의 명으로 매질당한 채 쫓겨날 때도 눈을 감고 외면했다.

'폴?'

'공작 각하께서 그대를 데려오라 말씀하셨네.'

'정말 폴이야?'

하지만 이 무슨 운명의 장난인지 폴은 계속해서 안나와 마주쳤다. 그리고 그녀와 엮이면 엮일수록 폴은 예전의 감정이 완전히 사그라지지 않았음을 깨달을 수 있었다.

지금도 보라지. 공작 부인의 오라비와 안나가 단둘이 저 좁은 마차에 있다는 것 하나로 속이 타지 않는가. 공작 부인의 오라비는 아름답기로 유명한 부인의 핏줄다웠다. 다리를 저는 것조차 눈에 들어오지 않았으니까.

크리스의 외관을 떠올리던 폴이 돌아가는 고개를 애써 바로 했다.

'……신경 쓰지 말자. 나는 명을 수행하고 있을 뿐이야.'

폴이 지나치게 신경을 쓰는 것과 달리 마차 안 남녀 사이에는 어색한 분위기만 흐를 뿐이었다. 크리스는 안나에게 무감한 눈을, 안나는 어쩔 줄 몰라 하며 크리스와 눈조차 마주하지 못했다.

"……놀라지 않으셨어요?"

"……."

"아니면 혹시 알고 계셨나요?"

"몰랐어."

깊게 고개 숙인 안나의 물음에 크리스가 머리를 가로저었다. 안나는 제 말을 듣고도 태연한 크리스의 얼굴에 당혹감을 감추지 못했다.

혹 믿지 않는 걸까? 그럴 수 있었다. 그녀가 한 말은…….

'전 도련님과 아가씨의 동생이에요. 정확히는 어미가 다른 이복동생이요.'

상대에게 허무맹랑한 것으로 들릴 수 있으니까. 안나는 크리스가 제 말을 믿지 않았다고 여기며 고개를 들었다.

"믿기 어려우시겠지만……."

"믿어. 충분히 가능한 일이라 생각해. 다만 어머니가 살아 계실 때 아버지가 네 어미를 취했다는 사실은 조금 놀랍군."

"……."

"네 어미가 내 아비를 좋아한다는 티를 많이 냈지. 어머니가 돌아가신 후로는 너무 노골적이어서 보기 힘들 정도였으니까. 너도 알 텐데. 네 어미가 한때나마 후작 부인 행세를 하며 저택을 활보했던 거 말이야."

사실이었다. 어미는 후작 부인의 사후, 크리스와 헤레이스의 유모로 후작 부인의 빈자리를 채운다는 핑계를 대며 디본가 내에서 안주인 행세를 했다.

율리스를 따라 세르펜스 성으로 떠난 헤레이스는 어미의 그런 무도한 행동을 보지 못했지만 눈앞의 크리스…… 이복 오라비는 그 꼴을 보며 자랐다. 어미의 부끄러운 행동이 떠오르자 안나의 고개가 다시 아래로 내려갔다.

크리스는 그런 안나를 보다 한숨을 내쉬었다. 밖에 있는 폴이라는 기사의 말에 따르자면 자신과 이 여자는 얼마 뒤 헤레이스를 만날 터였다. 그런데 이제 와 자신에게 이런 불편한 이야기를 왜 하는 걸까. 헤레이스와 같은 색의 눈이 안나를 가늠하듯 보며 차갑게 빛났다.

"……내가 궁금한 건 하나야."

"……."

"이런 이야기를 이제 와서 왜 나한테 하는 거지?"

안나가 손가락을 꼼지락거리며 그를 힐끔 쳐다봤다. 크리스는 잠깐 마주친 안나의 눈에 그녀의 의중을 대강 파악했다. 그가 속으로 욕지거리를 하며 서늘한 얼굴을 했다.

"미안하지만 난 네가 아버지 자식이라 해도 동생으로 여기고픈 마음은 없어. 내게 동생은 헤레이스, 그 가여운 아이 하나뿐이야."

안나는 속내를 들킨 듯 몸을 움찔거렸다. 그러나 그녀는 곧 매서운 눈초리로 크리스를 똑바로 바라봤다. 그녀가 억울한 목소리로 말했다.

"……죽을 고비를 넘기고 나니까 누군가한테 한 번은 말하고 싶었을 뿐이에요. 이대로 죽으면 아무도 내 아버지가 누군지 모르니까요."

"아버지는 죽었고 디본의 사생아라 해도 네게 떨어질 건 없어. 오히려 목숨을 잃지나 않으면 다행이지. 알 텐데. 디본과 연관된 이들이 어찌 되었는지."

말을 섞을수록 궁지에 몰리는 기분이었다. 안나는 고개를 세차게 저으며 목소리를 높였다. 자신은 디본 후작의 딸로 인정받고 싶은 게 아니었다.

"상관없어요. 전 그냥…… 그냥 말하고 싶었을 뿐이에요."

크리스가 거칠게 숨을 내쉬는 안나를 팔짱을 낀 채 잠시 바라보다 입을 열었다. 안나는 그의 냉담한 눈길에 긴장한 듯 침을 꿀꺽 삼켰다.

"네가 헤레이스에게 전부터 충성을 다한 것은 알아. 설마 헤레이스를 네 언니라 여겨 그런 건가?"

안나의 얼굴이 일그러졌다. 아니라고 했는데! 이복 오라비는 이제 자신의 충성심조차 불결한 의도로 해석하고 있었다. 안나가 구구절절한 자기 변론을 시작했다.

"아니요. 아가씨를 감히 언니라 생각해 본 적은 없었어요. 다만 전 제게 친절한 아가씨가 좋았고, 또…… 제 어미가 저지른 죄가 있으니까요. 전 어미의 죄에 대해 속죄하고 싶었어요."

"죄?"

죄라는 말에 크리스가 눈썹을 꿈틀거렸다. 안나는 아차 싶었지만 이미 말을 꺼낸 뒤였다. 그녀가 길지 않은 고민을 끝낸 뒤 손을 말아 쥐며 간신히 말을 뱉었다.

"어머니는 언니……, 아니 아가씨를 죽이려 했어요."

"……뭐?"

같은 마차에 탄 이래 크리스가 처음으로 선명히 감정을 드러냈다. 벌떡 일어선 그는 고문의 후유증으로 절게 된 다리 때문에 비틀거리다 다시 앉았다.

안나는 처음 보는 이복 오라비의 격앙된 반응에 이유 모를 희열을 느끼며 손바닥에 찬 땀을 드레스에 닦았다. 그리고 차분해진 어조로 이야기를 시작했다.

"후작님이 죽고 어미는 후작님을 따라 죽기 전 한 가지 목적을 이루고 싶어 했어요. 후작님의 자식으로 세상에 저만 남기는 것. 어미는 무슨 이유에서인지 그걸 간절히 바랐죠."

"……."

"당시 어미는 도련님은 당연히 죽을 거라 생각했어요. 반역죄인의 아들을 살려 둘 리 없으니까요. 하지만 아가씨는 아니었죠. 아가씨는 아름다운 데다 젊으니 목숨만은 부지해 어느 집 노예로 갈 가능성이 크다 판단했어요."

"……."

"어미는 그게 끔찍이 싫었대요. 노예로 간다고 한들 아가씨가 후작님의 여식이라는 것을 모를 사람은 없으니까요. 그래서 어미는 후작님의 명예를 핑계로 아가씨께 자살을 강요했어요. 간수들에게 전 재산을 주고 아가씨께 직접 독약을 전했죠."

들으면 들을수록 가관이었다. 화를 참지 못한 크리스가 옆에 비스듬히 세워 뒀던 지팡이의 손잡이를 세게 잡았다. 힘이 잔뜩 들어가 하얗게 변한 주먹에 안나는 잠시 말을 멈췄다. 하지만 계속해 보라는 크리스의 눈빛에 그녀는 숨을 가다듬고 말을 이었다.

"다행히 어미가 아가씨께 준 독약은 쓰이지 못했어요. 아가씨는 결혼했고…… 도련님도 죽지 않았어요. 죽은 건 제 어미뿐……. 아가씨는 끝내 제 어미가 어떤 사람인지도 몰랐어요. 어미는 후작님을 따라 자결했고, 아가씨는 공작 각하께 부탁해 노예가 될 뻔한 저를 구하셨어요. 그렇게 저는 비밀을 간직한 채 아가씨 곁에 남았어요."

"……."

"……결국 어머니의 소원은 이뤄지지 않았지만 전 제 어미가 너무…… 너무 징그러웠어요. 이미 죽은 후작 부인을 그렇게 미워하고 후작님의 자식으로 저만 남길 생각을 한다는 그 자체를 이해할 수 없었어요. 게다가 후작 부인께서는 제 어미의 은인이었어요. 남편을 일찍 잃고 떠돌던 어미를 후작 부인께서 거둬 주시고 저를 키워 주신 아버지와 짝까지 지어 주셨으니까."

"……."

"제 어미의 죄에 목숨까지……. 제가 아가씨께 충성하는 건 당연한 일이었어요. 전 아가씨를 모시며 한 번도 저와 피를 나눴다든가 언니라든가 하는 생각은 하지 않았어요. 정말이에요!"

긴 이야기가 끝났을 때 안나는 소매로 눈물을 아무렇게나 닦으며 엉엉 소리 내 울었다. 지금까지 혼자만 알고 있었던 어미의 죄. 그로 인해 얼마나 힘들었던가.

안나는 헤레이스를 볼 때마다 죄책감에 괴로웠다. 하지만 안나가 비밀을 털어놓은 대상은 그녀의 괴로움에 일말의 공감도 하지 못한 얼굴이었다. 어느새 침착함을 되찾은 크리스는 울고 있는 안나를 보다 입을 열었다.

"……꽤 그럴듯한 이유야. 그래. 이유가 어찌 됐건 앞으로도 그렇게 숨기도록 해."

그의 목소리는 여전히 냉랭했다. 당연한 일이었다. 크리스는 안나가 동생으로 보이기는커녕 고약한 여인으로 보였다. 아니라고 하지만 마주 앉아 있는 여인의 눈에는 분명한 기대감이 있었다. 핏줄로 봐 달라. 날 네 동생으로 보아 달라.

다시 생각해 보면 디본가에서도 이 여인은 종종 자신을 향해 저런 눈을 했더랬다. 연심은 아닌, 그러나 집요한 저 눈. 하지만 크리스는 당시에도, 지금도 안나에게 관심이 없었다. 이야기를 모두 들은 후에도 머릿속에 드는 생각은 하나였다.

"조금 전에도 말했지만 나한테 여동생은 헤레이스뿐이야. 그리고 난 힘들게 산 그 아이에게 더는 골치 아픈 일이 생기지 않았으면 해."

크리스는 동생인 헤레이스가 이 사실을 몰랐으면 했다. 가여운 그의 동생은 지금도 썩 행복하지 못한 것 같은데 이런 일까지 알게 되면 더 괴로워할 터였다.

"그러니까 내 동생을 보더라도 지금처럼 네 속내를 숨겨. 내가 반이나마 같은 피를 공유한 네게 하는 마지막 부탁이야."

지금까지 했던 것처럼 선을 지키라 말하는 이복 오라비의 말에 안나의 눈에 숨길 수 없는 실망이 떠올랐다. 크리스는 그 눈에 속으로 코웃음을 치며 눈을 감았다. 그리고 곧 다시 재회하게 될 동생을 떠올리며 입가에 희미한 미소를 그렸다.

'헤레이스, 내 하나뿐인 동생. 곧 다시 만나겠구나.'

하나 그와 오늘 새로이 알게 된 이복동생의 앞날에…….

히이이잉.

더 이상 헤레이스는 없었다.

* * *

'제길…….'

폴은 마차 안에서 들리는 안나의 울음소리에 이러지도 저러지도 못했다. 마부가 계속해서 몸을 움직이는 그를 불안하게 바라보며 고민 끝에 말을 걸었다.

"기사 나리, 잠시 쉬어 가는 게 어떻겠습니까."

"……그렇게 하지."

폴이 잠시 망설이다가 고개를 끄덕였다. 마부가 저 앞에 공터가 보인다며 그곳에서 휴식을 취하자고 전한 뒤 마차의 속도를 조금 늦췄다.

곧 마차는 공터에 다다랐다. 하지만 마차가 멈추고 폴이 마차에서 뛰어내리는 순간…… 바람을 날카롭게 가르며 화살 하나가 말의 목에 박혔다.

히이이잉.

말이 마지막으로 내지르는 단말마가 끔찍했다. 그리고 말이 고꾸라지는 것을 보고 놀란 폴이 고개를 돌렸을 때는 이미 화살 수십 대가 마차를 향해 날아오는 중이었다.

* * *

관목들이 규칙적으로 배열된 별채 정원은 제법 잘 꾸며져 있었다. 이안은 쌀쌀한 공기에도 가벼운 걸음으로 아침 산책을 하고 있었다.

'지시하신 일을 끝마쳤습니다. 세르펜스 성을 떠나시기 전까지 말씀하신 것을 전달토록 하겠습니다.'

어느 나무 아래서 서신을 읽은 이안의 얼굴에 미소가 떠올랐다. 적힌 대로라면 황궁으로 돌아갈 때가 얼마 남지 않았다는 뜻이었다.

'앞으로 사흘……. 가기 전에 선물을 전하고 가야 할 텐데.'

그가 세르펜스 성에서 머문 지 벌써 한 주가 지났다. 하지만 이즈카엘의 감시가 어찌나 철저한지, 이안은 짧지 않은 기간 동안 만나고픈 이의 얼굴을 첫날을 제외하고 본 적이 없었다.

아내에게 미쳐 있던 사내의 얼굴이 떠오르자 우습기만 했다. 여자 하나에 쩔쩔매는 인간이 과거에는 왜 그리 대단하게 보였는지. 과거의 자신이 한심했다.

'이즈카엘을 봐라. 너보다 두 살이나 어리다. 하지만 배움이 너보다 20년을 앞서가는구나.'

이안은 예전부터 이즈카엘이 싫었다. 황제인 그의 아비는 어느 날부터 자신의 곁에 둔 이즈카엘과 그를 시시각각 비교했다.

누구랑 비교를 당한들 기분 나쁘지 않을까만은 이즈카엘은 당시 성조차 제대로 없는 사생아였다. 이안은 황태자인 자신이 천한 사생아와 같은 선에 놓이는 것 자체가 끔찍했다.

'매 맞는 아이가 더 뛰어나서야 원……'

그러나 그를 더 괴롭게 하는 것은 열등감이었다. 아비의 말대로 이즈카엘은 모든 면에서 그를 앞섰다. 스승들은 아비나 어미 앞에서 저만을 칭찬했지만 그들이 진정으로 감탄하는 대상은 따로 있었다.

'소문에는 그 아이가 세르펜스 공작의 사생아라고……'

'그 아이가 누구든 뛰어난 건 사실이지요. 솔직히 황태자 전하보다야 그 아이가 훨씬 배움이 빠르지 않습니까.'

그들은 이안의 매를 대신 맞기 위해 수업에 들어온 이즈카엘을 두고 뒤에서 웅성거렸다. 그들 입장에서야 티가 나지 않는다고 생각했겠지만 이안은 스승들의 수군거림을 처음부터 눈치채고 있었다. 소년에서 청년이 되고 있던 시기. 그 예민한 시기에 스승들의 말은 그의 자존심을 갈기갈기 찢었다.

'검술을 가르치는 에단 경께서 벌써 그 아이를 황실 기사로 점 찍어 놓으셨다더군요. 다른 것도 훌륭하지만 검을 다루는 능력에 서는 따를 자가 없다 하더이다.'

수업을 들을 때마다 열등감에 미쳐 버릴 것 같았던 이안은 이 즈카엘이 황실 기사로 임명된 날 기쁘기까지 했다. 저 더러운 사 생아 자식과 더는 비교되지 않아도 된다는 사실이 그에게 해방감 을 줬다.

하지만 그것도 잠시였다. 아비의 곁에 호위로 선 이즈카엘은 다른 모습으로 그의 열등감을 자극했다. 아비는 이즈카엘이 보는 앞에서 매번 그를 질책했다.

분을 이기지 못해 씩씩거리는 아비보다 그 뒤에 서서 무표정한 얼굴로 앞만 바라보는 이즈카엘이 더 싫었다. 차라리 자신을 안 타깝다거나 경멸스러운 눈으로 봤다면 그 더러운 기분이 덜 했을 텐데……. 이즈카엘은 사생아 주제에 황태자인 이안보다 더 고 고한 모습을 한 채 그쪽으로는 얼굴 한번 돌리지 않았다.

황제의 잘못된 훈육법에 이안은 나날이 삐뚤어졌다. 날 때부터 예민했던 성미는 바늘처럼 뾰족해져 그를 시중드는 이들은 다치 는 일이 잦아졌다. 그러나 그때까지만 해도 그는 지금처럼 완전 히 비틀리지는 않았다. 더는 견디기 힘들었을 때 사랑이 찾아왔 으니까.

'아…… 디본 영애를 보셨군요. 정말 아름답지요?'

사랑은 날이 선 그를 누그러뜨렸다. 하지만 황태자라는 신분에도 불구하고 처음 찾아온 사랑은 쉽지 않았다. 이안의 마음을 한 번에 가져간 여인은 이미 약혼자가 있었다.

'하하. 전하, 포기하십시오. 디본의 요정은 전하의 고종사촌과 일찍이 약혼한 사이입니다.'

'샤를과?'

'예. 공작 부인은 두 사람을 오래전부터 짝지어 주었다 하더군 요. 타계한 디본 후작 부인과 공작 부인이 많이 친밀하셨거든요.'

그의 첫사랑은 난감하게도 그의 고종사촌을 약혼자로 두고 있 었다. 샤를 세르펜스……. 누구에게나 친절한 성격에 까다로운 이안과도 곧잘 지내는, 봄바람 같은 사내.

이안은 고종사촌을 위해 마음을 티 내지는 않았다. 그러나 그 는 처음 찾아온 사랑을 포기하지도 않았다. 약혼이 깨지는 일은 심심찮게 있었으니까. 그는 혹여나 생길지도 모르는 기회를 목을 빼고 기다렸다.

'아비와 똑같아서는!'

'어, 어머니?'

그 기다림마저 앗아 간 이는 그의 어미, 황후 이젤라였다. 자 신의 아들이 헤레이스에게 관심을 두고 있음을 눈치챈 황후는 이 안을 방에 불러 놓고 날뛰기 시작했다.

'그 얼굴을 보면 모르겠어? 아비가 곁에 끼고 다니는 계집들의 얼굴이 어디서 비롯됐는지?'

'그게 무슨…….'

'다른 것도 아니고 왜 하필 그것의 딸이야! 왜! 너마저 왜!'

아비의 첫사랑이 제 첫사랑의 어미였음을 알게 된 이안은 어미의 패악을 잠자코 들어 줬다. 아비의 첫사랑으로 어미가 얼마나 힘들었는지 알고 있었기 때문이다.

'죄송해요, 어머니. 하지만⋯⋯.'

하지만 그는 속으로 어미에게 사죄하면서도 헤레이스에 대한 마음을 저버리지는 않았다. 한참 동안 물건을 던지고 고함을 지르던 황후는 제 배로 낳은 아들의 마음을 꿰뚫어 보고 잔인한 진실을 알려 줬다.

'한데 아들아, 그거 아니? 네가 짝사랑하는 디본의 요정 말이다.'

'⋯⋯.'

'⋯⋯네 아비의 수많은 사생아 중 하나일지도 모른단다.'

짝사랑하던 여자가 이복동생일지 모른다는 사실은 그러잖아도 세상을 비틀어 보는 이안의 시야를 더욱 어그러뜨렸다.

그날 이후 이안은 측근마저 좀처럼 이해 못 할 상전이 됐다. 황제도, 황후도 괴팍해진 이안을 제압할 수 없었다. 그는 부모의 말도 곧잘 어기며 기행을 이어 나갔다.

거기까지였다면. 이안은 그렇게 살고 헤레이스는 정해진 대로 샤를과 결혼했다면, 이안이 황제가 되기 전까지는 평온했을 것이다. 하지만 비틀릴 대로 비틀린 황태자의 심기를 거스르는 일이 생겼다.

어느 봄날, 그는 끔찍이 싫어하는 아비의 호위 기사와, 이복동생일지도 모르는 첫사랑 사이의 기류가 묘함을 누구보다 먼저 알아챘다.

'왜 하필 너희 둘이…….'

그 두 사람이 서로를 보는 시선이 싫었던 그는 이즈카엘과 헤레이스 사이의 소문을 부풀리고 누구보다 앞장서 두 사람을 괴롭혔다. 점점 더 쌓이는 그들에 관한 모욕적인 소문들……. 그 소문들의 가장 앞에는 이안이 있었다.

그리고 그쯤 태자궁에서는 한미한 가문 출신의 시종과 시녀들이 죽어 나가기 시작했다. 시신이 된 시종들의 특징은 옅은 머리색이요, 시녀들의 특징은 짙은 머리색이었다.

'아악! 다 죽어! 죽어 버리란 말이야!'

그러나 페가토 후작의 반역을 비롯한 일련의 일 이후, 이즈카엘과 헤레이스는 결혼에 성공했다. 두 사람의 결혼 소식을 듣는 순간 이안은 머리끝까지 치솟는 화를 참기가 어려웠다. 그에게 지독한 패배감을 선사한 사내가 영영 차지할 수 없는 여자를 가졌다는 사실이 그의 가장 저열한 감정을 자극했다.

태자궁에서 실려 나오는 시체는 헤레이스와 이즈카엘의 결혼 이후 티가 나게 늘어났다. 그러나 하나뿐인 아들에게 혹여나 그것이 흠이 될까 두려웠던 황후의 비호 아래, 그 사실들은 철저히 비밀에 부쳐졌다.

눈에 보이지 않으면 덜할까 싶었지만 미움은 날이 갈수록 커지기만 했다. 이안은 두 사람이 북부로 떠난 뒤에도 괴롭힘을 멈추지 않았다.

'토벌이라면 당연히 세르펜스 공작이 직접 나서야지요.'

북부에 정치적인 압박을 가하는 것도, 아비의 이름을 빌려 이즈카엘에게 토벌을 자주 명하는 것도 모두 그였다. 물론 이즈카엘은 매번 능력껏 그의 괴롭힘에서 벗어났다.

'……샤를의 행방불명에 세르펜스 공작이 의심된다?'

'네. 샤를 님의 행적을 조사한 결과, 샤를 님은 세르펜스 성 근처에서 갑자기 사라졌습니다.'

'그것만 가지고 공작을 어떻게 의심해.'

'공작은 사생아가 아닙니까. 그러잖아도 그가 공작이 될 때 핏줄 때문에 반대도 많았고 그…… 여자 문제도 있고. 신분을 잃었다 한들 동생이 눈엣가시처럼 느껴졌을지 모릅니다.'

'흠…… 그럴듯하군.'

'폐하께서 샤를 님의 행방을 어떻게든 찾으라 난리십니다. 죽은 거라면 시체라도 찾으라고……. 죄인이 죽어 마음이 많이 약해진 모양이십니다.'

'그거 다 연기야. 고모님도 죽고 샤를도 죽은 거 같으니 이제 와 가족을 사랑하는 따뜻한 황제를 연기 하는 거지. 살아 있을 때 신경도 안 썼던 거 보면 몰라?'

약이 오른 이안에게 이번 심문은 하늘이 내린 기회였다. 그는 심문단을 꾸리며 처음부터 끝까지 하나만을 목적으로 삼았다.

행복하게 살고 있을 두 사람을 마음 가는 대로 괴롭히는 것.

'평민으로 떨어진 반역자의 자식. 알 바도 아니고 관심도 없어. 하지만 공작이 정말 동생을 죽인 거라면 재미있겠군. 좋아. 아버지께 간다. 준비해. 지금 아버지 상태면 심문도 허락하겠지.'

율리스마저 죽은 지금, 더는 귀족도 아닌 샤를의 생사는 애초부터 이안의 관심 밖이었다. 그는 샤를의 문제로 이즈카엘과 헤레이스 부부를 괴롭히고 싶을 뿐이었다. 두 사람은 샤를에게 각자 죄책감을 느끼고 있을 테니까.

'⋯⋯어떤 인장도, 서명도 없군요. 믿을 수 없는 서신입니다.'

다만 이안은 샤를의 일 외 다른 기회까지 자신에게 찾아올 줄은 꿈에도 몰랐다. 그가 사흘 뒤 있을 즐거움을 상상하며 손에 있던 서신을 접어 주머니에 넣었다. 그리고 아직 끝내지 못한 산책을 위해 걸음을 옮겼다.

그가 몸을 돌리기 무섭게 때마침 만나고 싶었던 이가 그의 시야에 들어왔다. 자신에게 연달아 찾아오는 행운에 이안은 하늘을 향해 입맞춤한 손바닥을 내밀며 중얼거렸다.

"요새 행운의 여신을 날 아끼는 모양이야."

헤레이스는 눈앞의 사내를 두려운 눈빛으로 올려다봤다. 현재 그가 얼굴 가득 미소를 짓고 있었지만, 결혼 전 수도에서 지낼 때 그가 어땠는지 기억한 탓이었다. 게다가 그는 황제의 아들이 아닌가. 반역의 문제에서 벗어날 수 없는 헤레이스는 그를 보는 것만으로 두려움에 휩싸였다.

"대단한 우연이군. 공작의 눈을 피해 부인을 만나게 되고 말이야. 공작은 그대가 눈 밖에서 벗어나면 미쳐 날뛸 것처럼 굴던데."

겁먹은 헤레이스를 눈치챈 모양인지 이안이 짧게 콧노래를 부르며 손을 뻗었다. 두려움에 질린 헤레이스는 움직이지도 못한 채 그걸 보고만 있었다.

"일주일 전에 제대로 못 나눈 인사나 할까? 잘 있었나, 헤레이스?"

이안은 헤레이스의 머리카락 쥐고 그녀의 파리한 얼굴을 구경하더니 손을 내려 헤레이스의 손을 붙잡았다. 헤레이스는 장난스럽게 제 손등에 입을 맞추는 그를 보다 퍼뜩 정신을 차리고 손을 뺀 채 한 발 물러나 인사를 올렸다.

"……아나이스의 작은 태양을 뵙습니다."

떠는 와중에도 그를 쳐다보는 헤레이스의 눈에는 목적이 있었다. 이안이 조소를 흘리며 빈정거렸다.

"시중드는 이 하나 없이 나온 걸 보면 딱 봐도 몰래 날 찾아왔군. 그래, 화초 같은 그대가 무슨 일이지?"

화초라는 단어에 유독 힘이 실린 것은 착각이 아닐 터였다. 하지만 이안의 예상대로 헤레이스는 그에게 묻고 싶은 것이 있었다. 그녀가 이안의 비웃음을 무시한 채 입을 열었다.

"샤를……."

"응? 잘 안 들리는데."

"샤를에 대해 아시는 바를 알려 주세요."

"……."

"그때 행, 행방불명되었다고……."

샤를을 걱정하는 헤레이스의 말에 이안이 경멸을 숨기지 않았다. 그가 팔짱을 낀 채 헤레이스를 우습다는 표정으로 내려다봤다.

"약혼자의 형과 결혼해 잘 살고 있는 그대가 전 약혼자를 걱정하다니. 조금 우습게 느껴지는군. 그대에게는 전 약혼자가 이대로 사라지는 게 더 좋지 않나? 아니면 설마 양손에 사내 둘을 쥐고 싶은 거야? 하긴 수도에 있을 때도 그대는 그 얼굴로 사내들을 꼬여 냈지."

"……."

"농담이야. 한데 그걸 왜 그대가 불편해하는 내게 묻지? 그것도 이리 몰래 찾아와서 말이야. 남편인 공작에게 물으면 될 일 아닌가. 그가 아는 대로 말해 줄 텐데."

이안의 말에 헤레이스가 침을 삼켰다. 이즈카엘에게는 물을 수 없었다. 이유는 모르지만 이 성내 모든 사람이 제게 무언가를 숨기고 있다고 헤레이스는 확신했다.

'브륀튈트는…… 그 말은…… 몇 년 전에 죽었습니다.'

몰랐던 죽음.

'엄마가 줬어. 기억 안 나?'

기억에 없는 일.

'미안해, 샤를.'

그리고 이해 못 할 남편의 사과.

의심을 가지고 주변을 살펴보자 그녀를 감싸고 있는 모든 것들이 이상했다. 때문에 그녀는 샤를에 대해서도 남편에게 묻지 않았다.

'……둘 사이에 뭐가 있군.'

헤레이스를 보는 이안의 눈이 가느스름해졌다. 불안정하게 떨리는 푸른 눈동자 안에는 분명 의심이 자리하고 있었다. 어찌하면 둘 사이가 더 틀어질까. 잠시 고민하던 이안은 사실대로 말해 주는 것이 최선이라 판단했다.

"숨길 일도 아니고, 아는 대로 말해 주지. 샤를이 행방불명됐어. 그리고 난 샤를의 행방불명이 공작과 관련이 있다고 생각해. 행적이 이 근처에서 끊긴 것도 그렇고, 샤를이 사라지면 가장 득을 보는 이가 공작이니까. 그래서 그를 심문하러 온 거야."

"……제 남편은 샤를을 아껴요."

"정말 그렇게 생각해? 그렇다면 그대는 멍청한 거야."

"……."

"샤를은 죄인의 자식이라고는 하나 폐하와도 같은 피를 공유하는 조카야. 평민이 되었다 해도 살아만 있다면 언젠가는 사생아인 그대 남편보다 지지를 더 많이 받을 수도 있지. 게다가 샤를과 공작 사이에는 그대가 있잖나. 공작이 그대를 보는 눈을 보면, 질투 때문에 동생을 죽였다 해도 이상할 게 없던데."

"이즈카엘은 그럴 사람이 아니에요!"

남편을 아예 범인으로 특정하는 말에 헤레이스가 참지 못하고 소리를 높였다. 이안은 그녀의 매서운 눈초리를 보다 웃음을 터 뜨렸다. 남편이 의심되어 그에게 직접 묻지 못하고 제게 묻는 주제에 편을 들다니. 그가 헤레이스를 비꼬며 되물었다.

"조금 전에도 했던 질문인데…… 남편을 믿는데 왜 내게 와 샤를에 관해 묻지? 앞뒤가 맞지 않잖나."

"……."

"답하기 곤란하면 됐네. 뭐, 그대 나름대로 이유가 있겠지. 그보다 공작 부인, 나도 그대에게 질문을 하나 해도 되나? 전부터 궁금했던 건데."

　마음 같아서는 거절하고 싶었지만 그도 헤레이스의 물음에 답해 주지 않았던가. 거절할 명분이 없었다. 헤레이스가 떨떠름한 얼굴로 고개를 끄덕이자 이안이 곧바로 물었다.

　"그대, 남편과 아직도 꽤 사이가 좋아 보이던데…… 도망은 왜 갔나?"

　헤레이스의 몸이 그대로 굳었다. 또 기억에 없는 일이었다. 도망? 그게 무슨 말인가. 푸른 눈이 잘게 떨리기 시작했다.

　"모르는 척 마. 공작이 하도 숨겨 대부분 모르는 사실이지만 그래도 완전한 비밀은 없지. 아는 이들은 알아. 그대가 동부로 도망쳤다는 거. 왜 도망쳤나? 아…… 혹시 공작의 정부와 그 자식 때문인가? 하기야 여린 그대에게는 충격이었겠지. 그래도 공작이 그대를 위해 정부와 그 사생아는 쫓아낸 모양이야. 성 어디에도 보이질 않더군."

　이안의 말을 들을수록 괴리감만 커졌다. 정부는 또 뭐고, 정부에게 태어난 자식이라니. 그런 말이 수도에 돌았다면 아주 질 나쁜 소문이었다. 그러나 헤레이스는 말도 안 되는 소리라며 쏘아붙일 수 없었다. 얼마 전 남편과의 일이 떠오른 탓이었다.

　'나 몰래 바람이라도 피웠어요? 나 말고 다른 여자 숨겨 놓고 거기서 아이라도 본 거예요? 왜 죄지은 사람처럼 굴어요.'

　'…….'

　'농담이에요, 농담. 당신이 워낙 심각한 얼굴이니까 분위기 좀

바꿔 보려고 그런 건데……. 이즈카엘, 설마 정말로…….'

'아니야!'

농담에 과민하게 반응하던 남편. 그때 남편의 금안은 사정없이 요동치고 있었다. 눈동자에 이어 헤레이스의 손이 달달 떨리기 시작했다.

"이것도 답하기 곤란한 모양이지?"

상대가 끝내 답을 않자 이안이 짜증 섞인 한숨을 내쉬었다. 그가 됐다는 듯 고개를 젓다 문득 이상했는지 갸웃거렸다.

"……그러고 보니 그대의 아이도 본 적이 없군. 소리는 간간이 들렸던 것 같은데 말이야."

이안의 입에서 아이까지 나오자 헤레이스가 머리를 부여잡았다. 순간 두통이 일었다. 무언가 안쪽부터 머리를 부수는 것 같았다. 결국 참지 못한 헤레이스가 신음을 내며 비틀거렸다.

"몸 상태가 별로인 듯 보이는데 그만 돌아가지. 그대가 여기서 쓰러지기라도 하면 공작의 분노는 내 차지일 것 같은데."

이안은 휘청이는 여인을 보고도 부축을 한다거나 걱정을 해 주진 않았다. 그는 오히려 헤레이스에게서 한 발 떨어져 구경하듯 그녀를 바라봤다. 웃음까지 짓는 모습이 마치 그녀의 고통을 즐기는 것 같았다.

헤레이스가 대강 고개를 숙이고 몸을 틀었다. 예의가 아니라고 해도 상관없었다. 당장 이 상황을 벗어나야 했다. 머릿속을 채우기 시작한 여러 장면과 목소리들. 이대로 계속 떠올리며 듣고 있다가는 미쳐 버릴 것 같았다.

"잠깐."

막 도망치려는 그녀를 이안이 붙잡아 세웠다. 한 손으로 그녀의 어깨를 붙잡은 그가 잔뜩 구겨진 미간에 손가락을 가져다 대며 속삭였다.

"……마지막으로 부탁 하나만 들어줄 수 있나?"

빨리 벗어나고픈 헤레이스가 무례한 접촉을 지적하지도 않은 채 고개를 끄덕였다. 그녀의 허락에 이안이 헤레이스의 어깨를 그러쥔 손에 힘을 줬다.

"사흘 후에 떠날 때 남편과 함께 그대도 마중을 나와 줬으면 좋겠군. 그때라도 그대 얼굴을 한 번 더 보고 싶어서 말이야. 그리고 줄 선물도 있고."

음흉한 미소에는 악의가 가득했다. 그러나 어지러운 시야에 헤레이스는 그를 눈치채지 못했다.

그녀는 이안이 어깨를 놓자마자 재빠르게 걸음을 옮겼다.

* * *

이즈카엘은 아내의 상태가 심상치 않다는 말에 곧바로 침실로 달려갔다.

헤레이스는 그를 기다린 모양이었다. 침대에 앉아 있던 그녀는 그가 방으로 들어오자 곧장 고개를 들고 그를 봤다.

"헤레이스, 몸이 불편하다 들었는데……."

한걸음에 아내에게 다가간 이즈카엘이 그녀의 흰 이마를 짚었다. 열이 있나 확인하는 모양새가 다정했다. 하지만 헤레이스는 이즈카엘의 손을 단호하게 쳐 냈다.

아내의 표정이 평소와 다르다는 것을 눈치챈 이즈카엘이 입을 다물었다. 헤레이스가 침대에서 천천히 일어나 그를 불렀다.

"이즈카엘."

"……."

"당신 나한테 숨기는 거 없어요?"

헤레이스가 남편의 금안을 들여다봤다. 이즈카엘은 아내의 눈을 피하지 않은 채 얼굴 위로 두꺼운 거짓을 썼다. 그가 진실한 목소리를 꾸며 내며 고개를 저었다.

"없어."

"……."

"당신한테 숨기는 거 없어, 헤레이스."

그를 찬찬히 뜯어보던 헤레이스의 얼굴이 점차 일그러졌다. 그녀가 날카롭게 소리 질렀다.

"거짓말!"

"……."

"누굴 바보로 알아요? 나만 모르는 일이 한두 개가 아니야!"

"……."

"당신 내게 무슨 짓을 했어! 내 머리가! 기억이 왜 이러냐고!"

아내의 격앙된 목소리에 이즈카엘이 입술을 세게 물었다. 어찌된 일인가. 아내는 영영 기억을 되찾지 못하는 것이 아니었나.

'이대로 모조리 기억해 내면…….'

덜컥 겁이 났다. 며칠 전까지만 해도 그에게 사랑한다고 속삭이던 아내인데……. 이대로 잃을 수는 없었다. 찰나의 달콤함을 기억한 그가 이 상황을 타개하기 위해 머리를 굴렸다.

"헤레이스, 뭔가 오해가 있는 모양이야. 당신이 모르는 일이라니. 그런 게 어디 있어."

"……."

"갑자기 왜 이러는지 나한테 차근차근 설명해 봐. 혹 누구를 만났어? 누구한테 쓸데없는 말이라도 들은 거야?"

이즈카엘은 우선 헤레이스에게 누군가가 접근한 건 아닌지 의심하며 그녀를 달래듯 부드러운 목소리로 물었다. 하지만 이즈카엘의 물음에 헤레이스는 더욱 험악하게 눈을 치켜뜰 뿐이었다. 그녀가 믿었던 연인에게 살해당하는 여인처럼 날카로운 소리를 내질렀다.

"브륀튈트가 죽었어! 내가 준 적 없는 목걸이가 아이 손에 들려 있고! 다른 사람이 말해, 당신에게 정부가 있다고! 정부에게서 아이를 봤다고! 그리고 그것 때문에 내가 도망간 건지 물어!"

괴성에 가까운 소리였지만 그 안에 담긴 내용을 알아듣지 못할 이즈카엘이 아니었다. 이즈카엘이 갑자기 튀어나온 진실에 놀라 어금니를 꽉 깨물었다. 그의 얼굴에서 무언가를 본 헤레이스가 그에게 달려들어 가슴께의 옷을 틀어쥐었다.

"아니라며! 아니라고 했잖아! 그런데 당신…… 왜 밤마다 나한테 잘못했다고 빌어? 내 기억 속에 당신이 잘못한 일은 없는데! 왜 빌어! 왜! 왜!"

손톱으로 긁어내리고 주먹으로 때리는 몸짓에는 온갖 울분이 다 담겨 있었다. 지금에라도 아니라고 답해야 하는데……. 정신을 차린 이즈카엘이 부정하기 위해 헤레이스의 양 손목을 틀어쥐었다. 하나 고개를 든 헤레이스는 그의 또 다른 죄악을 입에 올리기 시작했다.

"그뿐인 줄 알아? 이즈카엘 당신…… 샤를한테는 뭐가 미안한 거야? 전하께서 의심하는 것처럼 그 애한테 무슨 일이라도 벌인 거야?"

"……."

"샤를에 대해 깊게 생각하면 당신 목소리가 머릿속을 울려. 당신이 샤를과 내 사이를 오해하는 모습이 그려져. 분명 없는 기억인데 있었던 일처럼 너무 선명하게 떠오른단 말이야!"

쿵. 심장이 떨어져 내렸다. 이즈카엘이 저도 모르게 아내의 손목을 쥐고 있던 손에서 힘을 풀었다. 그에게서 벗어난 헤레이스가 이번에는 제 약지에 끼워진 반지를 빼내며 소리쳤다.

"이것도 마찬가지야! 아무 생각 없었는데…… 이걸 끼고 있는 손가락이 너무 시려. 반지를 만질 때면 뺨이 화끈거리고 여기가 아파. 아파서 너무 괴로워."

쨍하는 소리와 함께 반지가 바닥에 부딪히더니 침실 어느 구석으로 굴러 들어갔다. 반지의 궤적을 따라 눈동자를 굴린 이즈카엘이 겁에 질려 덜덜 몸을 떨었다. 이 정도면 모조리 기억해 낸 것이 아닌가.

"당신은 아니라고 하는데…… 내 기억에도 없는 일인데……."

"……."

"아니지? 내가…… 내가 뭘 착각하는 거지?"

헤레이스가 마구잡이로 흔들리는 사내의 몸을 붙잡고 늘어졌다. 울음을 토해 내는 목소리가 어딘가 절박했다.

이즈카엘이 아직 아내의 입에서 나오지 않은 그의 가장 큰 죄악 하나를 상기했다. 그것만은 기억해 내면 안 된다. 그가 그리 생각함과 동시에 오열하고 있던 헤레이스가 울음을 뚝 멈췄다.

"아……."

"……."

"내 아가…… 에르…… 흐읍!"

아내의 입에서 반쯤 나오다 만 이름. 이즈카엘이 헤레이스의 입을 틀어막았다. 하지만 터진 둑을 사람의 손으로 막을 수는 없는 법. 헤레이스의 눈이 점차 커지더니 어느 장면이 푸른 눈에 똑똑히 떠올랐다.

"아아악!"

창자가 끊어지고 심장이 갈가리 찢긴다 한들 이런 비명을 지르진 못할 것이다. 헤레이스는 영혼이 부서지는 고통을 느끼며 목이 아닌 몸 선체로 울음을 내뱉었다.

"헤레이스!"

흰자위가 드러나고 심각해 봬는 그녀의 모습에 이즈카엘이 정신을 붙들어 맸다. 그리고 아내를 붙잡아 제 품에 욱여넣었다.

"아악! 이거 놔! 이 살인자! 당신도 카르베에 떨어져야 해!"

헤레이스가 헐떡이며 그에게서 벗어나기 위해 발버둥 쳤다. 날카로운 손톱이 사내의 팔에 박혀 죽죽 선을 그었다. 그러나 이즈카엘은 피가 비치는 손과 팔에는 조금도 신경 쓰지 않았다. 그의 온 신경은 아내에게 향해 있었다.

"헤레이스, 진정해! 헤레이스!"

"아악! 아아악!"

그녀가 진정할 기색이 도통 보이지 않자 이즈카엘이 손을 검날처럼 세웠다. 그가 아내의 뒷목을 살짝, 그러나 정확히 쳤다.

헤레이스가 줄이 끊긴 인형처럼 허물어져 내렸다. 이즈카엘은 힘 빠진 헤레이스의 몸을 침대에 뉜 채 숨을 거칠게 내쉬었다.

'왜…… 갑자기 왜 이렇게…….'

내려다본 아내의 얼굴은 눈물로 엉망이었다. 그는 덜덜 떨리는 손을 아내의 얼굴에 가져다 댔다. 손가락으로 그녀의 뺨을 가로지르는 눈물을 거두고 소매로 닦아 냈다.

그러나 눈물을 지웠다고 해서 고통이 사라지는 것은 아니었다. 아내는 혼절한 상태에서도 괴로움에 얼굴을 구기고 있었다. 그뿐인가. 빨갛게 짓무른 눈가에는 새로운 눈물이 솟고 있었다.

이즈카엘이 무너지듯 침대 머리맡에 앉았다. 어찌해야 하지? 길을 잃어버린 아이처럼 머릿속이 하얗게 변했다.

"안녕, 아버지. 좋은 아침이야."

이즈카엘의 눈가에 내려앉은 그림자가 시시각각 짙어질 때였다. 창문에 비치는 햇살과 함께 아이가 그려지듯 나타났다. 이즈카엘은 자신과 닮은 그것을 보자마자 몸을 튕겨 그 앞으로 튀어나갔다.

"돌려놔! 헤레이스를 당장 원래대로 되돌려놓으란 말이다!"

"되돌려?"

아이의 몸이 달랑 올라갔다. 그것이 이즈카엘에게 잡혀 공중에 대롱대롱 매달린 채 반문했다.

"어떻게?"

"……."

"다 기억하는 아내로 되돌리란 말이야? 아니면 아무것도 모른 채 네게 사랑한다 속삭이는 아내로 되돌리란 말이야?"

숨이 턱 막히며 말이 나오지 않았다. 이즈카엘의 호박색 눈이 사정없이 흔들렸다. 그것이 제대로 초점도 맞추지 못하는 아비를 쳐다보다 아비의 손을 쳤다.

"좋아. 아들 노릇 제대로 해야겠지."

아직은 말이야.

아이가 고양이처럼 가볍게 바닥에 착지하더니 종종걸음으로 어미에게 다가갔다. 이즈카엘은 그것이 제 손에서 벗어나 아내에게 향하는 것을 보고 고개를 떨궜다. 자신은 무기력하게 서 있는 것 외 할 수 있는 게 없었다.

"어머니, 아프지 마세요."

아이가 엉망인 어미의 얼굴 여기저기에 가벼운 입맞춤을 했다. 그러자 끊임없이 흐르던 눈물이 멎고 헤레이스가 평온한 얼굴을 되찾았다. 그것이 헤레이스의 가슴에 귀를 대고 규칙적인 숨소리를 듣다가 자리에서 일어나 빙긋, 웃음을 지었다.

"……깨어나면 널 사랑하는 아내로 돌아올 거야, 아버지."

그 말을 마지막으로 그것이 문가로 다가갔다. 부모를 위해 자리를 피해 줄 요량이었다. 문을 열기 전 그것이 뒤를 돌아봤다.

무기력하게 서 있던 아비는 그새 어미에게 다가가 무어라 속삭거리고 있었다. 아비의 눈물은 보는 것만으로도 달았다.

하지만 사내의 입술이 여인의 입술을 삼키는 순간 그것은 저도 모르게 미간을 찌푸렸다. 문고리에 손을 올렸던 그것이 머뭇거리며 멈춰 섰다.

잠시 얼굴을 구기던 그것이 이내 몸을 완전히 틀고 방문을 열었다. 더 큰 달콤함을 위해 조금의 양보는 할 수 있었다. 어차피 며칠 지나면 알아서 꿈에서 깰 어미가 아닌가.

복도를 거닐던 그것이 나타날 때와 마찬가지로 햇빛 사이로 자취를 감추었다. 지나가던 사용인 하나가 기이하게 사라진 아이의 형상에 눈을 깜빡이며 중얼거렸다.

"내가 꿈을 꾸고 있나."

* * *

"으음…… 왜 이렇게 눈이 따갑지."

"……"

"이즈카엘, 좀 불어 줄래요? 눈에 뭐가 들어갔나 봐요."

잠에서 깬 헤레이스의 눈은 행복에 가득 차 있었다. 이즈카엘은 제게 자연스레 장난치는 아내를 아무 말 없이 안았다.

"이즈카엘?"

"……."

"아직 해도 안 졌어요. 이러다 누가 보기라도 하면……."

이즈카엘의 속은 이미 불안에 완전히 파먹힌 후였다. 빈껍데기
만 남은 사내는 당장 품 안에 거짓만 쫓은 채 눈을 감고 꿈으로
도망쳤다.

"……잠깐만."

"……."

"잠깐만 이렇게 안고 있자, 응?"

그러나 달콤한 꿈은 무엇보다 짧은 법. 꿈결 같은 시간은 눈
깜빡할 사이 흘렀다.

* * *

마침내 반갑지 않은 손님들과 약속한 시간이 끝났다. 이안을
필두로 심문을 하러 온 이들이 하나둘 다시 말에 올랐다.

"공작의 훌륭한 환대에 감사하네. 이만 돌아가지."

"만족스러웠다니 다행입니다."

"가기 전에 심문 결과에 대해서 귀띔해 주자면…… 우선 샤를
에 관한 건 걱정 말게. 나와 여기 있는 심문관들은 조사 결과 공
작이 샤를의 일에 무관하다고 판단했네."

"……."

"피를 나눈 동생의 일이라 기분이 좋지 않았겠어. 고생했네.
폐하께는 내가 잘 말씀드리지. 그런데……."

"……."

"……공작 부인은 배웅하러 나오지 않는 건가? 부탁까지 했는데 말이야."

이안이 출발할 생각은 않고 두리번거리며 헤레이스를 찾았다. 그 모습에 이즈카엘의 얼굴이 딱딱하게 굳었다.

"용서하십시오. 아내가 몸이 좋지 않습니다."

이즈카엘은 표정을 숨길 생각도 하지 않았다. 그의 단호한 태도에 이안의 뒤에 있던 라그랑 후작의 얼굴이 또 한 번 붉어졌다. 하지만 떠나는 마당이라 그런지 전처럼 무어라 고함치지는 않았다.

"그런가? 하지만 난 조금 전에 정원에서 공작 부인의 웃음소리를…… 아! 저기 오는군."

이안이 거짓을 고하는 것이냐고 돌려 말하려다 이즈카엘의 뒤를 보고 손뼉을 쳤다. 그의 말에 놀란 이즈카엘이 재빨리 뒤를 돌아봤다.

헤레이스가 아이와 함께 그들과 조금 떨어진 곳에 서 있었다. 그녀의 발치에는 동그란 공 하나가 굴러다니고 있었다. 이즈카엘이 아이를 노려봤다. 그러자 아이가 냉큼 공을 주워 헤레이스의 뒤로 몸을 숨겼다.

"아이가 공작을 많이 닮았군. 소문에는 적자는 공작 부인을, 공작의 사생아는 공작을 빼닮았다던데…… 와전된 모양이야."

아이를 본 이안이 중얼거렸다. 다행히 거리가 있어 헤레이스는 그 말을 듣지 못했다. 그러나 이안은 말을 하며 헤레이스와 부러 시선을 맞추었다.

"아……."

헤레이스의 얼굴이 창백히 질렸다. 그녀가 고개를 숙인 채 머뭇거렸다. 다가갈까 말까 고민하는 모습에 이즈카엘이 재빨리 그녀에게 다가갔다.

"공이 갑자기 이리로 굴러 와서……."

헤레이스가 급작스럽게 이즈카엘과 마주하자 말을 더듬거리며 상황을 설명했다. 하지만 보통의 공이라면 정원에서 여기까지 굴러 올 리 없었다. 이즈카엘의 매서운 눈이 헤레이스의 드레스 자락을 쥔 작은 손에 닿았다가, 겁먹은 헤레이스의 얼굴에 누그러졌다.

"헤레이스, 그만 들어가. 당신이 나오지 않아도 괜찮은 자리야."

"하지만 전, 전하께서 가시는데……."

"신경 쓸 필요 없어. 내가 배웅하면……."

"공작, 그건 아니지. 난 부인에게 배웅하러 나오기로 약속을 받았단 말이야. 공작 부인, 사흘 전 약속을 잊은 건 아니겠지?"

이안이 부부에게로 다가왔다. 사흘 전이라는 말에 이즈카엘의 호박색 눈이 번뜩였다. 그가 이안의 말을 이해하지 못한 헤레이스를 몸으로 가렸다.

"조금 전에도 말씀드렸지만 아내는 몸이 좋지 않습니다. 배웅이라면 제가 해 드릴 테니 이만 출발하십시오."

이안을 내려다보는 시선이 가히 위압적이었다. 오싹한 등골에 이안이 저도 모르게 한 발 물러났다.

하나 뒷걸음을 치고 나니 자존심이 상했다. 예전이 떠올랐다. 스승들의 수군거림. 아비의 비교. 그때와 같이 자신을 무시하는 저 표정……. 이안의 잇새에서 으드득 이 가는 소리가 났다.

"공작, 감히 누구한테 명령인가?"

순식간에 공기의 흐름이 변화하자 밀로 백작의 표정이 어두워졌다. 그의 주인은 감정의 변화가 지나치게 빠른 데다 종잡기 힘들었다. 종일 웃으며 지내다가도 옷 한 벌, 차 한 잔에 심기가 틀어져 시중드는 이의 목을 잘랐다.

밀로 백작이 아슬아슬한 분위기를 중재하기 위해 용기를 냈다. 하지만 그보다 먼저 이안에게 나선 이가 있었으니…… 황실 기사에게 무언가 말을 전해 들은 라그랑 후작이었다. 그는 기사에게 말을 듣자마자 의미심장한 미소를 띠며 이안의 귀에 입을 가져가 댔다.

"전하, 도착 전……."

어딜 끼어드냐며 눈을 치켜뜬 이안이 도착 전이라는 말에 입을 다물었다. 그가 라그랑 후작의 말을 경청하며 눈동자를 데구루루 굴렸다.

"공작의 말이 맞아. 그만 출발해야지. 한데 그전에……."

한참 만에 고개를 돌린 이안의 목소리는 다시 경쾌하게 바뀌어 있었으나 길게 올라간 입꼬리는 어딘가 불쾌감을 자아냈다.

"……환대에 대한 보답으로 귀한 선물을 하나 줄까 해."

그가 고개를 까닥이자 라그랑 후작이 가져오라 소리치며 손짓을 했다. 그러자 뒤에 있어 보이지 않았던 기사 둘이 앞으로 나섰다. 그들의 손에는 커다란 나무 상자 하나가 들려 있었다.

이즈카엘은 상자를 보자마자 제 뒤에 있던 헤레이스와 함께 몇 발자국 뒤로 물러났다. 기사들이 가져온 나무 상자는 눈으로 보기에는 특별할 것이 없었다. 하지만 전장에 익숙한 이즈카엘은 나무 상자에서 옅지만 분명한 피 냄새를 맡았다.

"공작, 난 그대를 아껴. 여러 의미로 말이야."

이안은 기대에 한껏 부풀어 있었다. 자신이 쓴 극을 처음 무대에 올리는 극작가처럼 그의 눈이 흥분으로 번들거렸다.

"그대는 과거 내 행동 때문에 내가 그대를 싫어한다 여기는 모양인데…… 그때는 내가 철이 없어서 그런 거야. 우리 사이 오해도 풀 겸 내 아끼는 그대를 위해 선물을 하나 준비했어. 공작 부인도 마음에 들어 했으면 좋겠군."

"……치우십시오."

상자 모서리가 피로 젖어 들어갔다. 바닥을 적시기 시작한 붉은 액체에 이즈카엘이 낮은 목소리로 읊조렸다. 하지만 이안은 그의 말을 무시한 채 팔짱을 끼고 발로 상자를 툭툭 쳤다. 귀한 선물이라 말한 것과 달리 상자로 향한 눈은 더러운 쓰레기를 보는 듯했다.

"여기로 오는 길에 서신 하나를 받았네. 반역죄로 추방된 이가 자네 영지로 들어왔다더군."

대강 짐작이 가는 바에 이즈카엘의 눈이 커졌다. 그러고 보니 에드가가 주마다 한 번 서신을 보내는 폴에게서 연락이 없다고 보고한 참이었다. 약속된 기간에서 하루가 지났을 뿐이라 별일 아니겠거니 생각했는데…….

"한데 그 죄인이 공작 부인의 핏줄이라지 않아? 그걸 보니 걱정이 되더군. 그러잖아도 폐하의 명으로 공작을 심문하러 가는 길인데…… 반역죄로 추방된 이가, 그것도 공작 부인의 핏줄이 북부로 오다니. 딱 오해할 만한 상황 아닌가."

"아……."

이즈카엘의 뒤에서 긴 탄식이 들렸다. 이즈카엘이 고개를 돌려 헤레이스를 살폈다. 아니나 다를까, 헤레이스 또한 이안의 말을 알아들은 낌새였다. 무언가 예상한 듯 그녀의 눈이 상자에 고정된 채 움직이지 않았다.

이즈카엘이 몸을 떠는 아내의 귀를 막았다. 하나 때는 이미 늦은 후였다.

"그래서, 내가 공작 그대를 대신해 처리했네. 그대가 괜한 오해를 사지 않도록 말이야."

이안은 핏기가 가신 헤레이스의 얼굴을 구경하며 빠르게 말을 이었다. 그리고 제 옆의 기사들에게 명했다.

"열어."

덜컹 소리와 함께 상자 안이 드러났다. 그리고 그 안에 있는 것은…….

"아…… 크리스, 오빠. 오, 오빠…… 안, 아나…… 흐으."

……예상대로 크리스와 아나였다.

상자 안에는 죽은 이가 뿌린 것으로 보이는 피가 흥건했다. 나무 상자 안을 본 헤레이스의 신음이 짐승의 울음소리로 변했다.

이즈카엘이 몸에 힘을 풀고 그대로 바닥에 주저앉으려는 그녀를 붙들었다.

"아! 거기 여자는 함께 있기에…… 반역죄인과 같은 마차를 탈 정도면 친밀한 사이일 게 아닌가. 혹 몰라 함께 처리했네. 본래 반역죄는 싹도 없애 버려야 하거든."

"아…… 아으……."

"물론 공작 부인에게는 좀 미안하더군. 죄인이라 해도 핏줄이 잖나."

"아으…… 오, 오빠…… 안나……."

"하지만 공작 부인은 공과 사를 잘 구분하는 이니까 괜찮을 거라 생각했네. 왜, 전에도 반역죄에 연루된 약혼자를 버리고 공작과 결혼했잖나. 부인이라면 가족도 약혼자처럼 외면할 수 있겠……!"

헤레이스의 울음에 이안은 더욱 신이 나 주절거렸다. 하지만 그 혼자만의 즐거운 수다는 오래가지 못했다.

"허억!"

"윽!"

검을 뽑는 소리조차 없이 날카로운 예기가 이안의 귀를 스쳤다. 그리고 그가 서늘한 날을 인지하기도 전, 상자 옆에 있던 기사 둘의 목이 허공에 떴다.

그 광경에 주인과 마찬가지로 이죽이며 상황을 보고 있던 라그랑 후작이 눈을 부릅뜨고 발을 박찼다. 누군가의 목숨이 날아가는 순간에도 주인을 구하려는 모습이 충신에 가까웠다.

"전…… 으아악!"

그러나 그도 단 한 번의 휘두름에 피를 뿌렸다. 쿵 소리와 함께 라그랑 후작의 육중한 몸이 이안의 바로 옆 바닥에 아무렇게나 널브러졌다. 생명을 잃은 육신에서 피가 콸콸 쏟아지다시피 했다.

"전, 전하를 보호해라!"

뒤늦게 상황을 파악한 밀로 백작이 황실 기사들에게 명했다. 하지만 이즈카엘은 주춤거리는 기사든, 바로 그에게 달려드는 기사든 모조리 베어 넘겼다. 낙엽이 바람에 날리듯 사람의 목숨이 한순간에 사라졌다. 갑자기 자행된 학살에 모두의 눈이 커다래졌다.

"각하를 지켜라!"

주인의 돌발 행동에 놀라 굳어 있던 에드가가 기사들에게 명하며 이를 악물었다. 지금 자신들의 행동은 반역죄였다. 그렇다 해도 주인이 우선이었다.

이를 악문 에드가가 이즈카엘의 뒤에서 그를 공격하려는 황실 기사를 베자 세르펜스의 다른 기사들도 하나둘 검을 뽑아 들었다.

성은 한순간에 검 부딪치는 소리와 피로 가득 찼다. 하지만 애초 전력의 차이는 정해져 있었다. 곧 황태자의 일행 중에 무장한 이들은 모두 싸늘한 주검으로 바닥에 눕게 되었다.

"다, 다가오지 마십…… 커헉!"

밀로 백작이 이안의 앞을 막아선 채 팔을 뻗었다. 벌벌 떨면서도 주인을 지키려는 자세가 라그랑 후작과 마찬가지로 훌륭했다.

그러나 이즈카엘은 일말의 망설임도 없이 그의 배에 검을 찔러 넣었다. 백작이 피를 토하며 뒤로 넘어갔다.

"흐이익! 치워! 이거 치, 치우란 말이야!"

훌륭한 수하들과 달리 이안의 모습은 꼴불견이었다. 백작의 시체가 제 몸에 닿자 바닥에 주저앉아 있던 그가 기겁을 하며 다리를 버둥거렸다. 뒤로 기는 모양새가 보기 흉했다.

"뭐…… 뭣들 하나! 나는 이 제국의 황태자야! 나를 구하라! 저 반역자들에게서 나를 보호해!"

이안이 발악하며 남은 수하들에게 고함을 질렀지만 밀로 백작 이후로 용기를 내는 이는 없었다. 모두 주인을 외면한 채 고개를 숙였다.

"공, 공작, 설마 날 베려고? 자네 미쳤나?"

자신을 보호해 줄 이가 아무도 없음을 깨달은 이안의 바지가 천천히 젖어 들어갔다. 두려움에 질린 그가 눈물 콧물을 쏟으며 이즈카엘에게 말했다.

설마하니 그는 이즈카엘이 이리 미쳐 날뛸지 몰랐다. 자신은 누가 뭐래도 황태자였다. 궁에서 수십이 제 손에 죽어도 그다음이면 새 사람이 채워져 있었고, 부모를 제외한 누구도 제게 그리하면 안 된다 말하지 않았다.

그러니 저 사생아도 입을 다물어야 하는 것이 맞지 않는가. 좀 뻣뻣하게 군다 한들 결국에는 다른 이들과 마찬가지로 고개를 숙이고 그에게 조아려야 하는 게 아닌가. 그 많은 기사들을 이즈카엘의 요구대로 본성 밖에 둔 이유가 무엇인데…….

이안은 황태자라는 제 지위가 자신을 어떤 상황에서도 보호해 주리라 자신했다.

"나를…… 날 베면, 아니 내게 검을 들이댄 순간부터 그대는 반역죄인이야. 이 사실을 내가 폐, 폐하께 알리면……."

"네놈과 네놈을 따라온 이를 다 죽여 버리면 상관없겠지. 증인이 없으니까. 안 그런가?"

반역죄인이라는 무서운 말에도 이즈카엘은 눈 한번 깜빡이지 않았다. 금안은 이미 서늘한 광기에 물들어 있었다. 그가 이안의 허벅지를 겨냥해 피 묻은 검을 내리꽂았다.

"아아아악!"

"아니면 네놈을 늑대한테 산 채로 던져 주는 것도 괜찮지. 흔적 하나 남지 않을 테니."

이안이 벌레처럼 꿈틀거리며 몸을 비틀었다. 이즈카엘이 고통에 허우적거리는 그 꼴을 보다가 검을 거둬들였다. 감당하지 못할 충격에 이안이 몸을 덜덜 떨었다.

이즈카엘이 다시 검을 들어 올렸다. 이안의 반대쪽 다리를 겨냥한 그의 눈에는 조금의 자비도 없었다. 하나 이즈카엘이 막 검을 내리꽂으려는 때, 에드가가 급박한 목소리로 그를 불렀다.

"각하!"

날카로운 통증이 옆구리를 찔렀다. 몰려오는 고통에 이즈카엘은 들고 있던 검을 놓쳤다. 다리 사이로 떨어진 검에 기겁한 이안은 볼썽사나운 모습으로 혼절했다.

"흐윽……."

이즈카엘이 자신의 몸으로 서서히 시선을 떨구었다. 긴 검의 일부가 오른쪽 옆구리에 박혀 있었다.

뚝뚝 떨어지는 피가 바닥을 적심과 동시에 옆구리에 박혀 있던 검이 스르륵 빠져나갔다. 벌어지는 상처에 이즈카엘의 목에서 억눌린 신음이 터져 나왔다.

"허억!"

"각하! 각하!"

달려온 에드가가 그를 부축했다. 이즈카엘이 에드가의 손길을 거부한 채 똑바로 서려 했다. 하지만 깊은 상처에 몸은 말을 듣지 않았다. 비스듬히 선 그가 자신을 찌른 이를 돌아봤다.

무거운 검을 겨우 들고 서 있는 여자는 그가 일평생 눈에 가장 많이 담은 이였다. 그와 시선을 마주하자 헤레이스가 양손으로 애써 쥐고 있던 검을 떨어뜨렸다. 쨍그랑하고 검이 바닥에 부딪치는 소리가 났다.

"헤, 헤레이스……."

숨을 헐떡이기 시작한 이즈카엘이 아내를 불렀다. 멍하니 검을 보고 있던 헤레이스가 그 부름에 고개를 들어 그를 봤다.

눈물 가득한 푸른 눈에는 온갖 부정적인 감정이 담겨 있었다. 그녀가 눈물을 줄줄 흘리면서도 그를 매섭게 쏘아봤다. 한 톨도 없는 애정. 그 눈빛을 보는 순간 묻지 않아도 알 수 있었다. 아내의 기억이 모조리 돌아왔노라고.

'사랑해요, 이즈카엘.'

그가 간절히 바랐던 꿈은 깨졌다. 거짓에서 건져 올려진 이즈카엘에게 남은 것은 아내의 눈만큼 차가운 진실뿐이었다. 피가 빠져나간 몸이 시려 왔다. 흐려지는 시야에 이즈카엘이 에드가를 밀치고 바닥에 무릎을 꿇었다.

"헤레…… 헤레이스."

언젠가, 아니 불안에 떨 때마다 생각했다. 아내가 만약 모든 기억을 찾으면 자신이 가장 먼저 할 일은 무엇인가. 그녀를 다시 거짓 속으로 돌려보내기 위해 약이라도 구해야 하나? 아니면 영영 잠이라도 재워야 하나?

'이대로 행복할 텐데 무슨…….'

쓸데없는 고민이라 여기며 항상 답 내기를 회피했다. 하지만 막상 상황이 닥치니 정답을 도출할 수 있게 되었다.

아무것도 모르는 아내에게 닿지 않는 사죄는 기만일 뿐이었다. 에드가의 말대로 용서받지 못한다 해도 그가 할 일은 이것 하나 였는데…….

이즈카엘이 옆구리에서 손을 떼고 바닥을 짚었다. 고개를 푹 수그린 그가 아내의 발치까지 무릎을 꿇은 상태로 몸을 끌며 기어가기 시작했다.

마침내 아내의 발이 보였다. 이즈카엘은 아내가 놓친 검을 양 손으로 들어 올려 그녀에게 바쳤다. 팔을 들어 올리자 옆구리에서 새는 피의 양이 배로 늘었다.

헤레이스가 제 발치에 있는 이즈카엘의 머리와 젖어 가는 바닥을 번갈아 보다 입술을 꾹 물었다. 가늠할 수 없는 감정이 온 마음에 휘몰아쳤다.

"미, 미안…… 흐으…… 헤레이스, 내, 내가 당신…… 윽! 당신한테……."

죄인처럼 고개를 숙이고 있느라 이즈카엘은 아내가 어떤 표정을 짓고 있는지 알 수 없었다. 다만 그는 아내의 얄따란 발을 보는 것만으로도 부끄러워 견딜 수가 없었다. 진즉 이리 빌었어야 했는데.

"용, 용서하지 마. 그냥…… 흐으…… 내키, 내키는 대로 날…… 날 찔, 찔러도……."

그가 뒤늦은 사죄를 전했다. 그러나 그의 사죄는 완성되지 못했다.

이즈카엘이 제대로 용서를 빌기도 전, 헤레이스의 옆으로 검은 무언가가 다가왔다. 뿌연 연기 같은 그것은 안개 같기도, 너무도 얇아 속이 다 비치는 천 같기도 했다.

헤레이스는 저를 감싸는 검은 무언가에게 관심을 주지 않은 채 이즈카엘만을 내려다봤다. 눈물 때문에 뿌연 시야가 가물거렸다. 그녀의 눈이 증오를, 슬픔을 담았다가 마지막에는 체념을 그렸다.

그녀가 눈을 꼭 감았다. 그러자 어느새 안개처럼 뿌옇게 흩어진 것이 헤레이스를 덮쳐 그대로 삼켰다. 땅만을 쳐다보고 있던 이즈카엘이 상황을 한발 늦게 인지하고 눈을 크게 떴다.

"헤, 헤레이스!"

아내의 이름을 부른 그가 이를 악물고 아내를 삼킨 검은 안개 속으로 몸을 날렸다. 옆구리에서 피와 살점이 떨어져 바닥으로 함께 흩뿌려졌다. 하나 목숨을 건 시도에도 불구하고 그는 아내의 드레스 자락 하나도 쥘 수 없었다.

"커헉!"

몸을 던진 그를 받은 것은 단단한 바닥뿐, 검은 안개는 헤레이스만을 삼킨 채 사라진 후였다.

14장. 침몰

눈을 떴을 때 헤레이스는 성의 지하에 있었다. 1년 내내 얼음이 녹지 않는, 장소의 특성상 사용인들조차 출입을 꺼리는 곳. 한 기밖에 없는 장소를 헤레이스는 무미건조한 눈으로 훑었다.

그녀의 옆으로 작은 직사각형의 얼음덩어리들이 나란히 나열해 있었다. 헤레이스는 말없이 그것들을 살피다 무언가를 발견하고 그중 하나의 앞에 섰다. 비어 있는 다른 얼음덩어리와 달리 그 위에는 누군가가 똑바로 누워 있었다.

얼음덩어리에 한참 못 미치는 작은 몸. 제대로 피어나지도 못한 채 차가운 땅속으로 끌려간 어린 생명. 헤레이스의 손이 그녀의 가여운 아들에게 향했다.

"에르젠······."

하얀 서리가 서러운 목소리와 함께 흘러나왔다. 헤레이스는 차갑다 못해 얼어붙은 에르젠을 끌어안고 아이가 살아 있을 때 그리했던 것처럼 뺨을 비볐다.

"미안해."

얼마를 그러고 있었을까. 밖의 날씨에 맞게 입은 드레스 아래로 한기가 파고들었다. 헤레이스의 얼굴과 손 또한 점점 차가워져 에르젠과 비슷할 정도가 됐다.

"미안해, 내 아가. 에르젠. 에르젠."

헤레이스는 식어 가는 몸에도 개의치 않고 계속해서 에르젠을 어루만졌다. 그나마 온기가 있는 그녀의 눈물이 아이의 얼굴을 적셔 위에 내려앉은 서리를 거둬들였다. 그러나 그것도 잠깐이었다. 차가운 공기는 어느 순간부터 헤레이스의 눈물마저 얼렸다.

아이의 얼굴이 제 눈물로 지저분해지자 헤레이스가 울음을 멈췄다. 그녀가 파리하게 얼어붙은 손가락 끝을 소매에 숨긴 채 아이의 얼굴을 정성스레 닦았다.

금세 깨끗해진 얼굴은 창백한 것을 제외하고는 헤레이스의 기억 속 모습 그대로였다. 그녀가 에르젠의 얼굴을 물끄러미 보다 아이의 머리카락과 옷 주름 등을 정돈했다. 꽁꽁 얼어 딱딱해진 그것들이 바스락 소리를 내며 헤레이스의 손가락에 고통을 줬다.

어느 정도 원하는 바를 이룬 그녀는 핏기가 사라진 입술을 아이의 이마에 가져다 댔다. 혈기가 오래전에 사라진 에르젠의 이마는 얼음과 같았다.

입맞춤을 마친 헤레이스가 감각이 사라진 제 입술을 한 번 문지르곤 신을 벗었다. 침대에 오르듯 얼음 위에 오른 그녀가 몸을 뉘고 팔을 뻗어 아들을 껴안았다. 푹신한 침구가 깔린 침대와 달리 얼음덩어리는 속까지 단단히 얼릴 듯 차갑고 딱딱했다.

헤레이스의 검은 머리카락과 드레스부터 서리가 끼기 시작했다. 하지만 눈앞이 흐려질 정도로 차가운 온도에도 헤레이스는 따스한 미소를 띤 채 아들을 물끄러미 바라봤다.

"에르젠……. 사랑스러운 내 아가."

어떤 이유에서든 잊어서는 안 될 아이였다. 그녀가 어미인 이상 아이의 죽음으로 인한 고통과 괴로움은 피하지 말고 감수해야 하는 몫이었다.

"미안해. 엄마가…… 미안해. 너무 미안해."

하지만 도망쳤다. 그저 잊고 싶다는 이유로, 모든 고뇌에서 벗어나 편해지기 위해 아이의 죽음을 외면하고 거짓을 덧씌웠다.

"이제 엄마 앞에 나타나는 게 싫으니?"

그 대가는 혹독했다. 기억을 잃기 전까지만 해도 눈앞에 선명히 보이고 귓가에 분명하게 맴돌던 아들이 더는 보이지도, 들리지도 않았다.

"엄마랑 말도 하기 싫어? 널 잊은 엄마가 미운 거야?"

누군가는 죽은 이를 보고 듣는 것을 병이라 했다. 슬픔에서 비롯된 망상일 뿐이라고, 그 환상이 끝나면 슬픔을 이겨 낸 것이라 그렇게 말했다.

하나 헤레이스에게 그 말은 틀렸다. 선명히 보이는 아이는 분명 괴로웠지만, 들리는 목소리는 귀를 틀어막고 머리를 벽에 부딪쳐 따라 죽고 싶을 만큼 고통스러웠지만, 그것마저 없다면, 괴로움에 허덕이는 것마저 허락되지 않는다면…….

왜 삶을 이어 가야 하는가.

에르젠은 헤레이스에게 목숨보다 소중한 존재였다. 그런 아이가 죽었을 때 그녀의 생명도 진작 끝난 것이나 마찬가지였다. 헤레이스가 스스로를 멸시하며 아들을 안은 손에 힘을 줬다.

"에르젠, 엄마도 곧 갈게. 더는 혼자 두지 않아."

이대로 에르젠을 안은 채 얼마 남지 않은 온기를 나누다 보면 금방 끝날 터였다. 에르젠의 머리카락을 쓰다듬던 헤레이스가 천천히 눈을 감았다.

'에르젠, 내 아들…….'

정신이 몽롱해지며 몸이 서서히 차가워질 때였다. 에르젠의 목소리가 헤레이스의 귓가에 박혔다.

"살기로 했잖아."

순간 눈을 뜬 헤레이스의 얼굴에 놀라움은 없었다. 에르젠은 그녀와 얼굴을 맞대고 있었다. 그러니 뒤에서 들리는 목소리는 에르젠의 것이 아니었다.

"약속을 먼저 어긴 건 너잖아. 아니야?"

헤레이스가 뒤도 돌아보지 않은 채 말하자 침묵이 돌아왔다. 그녀는 잠시 고민하다 다시 입을 열었다.

"……갑자기 왜 그랬니?"

헤레이스는 자신이 기억을 찾은 데 그것이 있다고 확신했다.

간간이 이상해졌던 머리와 기억, 의도하지 않고서는 마주할 수 없는 상황. 이유는 알 수 없었지만 어느 순간부터 그것은 그녀가 기억을 찾길 원했다.

"넌 내가 에르젠을 잊은 채 세상에서 가장 못난 어미로 살길 바란 거 아니야?"

그것은 헤레이스의 말을 부정하지 않았다. 대신 그것은 헤레이스의 뒤에서 에르젠의 뒤로 자리를 옮겨 그녀와 얼굴을 마주했다.

그녀의 눈에 그것의 모습이 들어왔다. 이즈카엘과 닮은 앳된 얼굴. 그것은 어느새 미겔의 형상을 하고 있었다.

"엄마는……, 넌 한 번도 날 제대로 봐 주지 않았잖아."

이제 목소리조차 미겔이었다. 헤레이스는 저도 모르게 실소를 흘렸다. 저 모습과 목소리를 어찌 에르젠이라 착각했을까. 하나도 닮은 구석이 없는데.

"난 네게 행복을 줬어. 그 아이 노릇도 충분히 해 줬어. 그런데 넌……."

그것의 눈이 에르젠에게 닿았다. 그것이 분한 듯 이를 갈더니 낮은 목소리로 말을 이었다.

"……넌 에르젠한테 했던 것처럼 나에게 맹목적이지 않았어. 난 네게 에르젠이 되어 줬는데 넌 한 번도 날 그 이름으로, 그 아이처럼 대우한 적 없었어."

"……."

"에르젠은 네게 유일했잖아. 내가 본 넌 이즈카엘보다 이 아이

를 훨씬 아꼈는데…… 왜 내게는 그리해 주지 않아? 내가 에르
젠이 되었는데 왜? 도대체 왜?"

그것의 모습은 자신에게만 향했던 어미의 사랑을 동생에게 빼
앗겼다며 질투하는 아이 같았다. 헤레이스는 떼쓰는 그것을 가만
히 바라보기만 했다. 인간이 아닌 이것은 그녀가 아는 어떤 이와
행동하는 것도, 말하는 것도 참 많이 닮아 있었다.

그것이 헤레이스를 노려보다 짓씹듯 누군가를 입에 올렸다.

"너도 같아. 너도 메데아랑…… 그녀와 똑같아."

헤레이스가 답을 않자 그것의 얼굴이 점점 붉어졌다. 검은 비
늘이 돋고 그것의 입 사이로 검은 연기가 피어올랐다. 파충류의
눈이 두 쌍으로 변해 징그럽게 굴러다녔다. 곧이어 쇠 긁는 목소
리로 그것이 분을 터뜨렸다.

"이번만큼은 내가 그보다 더 소중해질 거라고 생각했는데! 버
려지는 건 그 버러라 확신했는데!"

무언가를 떠올리며 화를 내는 그것의 눈에서 검은 것이 떨어져
내렸다. 치익 하고 얼음이 녹자 헤레이스가 에르젠을 당겨 제 품
으로 끌었다. 이미 죽은 아이를 보호하는 모습에 그것의 눈이 더
욱 번뜩였다.

"어차피 그 아이도, 너도…… 아니, 애초 너희 인간들은 언젠
가 죽는 한낱 미물이야. 언제 죽어도 상관없잖아."

"……."

"메데아는 아니었어. 메데아는 나와 영원을 함께할 짝이었단
말이야!"

고함을 지르는 그것의 눈동자에 메데아와의 마지막 만남이 떠올랐다. 그것이 직접 조각한 하얀 눈마녀는 한때 강인했던 마녀라고는 생각하기 어려울 정도로 망가져 있었다.

'메데아······.'

메데아가 도망쳤다가 잡혀 온 지 1년이 지났을 무렵이었다. 그것은 메데아의 목숨이 얼마 남지 않음을 알고 이즈카엘의 몸에서 급히 나왔다.

'너······ 너 언제 이즈카엘에게······.'

아이의 몸에 숨어 아주 조금 모아 뒀던 힘이 한순간에 사라졌다. 하지만 그것은 피를 토하는 메데아의 앞에 복수도, 겨우 쌓아 뒀던 힘도 잊은 채 속삭였다.

'이즈카엘, 네 아이······ 아니, 그 자의 아이를 찔러. 배를 가르고 심장을 갈취해. 네게서 옮겨 간 마력과, 내가 숨 쉴 때마다 삼켰던 욕망이 이 심장에 조금이나마 있어.'

'너······ 너 언제 이즈카엘에게······.'

'이게 메데아 널 살릴 거야. 예전처럼 강대한 마력을 발휘할 수는 없어도 시간을 벌어 줄 거야.'

'······.'

'시간만 충분하면 내가 널 다시 조각할게. 인간들 사이에 있으면 힘은 언젠가 되찾아. 이것들은 욕망 덩어리니까.'

그것은 당시 그 자신이 했던 말과 메데아의 얼굴을 떠올리며 입을 열었다. 누구에게도 말하지 못했던 그때의 심정들이 이 가는 소리와 함께 흘러나왔다.

"이즈카엘 그놈만 찌르면…… 그 배를 갈라 심장만 먹으면 거품처럼 사라질 목숨을 되돌릴 수 있다 했어. 그렇게 숨을 부지하면 다시 원래대로 돌아가자고. 예전처럼 서로에게 유일한 존재로 영원히 함께 살아갈 수 있다 했어."

'좋아. 나도 이제 알아. 인간이 말하는 사랑이 얼마나 부질없는지. 저걸 욕망하는 게 아니었어. 아무짝에도 쓸모없는 것인데…… 지긋지긋하더라도 네 곁이 좋겠지.'

이미 사라진 마녀가 그것에게 답했다. 과거로 돌아간 듯 그것의 눈에서 눈물이 뚝뚝 떨어지기 시작했다.

"알았다 해 놓고…… 결국 그녀가 마지막에 택한 건 이즈카엘 그 버러지였지."

'미카엘의 아이를 포기할 수는 없어. 그의 사랑이 부질없다 해도 난 그것만 좇는걸. 이즈카엘은 내가 욕망하는 것의 결정체잖아. 그런데 아이를 어떻게 찔러. 그 심장을 어미인 내가 어찌 씹어 먹겠어.'

'메데아!'

'……내 아이의 몸속에서 그만 나와. 어차피 난 곧 사라질 거야. 네게 유일한 내가 사라지는 거야. 그러니 너도 날 따라가자.'

'싫어.'

'……'

'우리 둘 모두 사라지지 않아. 네가 하지 않는다면 내가…… 허억!'

그것은 제가 들어 있는 이즈카엘을 조종해 직접 배를 가르고 심장을 꺼내려 했다. 하지만 메데아는 그러잖아도 얼마 남지 않은 수명을 이용해 그것을 막았다. 그것은 또 마녀에게 배신 당했다. 또다시 마녀가 내리꽂은 검에 심장을 관통당하고 아주 조금 모은 힘조차 잃은 채 얼음 동굴보다 더 좁은 아이의 몸에 갇혔다.

"고작 인간과 사이에서 난 아이일 뿐인데! 게다가 날 막으려 마지막까지……."

그때의 고통이 되살아나는 듯했다. 그것이 제 가슴을 움켜쥔 채 날카로운 목소리로 울부짖다가 증오 가득한 목소리로 중얼거 렸다.

"마지막 목숨을 태운 탓인지 메데아의 조치는 제법 견고했어. 본래라면 지금의 난 핏방울 하나의 상태로 죽은 듯이 잠들어 있 었을 거야."

"……."

"처음 잠들 때는 이 망할 피에 숨어 몇백 년을 꼬박 기다려야 한다 생각했지. 버러지 같은 이즈카엘 이놈이 죽고, 그의 한참 아 래 후손의 몸에서나 깨어날 줄 알았어. 하지만 이즈카엘 그 멍청 이는 끊임없이 욕망을 부르짖으며 날 깨웠지. 헤레이스, 헤레이 스, 헤레이스, 헤레이스. 네 이름을 하루에 얼마나 속살거리는지. 가만있어도 어미에게 양분을 받는 것처럼 힘이 돌아왔어. 덕분에 예상보다 훨씬 빨리 잠에서 깼지."

"……."

"메데아도 없으니 내가 할 일은 하나였어. 메데아가 나 대신 선택한 버러지. 메데아의 아이. 날 품은 내 형제. 이즈카엘을 고통에 밀어 넣는 게 내 목적이었지."

"……."

"처음에는 쉬웠어. 너와의 관계를 어그러뜨릴 때마다 그놈이 괴로워하는 게 그대로 느껴졌거든. 하지만 너 때문에 마지막이 망가졌어. 어느 순간부터 일이 틀어졌단 말이야!"

수다스러운 중얼거림의 끝은 원망을 품은 고함이었다. 그것이 헤레이스를 노려보며 거칠게 숨을 내쉬다 인간이나 할 법한 욕설을 지껄였다.

"그때 널 죽게 내버려 뒀어야 했어. 네 품 안의 그 아이가 죽고 계단에서 네가 뛰어내렸을 때……."

"……."

"아니, 그 전에 진작 널 죽여 없애 버렸어야 했는데……. 그 애를 배 속에 품고 있을 때 그냥 죽이고 이즈카엘에게 네가 죽었노라 속삭이는 건데……."

무감한 얼굴로 가만히 그것의 말을 듣고 있던 헤레이스가 제 죽음에 처음으로 눈을 반짝였다. 무언가 계획을 세운 그녀가 에르젠을 안고 있던 팔을 풀고 상체를 일으켰다. 그리고 후회하는 그것의 마음에 속살거리기 시작했다.

"……지금이라도 그렇게 해. 내가 도울게."

"뭐?"

이해 못 할 헤레이스의 말에 그것이 눈썹을 꿈틀거렸다. 헤레이스가 그것의 눈을 똑바로 마주 보며 비늘이 돋은 손에 보이지 않는 칼을 쥐여 줬다.

"이즈카엘에게 내가 죽었노라 속삭여."

"……."

"내가 사라지면…… 내 시체조차 찾지 못하게 되면 그는 괴로워할 거야. 그때의 너만큼이나."

옳은 말이었다. 처음 계획대로 이 여자가 죽으면 어그러진 계획도 제자리를 찾을 터였다. 하지만 어쩐지 그 제안이 지금까지 그랬던 것처럼 내키지 않았다. 그것이 헤레이스를 왜 죽이지 못하냐고 스스로에게 묻다 입매를 굳혔다. 정확한 답을…… 낼 수 없었다.

"그걸 네가 어떻게 장담해. 너 따위 인간이 뭘 알아!"

괜스레 골이 난 그것이 목소리를 높였다. 네 개의 눈동자가 갈피를 잡지 못한 채 이리저리 흔들렸다. 가만히 그 꼴을 보던 헤레이스가 그것을 향해 팔을 뻗었다. 비늘이 돋은 얼굴에 얼어붙은 손이 닿았다가 떨어졌다.

"……그 사람은 너와 비슷하니까. 너랑 많이 닮았으니까."

지금껏 들은 말 중 가장 기분 나쁜 말이었다. 인간과, 그것도 그가 가장 싫어해 고통을 선사한 인간과 비슷하다니. 그러나 그것은 헤레이스의 답에 화를 내지도, 반박을 하지도 못했다. 헤레이스가 에르젠의 머리를 제 무릎 위에 올린 채 그것에게 정확한 요구를 했다.

"나랑 에르젠을 아우뉴 호수에 데려다줄래? 그럼 네가 원하는 대로 끝이 날 거야."

＊ ＊ ＊

성 지하에 발걸음 소리가 요란했다. 그것은 조금 전 모자가 있었던 얼음 위에 앉아 무릎에 얼굴을 파묻고 있다가 누군가 들어오는 소리에 고개를 들었다.

"헤레이스!"

사내의 꼴은 말이 아니었다. 옆구리를 움켜쥔 채 쩔뚝거리는 몸은 서 있기도 힘든지 휘청였으며, 얼굴은 핏기가 아예 가셔 회색빛이었다.

사내가 홀로 있는 그것을 발견하고는 이를 악문 채 다가왔다. 그것의 얼굴도 사내와 마찬가지로 잿빛이었다. 하나 헤레이스의 행방을 아는 그것의 얼굴에는 사내와 같은 초조함은 없었다.

대신 그것의 얼굴에는 복수를 이뤘다는 환희과 어떤 후회가 번갈아 가며 떠오르고 있었다.

이즈카엘이 그것의 표정에서 불길함을 읽고 떨리는 목소리로 물었다.

"헤레이스…… 헤레이스는 어디 갔지?"

한 걸음 더 가까이 온 이즈카엘에게서는 독한 약초 냄새가 났다. 그것이 이즈카엘의 옆구리를 힐끔 봤다. 피에 젖은 셔츠 아래 짓이겨 뭉쳐 놓은 약초와 감다 만 붕대가 보였다. 잠깐 혼절한 사이 누군가 재빠르게 치료라도 한 모양새였다.

그렇다 해도 보통이라면 진즉 죽고도 남을 상처였다. 그것이 조소했다. 그때도 그렇고…… 눈앞의 멍청한 사내는 제 목숨이 경각을 다툴 때마다 살려 달라는 말보다 제 아내를 먼저 찾고는 했다.

그것의 비웃음에도 이즈카엘은 개의치 않았다. 그가 그것의 앞에 망설임 없이 무릎을 꿇었다. 그는 발치에 머리를 조아리며 애원했다.

"그녀를 찾게 해 줘. 헤레이스가 어디로 갔는지 알려 줘."

비참한 사내의 모습에 그것이 입매를 비틀었다. 이제 마지막이다. 그것이 헤레이스에게서 건네받은 칼을 쥐었다. 그리고 이즈카엘을 향해 내질렀다.

"소용없어. 네 그녀는 이미⋯⋯."

이 말을 하는 순간을 기다렸다. 네 아내는 널 떠나 영영 돌아올 수 없는 곳으로 갔다. 그런 말을 전하며 사내의 얼굴을 구경할 순간이었다. 그가 그때의 저만큼이나 일그러진 얼굴을 하고 울부짖기를 기대했다.

"이미⋯⋯."

그런데 말이 나오지 않았다. 죽었다. 이 짧은 한마디만 꺼내면 되는데⋯⋯ 당최 입이 떨어지지 않았다.

그것의 얼굴이 무참히 구겨졌다. 사내가 찾는 여인의 끝이 어떠할지 이미 아는데. 제 손으로 그 끝을 도왔는데⋯⋯. 도무지 말할 수 없었다.

"⋯⋯나는 네가 싫어, 이즈카엘."

말을 멈춘 그것이 방향을 바꿨다. 그것의 날카로운 손톱이 발께에 꿇어앉아 있는 사내의 어깨에 박혔다. 이즈카엘은 신음 한

번 흘리지 않았다. 다만 그는 계속 노예처럼 수그리며 말할 뿐이었다. 아내를 찾게 해 달라. 그녀가 어디로 갔는지 알려 달라.

그것이 거칠게 손톱을 뽑아 입가에 가져갔다. 비릿한 피 냄새가 손톱 끝에서 뚝뚝 떨어졌다. 그것은 평소처럼 피를 맛보지 않았다. 대신 그것은 얼음 위에 떨어지는 핏방울을 증오스럽다는 듯이 노려보다 입을 열었다.

"네 몸에 핏방울 하나로 있을 때부터 네가 역겨웠어."

그 얼음 동굴에서 몸이 찢겼을 때가 떠올랐다. 작은 티끌로 목숨을 부지해 메데아의 몸에 들어가던 날. 메데아의 양분을 빨아먹고 크고 있던 이 사내의 몸으로 들어간 날. 그날의 비참함에 그것이 몸을 떨었다.

"네게 기생해 살아가면서도 항상 네 목숨이 꼬꾸라지길 원했어. 이대로 사라져도 상관없을 만치 네가 미웠어. 하지만 곧 알게 됐지. 널 단순하게 죽이는 건 너무 시시하다고."

메데아의 죽음 이후 그것은 부러 황녀였다는 여자를 자극했다. 그 여자가 내리치는 매에 숨어든 작은 몸이 고통스럽길 원했다. 하지만 단순한 매질은, 인간 여자가 행하는 폭력만으로는 부족했다. 그리하여 그것은 이즈카엘의 몸에 깃든 욕망을 관찰하며 차근차근 계획을 세웠다.

"난 네가 살아 있는 동안 살이 썩고 피가 마르는 고통을 받길 바랐다. 찢어지는 심장에 울부짖고 매 순간 숨이 막혀 허덕이길 원했어. 그리 만드는 건 어렵지 않았어. 네가 욕망하는 건 너무 단순하고 또 간절했으니까."

계획을 세우는 것이 시시할 정도였다. 그것이 깃들어 있는 사내아이는 곧장 한곳만을 바라봤으니까.

그것은 목소리를 낼 수 있을 때까지 욕망을 받아먹고 힘을 키우기만 했다. 심지어 기다림조차 오래 걸리지 않았다. 제 동생과 결혼한다는 여자를 보는 순간 형체를 갖출 수 있을 만큼의 욕망이 들이찼으니.

"그녀를 차지한 네가 행복에 겨워할 때는 피가 거꾸로 솟을 만치 화가 났다. 목적을 위한 단계임을 알았음에도 네 웃는 낯짝을 가장 가까이서 봐야 하는 게 끔찍했지."

다만 추락을 위해 잠시 쥐여 준 미끼로 사내가 웃을 때는 모든 걸 그만두고 싶을 정도였다. 어찌나 행복해하던지. 간신히 만든 형체가 분에 끓어 휘발할 것 같았다.

"그래도 인내심을 가진 보람이 있었어. 넌 네 손으로 모든 걸 망쳤으니까. 그걸 가까이서 구경할 때는 어찌나 재미있던지."

다행히 기다림에 대한 보상은 충분했다. 일은 잘 풀렸다. 몇 번의 속삭임 만에 사내는 스스로 거짓을, 그리고 제 손으로 모든 걸 어그러뜨렸다. 스스로 심장을 난도질하는 것도 모른 채.

"특히 모든 사실을 알려 줬을 때 네 표정은 혼자 구경하기 아까웠어."

그것이 그때의 기억을 되살리며 깔깔거렸다. 정말 즐겁다는 듯. 하나 웃음은 오래가지 않았다. 배를 부여잡고 허리까지 숙였던 그것은 웃음을 멈춘 채 고개를 들었다.

"그런데…… 왜 더는 우습지 않지? 이 순간이 가장 즐거워야 하는데 왜……."

웃음은 흔적조차 남기지 않은 채 사라진 상태였다. 잔뜩 일
그러진 얼굴을 한 그것이 얼음 위에서 다리를 뻗어 이즈카엘의
턱을 들어 올렸다. 차올랐던 환희가 단숨에 무너졌다. 그리고
그 자리에 끝없는 후회가 높다란 탑이 되어 점차 층수를 높여
갔다.

"네놈의 웃는 낯짝보다 역겨운 게 있을 줄 몰랐어. 지금에 와
가장 끔찍한 건……."

네 개의 눈이 아내의 이름을 부르며 우는 사내의 얼굴을 샅샅
이 살폈다. 그리고 한참 만에 힘 빠진 목소리로 말했다.

"……이즈카엘, 네가 이해된다는 거야."

마지막 순간, 그 여자가 이 사내와 저를 닮았다고 말한 이유를
알 것 같았다. 그것 자신도 제 앞에 무릎을 꿇은 사내와 저를 분
간해 낼 수 없었다.

"네놈과 너무 오랫동안 있었던 탓이겠지. 네 피와 욕망을 너무
양껏 먹었어."

다 큰 사내처럼 가라앉은 목소리와 함께 그것의 몸이 자라기
시작했다. 꼭 아이의 몸에 어른이 갇혀 있었던 것처럼 척추를 따
라 등뼈가 튀어나오고 손과 발이 단숨에 커졌다. 서서히 길어지
는 팔다리와 이리저리 꺾이며 소리를 내는 뼈가 기괴했다.

"……인제 와서는 너와 내가 구분되지 않아. 내 앞에 이리 무
릎을 꿇고 조아리는 널 보면 애초 목적이 무엇이었는지 헷갈려."

다 자란 그것은 이즈카엘과 같았다. 몸 군데군데 보이는 비늘

과 아직 날카로운 손톱, 그리고 두 쌍의 금안이 아니라면 이즈카엘이라고 해도 모두 속아 넘어갈 정도였다.

그것이 얼음에서 내려왔다. 아이의 몸을 할 때와 달리 발은 이미 바닥에 닿아 있었다. 그것이 이즈카엘과 마찬가지로 바닥에 양 무릎을 꿇었다.

"헤레이스를…… 제발…… 뭐든 가져가도 좋으니까."

이즈카엘은 계속해서 빌고 있었다. 그것이 저와 똑같은 사내를 보며 고통에 일그러진 낯을 했다. 심장이 저며지고 몸이 수천 갈래로 찢어지는 고통이, 불안으로 당장 미쳐 버릴 것 같은 머리가 생생하게 느껴졌다.

"그녀의 원대로 해 준 걸 후회해."

"제발…… 헤레이스가 어디 있는지 알려 줘."

"결과가 어찌 될지 알면서도 보낸 스스로가 원망스러워."

같은 목소리가 한쪽은 후회하고 한쪽은 애원하고 있었다. 그것이 이즈카엘에게 손을 뻗었다. 그러자 이즈카엘의 시야가 일렁이며 주변이 서서히 바뀌기 시작했다.

"……그러니 그녀를 찾아."

그것의 목소리가 멀리서 들리는 것처럼 울린다 싶더니, 이즈카엘은 어느새 안개가 자욱하게 핀 호숫가에 발을 딛고 서 있었다.

바로 앞에 끝없이 펼쳐진 호수는 넓고 깊었다. 이즈카엘은 익숙한 풍경에 제가 있는 곳이 아우뉴 호수임을 깨닫고 이를 악물었다.

"헤레이스……."

아내의 눈을 닮은 푸른 호수 어딘가에 아내가 있을 터였다. 이즈카엘이 옆구리를 부여잡고 다리를 끌기 시작했다. 그가 지나간 자리에 핏방울이 선명히 찍혔다.

"애초 잘못을 말아야지. 뒤늦게 뭐 하는 짓인가."

호수 위에서 그 모습을 보던 늙은 어부가 혀를 찼다. 그러나 잠시 고민한 어부는 멀리서 무언가를 보고는 일어나 손때 묻은 노를 쥐었다.

배가 저물어 가는 해를 뒤에 두고 호수를 가르며 미끄러졌다.

* * *

헤레이스는 완만한 비탈에 앉아 호수를 물끄러미 바라봤다. 잔잔한 호수는 그 위를 부는 바람에도 큰 일렁임 없이 고여 있었다.

그녀가 호수 위로 떨어지는 낙엽을 보다 흙으로 더러워진 발을 드레스 안으로 숨겼다. 그리고 품 안의 에르젠을 고쳐 안으며 아이를 잉태했을 때를 떠올렸다.

'아이가 태어나고 조금 자라면 저곳에 함께 가고 싶어.'

그때만 해도 어려운 일이 아닐 거라 생각했다. 그녀를 버겁게 하는 일이 닥쳤지만 그게 배 속 아이와 도망을 생각할 만큼 영향을 줄 거라고는 생각하지 않았다.

'……나랑 너랑 에르젠, 이렇게 우리 셋만 떠날래?'

하지만 상황은 나빠지만 갔고 헤레이스는 에르젠이 태어난 지 백일이 되기 무섭게 성에서 도망쳐 이 호수를 건넜다.

"에르젠, 전에도 엄마랑 여기 온 적 있는데…… 엄마는 그때 너한테 많이 미안했어. 호수를 몰래 건너겠다고 아기인 널 억지로 재웠거든."

강제로 에르젠을 재우고 호수를 건널 때, 헤레이스는 죽은 듯이 자는 에르젠 때문에 잔뜩 겁을 먹었더랬다. 어찌나 마음이 미어지던지, 당시에는 아이를 키우며 그보다 마음 아픈 일이 없을 거라 생각했다.

"그런데 그 이후로도 엄마는 너에게 미안하기만 했어. 로즈베리도 양껏 못 먹이고, 근사한 옷도 못 입혀 주고, 많이 놀아 주지도 못해서…… 부족한 엄마 앞에서 네가 예쁘게 웃을 때마다 미안해서 눈물이 났지."

물론 그건 착각이었다. 생전 혼자 힘으로 어느 것도 해 본 적 없는 헤레이스는 아이를 키우며 온갖 마음고생을 다 했다. 아이가 잘 먹고 잘 입지 못할 때마다 강제로 재워야 했던 그때만큼, 아니 그때보다 더 마음이 아팠다.

"하지만 에르젠, 엄마는 매일 울더라도 그때로 돌아가고 싶어. 우리 에르젠한테 너무 미안했지만 그래도……."

그러나 그렇다 해도. 그때가 헤레이스에게는 가장 행복한 순간이었다. 하루가 지나면 아이가 커 있는 모습이 신기했다. 그리고 동시에 너무 벅찼다.

"그래도…… 그때가 너무 그리워. 에르젠이 너무 보고 싶어."

눈밭에서 뛰놀던 아이가 생각났다. 헤레이스가 품에 안은 에르젠을 꼭 껴안았다. 이제 얼마 남지 않았다. 냉기 속에서 벗어난 아이의 시신은 곧 있으면 부패가 시작될 터였다.

에르젠의 얼굴에 여러 번 입맞춤한 헤레이스가 아이를 안은 채 일어났다. 그녀가 질척이는 땅을 밟고 앞으로 천천히 나아갔다. 얼마 움직이지도 않았건만 발이 물에 닿았다. 거기서 한 발 더 내딛자 곧 발목까지 물이 차올랐다.

해가 져 어두컴컴해진 호수에는 바람이 제법 세게 불고 있었다. 덕분에 호수 물은 가을임을 감안해도 차가웠다. 헤레이스는 시리다 못해 감각이 사라지는 듯한 발에 입술을 깨물면서도 앞으로 계속 나아갔다.

어느새 그녀의 허리까지 물이 찼다. 급격히 떨어진 체온에 헤레이스의 얼굴은 이미 파랗게 변한 후였다. 그러나 그 와중에도 그녀는 아들을 높이 들어 올려 최대한 물에 닿지 않게 했다.

시린 물이 계속해서 옆구리를 때리자 헤레이스는 저도 모르게 이즈카엘을 떠올렸다. 제게 옆구리를 뚫린 그는 마지막 순간에 무릎을 꿇은 채 그녀에게 무어라 애원하고 있었다.

그가 그렇게 우는 모습은 본 적이 없었다. 이즈카엘은 제 꼴이 얼마나 흉한지도 모른 채 그녀의 발치에 조아리고 피를 흘리며 울었다. 그러나 헤레이스는 그가 하는 애원을 듣지 못했다. 아니, 듣고 싶지도 않았다.

'그는 내 소중한 사람들을 모조리 죽인 괴물이야.'

헤레이스는 오라비와 안나의 죽음 직후 막 꿈에서 헤어 나온 참이었다. 두 사람을 직접 죽인 건 이즈카엘이 아니었으나, 그들을 죽음으로 몰아넣은 건 그였다. 기억을 잃은 와중임에도 헤레이스는 분명히 말했다. 오라비를 데려오는 것이 위험하지 않겠냐고.

그럼에도 그는 오라비와 안나를 데리고 오려 했다. 그녀를 위해서라 말했지만 혜레이스는 그가 언제고 기억을 되찾을 그녀를 붙잡기 위해 그들을 이용하려 했다고 믿었다.

그리고 샤를……. 샤를에게 미안하다 말하던 이즈카엘. 혜레이스는 그가 샤를 또한 죽였을 것이라 확신했다.

"그 사람은 악마야. 대번에 목숨을 끊었어야 했는데."

오라비와 안나, 그리고 샤를을 생각하자 그를 좀 더 깊숙이 검을 찌르지 못한 것이 후회스러웠다. 그 목숨을 끊어 버렸어야 했는데. 죽어 간 이들을 생각하면 사라졌던 증오가 다시금 솟았다. 하지만 왜 계속…….

'살았을까?'

……그 사람의 생사가 궁금한 걸까.

더 깊은 물속으로 들어가려던 혜레이스는 잠시 멈춰 이즈카엘의 죽음을 상상해 봤다.

그는 그것에게 제 죽음을 듣고 죽었을까? 아니면 듣지 못한 채 죽었을까? 혹은…… 그 상처에도 살아 있을까? 질문에 답은커녕, 장면조차 제대로 떠오르지 않았다.

혜레이스는 지금의 상황에서도 그의 죽음조차 상상하지 못하는 자신이 우스워 웃음을 터뜨리고 말았다.

"……멍청한 것. 바보 같은 계집."

죽음을 앞둔 혜레이스가 살면서 처음으로 저열한 욕설을 입에 담았다. 고개를 저은 그녀가 빠르게 물속을 헤쳤다. 그러나 물이 가슴 위로 차올랐을 때 무언가 그녀를 막아 세웠다. 앞을 보니 늙은 어부가 배 위에서 노를 뻗어 그녀를 막고 있는 것이 보였다.

"노인장께서는……."

헤레이스가 놀란 얼굴을 했다. 그때 짐작이 맞는다면 저 노인은…….

"놀라기는…… 그때 보고 알았을 거 아니오. 내가 산 자가 아님을. 부인이 옳게 보았소. 난 호수를 떠도는 망자라오."

헤레이스의 생각을 읽었는지 노어부가 경쾌한 웃음을 터뜨렸다. 하지만 그는 곧 다시 엄숙한 얼굴을 한 채 헤레이스 쪽으로 노를 더 깊이 내밀었다.

"망자인 난 이 이상 그대를 막을 수 없소. 하지만 간절히 부탁하는데 그만 뭍으로 돌아가시오. 난 부인 같은 이가 호수에 가라앉는 걸 두고 볼 수 없다오."

"……."

"아우뉴 호수에 가라앉아 떠오르지 못한 자들은 나처럼 기억 속에서 헤매며 영영 호수를 떠돈다오. 아이는 이미 떠났으니 상관없지. 하지만 그대의 슬픔은 너무 크고 무거워. 한번 빠지면 영영 떠오르지 못할 거요."

내 딸 에르나처럼. 말의 끝이 형용할 수 없는 슬픔에 잠겨 있었으나 노어부의 말에도 헤레이스는 꿈쩍하지 않았다. 그녀가 작은 목소리로 비켜 달라 말하자 노어부가 애원하는 목소리로 말을 이었다.

"여기는 잔인한 곳이오. 나는 그나마 배가 있지만…… 여기 가라앉은 다른 이들이 어찌 되었는지 아시오? 아우뉴 호수 바닥에 누워 차가운 물에 매 순간 고통받고 있다오. 여신께서도 호수 밑바닥은 보지 못해. 여기는 맑은 카르베나 마찬가지요."

"……잘됐네요."

"부인……."

"그게 제가 원하던 거예요."

노어부가 헤레이스를 바라보며 계속해서 고개를 저었지만 그녀는 완강했다. 헤레이스가 노어부의 노를 밀어내고 한 발 더 물속으로 들어갔다.

곧 헤레이스의 빗장뼈까지 물이 차올랐다. 에르젠 또한 물에 잠기는 것도 이제는 막을 수 없었다.

배는 이제 헤레이스의 옆에 있었다. 노어부가 손을 뻗어 헤레이스를 막아 보려 했지만 노와 달리 그의 손은 헤레이스를 통과했다.

노어부가 배 위에서 안타까운 얼굴로 발을 구르던 순간이었다. 노어부의 시야에 무언가 들어왔다. 저만치 떨어진 뭍에서 사내가 두리번거리며 몸을 끌고 있었다.

그가 망설임 없이 노를 저었다. 그리고 동시에 헤레이스의 몸이 완전히 호수에 잠겼다.

* * *

"타시오."

노어부는 헤레이스를 찾아 물안개가 짙은 물가를 헤매던 이즈카엘의 앞에 갑자기 나타났다. 제정신이 아닌 이즈카엘은 그를 이상하게 생각지도 않은 채 무시하고 지나쳤다. 노어부가 그런 그를 보며 일갈하듯 말했다.

"기사 나으리, 당신이 안타까워 도와주는 게 아니오. 영영 이곳에서 빠져나오지 못할 부인이 가여워 그런 거지."

어부의 말을 듣는 순간 이즈카엘은 본능적으로 전에 들었던 이야기를 떠올렸다. 아내와 딸을 잃고 그 뒤를 따른 노어부…… 그 한심하고 어리석은 작자의 이야기를.

이즈카엘은 대꾸 없이 곧바로 배에 올랐다. 노어부도 답을 바란 것은 아닌지 이즈카엘이 배에 오르기 무섭게 노로 힘차게 물가를 밀 뿐이었다.

배는 어느 때보다 빠르게 물살을 갈랐다. 이즈카엘은 미끄러지듯 나아가는 배 가장 끝에 주저앉아 호수를 샅샅이 살폈다.

바람조차 불지 않아 잔잔한 호수는 그에게 아무것도 보여 주지 않았다. 해는 이제 거의 다 떨어져 호수 너머 지평선 끝만을 겨우 비출 뿐이었다. 노어부는 그 한 줌 남은 빛을 등지고 계속해서 노를 젓고 또 저었다. 그러나 어느 순간, 어부가 깊은 한숨과 함께 노 젓기를 멈췄다.

아우뉴 호수는 수심이 서서히 깊어지는 지형이 아니었다. 거대한 호수는 그 깊이가 제멋대로로, 물만큼이나 얕은 곳에서 갑자기 절벽이라도 있는 것처럼 어느 순간 급격히 물이 깊어졌다.

당장 배가 멈춘 곳도 그 부근이었다. 조금 앞에 있는 호수의

빛깔은 급격한 수심 변화로 그림자가 잔뜩 져 가장자리와 비교하면 훨씬 어두웠다. 이즈카엘이 뒤를 돌아봤다. 왜 더 가지 않느냐고 소리치기 위해서였다.

노어부는 이즈카엘을 보고 있지 않았다. 그는 눈물을 흘린 채조금 떨어진 어느 지점을 바라봤다. 무언가 예감한 듯 이즈카엘이 노어부의 시선을 좇았다. 그러자 수면 가까운 물속에서 희뿌연 무언가가 아래로 가라앉는 것이 보였다.

언뜻 올라오는 물방울에 눈을 부릅뜬 이즈카엘이 벌떡 일어섰다. 그리고 망설임 없이 컴컴한 호수로 몸을 던졌다.

첨벙.

물이 튀며 반동으로 배가 기우뚱 흔들렸다. 그러나 노인은 일말의 흔들림도 없이 사내가 사라진 물속을 봤다.

"……이미 늦었구려."

노어부가 회한 가득한 목소리로 중얼거리며 손에서 노를 툭 놓았다. 노가 떨어지며 덜그럭 소리를 냈다. 그리고 동시에 노어부의 형체가 스르르 안개처럼 사라졌다.

* * *

'헤레이스!'

눈을 몇 번 깜빡이자 흐릿했던 형체가 뚜렷해졌다. 아내를 알아본 이즈카엘이 아래로 빠르게 헤엄치기 시작했다.

움직임이 느린 물속임에도 아내는 어찌나 빠르게 추락하는지,

하늘거리는 드레스 자락을 붙잡는 것이 쉽지 않았다. 이즈카엘이 호수의 밑바닥으로 가라앉는 그녀를 건지기 위해 온 힘을 다해 물속을 갈랐다.

그의 옆구리가 벌어지며 피가 물에 섞여들었다. 헤엄으로 만들어진 물살이 덜렁거리는 피부를 거침없이 때렸다. 하나 이즈카엘은 신경도 쓰지 않은 채 팔다리를 더욱 세차게 움직일 뿐이었다.

'헤레이스.'

마침내 그의 손에 헤레이스가 닿았다. 그녀는 이미 의식을 잃었는지 눈을 꼭 감고 있었다. 그러나 아내는 그 와중에도 아이를, 에르젠을 붙잡고 있었다. 힘 빠진 양손의 손가락들이 간신히 얽혀 있었다.

그렇다 해도 아이가 아내의 품에서 유실되지 않음은 기이한 일이었다. 자세히 보니 얇은 허리끈이 아내와 아이의 허리를 연결하고 있었다. 아내에게 아이가 어떤 의미인지 다시 한번 깨닫는 순간이었다.

이즈카엘이 눈동자를 잘게 떨다 이를 악물고 두 사람을 낚아챘다. 그리고 위를 향해 빠르게 헤엄치기 시작했다.

그의 품에 들어온 아내의 몸은 에르젠처럼 차가웠다. 이즈카엘은 물속에 있어 그런 것이라고 애써 마음을 다잡았다. 수면 위로 나가기만 하면, 뭍에 아내를 뉘기만 하면 해결되리라. 그리 믿었다.

수면이 보이자 그는 아내부터 위로 밀어 올렸다. 가까운 곳에 타고 온 배가 보였다. 노어부의 행방이 사라진 것 따위는 이즈카엘의 안중에 있지도 않았다. 그는 혜레이스와 에르젠을 배 위에 먼저 올린 뒤, 헤엄으로 달궈진 몸을 배에 태웠다.

"혜레이스!"

배의 바닥에 손이 닿자마자 그가 아내의 곁으로 구르듯 다가갔다. 그러나 이미 아우뉴 호수에 영혼을 가라앉힌 혜레이스가 그 부름에 답할 리 없었다.

"혜레이스! 혜레이스! 제발…… 혜레이스!"

폐가 타들어 갈 듯 숨을 불어 넣어도, 천을 찢고 가슴을 수없이 눌러도 아내는 깨어나지 않았다. 오히려 점점 차가워지기만 하는 몸에 이즈카엘은 그녀를 붙잡고 하염없이 같은 행동만 반복할 뿐이었다.

"혜레이스! 제발…… 혜레이스!"

그의 얼굴은 이미 눈물로 엉망이었다. 아내를 붙잡은 그가 숨을 흘려 넣거나 아내의 가슴께에 두 손을 포개 올릴 때마다 호수 위에 뜬 배가 출렁였다.

하늘은 그의 심경처럼 까맣게 변했다. 당장에라도 떨어질 듯 반짝이는 수만 개의 별만 아니라면 호수와 하늘을 구분하기도 어려우리라.

주변이 어둠 속에 잠기자 혜레이스의 창백한 얼굴이 더 도드라졌다. 눈을 꼭 감고 있는 그녀는 산 자만이 가지는 온기도, 숨결도 더는 갖추고 있지 않았다. 남은 것은 가까스로 찾은 평온함에 미소를 짓는 얼굴과, 얼음장 같은 몸뿐이었다.

"헤레이스! 헤레이스! 헤레이스……."

이즈카엘은 헤레이스의 파리한 입술 위에 제 입술을 뭉개다 그녀의 가슴에 귀를 가져다 대고 오열했다. 몇 번을 확인해도 아내의 심장은 뛰지 않았다. 무릎을 꿇은 사내가 제 가슴을 움켜쥔 채 꺽꺽 숨넘어가는 소리를 냈다.

'아니야. 아니야. 헤레이스는…… 아니야.'

아내는 죽지 않았다. 그저…… 잠들었을 뿐이다. 이즈카엘은 스스로에게 수없이 속삭이며 눈을 감았다.

하나 진실을 거부하는 것도 한계가 있는 법. 귀에 들려야 할 소리가, 손에 느껴져야 할 온기가 하나도 없는 상황에서 눈만 감으면 무엇을 한단 말인가. 이즈카엘이 한참 동안 아내의 심장 부근에 귀를 대고 있다가 천천히 고개를 들었다.

캄캄한 호수가 그의 눈에 비쳤다. 이즈카엘의 눈이 검은 호수 물만큼이나 검게 변해 갔다. 그가 아내의 얼굴을 뚫어져라 보다 자신으로 인해 흐트러진 그녀를 반듯하게 눕히고, 찢었던 가슴께 천 위로 제 젖은 옷가지를 올렸다. 그리고 조금 떨어진 곳에 누워 있던 에르젠을 안아 아내의 옆에 똑바로 뉘었다.

'헤레이스, 난 그처럼 멍청하지 않아. 그러니 당신은…… 날 떠날 수 없어.'

똑 닮은 아내와 아이가 나란히 눈감은 채 누워 있으니 언젠가 노어부를 비웃었던 때가 떠올랐다. 그때 자신은 무얼 자신해 그리 오만했을까. 결국 그자와 같은 결말을 맞이했는데.

이즈카엘은 어리석은 자신을 조소했다. 그리고 실없는 조소가 공허한 웃음이 되는 데는 오래 걸리지 않았다.

이즈카엘이 낄낄거리며 웃다가 얼굴을 손바닥으로 가렸다. 아까 다 멎었다고 생각한 축축한 것이 얼굴을 적시고 손가락 사이로 흘러내렸다. 웃음이 울음으로 순식간에 바뀌었다. 아내와 아이의 시체를 앞에 둔 사내는 그렇게 한참 눈물 흘렸다.

이즈카엘은 눈물이 마를 때쯤에야 얼굴을 들었다. 흐릿한 그의 시야에 배 구석에 있던 허리끈이 들어왔다. 아내와 아이를 연결하고 있던 것. 자신의 목숨을 거두기에는 아까운 물건이었지만 다른 것은 보이지 않았다.

이즈카엘이 손을 뻗어 그것을 움켜쥐었다. 아내의 허리끈은 아직도 축축했다. 이즈카엘은 그것에 입을 맞추고는 길이를 가늠했다.

다행히 아내의 허리끈은 제법 길었다. 이즈카엘이 허리끈을 동그랗게 말았다. 끈은 더 이상 허리에 매는 것이 아니었다. 올가미 형태를 한 끈은 사람의 목숨을 앗아 가기 위해 존재했다.

이즈카엘이 배의 선미에 툭 튀어나온 이물 장식에 올가미를 고정했다. 그러고 보니 그자도 이리 죽었다 했던가. 어찌 행한 죄도, 끝도 이리 같은지…….

"머저리 같은 놈."

헤레이스와 에르젠의 얼굴을 차례로 본 이즈카엘이 올가미에 목을 건 순간이었다. 이즈카엘이 서 있는 배 선미 반대쪽에 그와 똑같이 생긴 그것이 나타났다.

"겨우 보내 줬더니……."

그것은 많이 지쳐 보였다. 허덕이는 숨과 눈가 가득한 그늘. 그것이 배 바닥에 반듯이 누워 있는 헤레이스를 보다 악귀의 얼굴을 한 채 이즈카엘을 노려봤다. 살기 어린 그것과 달리 이즈카엘의 눈은 일순 희망으로 번뜩였다. 그가 올가미를 잡고 있던 손을 놓고 바닥에 엎드렸다.

"……살려 줘."

"…… ."

"헤레이스를 살려 줘."

이즈카엘은 그것의 눈을 보는 순간 알 수 있었다. 그때 거의 죽어 가던 그를 살린 것처럼 저것에게는 아내를 살릴 방법이 있었다. 어떤 수를 쓰더라도 목숨만 구제할 수 있다면, 헤레이스에게 다시 온기와 숨을 줄 수만 있다면…….

"내가 가진 모든 것을…… 내 목숨을 앗아 가도 좋아. 그저……."

"…… ."

"헤, 헤레이스만…… 아……."

고개를 조아린 이즈카엘이 헤레이스를 보다가 바로 옆에 있는 아들을 발견하고 서러운 낯을 일그러뜨렸다.

한 번도 제대로 안아 준 적 없는 아들이었다. 아내를 보느라 항시 늦게 눈치챘던 가여운 아이가 눈에 밟혀 어른거렸다. 할 수만 있다면 아내와 함께 이 아이도 살리고 싶었다. 이즈카엘이 그러잖아도 터무니없는 요구에 무게를 더했다.

"……헤레이스가 에르젠과 행복하게 살게만 해 줘. 어떤 대가든…… 이 나라 모든 인간의 목을 베 네게 바치라면 그리하겠다. 누구도 가져오지 못했던 물건도 좋아. 어떻게든 구해 오겠어. 네가 원하는 바는 내가 어떻게든 이루겠어."

"……."

"물론 내 목숨도…… 이 몸도 가져도 좋아. 제발 두 사람을 살려만 줘. 제발…… 제발……."

이즈카엘은 진정 뭐든 할 생각이었다. 헤레이스와 에르젠만 살려 준다면 그는 이 나라를 멸망시켜 저 바닥에 처박는 일도 기꺼이 하리라. 하지만 목숨의 무게는 그렇게 잴 수 있는 것이 아니었다.

"이 나라 모든 인간의 목숨은 네 것이 아닌데 그것으로 어떻게 대가를 치르겠어."

그것이 이즈카엘을 비웃었다. 그러나 조소를 흘리면서도 그것은 저울에 올릴 수 있는 것들을 가늠하기 시작했다. 원체 한쪽으로 쏠린 터라 균형을 맞추는 것이 쉽지 않았다. 결국 그것은 계산을 마치고 이즈카엘에게 최선의 결과를 내놓았다.

"하나는 살릴 수 있어. 하지만 두 사람 모두를 살릴 수는 없어. 그러니 선택해. 누굴 살릴지."

이즈카엘은 입을 다물었지만 그것은 이즈카엘의 금안에서 이미 답을 읽었다. 예상한 대로였다. 그는 일말의 고민도 하지 않았다. 그것이 누워 있는 헤레이스와 에르젠에게 가까이 다가가 말했다.

"아이를 택했다면 네 아내가 널 용서했을 텐데……. 헤레이스가 지금 네 선택을 알게 되면 절대 널 용서하지 않을 테지."

그리 말했지만 애초 그것의 물음은 의미가 없었다. 이즈카엘이 에르젠을 택했다면 그것은 이대로 사라질 생각이었으니.

누군가를 살리는, 여신을 거스르는 일에는 그것의 희생도 필요했다. 그것은 헤레이스를 살리는 값은 치를 생각이 있었지만, 에르젠을 살리는 대가로 자신의 존재를 다시 그때처럼 티끌로 만들 생각은 없었다. 그것에게 에르젠은 저 밖의 많은 인간들과도 같은, 아무것도 아닌 존재였다.

"아내가 죽어 날 용서하는 건 의미가 없어. 그럴 바에야 난 살아 있는 아내가 날 영영 증오하길 바라."

이즈카엘이 그 말을 하며 에르젠의 위로 고개를 숙였다. 그가 용서하지 말라는 말과 함께 에르젠의 뺨을 쓸다 이마에 입을 맞추었다. 만약에 아이를 다음 생에 만나게 된다면…… 자신은 이 아이 손에 수백 번 죽어도 할 말이 없으리라.

아우뉴 호수에 잠겨 있는 헤레이스가 그것과 이즈카엘의 대화를 듣는다면 소리를 지르고 발악을 할 게 분명했다. 아이를 살리라며 발을 굴렀겠지. 그러나 그녀는 무엇도 듣지 못한 채 아우뉴 호수 아래에 가라앉아 있었다. 그리하여 이즈카엘과 그것은 자신들이 가장 원하는 결과를 위해 그녀 몰래 작당을 했다.

"네 놈의 반과 그 끔찍한 돌덩이, 그리고 왼쪽 눈. 그것들을 내놔."

죽음을 통해 간신히 평온을 되찾은 헤레이스의 얼굴 위로 그것이 손을 뻗으며 요구했다. 이즈카엘이 망설임 없이 그것에게 손을 내줬다. 평온한 얼굴의 헤레이스는 제게 무슨 일이 벌어질지도 모른 채 희미한 미소를 짓고 있었다.

거의 똑같이 생긴 두 사내가 손을 잡기 무섭게 검은 안개가 배를 뒤덮었다. 그리고 곧 배 위에는 아무도 남지 않았다.

그들이 사라지자마자 저 멀리 지평선 위로 해가 모습을 드러냈다. 하지만 호수 위에 낀 안개는 새벽의 푸르스름한 빛마저 잿빛에 가깝게 만들었다.

"오늘은 배 띄우기 힘들겠는데. 새벽이라 해도 이런 안개라니…… 잘못하다간 호수에 잡아먹히겠어."

"돌아가자고. 오늘은 신께서 감추고 싶은 게 있는 날인가 봐."

한 치 앞도 볼 수 없는 호숫가 정경에 새벽같이 고깃배를 움직이려던 어부들이 발걸음을 돌렸다. 이렇게 심한 안개가 낀 날은 여신이 노한 날이라 하여 배를 움직일 수 없었다.

물안개가 자욱이 낀 불쾌한 새벽의 조용한 호수, 결국 빈 배만 남아 끼익거리며 홀로 소리를 냈다.

* * *

이즈카엘과 그것은 성 지하, 얼음이 줄지어진 장소에 있었다. 갈 때와 달리 망자는 이제 두 명. 하지만 그중 하나는 곧 다시 일어날 것이다.

"이리 내."

그것이 이를 갈다 이즈카엘의 손에 들린 하얀 돌덩이를 빼앗아

가듯 낡아챘다. 하나 그것의 손에 닿자마자 하얀 돌덩이가 빛을 내며 그것을 태우기 시작했다.

"크흑…… 아아악!"

그것이 듣고 있기 힘든 비명을 내지름과 함께 허리를 숙이고 몸을 뒤틀었다. 보기만 해도 괴로워 보였다. 바닥과 얼음 위로 검은 액체가 뚝뚝 떨어졌다. 하지만 그것은 괴로움에 허덕이면서도 헤레이스의 가슴 위로 제 손과 돌덩이를 함께 올렸다.

그것의 몸은 빛에 점점 타들어 갔으나, 무서운 속도로 그것을 태우는 빛은 헤레이스에게는 어떤 해도 입히지 못했다. 오히려 서서히 사라지는 그것의 일부와 빛무리는 얼음이 녹듯 흐르더니 헤레이스의 몸에 스며들었다.

헤레이스의 창백한 피부 위로 핏줄이 선명히 모습을 드러냈다. 그리고 무언가 흐르듯 돋아났다. 이즈카엘은 아내의 몸에 온기가 돌아옴을 인지하고 눈을 크게 떴다.

"……네, 네놈한테만 좋은 일을 할 수는 없지."

헤레이스의 가슴 위 그것의 팔은 이미 반쯤 사라진 상태였다. 그것이 이를 악물다 손짓으로 이즈카엘에게 가까이 오라 명했다. 이즈카엘이 순순히 다가가자 그것이 무릎을 꿇으라고 눈짓했다.

이즈카엘이 무릎을 꿇자마자 그의 왼쪽 눈에 그것의 손가락이 갈고리 모양으로 다가왔다. 그러나 그것의 손가락이 눈 안쪽 깊숙이 닿을 때도 이즈카엘은 비명은커녕, 신음 한번 내지르지 않았다. 그것이 어느새 피눈물을 흘리는 이즈카엘의 보다가 짓씹듯 뭉개진 목소리로 말했다.

"이즈…… 이즈카엘, 넌 지금 내가 느끼는…… 흐으, 이 고통을 영영 느낄 거야. 아내를 볼 때면 눈이 타들어 가는 고통을, 아내의 말을 들을 때면 귀가, 말할 때면 혀가 잘리는 고통을 매 순간 느끼겠지. 그녀를 만지면 네 손이 녹아내리듯 할 거고, 그녀가 널 만지면 그 부위만 얼어붙은 듯 괴로울 거야. 그리고 난 네가 느끼는 고통을 영영 네 곁에서……."

그것이 손을 거둬들이자 눈과 함께 무언가가 몸에서 훅 빠져나가는 기분이 들었다. 이즈카엘이 휘청이며 아내를 뉜 얼음을 왼손으로 쥐었다. 온기가 있는 오른손과 달리 그의 왼손은 얼음보다 차가웠다.

"……지켜볼 거고."

그것의 손에 들린 눈알은 피 대신 기이한 빛을 내뿜고 있었다. 이즈카엘은 또렷하지 못한 시야로 그것이 자신의 눈을 으적으적 씹어 삼키는 광경을 봤다. 그것의 목울대가 한 번 출렁이자 기이하게도 왼쪽 눈에 선명했던 고통이 가셨다.

그가 손을 들어 얼굴을 더듬었다. 방금 전까지 줄줄 흐르던 피눈물이 그새 사라져 있었다. 그리고 거뭇했던 왼쪽 시야는 어느새 멀쩡히 돌아와 아내를 담고 있었다.

온전한 이즈카엘과 달리 그것의 비명은 갈수록 더 커졌다. 그리고 그와 반대로 그것의 몸은 빛무리에 먹혀 점차 작아져만 갔다.

「죄 많은 사내야. 네 아내가 살아 있는 동안 네 몸뚱이는 영영 지옥을 헤매리.」

그 목소리를 마지막으로 어느 순간 빛이 번쩍했다. 너무도 환한 빛에 이즈카엘이 저도 모르게 눈을 깜빡였다.

찰나가 지나고 주변이 달라졌다. 아내의 침실에서 꿇어앉은 자세 그대로 눈을 뜬 이즈카엘이 몸을 일으켜 침대에 누워 있는 헤레이스를 내려다봤다. 살짝 벌어진 입술 새로 가느다랗지만 뜨거운 숨이 새어 나왔다.

이즈카엘이 믿기 어렵다는 듯 아내의 얼굴에 달달 떨리는 손을 가져다 댔다. 그러자 누군가가 손에 독이라도 부은 듯한 날카로운 통증이 느껴졌다. 아내를 보고 있는 눈도 마찬가지였다. 타들어 갈 듯 열감이 몰려왔고, 눈에서 시작된 고통에 온몸이 저절로 뒤틀렸다.

"크흑!"

참지 못한 이즈카엘이 눈을 감고 헤레이스에게서 손을 뗐다. 그러나 그것도 잠시일 뿐, 이즈카엘은 다시 눈을 뜨고 손을 뻗었다. 손이 녹아내리는 듯한 고통에 식은땀이 줄줄 흘렀다. 하지만 손바닥 아래에 산 자 특유의 온기가 느껴지자 고통조차 잊을 수 있었다.

"헤, 헤레이스…… 아…… 헤레이스."

사내의 부름에 답하기라도 하듯 헤레이스가 손가락을 움찔거리더니 긴 속눈썹을 파르르 떨었다. 곧이어 푸른 눈이 반쯤 드러났다.

아우뉴 호수처럼 맑은 눈에는 어떠한 근심도, 슬픔도 없었다.

남은 것이라고는 자신을 둘러싸고 있는 낯선 환경에 대한 당혹감 뿐. 긴 신음을 흘린 헤레이스가 눈을 두어 번 깜빡이다 고개를 젖히고 콜록거렸다.

기침과 함께 그녀가 왈칵 물을 뱉어 내자 커다란 손이 그녀의 얼굴에 다가왔다. 다른 이의 존재가 느껴지자 헤레이스가 시선을 돌렸다. 가물거리는 시야로 울고 있는 사내가 들어찼다. 그녀가 사내를 보며 당황스러운 낯을 하다 기침으로 인한 눈물을 훔쳐 냈다.

사내의 손은 이제 그녀에게 거의 닿을 듯이 가까워졌다. 낯선 사내의 손길을 피한 헤레이스가 상체를 일으킨 후 두려움이 가득 한 목소리로 물었다.

"……누구세요?"

에필로그. 파랑새

아나이스 제국이 또다시 시끄러워졌다. 시작은 세르펜스 공작
이 보내온 서신에서 비롯됐다.

이즈카엘이 쓴 서신에는 황태자 이안이 머물던 숙소가 무너지
는 사고가 났다며, 다른 이들은 모두 죽었으나 다행히 황태자 전
하만을 구했다는 말과 함께 사고로 황태자의 신체 일부와 정신이
온전하지 못하다는 내용이 적혀 있었다. 그리고 곧이어 황궁에
도착한 황태자는 서신대로 정신이 완전히 나가 있는 데다 다리를
절었다.

'이 무슨!'

물론 이즈카엘의 말을 누구도 곧잘 믿을 리 없었다. 아니, 사

실이라 한들 벌을 피해 갈 수 없었다. 황제는 곧바로 군대를 준비하라 이르며 이즈카엘에게 수도로 오라 명했다. 이즈카엘은 황제의 명에 답을 미루며 침묵했다.

'북부에 군대를 보내야 합니다!'

'하지만 세르펜스 공작은 야만인들을 막고 있지 않소. 그러잖아도 전의 반역으로 나라 안 기사가 부족한데…….'

'황태자께서 저리되셨는데 무슨!'

명백히 반란으로 볼 수 있는 행동이었다. 전운이 제국을 감쌌다. 그러나 출정에 대해 황제가 귀족들을 소집하기도 전, 일이 이상하게 흘러갔다.

황제가 황태자 이안에게 일어난 사건에 대해 조사를 명하기 전날이었다. 황제는 정부의 침실에서 불현듯 급사했다. 독살이라는 말이 잠시 돌았지만 증거가 없었다. 게다가 황제의 사후, 닥쳐온 혼란에 죽은 이는 만인지상의 신분이 무색하게 잊혔다.

하루아침 비어 버린 황제 위, 그것은 새로운 분란의 시작이었다.

난잡했던 황제에게는 사생아가 지나치게 많았다. 그리고 황후에게는 황태자를 제외하고는 아들이 없었다.

'황태자께서는 황제 위에 오를 수 없소. 정신이 온전치 못한 자는 황제가 될 수 없는 게 국법이요.'

'한데 남은 황자가 없잖소. 남은 건 모두 황녀뿐인데…….'

'황후 폐하 태생이 없는 것뿐이요. 작고하신 황제 폐하의 사생아 중에는 괜찮은 집안의 분들이 몇 계시지. 그분들로 하여금 황

제 위를 잇게 하면……'

'맞소! 그러고 보니 레넌 공작 가문의 영애가 작고하신 폐하의 아들을 낳았지. 그 아들이 황태자 전하보다 네 살 어렸던가.'

정신이 돌아오지 않은 이안은 황제가 될 수 없었다. 그리하여 황제의 사생아 중 유력한 가문의 출신들이 하나둘 이를 드러내기 시작했다. 심지어 그중 하나는 남부의 레넌 공작가 출신의 어미를 두고 있었기에 아주 노골적으로 황제 위를 탐했다.

'폐하의 적법한 자녀는 내 아이들뿐이오. 다른 이들은 누구도 감히 황금 권좌를 노리지 못해.'

황후 이젤라는 아나이스 제국 사상 처음으로 황녀를 황제로 내세웠다. 황제의 핏줄이긴 하나, 사생아 중 누구도 황족으로 인정받지 못했으니 제 태생의 첫째 황녀 글로리아가 황제 위를 물려받는 게 적법하다는 의견이었다.

황후의 말은 옳았다. 인정받지 못한 사생아는 사생아일 뿐이었으니.

'황녀께서는 뭐든 잘하시지요. 영리하신 분입니다.'

'젊은 학자들이 황제가 된 타국의 황녀들을 조사하고 있다지요. 좋은 선례가 될 수도 있다면서요.'

게다가 황후가 내세운 글로리아는 전부터 오라비인 이안보다 뛰어나다며 평을 받던 이였다. 그녀는 어느 방면으로나 오라비를 앞서며 여인임에도 재주를 마음껏 뽐냈다.

'황녀께서는 훌륭하시지. 하지만 여인이 아닌가. 드레스를 입

고 남편의 보필해야 할 여자가 어찌 만인지상의 자리에……'

'절대 불가한 일이오! 여자 황제라니! 타국의 사례를 보지 못했소? 여자가 황제가 되면 나라가 100년을 못 간다 하더이다.'

그러나 여자가 황제가 되는 일이 처음인 제국에서 그 주장이 쉬이 받아들여질 리 없었다. 당장 남부를 비롯해 몇몇 지역에서 반기를 든 자들이 나타났다.

땅이 나뉘지 않았다뿐이지, 아나이스는 여러 개로 쪼개졌다. 각 지역에서 기사들이 무장을 하고 전국의 대장간에서는 쉴 새 없이 철을 두드렸다. 대장간 열기가 무르익을수록 사람들의 불안도 커져만 갔다.

'서부의 스펜서 공작가가 남부의 레넌 공작가에 붙었습니다. 그 여식과 혼인을 준비한다 하여……'

'원로원에서도 황녀님의 황제 위 즉위를 반대하고 있습니다. 이대로는 힘듭니다.'

'동부는 발을 빼고 있습니다. 페가토 후작의 반역으로 군대를 거의 잃은 지역이라…… 게다가 여인이 황제가 된다는 거에 가장 반감이 큰 지역입니다.'

제국의 기둥이라 할 수 있는 공작가 중 황후와 글로리아에게 도움을 줄 가문은 하나뿐이었다.

'황후 폐하. 황녀께서 온전히 황금 권좌에 앉을 길은 하나뿐입니다.'

'……'

'선택을 하셔야 합니다. 확실하지도 않은 원한 때문에 일을 망

칠 수 없는 노릇 아닙니까.'

황후로서도 세르펜스 공작가에게 손을 내미는 것은 내키지 않았으리라. 하지만 방법이 없었다. 게다가 어찌 된 일인지 글로리아는 기다렸다는 듯이 어미에게 속살거렸다.

'네 오라비가 정신을 차리면 일이 쉬울 텐데.'

'어머니, 그만 오라버니께 미련 버리세요. 어차피 오라버니는 황제 자리에 맞지 않았어요. 아시잖아요. 이안 오라버니가 시종과 시녀를 몇이나 죽였는지. 그런 사람이 황제가 되면 이 제국은 무너질 뿐이에요.'

'글로리아……'

'이게 옳은 길이에요. 아버지는 지금과 같은 혼란을 초래하더라도 절 후계자로 택하셨어야 해요.'

'……'

'전 이 어려움을 이기고 아버지 정도는 가볍게 넘길 훌륭한 황제가 될 거예요. 그러니 어머니, 절 도와주세요. 네?'

결국 황후는 세르펜스 공작가에게 서신을 띄웠다. 황궁에서는 두 마리의 전서구가 북부로 향했다. 같은 날 두 통의 서신을 받은 이즈카엘은 황후와 첫째 황녀에게 따로 답을 했다.

서신이 몇 번 오가고 글로리아가 오라비의 일로 형식적인 조사차 북부에 다녀갔다. 그리고 이안의 일은 사고로 마무리됐다.

'역시나 예상대로 사고일 뿐이었군. 고생했소, 공작. 황족을 제대로 보필하지 못한 죄로 벌금은 좀 물어야겠지만 그 이상 그대에게 죄를 묻는 일은 없을 거요.'

'먼저 서신을 주셔 감사합니다. 그때는 다들 절 반역자로 볼 때라 위험이 많았을 텐데요.'

'오히려 내가 더 고맙지. 공작 그대가 시일을 앞당겨 준 셈이니까.'

'……'

'내 오라비는 적당히 한적한 시골에서 지내다 조금 이른 죽음을 맞이할 거요. 더는 사람도 함부로 죽일 수 없겠지.'

'언제부터 생각하신 일입니까?'

'오래전부터.'

'……'

'항상 여인이라는 이유로 오라비에게 숙이는 게 싫었소. 나도 황제가 되고 싶었지. 하나 참았어. 아비도, 어미도 난 결혼해 누군가의 부인이 되는 게 옳은 길이라 가르쳤으니까. 부모의 가르침이 옳다 여겼지.'

'그런데 왜……'

'누구에게도 말하지 못한 비밀이다만, 사실 오라비 손에 가장 먼저 죽은 시종이 내 연인이었소. 어릴 적부터 우리는 서로를 마음에 품고 있었지. 그와 결혼만 할 수 있다면 부모의 말대로 드레스를 입고 평생을 누군가의 아내로 살아도 좋다 여겼어.'

'……'

'그 사람이 죽고 나니 알겠더군. 오라비는 황제가 돼서는 안 된다는 걸. 물론 그렇다고 아비의 많은 사생아 중 하나에게 나라가 넘어가는 꼴도 볼 수는 없었지.'

'······.'

'복수심이라 생각할 수 있겠지만 아니오. 난 연인의 죽음으로 크게 깨우쳤을 뿐이야. 적법한 피와 능력을 모두 가진 건 나뿐이라고. 자격 없는 이들은 죽어서라도 물러나야지.'

'······이유가 무엇이건 간에 황녀 전하께서는 훌륭한 황제가 되실 겁니다.'

세르펜스 공작가를 등에 업은 글로리아는 하나둘 정적들을 무찌르거나 설득해 나갔다. 남부의 레넌 공작가가 끝내 그녀에게 반기를 들어 전쟁이 일어났으나 그는 3개월이 가기도 전 마무리됐다.

'이로써 영광스러운 아나이스 제국의 어버이이시자······.'

남부마저 손을 들자 아나이스 제국의 첫 번째 여제가 탄생하는 걸 막을 수 있는 이는 없었다. 글로리아는 아비의 사후가 1년이 되기 전에 황금 권좌에 앉아 관을 쓰고 홀을 들었다.

'황제 폐하 만세. 아나이스를 다스리소서.'

'황제 폐하 만세. 아나이스를 다스리소서.'

'황제 폐하 만세. 아나이스를 다스리소서.'

아나이스 제국 전역에 변화의 바람이 불었다. 정치, 사회, 문화는 물론이요, 사소한 일상에도 파고든 변화가 제국을 활기차게 만들었다.

하지만 그러한 움직임과 동떨어진 곳도 있었으니 북부 세르펜스 성 본채, 그곳만은 세상사와 무관하다는 듯 고요와 평온만이 감돌았다.

＊ ＊ ＊

새 황제가 선 지 몇 달이 지났다.

계절이 한차례 지나가고 다시 겨울이 왔다. 북부의 겨울답게 밖에는 눈이 펑펑 내리고 있었다. 눈은 건물 밖 입구와 길을 제외하고 가득 쌓여 밖의 소리를 차단했다.

"헤레이스."

이즈카엘이 밖을 보는 아내를 불렀다. 헤레이스가 못 들은 척 뒤돌아보지 않은 채 시무룩한 얼굴로 창밖만을 바라봤다. 귀여운 아내의 모습에 이즈카엘이 미소를 지으며 아내에게 다가갔다.

"무슨 일 있어?"

이즈카엘이 선 채로 아내를 살짝 껴안은 채 그녀의 머리에 입맞춤했다. 아내를 보는 순간마다, 아내와 닿는 자리마다 열감과 함께 끔찍한 고통이 따랐다. 그러나 그의 얼굴은 너무도 천연덕스러워 헤레이스는 그를 알아보지 못한 채 침울한 얼굴로 말했다.

"밖에 나가고 싶은데…… 당신이 안 된다 했잖아요."

"눈이 너무 많이 와. 날씨도 지나치게 춥고. 그러잖아도 얼마 전에 감기를 앓았잖아. 또 감기라도 앓게 되면 어떡해."

"……."

"……당신이 아프면 견디기가 힘들어. 그러니까 조금 따뜻해지면 나가자."

이즈카엘이 아내의 옆에 앉아 그녀를 들어 제 무릎 위에 앉혔다. 그제야 헤레이스가 이즈카엘을 돌아봤다. 그녀가 입술을 삐죽 내민 채 이즈카엘의 가슴에 머리를 댔다. 닿는 자리가 넓어지자 이즈카엘은 순간 참지 못하고 입 안을 세게 물었다.

"저번에도 결국 다 나았는걸."

"……."

"그래도 당신이 그렇게까지 걱정하니까…… 나가지는 않을게요."

입 안에서 비릿한 맛이 났다. 이즈카엘은 침과 함께 그것을 삼키며 아내를 내려다봤다. 눈을 감고 그에게 안겨 있는 그녀의 얼굴에는 아직 사라지지 못한 우울감이 남아 있었다. 이즈카엘은 눈을 파내는 듯한 고통보다 아내의 얼굴에 자리한 우울감이 더 괴로웠다.

"그것 말고도 뭔가 있는 것 같은데. 무슨 일 있어?"

이즈카엘의 물음에 헤레이스가 잠시 고민하다 눈을 위로 치켜떠 그의 얼굴을 바라봤다. 그녀가 작은 목소리로 속삭였다.

"……이즈카엘, 나는 왜 아무것도 기억하지 못할까요?"

"……."

"사고가 있었다 해도 모든 기억을 한순간에 잊는다는 게 가능한 일일까요?"

"……."

"벌써 1년이 훌쩍 지났는데 아무것도 생각나지 않아요. 내가 어떤 사람이었는지, 어떻게 살아왔는지…… 아무것도 생각나지 않아요."

헤레이스는 지난 1년 동안 무엇이라도 떠올리기 위해 노력했다. 하나 시도는 번번이 실패로 끝났다. 그녀의 머릿속은 원래 새하얀 백지였던 것처럼 무엇도 그려 내지 못했다. 헤레이스는 그게 못내 답답했다.

물론 그렇다 해서 못 견딜 만치 힘든 건 아니었다. 가끔 숨이 턱 하고 막히는 기분이 들기는 했지만 지금 당장 자신을 안고 있는 사내 덕에 견딜 만했다.

'……누구세요?'

'…….'

'그리고 난…… 누구예요?'

'……당신은 헤레이스. 내 아내야.'

자신을 그녀의 남편이라 소개한 이. 기억에는 없었지만 헤레이스는 이즈카엘만은 믿을 수 있었다.

"그래도 내가 당신을 사랑한 사실 하나만은 이제 확신할 수 있어요."

그녀가 손을 뻗어 남편의 얼굴을 쓸었다. 그녀의 손이 닿자 사내가 움찔거렸다. 그 반응에 헤레이스가 배시시 웃었다. 그는 그녀가 저를 만질 때마다 부끄러워 그런 거라 했다.

"처음 일어났을 때도, 지금도…… 당신만 보면 심장이 이렇게 뛰는걸."

헤레이스가 이즈카엘의 손을 붙잡아 제 가슴 위로 가져갔다. 처음에는 너무 빨리 뛰는 심장이 두렵기도 했지만 이제 확신할 수 있었다. 이 사람에게만 이리 반응하는 제 심장은 분명 사랑을 알려 주는 것이리라.

사내는 그녀의 말에 답하지 않았다. 그저 그녀의 얼굴을 바라보고 그녀의 온기를 느끼며 이해 못 할 얼굴을 하고 있을 뿐. 그러나 도통 어떤 표정인지 감을 잡지는 못해도 하나만은 확실했다.

이즈카엘. 그녀의 남편은 그녀를 사랑했다.

헤레이스가 입술을 내밀었다. 그러자 이즈카엘이 자연스레 그녀에게 입맞춤했다. 두 사람이 나누는 환희는 같았다. 다만 한 사람은 거기에 더해 타는 듯한 괴로움도 함께 느낄 뿐이었다.

습하고 긴 입맞춤이 끝나자 헤레이스가 이즈카엘의 왼쪽 눈가를 만지작거렸다. 늦은 밤에도 느꼈지만 간혹 남편의 왼쪽 눈이 기이하게 빛난다고 느낄 때가 있었다.

'이상하단 말이야. 손도 왼쪽이 항상 더 차가운 느낌이고…….'

방금 입을 맞추었을 때도 마찬가지였다. 살짝 눈을 떴을 때 남편의 왼쪽 눈은 오른쪽과 달리 일렁이고 있었다.

"헤레이스, 그만. 간지러워."

그녀가 계속해서 눈두덩을 건드리자 이즈카엘이 그녀의 손을 낚아챘다. 그리고 자연스레 고개를 비스듬히 돌렸다.

헤레이스가 저와 시선을 마주하지 않는 남편의 수려한 옆얼굴을 구경하다 그의 손아귀에서 손을 빼냈다. 그리고 양손으로 남편의 얼굴을 틀어쥔 채 멋대로 내려 부족한 입맞춤을 이어 갔다.

"……이즈카엘, 나 궁금한 게 있어요."

또 한 번의 입맞춤이 끝나자 헤레이스가 뜨거운 숨을 내쉬며 말했다. 그녀에게 얼굴을 잡힌 이즈카엘이 말해 보라는 듯 무언으로 답했다. 헤레이스가 남편의 얼굴을 놓고 손을 제 배 위에 올린 채 손가락을 만지작거렸다.

침실을 함께 사용하면서 자연스레 궁금해진 주제였다. 분명 전에도 그와 함께 온기와 숨을 나눴을 텐데. 그렇다면…….

"당신 말대로면 우리 결혼한 지 꽤 됐잖아요. 그런데 그동안 아이는 없었……, 아?"

헤레이스가 말을 하다 멈췄다. 눈 밑을 가로질러 무언가 뺨을 적셨다. 그녀가 손을 들어 제 뺨에 묻어난 것을 손가락으로 닦아 냈다.

"헤레이스."

이즈카엘이 그녀의 이름을 불렀다. 그러나 갑작스러운 눈물에 당황한 헤레이스는 그의 표정이 어떻게 일그러졌는지도 모른 채 제 얼굴만 더듬거렸다.

"아…… 내가 왜 이러지. 왜…… 아아."

눈물이 멈추지 않았다. 헤레이스의 혼란이 가중되자 이즈카엘의 왼쪽 금안이 번뜩였다. 사내가 꼭 다른 사람처럼 얼굴을 굳혔다.

이지가 사라지고 평온이 찾아들었다. 사내의 품 안 여인이 깊은 수마에 몸을 늘어뜨렸다.

* * *

헤레이스는 간만에 꿈을 꿨다. 아주 차가운 어느 물속에 잠기는…… 악몽에 가까운 꿈이었다.

물은 차가웠지만 몸은 따스했다. 헤레이스는 제 품에 안겨 있는 존재가 온기를 나눠 주고 있음을 깨닫고 수중임에도 눈을 떠 품 안을 바라봤다.

작은 파랑새가 그녀의 품에 있었다. 그녀의 눈과 같은 색의 깃털이 물속에서도 선명했다.

헤레이스가 손을 올려 파랑새를 쓰다듬었다. 품 안의 작은 생명체를 보는 순간, 마음이 미어질 것 같았다. 심장이 조이듯 아프고 눈물이 끝없이 났다.

파랑새는 그 동그란 눈으로 헤레이스를 빤히 마주 보기만 했다. 그러다 그녀의 눈물이 물을 파고들어 제 깃털에 닿자 날개를 펴더니 그녀의 품을 벗어났다.

날갯짓하는 파랑새의 주변으로 물보라가 일었다. 하얀 거품이 파랑새를 휘감더니 한순간에 빛이 되었다.

헤레이스는 눈이 부셔 눈을 가늘게 떴다. 그러자 파랑새는 사라지고 작은 아이가 보였다.

헤레이스와 꼭 닮은 검은 머리에 푸른 눈. 그녀가 아이에게 손을 뻗으며 무어라 외쳤으나 그 외침이 무엇이었는지는 헤레이스 자신도 알 수 없었다.

빛무리에 삼켜진 아이가 그녀의 품에 안겨 입을 열었다. 하지만 아이의 속삭임을 미처 다 듣기도 전…….

'엄마 곧 갈 거야. 그러니까……'

……헤레이스는 꿈에서 깼다.

* * *

"축하드립니다. 아기씨를 잉태하셨습니다."

악몽이라 생각했던 것은 태몽이었다. 헤레이스는 악몽에서 깨자마자 의원의 축하를 받았다.

기쁜 소식이었다. 그녀는 모든 불안과 근심을 잊은 채 남편을 꼭 껴안고 여기저기 입맞춤했다. 의원이 그녀의 과한 애정 행각에 헛기침을 하며 물러났다.

"……축하해. 그리고 고마워, 헤레이스."

의원이 문을 닫고 나가자 방 안에는 모닥불이 타닥타닥 타들어 가는 소리만 났다. 몸을 굳히고 있던 이즈카엘이 한참 만에 제게 안긴 헤레이스의 머리를 쓰다듬었다. 헤레이스는 그의 목덜미에 얼굴을 묻고 있느라 남편의 표정을 볼 수 없었다. 하나 그의 목소리와 손이 떨리는 것을 보고 헤레이스는 그가 기뻐하고 있다고 확신했다.

바깥은 그새 눈이 그쳤다. 이제 조금 있으면 쌓인 눈이 녹겠지. 그리고 계절이 지나 다시 겨울이 될 때쯤이면 아이가 태어날 것이다.

헤레이스가 머릿속으로 아이가 태어날 계절을 그릴 때였다. 부부가 머무는 침실 창가에 새 한 마리가 날아들었다. 헤레이스의 눈과 같은 빛깔의 깃털……. 창틀에 앉은 파랑새는 꿈에서 본 것과 같았다. 그녀가 파랑새를 유심히 살피다 저도 모르게 목에 맺혀 있던 이름을 중얼거렸다.

"에르젠."

헤레이스의 머리를 더듬던 이즈카엘의 손이 순간 멈췄으나 그것도 잠시, 그는 알았다며 나지막이 답을 하고 다시 그녀의 머리를 쓸었다. 남편의 허락에 헤레이스가 그의 품을 파고들며 입 안에 맴도는 이름을 재차 불렀다.

"⋯⋯에르젠."

아주 흔한 이름이었건만 이상하게 입에 담을 때마다 마음이 어그러졌다. 아프다가도 기뻤고, 슬프다가 환희에 넘치기도 했다. 주체할 수 없는 감정에 헤레이스가 흐느끼기 시작했다. 그녀의 눈에서 눈물이 떨어져 이즈카엘의 어깨를 적셨다.

이즈카엘은 말없이 아내의 등을 토닥였다. 그러나 어느새 그의 목울대도 아내의 흐느낌을 따라 이리저리 울렁였다.

한 사람의 울음은 어느새 두 사람의 오열로 변해 있었다. 기쁜 날 이 무슨 일인가 싶었지만 너무 기뻐 그런 것이라고 헤레이스는 애써 생각했다.

그녀가 남편의 목을 팔로 더욱 세게 휘감았다. 이즈카엘도 아내의 머리를 꼭 끌어안았다. 헤레이스가 마지막으로 속삭였다.

"에르젠. 우리 아이 이름은 에르젠이에요."

〈내 목을 꺾는 악마여〉 완결